Little Women
작은 아씨들

지은이 루이자 메이 올콧
1832년 미국 펜실베니아주에서 태어났다. 경제적 어려움을 극복하기 위해 잡지, 신문 등에 단편 등을 기고했고 한때 교사로 일하기도 했다. 1868년에 출간된『작은 아씨들』은 그녀의 자전적인 이야기를 바탕으로 완성된 작품이다. 이 책의 주인공 중 한 명인 '조'는 작가 자신의 모습을 그린 것으로 유명하다. 올콧은 이 작품을 통해 전 세계인의 사랑을 받게 되었고 이후 왕성한 작품 활동으로 30여 권이 넘는 책을 출간했다.

옮긴이 김양미
교육대학을 졸업하고 수년간 아이들과 함께 배우며 생활했다. 지금은 좋아하는 책을 벗 삼아 외국의 좋은 책들을 소개하고 우리말로 옮기는 작업을 하고 있다. 번역 작품으로는『이상한 나라의 앨리스』,『빨간 머리 앤』,『눈의 여왕』,『오즈의 마법사』,『백설공주』(인디고)가 있다.

그린이 김지혁
프리랜서 일러스트레이터. 감성적이고 테마가 있는 그림에 매료되어 그림을 그리기 시작했다. 트렌드에 맞춰 그리기보다 공간과 빛 그리고 이야기를 담는 일러스트로 많은 사랑을 받고 있다. 웹사이트, 책 표 지, 잡지 광고 등 여러 분야에서 그림 작업을 하고 있으며, 칼럼과 에세이도 쓰고 있다. 지금까지『경청』,『원거리 연애』,『나비지뢰』,『여자, 독하지 않아도 괜찮아』,『그녀들은 어떻게 다 가졌을까』,『스페인, 너는 자유다』,『빨간 머리 앤』 등의 책에 일러스트 작업을 했으며, 그 밖에 웅진코웨이, SK텔레콤, 롯데마트, HAZZYS, KB카드 등 다수 기업의 일러스트를 진행했다.

작은 아씨들 아름다운 고전 리커버북 시리즈 ⑩

지은이 | 루이자 메이 올콧 **그린이** | 김지혁 **옮긴이** | 김양미
펴낸이 | 김종길 **펴낸곳** | 인디고
출판등록 | 1998년 12월 30일 제2013-000314호 **주소** | (04029) 서울특별시 마포구 월드컵로8길 41
홈페이지 | indigostory.co.kr **전화** | (02)998-7030 **팩스** | (02)998-7924
블로그 | http://blog.naver.com/geuldam4u **페이스북** | www.facebook.com/geuldam4u
이메일 | geuldam4u@geuldam.com **인스타그램** | geuldam
초판 1쇄 발행 | 2019년 12월 28일 **초판 5쇄 발행** | 2024년 11월 20일 **정가** | 16,800원
ISBN 979-11-5935-037-5 03840

이 도서의 국립중앙도서관 출판시도서목록(CIP)은 e-CIP홈페이지(http://www.nl.go.kr/ecip)와
국가자료공동목록시스템(http://www.nl.go.kr/kolisnet)에서 이용하실 수 있습니다.
(CIP제어번호 : CIP 2018027917)

Little Women
작은 아씨들
루이자 메이 올콧 지음
김양미 옮김 | 김지혁 그림

CONTENTS

01 천로역정 놀이 ·· 20

02 메리 크리스마스 ·· 45

03 로렌스 가의 소년 ·· 69

04 무거운 짐 ·· 91

05 이웃이 되다 ·· 117

06 베스, 아름다운 궁전을 발견하다 ·· 142

07 에이미의 굴욕 ·· 158

08 조, 악마를 만나다 ·· 173

09 메그, 허영이 가득한 곳에 가다 ·· 196

10 피크위크 클럽과 우편함 ·· 230

11 실험 ·· 250

12 로렌스 캠프 ·· 276

13 마음의 성 ·· 318

14 비밀 ·· 337

15 전보 ·· 357

16 편지 ·· 377

17 작은 천사 베스 ·· 392

18 어두운 나날들 ·· 408

19 에이미의 유언장 ·· 426

20 고백 ·· 445

21 로리의 장난과 조의 중재 ·· 459

22 기쁨의 초원 ·· 486

23 마치 할머니, 문제를 해결하다 ·· 503

'마치 가문의 네 딸들'로 불리며
사람들의 사랑을 한몸에 받는 네 자매가 있다.

아름답고 우아한 마치 가의 큰딸, 메그.

마치 가문의 장녀. 자매들에겐 의지가 되는 큰언니이자 엄마에겐 믿음직한 큰딸이다. 몰락한 집안 형편에 불만이 있지만 근본적으로 따뜻한 마음을 지닌 숙녀로 로리의 가정교사인 존과 아름다운 사랑을 나눈다.

활달하고 생기 넘치는 고집쟁이 아가씨, 조.

마치 가문의 둘째딸. 작가 지망생이다. 활달하고 적극적인 성격으로 자매들 중 가장 개성이 강하다. 이웃에 사는 로리와 값진 우정을 나누며 자매들의 정신적 지주 역할을 한다.

아름다운 마음을 지닌 살아 있는 천사, 베스.

마치 가문의 셋째딸. 몸은 허약하지만 마음만은 누구보다 넓다. 불쌍한 사람을 보면 돕지 않고는 못 배기는 성격인 그녀는 로리의 할아버지인 로렌스 씨와 돈독한 우정을 나눈다. 성홍열이라는 무서운 병에 걸려 자매들의 애를 태운다.

귀엽고 사랑스런 막내, 에이미.

마치 가문의 막내딸. 아름답고 귀여운 용모를 지녔다. 다소 엉뚱하고 이기적인 면도 있지만 누구보다 언니들을 사랑하고 따른다. 둘째인 조와는 자주 부딪치는 편이지만 엄마에겐 너무나 소중한 막내딸이다.

사랑스런 네 자매의
아름다운 이야기가 시작된다.

01

천로역정 놀이

"선물도 없는 크리스마스는 크리스마스도 아냐."

조가 러그(바닥에 까는 깔개 : 옮긴이)에 누운 채 투덜거렸다.

"가난은 정말 지긋지긋해!"

낡은 드레스를 내려다보며 메그가 한숨을 지었다.

"어떤 여자애들은 예쁜 걸 잔뜩 가지고 있는데, 또 어떤 애들은 아무것도 없다니 불공평하지 뭐야."

막내 에이미도 속상한 듯 코맹맹이 소리로 거들었다.

"그래도 우린 아버지랑 엄마, 자매들이 있잖아."

구석 자리에 있던 베스가 이만하면 만족스럽다는 듯 말했다.

베스의 말에 난롯불에 비친 네 명의 얼굴이 밝아지는가 싶더

작은아씨들_니, 조의 서글픈 말에 이내 어두워지고 말았다.

"하지만 아버지가 안 계시잖아. 오랫동안 못 돌아오실 거야."

'어쩌면 영원히'라고 말하진 않았지만, 모두들 멀리 전장에 계신 아버지를 떠올리며 속으로는 그런 생각을 하고 있었다.

한동안 아무 말이 없었다. 메그가 아까와는 다른 말투로 말을 꺼냈다.

"엄마가 올 겨울은 모두에게 힘든 겨울이 될 거라고, 이번 크리스마스엔 선물 없이 지내자고 하셨잖아. 남자들이 군대에서 그렇게 고생을 하고 있는데, 즐기는 데 돈을 써서는 안 된다고 말이야. 우리가 대단한 일은 못하겠지만 작은 희생쯤은 할 수 있으니까 기꺼이 참아야 해. 난 그게 잘 안 되긴 하지만."

메그는 갖고 싶은 예쁜 물건들을 아쉬워하며 머리를 흔들었다.

"그래도 난 이렇게 적은 돈이 무슨 도움이 될까 싶어. 우리가 가진 1달러를 군대에 보내준다 해도 대단한 보탬은 안 될 거야. 식구들한테 아무것도 기대하지 말라는 데는 동의하지만, 《물의 요정과 신트람》만큼은 날 위해 꼭 사고 싶어. 오래전부터 정말 갖고 싶었던 책이거든."

책벌레인 조가 말했다.

"난 내 돈으로 새 악보를 살 거야."

베스가 말하며 들릴 듯 말 듯 작은 한숨을 내쉬었다.

"나는 멋진 상자에 든 파버 표 색연필을 살 거야. 나한테 꼭 필요한 거니까."

에이미가 똑 부러지게 말했다.

"엄마가 우리 돈에 대해 뭐라고 하신 적은 없지만 우리가 모든 걸 포기하길 바라진 않으실 거야. 각자 갖고 싶은 걸 사서 조금이라도 즐겁게 지내자. 다들 열심히 일했으니 그 정도는 괜찮지 않겠어?"

조가 남자처럼 신발 뒤축을 살피며 큰소리로 말했다.

"나도 그렇다고 생각해. 집에서 쉬고 싶을 때도 거의 온종일 성가신 아이들을 가르쳤으니 말이야."

메그가 다시 볼멘소리를 냈다.

"언니는 나한테 비하면 반도 못 미칠걸. 신경질적이고 까다로운 할머니와 몇 시간 동안이나 집 안에 갇혀 있는 게 어떨 것 같아? 잠시도 쉬지 못하게 하고, 그냥 넘어가는 건 하나도 없는 데다 사람을 얼마나 볶아대는지 차라리 창문으로 뛰어내리거나 뺨이라도 때리고 싶은 심정이라니까."

조가 말했다.

"불평하는 게 나쁜 건 알지만, 내 생각엔 설거지하고 집 안 정리하는 게 세상에서 제일 힘든 일 같아. 일도 고되고, 손이 굳어져서 피아노 연습도 제대로 할 수가 없거든."

베스가 이번엔 모두에게 다 들릴 정도로 크게 한숨을 내쉬며 자신의 거친 손을 내려다보았다.

"그래도 나만큼 괴롭진 않을걸."

에이미가 목소리를 높였다.

"공부 못한다고 놀리고, 차림새 갖고 비웃고, 아빠가 부자가 아니라고 목욕하고, 코가 못생겼다고 무시하는 건방진 여자애들이랑 학교는 안 다녀도 되니 말이야."

"그런데 '목욕'이 아니라 '모욕'이라고 말하려던 거지?"

조가 웃으며 고쳐 주었다.

"내가 무슨 말 하는지는 나도 아니까 '주정'댈 필요 없어. 고운 말을 쓰는 것도 좋지만 언니는 '어회력'이나 키우라고."

에이미가 으스대며 대꾸했다.

"서로 헐뜯는 짓 그만둬, 얘들아. 우리가 어렸을 때 아빠가 날려 버린 돈이 지금 있었으면 하고 바란 적 없니, 조? 아, 정말 돈 걱정이 없다면 얼마나 행복하고 좋을까!"

메그가 풍요로웠던 시절을 떠올리며 말했다.

"돈은 많아도 만날 싸우고 불평만 해대는 킹 아저씨네 애들보단 우리가 훨씬 행복하다고 말했었잖아."

"그랬었지, 베스. 지금도 우리가 행복하다고 생각해. 일을 해야 하지만 재미있게 지내고 있고, 조 말대로 우린 '유쾌한 악당들'이니까."

"조 언니는 늘 그런 이상한 말을 쓰더라."

에이미가 러그에 길게 늘어져 있는 조를 나무라듯 쳐다보았다.

그러자 조가 대번에 일어나 앉더니 손을 주머니에 찔러 넣고는 휘파람을 불기 시작했다.

"그만해, 조. 사내애들 같잖아!"

"그러니까 이러는 거야."

"예의 없고 숙녀답지 못한 여자들은 정말 질색이야!"

"얌전 빼고 새침 떼는 계집애들, 나도 밥맛이야!"

"정답게 지저귀는 작은 둥지 안의 새들."

중재자 베스가 우스꽝스런 표정을 지으며 노래를 부르자 두 사람의 날카로운 목소리가 웃음으로 변했고, '앙앙거리던 실랑이'도 이렇게 끝이 났다.

"정말이지, 너희 둘 다 못됐어."

메그가 걱정스러운 표정으로 조에게 말했다.

"남자애들처럼 장난질할 나이는 지났잖아. 좀 의젓하게 행동해, 조세핀. 나이가 어린 것도 아니고, 이젠 키도 크고 머리도 올렸으니까 네가 숙녀라는 사실을 잊지 마."

"싫어! 머리를 올리는 게 숙녀가 되는 거라면, 난 스무 살이 될 때까지 두 갈래로 땋고 다닐 거야."

조가 머리 망을 잡아당기더니 밤색 머리칼을 흔들어 내리며 소리쳤다.

"난 내가 다 자랐다고 생각하기도 싫고, 미스 마치가 되는 것도, 치렁치렁한 드레스나 입고 꽃처럼 고고한 척하기도 싫어! 남자애처럼 놀고 일하고 행동하길 좋아하는 내가 여자라는 사실이 너무 끔찍해! 남자가 아니라는 게 실망스러워 미칠 지경이라고. 요즘은 특히나 더 그래. 아빠와 함께 전쟁터에 나가 싸우고 싶어 죽겠는데 그저 살찐 할망구처럼 집에 틀어박혀서 뜨개질이나 해야 하니 말이야!"

조는 뜨개용 바늘이 부딪쳐 캐스터네츠처럼 소리가 날 정도로 아직 다 뜨개질을 마치지 않은 파란색 군인용 양말을 흔들어 댔다. 그런 통에 털실 뭉치가 방 저편으로 데굴데굴 굴러갔다.

"가엾은 조 언니, 정말 안됐어! 하지만 어쩔 수 없잖아. 그저 이름이라도 남자 같고, 우리한테 오빠 노릇 하는 걸로 만족하는 수밖에."

베스가 무릎께에 있는 조의 부스스한 머리를 손으로 쓰다듬었다. 그 많은 설거지와 청소에도 베스의 손은 한없이 부드럽기만 했다.

"너는 말이야, 에이미."

메그가 말을 이었다.

"너무 까다롭고 새침해서 탈이야. 지금이야 그런 행동을 웃어넘길 수 있지만, 조심하지 않다간 잘난 척만 할 줄 아는 깡통이되기 십상이라고. 난 꾸미지 않을 때의 네 태도와 우아한 말씨는 좋아하지만, 터무니없이 뱉어 내는 말들은 조의 막말만큼이나 나쁘다고 생각해."

"조 언니가 말괄량이고, 에이미는 깡통이라면, 난 뭐야, 언니?"

베스가 자기도 각오가 돼 있다는 듯 물었다.

"너는 그냥 착한 아이지."

메그가 다정하게 대답했다. 가족들로부터 '생쥐'라고 불리며 사랑을 받는 베스인지라 메그의 말에 토를 다는 사람은 아무도 없었다.

'주인공들이 어떤 모습일까?' 궁금해하는 젊은 독자들을 위해, 소리 없이 눈 내리는 12월 저녁, 장작 타는 소리가 기분 좋게 들리는 난롯가에 앉아 뜨개질을 하는 네 자매의 모습을 간단히 그려볼까 한다.

빛바랜 카펫에, 가구들도 소박하기 그지없지만, 방 안은 안락했다. 벽에는 멋진 그림이 한두 점 걸리고, 우묵하게 들어간 벽 쪽으로는 책들이 가득한 데다, 창가에는 국화와 크리스마스 장미가 활짝 피어 있어 평화롭고 밝은 기운이 방 안 가득 넘쳐흘렀다.

네 자매의 맏이인 마가렛은 통통하고, 뽀얀 피부에 커다란 눈, 숱 많고 부드러운 갈색 머릿결, 사랑스런 입술을 지닌 열여섯 살의 아주 예쁜 아가씨로, 자신의 뽀얀 손을 자랑스럽게 여겼다.

열다섯 살의 조는 키가 크고, 말랐으며, 까무잡잡한 피부에,

유난히 긴 팔다리로 무얼 할지 몰라 하는 모습이 한 마리 망아지를 연상시켰다. 입술은 단호해 보였고, 코는 우스꽝스럽게 생겼으며, 모든 것을 꿰뚫어 볼 듯한 날카로운 회색빛 눈에는 격정과 장난기, 골똘함이 번갈아 나타나곤 했다. 길고 굵은 머리카락이 유일한 아름다움이었으나 거치적거리지 않도록 주로 머리 망 속에 집어넣고 다녔다. 둥그런 어깨에, 큼직한 손발, 헐렁한 옷차림의 조는 여성으로 한창 성숙해 가는 시기인 탓에 어딘지 모르게 어정쩡한 모습이었는데, 본인은 그걸 무척 싫어했다.

모두들 베스라고 부르는 엘리자베스는 장밋빛 피부에, 부드러운 머리칼과 맑은 눈을 가진 열세 살 소녀로, 수줍음을 잘 탔으며, 조용한 말씨에, 언제나 온화한 표정을 짓고 있었다. 아버지는 그녀를 '작은 평화'라고 불렀는데, 베스에게는 무척이나 잘 어울리는 별명이었다.

에이미는 막내였지만, 제 딴에는 자기가 제일 중요한 사람이라고 생각하고 있었다. 푸른 눈과 어깨까지 늘어지는 노란 곱슬머리, 투명한 피부와 날씬한 몸매에, 늘 아가씨 같은 태도를 고수하는 전형적인 백설공주형 소녀였다. 네 자매의 성격에 대해서는 앞으로 차차 알게 될 것이다.

시계가 여섯 시를 알리자, 베스가 난로 주위를 청소하고는 실내화 한 켤레를 따뜻하게 데우기 위해 난롯가에 놓았다. 어쨌거나 이 낡은 신발이 등장했다는 것은 소녀들에게는 엄마가 돌아올 때가 되었다는 신호였고, 엄마를 맞을 생각에 다들 얼굴 이환하게 밝아졌다. 메그가 램프에 불을 밝혔다. 에이미는 누가시키지도 않았는데 안락의자에서 일어났고, 조는 피곤함도 잊은 채 실내화를 불 가까이에 두기 위해 몸을 일으켰다.

"엄마 신발이 많이 해졌네. 새 신발이 하나 있어야겠는걸."

"내 돈으로 사 드릴까 생각하고 있었어."

베스가 말했다.

"안 돼! 내가 사 드릴 거야."

에이미가 소리쳤다.

"그래도 내가 맏이니까 ……."

메그가 입을 열었지만, 조가 단호하게 그 말을 잘랐다.

"아빠가 안 계신 우리 집에 남자는 나니까 내가 살 거야. 특별히 나한테 엄마를 부탁하셨거든."

"내게 좋은 생각이 있어."

베스가 말했다.

"크리스마스 때 모두 자기 물건 사지 말고 엄마께 선물하는 거야."

"역시 베스다운 생각이야! 무얼 선물해 드릴까?"

조가 탄성을 질렀다.

다들 한동안 진지한 고민에 빠졌다. 이윽고 메그가 자신의 예쁜 손을 바라보다 떠오른 듯 이렇게 말했다.

"난 엄마에게 멋진 장갑을 사 드릴 거야."

"군인용 실내화가 제일 좋지."

조가 외쳤다.

"난 가장자리가 예쁘게 장식된 손수건."

베스가 말했다.

"난 작은 향수를 선물할래. 엄마가 좋아하시는 데다 별로 비싸지 않을 거야. 돈을 좀 남겨서 연필도 몇 자루 사야지."

에이미가 덧붙였다.

"선물은 어떻게 드리지?"

메그가 물었다.

"탁자 위에 선물을 놓아 둔 다음 엄마를 모셔 와서 포장을 풀게 하는 거야. 우리 생일에 어떻게 했었는지 기억 안 나?"

조가 말했다.

"난 내 생일 때 왕관을 쓰고 의자에 앉아 키스와 선물을 주러 다가오는 사람들을 보는 게 겁이 났어. 선물이랑 키스는 좋지만 내가 선물을 풀어 보는 동안 다들 쳐다보는 게 너무 무서웠거든."

차와 함께 먹을 빵을 굽느라 볼까지 발개진 베스가 말했다.

"엄마에겐 우리 물건을 사는 것처럼 속이고, 나중에 깜짝 놀라게 해 드리자. 내일 오후에 선물을 사러 나가야 해, 언니. 크리스마스 밤 공연 때문에 준비할 게 너무 많거든."

조가 뒷짐을 지고는 고개를 치켜든 채 방 안을 왔다 갔다 하며 말했다.

"난 다음부턴 연극에서 빠질래. 그런 걸 하기엔 너무 나이가 많아."

꾸미고 노는 거라면 언제나 아이같이 좋아했던 메그가 말했다.

"머리를 늘어뜨리고, 금색 종이보석을 단 채 하얀 드레스 자락을 우아하게 끌 수 있는 한 언니가 그만두지 않을 거라는 거 알아. 언닌 우리 중에서 가장 훌륭한 배우라고. 언니가 그만둔다면 모든 게 끝장이란 말이야."

조가 말했다.

"우린 오늘 밤 총연습을 해야 해. 이리 와서 기절하는 장면부터 연습하자. 에이미, 넌 부지깽이처럼 몸이 너무 뻣뻣하단 말이야."

"난 못해. 기절하는 사람을 본 적도 없고 언니처럼 풀썩 쓰러져서 온몸에 멍이 드는 것도 싫어. 내가 쉽게 그럴 수 있다면 그럴 거야. 그렇게 할 수 없다면 차라리 우아하게 의자에 넘어지는 게 나아. 휴고가 권총을 들고 나한테 달려들든 말든 난 상관없다고."

연극적 재능은 없지만 체구가 작아서 악당에게 고함을 지르는 역을 맡게 된 에이미가 대꾸했다.

"이렇게 해 봐. 두 손을 움켜잡고 미친 듯이 '로드리고, 살려줘요! 살려줘요!'를 외치면서 비틀비틀 방을 지나가는 거야."

조가 끔찍한 비명을 극적으로 내지르며 걸어갔다.

에이미가 따라한답시고, 양손을 뻣뻣하게 앞으로 내민 채 기계에 의해 끌려가듯 몸을 흔들어 댔다. 그러면서 "으아!" 하고 고함을 질렀는데, 그것은 두려움과 고통에 찬 소리라기보다는 바늘에라도 찔렸을 때 나오는 소리라고 하는 편이 더 나을 지경이었다. 조는 절망감에 괴로워했고, 메그는 배꼽을 잡고 웃어 댔다. 베스는 재미있는 광경에 넋이 나가 빵이 타는 줄도 모르고 있었다.

"안 되겠어! 공연할 때나 열심히 해. 관객들이 웃더라도 날 탓하지는 마. 다음은 언니 차례야."

그다음부터는 모든 게 순조로웠다. 돈 페드로가 세상에 대한 저주로 가득 찬 두 장짜리 연설을 일사천리로 연기했기 때문이다. 마녀 헤이거는 두꺼비가 부글부글 끓고 있는 주전자 위에서 섬뜩할 정도로 무시무시한 주문을 외웠다. 로드리고는 사슬을 단번에 끊어 버렸고, 휴고는 양심의 가책과 비소로 인해

"하! 하!" 하고 미친 듯 소리 지르며 고통스럽게 죽어 갔다.

"지금까지 한 연습 중에 최고였어."

메그가 말했다. 그사이 죽었던 악당이 일어나 팔꿈치를 문질렀다.

"조 언닌 어쩜 그렇게 글도 잘 쓰고, 연기도 잘 하는지 모르겠어. 셰익스피어가 따로 없다니까!"

자매들이 모든 면에서 놀라운 천재성을 타고났다고 굳게 믿는 베스가 감탄했다.

"별로 그렇지도 않아."

조가 겸손하게 대꾸했다.

"〈비극, 마녀의 저주〉가 그런대로 괜찮긴 하지. 하지만 뱅코(셰익스피어의 〈맥베스〉에 나오는 인물)가 들 창만 있었다면 아마 맥베스를 공연했을 거야. 죽이는 장면을 해 보고 싶었거든."

"눈앞에 보이는 것이 단검이 아닌가?"

조가 언젠가 보았던 유명한 비극배우처럼 눈알을 굴리며 중얼거렸다. 그리고 허공을 움켜잡는 시늉을 했다.

"안 돼. 토스트 굽는 포크에 빵 대신 엄마 신발을 올려놓으면 어떡해? 베스가 아주 연극에 푹 빠졌네!"

메그가 소리쳤고, 총연습은 한바탕 웃음과 함께 끝이 났다.

"모두들 즐거운 모습을 보니 기쁘구나, 얘들아."

현관에서 밝은 목소리가 들리자, 배우와 관객들은 강인하고 인자해 보이는 부인을 맞이하기 위해 몸을 돌렸다. 그녀에게선 언제든지 무언가 흔쾌히 도와주고 싶어 하는 분위기가 흘러넘쳤다. 그다지 뛰어난 외모는 아니었지만 아이들 눈에는 자기 어머니가 가장 아름다워 보이기 마련이므로 자매들은 회색 망토와 구식 보닛(끈, 리본을 턱 밑에서 매게 된 여자, 어린이용 모자 : 옮긴이)을 쓴 그녀가 세상에서 가장 멋있는 여자라고 생각했다.

"그래, 애들아, 오늘은 어떻게 지냈니? 내일 보낼 소포가 너무 많아서 저녁식사에 맞춰 올 수가 없었단다. 찾아온 사람은 없었니, 베스? 감기는 좀 어때, 메그? 조, 너무 지쳐 보이는구나. 이리 와서 키스해 주렴, 우리 막내."

마치 부인은 젖은 옷을 벗으며 엄마다운 질문을 쏟아놓았고, 따뜻이 데워진 실내화로 갈아 신은 뒤 안락의자에 앉았다. 에이미를 끌어당겨 무릎에 앉힌 부인은 바쁜 하루 중 가장 행복한 시간을 즐길 준비를 했다.

아이들은 엄마를 편안하게 해 드리기 위해 각자 열심히 움직였다. 메그는 식탁을 정돈했고, 조는 장작을 가져오고 의자 놓는 일을 했는데, 떨어뜨리고 넘어뜨리는 등 손대는 것마다 요란한 소리를 냈다. 베스가 거실과 부엌을 소리 없이 총총거리는 동안 에이미는 팔짱을 낀 채 이것저것 시키기만 했다.

이윽고 다들 식탁 주위에 모이자 마치 부인이 행복한 얼굴로 입을 열었다.

"식사 후에 너희들에게 전할 소식이 있단다."

짧고 환한 미소가 햇살처럼 번졌다. 베스가 손에 든 비스킷도 잊은 채 손뼉을 쳐 댔고, 조는 "편지다! 편지! 아빠 만세!"라고 소리치며 냅킨을 던져 올렸다.

"그래, 반갑고 긴 편지가 왔단다. 아빠는 건강하시고, 우리가 걱정하는 것보다 이 겨울을 잘 나실 것 같더구나. 즐거운 크리스마스가 되길 빈다는 인사와 함께 너희들을 위해 특별히 글을 남기셨단다."

마치 부인이 보물이라도 든 것처럼 주머니를 톡톡 치며 말했다.

"서둘러서 빨리들 먹자고! 식탁에서까지 새끼손가락 치켜들며 멋 부릴 생각 말고 어서 먹어, 에이미."

조는 차를 급히 들이켜다 사레가 들었을 뿐 아니라, 편지를 빨리 보고 싶은 마음에 허둥대다가 양탄자 위에 빵과 버터를 떨어뜨리고 말았다.

베스는 음식을 남겨둔 채 어두운 구석 자리로 살며시 가서는 다른 식구들의 식사가 끝날 때까지 기쁜 소식이 무엇일까 곰곰이생각했다.

"군인이 되기엔 몸도 약하시고, 연세도 많으신 아버지가 목사님 신분으로라도 군에 가셨다는 사실이 난 너무 자랑스러워."

메그가 흥분된 목소리로 말했다

"북치는 군인이든, 종군 여성인가 하는 뭐 그런 거든, 간호사든 간에 나도 군대에서 아빠를 도와 드릴 수만 있다면 얼마나 좋을까?"

조가 불만에 찬 목소리로 말했다.

"텐트에서 자고, 맛없는 음식이나 먹고, 무엇이든 양철 컵으로 마시는 생활은 정말 고역일 거야."

에이미가 한숨을 내쉬었다.

"아빠는 언제쯤 돌아오실까요, 엄마?"

베스의 목소리가 가늘게 떨렸다.

"아마도 여러 달 동안 못 오실 거야. 아빤 거기서 최선을 다해 맡은 임무를 다하실 거란다. 그러니 우리가 빨리 돌아오시라고 졸라서는 안 된단다. 이제 이리 와서 편지를 읽어 보자꾸나."

모두들 난롯가로 모였다. 어머니는 큰 의자에 앉고, 발치에는 베스가, 팔걸이 양쪽으로는 메그와 에이미가 걸터앉고, 조는 가슴 뭉클한 얘기가 편지에 나오더라도 울컥하는 모습을 들키지 않기 위해 의자 등받이에 기대섰다. 요즘처럼 힘든 시기에 오는 편지들은 하나같이 눈물겨운 사연들로 가득했다. 아버지들이 집으로 보내온 편지들은 특히 그러했다. 네 자매의 아버지가 보낸 편지엔 어려움이나 위험, 향수병에 대한 얘기들은 거의 없었다. 병영 생활과 행군, 군대 소식이 생생하게 담긴 희망차고 밝은 내용이 이어졌고, 결국 끝에 가서는 집에 둔 어린

딸들을 그리는 아버지의 마음과 사랑이 가득 흘러넘쳤다.

"사랑과 입맞춤을 애들에게 전해 주오. 낮에는 그 애들을 생각하고 밤에는 그 애들을 위해 기도하면서 늘 딸들의 사랑 속에서 크나큰 위안을 얻고 있다고 말해 주오. 아이들을 다시 볼 때까지 기다려야 하는 1년이 너무 길게만 느껴지지만, 힘든 시간들이 허사가 되지 않도록 모두 열심히 노력하며 기다릴 것이라 믿소. 아이들은 내가 했던 말들을 잘 기억할 것이오. 당신에게 착한 딸이 되고, 자신의 책임을 충실히 다하고, 마음속의 적과 용감히 맞서고, 아름답게 자신을 가꿈으로써 내가 돌아갔을 때 우리 작은 아씨들에 대한 애정과 자부심이 더 깊어지길 바라오."

이대목에 이르자 다들 울먹였다. 조는 부끄러움도 잊은 채 커다란 눈물방울을 코끝으로 떨어뜨렸고, 에이미는 곱슬머리 가헝클어지는 것도 아랑곳하지 않고 엄마 어깨에 얼굴을 묻고는 흐느꼈다.

"난 이기적인 애야! 하지만 나중에 아빠가 실망하지 않도록 착한 아이가 되기 위해 정말 노력할 거야."

"우리 모두 그럴 거야!"

`메그가 울먹이며 말했다.

"난 외모에만 너무 신경 쓰고, 일하는 건 싫어해. 하지만 앞으론 그러지 않을 거야."

"난 아빠가 날 '작은 아가씨'라고 부를 수 있도록 거칠게 굴지도 않고, 다른 곳으로 가고 싶다는 생각도 접고, 이곳에서 내 책임을 다하기 위해 노력할 거야."

조가 말했다. 하지만 속으로는 집에서 성질을 죽이고 있느니 남부로 가서 적군 한둘쯤 상대하는 게 더 쉽겠다고 생각했다.

베스는 아무 말이 없었지만 파란색 군인 양말로 눈물을 훔치고는 한시도 아깝다는 듯 열심히 자신의 일인 뜨개질에 열중하면서 아버지가 집으로 돌아오실 때쯤엔 아버지가 바라는 대로 착한 딸이 되어 있겠다고 결심했다.

이윽고 마치 부인이 밝은 목소리로 침묵을 깼다.

"너희들 어렸을 때 했던 '천로역정 놀이' 기억하니? 엄마 가방을 순례자의 짐인 양 등에 묶고 모자랑 지팡이, 두루마리 종이를 챙겨서는 파괴의 도시인 지하실을 출발해 하늘의 도시를 만든다며 지붕 꼭대기까지, 그러니까 예쁜 물건들을 잔뜩 모아 놓은 곳까지 차근차근 올라가던 놀이. 그 놀이를 제일 좋아했잖아."

"정말 재미있었죠. 사자 무리를 지나 악마를 무찌르고 도깨비들이 있는 계곡을 통과할 때에는 특히 더 신이 났고요."

조가 말했다.

"난 짐이 벗겨져서 아래층으로 굴러 떨어졌을 때가 가장 재미있었어요."

메그가 말했다.

"내가 제일 좋아했던 건 꽃과 나무 그늘, 예쁜 물건들이 있는 지붕 위에 도착한 다음, 모두들 햇살 속에 서서 기쁨에 겨운 노래를 부를 때였어요."

즐거웠던 그 시절로 다시 돌아가기라도 한 듯 베스가 미소 지으며 말했다.

"난 별로 기억나는 게 없어요. 지하실과 캄캄한 입구가 무서웠고, 지붕 위에서 먹은 케이크와 우유가 너무 맛있었다는 것밖에는. 만약 내가 그런 놀이를 하지 못할 정도로 커버린 게 아니라면 다시 한 번 해 보고 싶어요."

열두 살 이후로 어린애들 놀이는 하지 않겠다고 선언했던 에이미가 말했다.

"이런 놀이를 하는 데 나이는 상관없단다, 에이미. 왜냐하면 이놀이는 어떤 방식으로든 우리가 항상 하고 있는 셈이니까. 짐은 여기에 있고, 길은 이미 우리 앞에 펼쳐져 있지. 선과 행복을 추구하는 마음은 온갖 역경과 실패를 이겨 내게 함으로써 진정한 하늘의 도시인 평화의 경지까지 우리를 이끌어 준단다. 자, 작은 순례자님들, 놀이가 아니라 진짜 현실 속에서 다시 시작해 보는 게 어떨까요? 아버지가 돌아오시기 전에 어디까지 갈 수 있나 한번 해 보는 거야."

"진짜예요, 엄마? 그럼 우리 짐은 어디 있어요?"

꼬마 숙녀 에이미가 천진난만하게 물었다.

"방금 전에 베스만 빼고 다들 각자의 짐에 대해 얘기했잖니. 우리 베스는 짐이 없을 것 같다는 생각이 들기도 하지만."

엄마가 말했다.

"아뇨, 저도 있어요. 제 짐은 설거지와 청소, 사람을 두려워하는 마음, 그리고 좋은 피아노를 가진 여자애들을 부러워하는 거예요."

베스의 말에 모두들 웃음이 터져 나올 것 같았지만, 행여나 상처라도 받을까 웃음을 꾹 참았다.

"우리 그렇게 하자."

메그가 진지하게 말을 꺼냈다.

"천로역정 놀이는 착한 사람이 되기 위한 또 다른 이름일 뿐이야. 우리가 아무리 착해지려고 해도 너무 힘들어서 최선을 다하지 않을 때가 있잖아. 그때 이 이야기가 도움을 줄지도 몰라."

"우리는 오늘 저녁 '절망의 늪' 속에 빠져 있었어. 그리고 엄마가 와서 《천로역정》에 나오는 천사처럼 우리를 구해 주셨지. 우리도 크리스천(《천로역정》의 주인공)처럼 지도가 있어야 해. 어떻게 하면 좋을까?"

따분한 일상에 상상의 나래를 펼칠 수 있게 되어 신이 난 조가물었다.

"크리스마스 날 아침에 베개 밑을 보렴. 안내서가 있을 테니까 마치 부인이 대답했다.

자매들은 하인 한나가 식탁을 치우는 동안 새로운 계획에 대해 상의했다. 그런 다음 각자 작은 바느질 바구니를 꺼내서는 침대보를 만들었다. 바느질은 따분했지만 오늘 밤엔 아무도 불평하지 않았다.

조의 계획대로 네 부분으로 길게 솔기를 나눈 뒤 유럽, 아시아, 아프리카, 아메리카로 이름을 붙여 작업을 하니 일이 거침없이 진행되었다. 여러 나라들에 대해 이야기를 나누며 솔기를 이어 붙일 때는 특히 그러했다.

아홉 시가 되자 다들 바쁜 일손을 멈추었고, 잠자리에 들기 전에 늘 하듯 노래를 불렀다. 누구도 베스만큼 낡은 피아노를 잘 연주하지는 못했다. 그녀는 누렇게 변한 건반을 부드럽게 누르며 가족들이 부르는 단순한 노래에 맞춰 멋진 반주를 했다. 플루트같이 고운 목소리를 가진 메그가 엄마와 함께 이 작은 합창단을 이끌었다. 에이미는 새된 소리로 노래했고, 조는 흥에 겨워 늘 엉뚱한 곳에서 꺽꺽거리거나 목소리를 떨어 대는 바람에 가장 분위기 있는 대목을 망쳐 놓곤 했다. '잠자기 전 노래 부르기'는 혀가 잘 안 돌아가던 어린시절부터 자매들이 늘 해 온 일이었다.

"반딱 반딱 닥은 별"

게다가 타고난 가수인 엄마 덕분에 이제는 가족의 빠지지 않

는 일과가 되어 버렸다. 아침을 깨우는 소리도 집 안을 누비며 종달새처럼 노래하는 엄마의 목소리였고, 잠들기 전 마지막으로 듣는 소리 역시 엄마의 기분 좋은 노랫소리였다. 왜냐하면 친숙한 자장가 소리에 잠을 청할 만큼 자매들은 아직 어렸기 때문이다.

02.
메리크리스마스

크리스마스 날 아침, 조가 잿빛 새벽 속에서 제일 먼저 눈을 떴다. 하지만 난롯가에 걸려 있어야 할 양말이 보이지 않자, 오래전 선물의 무게를 감당 못한 양말이 바닥에 떨어져 보이지 않았을 때 느꼈던 실망을 다시 느껴야 했다. 그러다 어머니와 한 약속을 떠올리고는 베개 밑에 손을 넣어 붉은 표지의 작은 책 한 권을 끄집어 냈다. 그것은 훌륭한 삶을 살다간 인물에 관한 아름다운 이야기책으로 조도 익히 알고 있는 것이었다. 조는 이 책이 기나긴 여행을 떠나는 순례자들에게 좋은 길잡이가 되어 줄 거라고 믿었다.

조는 "메리 크리스마스!"라는 인사로 언니를 깨운 뒤 베개 밑을 보라고 재촉했다. 표지만 초록색으로 다를 뿐 안쪽 그림은 똑같은 책이 나왔다. 엄마가 직접 쓴 글도 있었는데, 이 때문에 조와 메그의 눈에는 더욱 귀한 선물로 여겨졌다. 곧 베스와 에이미가 눈을 떴고, 각각 비둘기색과 푸른색 책을 찾아냈다. 그러고는 함께 앉아 동쪽 하늘이 장밋빛으로 밝아올 때까지 책을 보며 이야기를 나누었다.

허영심이 약간 있긴 했어도 메그의 상냥하고 성실한 품성은 동생들에게, 특히 조에게 알게 모르게 커다란 영향을 미쳤다. 조는 메그를 무척 사랑했고, 조곤조곤 타이르는 언니의 말이라면 어기는 법이 없었다.

메그는 헝클어진 머리를 한 채 옆에 앉아 있는 조, 건너편에서 잠자리 모자를 쓴 베스와 에이미를 진지한 얼굴로 바라보며 입을 열었다.

"얘들아, 엄마는 우리가 이 책을 즐겨 읽고, 마음에 새기길 바라셔. 그러니까 지금부터 당장 실천해야 해. 예전에는 우리도 성실하게 잘 지켰는데, 아버지가 떠나신 뒤, 전쟁으로 모든 게 힘들어지니까 많은 것들을 소홀히 한 게 사실이잖아. 너희들이 알아서 할 일이지만, 난 탁자 위에 항상 이 책을 올려놓고, 매일 아침 눈을 뜨자마자 조금씩 읽을 생각이야. 왜냐하면 이 책은 나를 올바른 길로 이끌어 주고 내가 하루를 잘 보낼 수 있게 도와줄 테니까."

메그는 그렇게 말하더니 이내 새 책을 펼쳐 읽기 시작했다.

조는 메그의 어깨에 팔을 두르고 볼을 맞댄 채 함께 책을 읽었는데, 늘 들떠 있는 조에게서는 좀처럼 보기 힘든 차분한 표정이었다.

"역시 메그 언니야! 에이미, 이리 와서 우리도 언니처럼 해 보자. 어려운 단어는 내가 도와줄게. 이해가 안 가는 건 언니들이 설명해 줄 거야."

예쁜 책과 언니들의 행동에 감동을 받은 베스가 속삭였다.

"내 책이 파란색이라 너무 좋아."

에이미의 말을 끝으로 책장 넘어가는 소리만 들릴 뿐 방 안은 이내 조용해졌다. 겨울 햇살이 살금살금 들어와서는 크리스마스 인사를 건네듯 환하게 빛나는 머리와 진지한 얼굴들을 가만히 어루만졌다.

"엄마는요?"

30분 후, 고맙다는 인사를 하기 위해 메그와 조가 뛰어 내려왔다.

"저도 잘 모르겠어요. 어떤 불쌍한 사람이 구걸하러 왔는데, 뭐가 필요한지 알아봐야겠다며 바로 나가셨거든요. 세상에 마님처럼 음식이며 옷이며 장작이며 뭐든지 다 주시는 분은 없을 거예요."

메그가 태어난 후 마치 일가와 쭉 함께 살아온 까닭에 하인이라기보다는 모두에게 친구 같은 존재인 한나가 대답했다

"곧 돌아오실 것 같으니까 빵도 굽고 빨리 준비하도록 하자."

때맞춰 꺼내기 위해 소파 밑에 넣어둔 선물 바구니를 보며 메그가 말했다.

"어, 에이미가 산 향수는 어디 갔지?"

작은 병이 보이지 않자 메그가 다시 물었다.

"병에다 리본을 다니 어쩌니 하면서 좀 전에 나가던걸."

엄마에게 드릴 새 실내화를 부드럽게 만든답시고 신을 신고 펄쩍펄쩍 뛰어다니던 조가 말했다.

"내가 산 손수건들 정말 예쁘지 않아? 한나 아줌마가 빨아서 다림질까지 해 주셨어. 거기다 내가 직접 이렇게 수까지 놓았다고."

약간 삐뚤삐뚤하긴 해도 자신이 공들여 수놓은 글자들을 자랑스럽게 바라보며 베스가 말했다.

"어머, 얘 좀 봐! 'M. 마치'가 아니라 '엄마'라고 해 놨네. 진짜 웃긴다!"

조가 손수건 하나를 집어 들더니 깔깔댔다.

"이상해? 메그 언니 머리글자도 'M. M.'이잖아. 엄마 말고 또 누가 그렇게 쓰는 거 싫어서 그런 것뿐인데."

베스가 당황해하며 말했다.

"괜찮아. 정말 깜찍하고 기막힌 생각이야. 이제 아무도 헷갈리지 않을 테니까. 엄마도 분명 마음에 들어 하실 거야."

메그가 조에게 인상을 써 보이고는 베스를 향해 미소를 지었다.

"엄마다. 선물 바구니 숨겨, 빨리!"

문이 쾅 닫히고 복도에서 발걸음 소리가 들려오자 조가 외쳤다.

하지만 서둘러 들어온 사람은 에이미였고, 모두들 자기를 기다렸다는 사실을 알고는 무안한 얼굴을 했다.

"어디 갔다 오는 거니? 등 뒤에 감춘 건 또 뭐야?"

"비웃지 마, 조 언니! 때가 될 때까지는 아무한테도 알리기 싫었어. 향수를 큰 병으로 바꾸느라 가진 돈을 몽땅 다 쓰긴 했지만. 이제부터는 나만 생각하는 이기적인 사람은 되지 않을 거야."

에이미는 그렇게 말하며 바꿔 온 멋진 향수병을 꺼내 보였다. 큰 수고는 아닐지 몰라도 자신이 아닌 다른 사람을 배려한 에이미의 모습은 제법 진지하고 겸손해 보였다. 메그가 에이미를 와락 끌어안았고, 조는 '최고'라고 치켜세웠으며, 베스는 창가로 뛰어가 가장 예쁜 꽃을 꺾어 이 근사한 향수병을 장식했다.

"오늘 아침에 책을 읽으며 좋은 사람이 되는 얘기를 하고 나니 내 선물이 너무 부끄러워졌어. 그래서 일어나자마자 가게로 달려가 바꿔 왔지. 이제 내 선물이 제일 멋진 것 같아. 정말 기뻐."

다시 현관문 닫히는 소리가 났고, 자매들은 얼른 바구니를 소파 밑에 감추고는 아침을 먹으러 식탁으로 향했다.

"메리 크리스마스, 엄마! 책 선물 고맙습니다. 벌써 아침에 조금 읽었어요. 앞으로도 매일 읽기로 했어요."

네 자매가 합창이라도 하듯 입을 맞춰 소리쳤다.

"메리 크리스마스, 내 귀여운 딸들! 벌써 읽기 시작했다니 기쁘구나. 잘 지켜나가도록 하렴. 그리고 자리에 앉기 전에 엄마가 할 얘기가 있단다. 우리 집에서 그리 멀지 않은 곳에 갓난아이를 둔 불쌍한 여자가 한 명 살고 있는데, 집에 난로가 없어서 아이들 여섯이 추위를 이겨 보려고 한 침대에서 몸을 꼭 붙이고들 지낸다는구나. 가장 큰 아이 말로는 먹을 것도 없어서 배고픔과 추위 때문에 고생이 이만저만이 아니래. 얘들아, 크리스마스 선물로 우리 아침을 그 사람들한테 주면 어떨까?"

다들 한 시간 가까이 기다린 탓에 배가 엄청나게 고팠다. 잠시 아무도 말이 없자 조가 참지 못하고 말했다.

"우리가 식사하기 전에 오셔서 정말 잘 됐어요!"

"저도 음식을 들고 그 불쌍한 애들을 도와주러 가도 될까요?"

베스가 간절한 얼굴로 물었다.

"난 크림이랑 머핀을 들고 갈래요."

자신이 제일 좋아하는 것을 과감히 포기하며 에이미가 말했다.

메그는 벌써 메밀 과자를 포장하고, 큰 접시에 빵을 올리고 있었다.

"그래, 그럴 줄 알았다."

마치 부인이 흡족하다는 듯 웃었다.

"너희들 모두 가서 도와주렴. 그리고 돌아와서 아침은 빵과 우유로 간단히 먹고, 저녁은 제대로 잘 챙겨 먹자꾸나."

준비를 끝낸 그들은 줄지어 길을 나섰다. 다행히 시간이 이른 데다 골목길에는 인적도 드물어 이 이상한 행렬을 보고 웃는 사람은 없었다.

방은 가난하고 헐벗고 비참한 모습 그대로였다. 유리창은 깨지고 난로는 싸늘했으며, 낡은 침구에다 엄마는 아프고, 갓난아이는 칭얼댔고, 파리한 얼굴에 굶주린 아이들은 오래된 이불 한 장에 의지한 채 부둥켜안고는 서로의 체온으로 추위를 견디고 있었다. 자매들이 방으로 들어서자 다들 눈이 동그래졌고, 파리한 입술엔 미소가 번졌다.

"세상에! 착한 천사들이 오셨나 봐!"

가련한 여자가 기쁨의 눈물을 흘리며 소리쳤다.

"모자와 장갑을 낀 우스꽝스런 천사들이죠."

조의 말에 모두들 와르르 웃음보가 터졌다.

잠시 후 그곳은 정말 착한 천사가 다녀간 듯 바뀌었다. 한나가 장작을 가져다 불을 피웠고, 헌 모자와 자신의 망토로 깨진 유리창을 막았다. 마치 부인은 아이들 엄마에게 차와 죽을 주었

고, 자신의 일인 양 다정하게 칭얼거리는 갓난아이를 안고 옷을 입혀 주며 토닥여 주었다. 그사이 자매들은 상을 차리고 아이들을 불 주위에 앉힌 뒤 엉터리 말을 알아들으려 노력하며 웃고 얘기했다. 그리고 굶주린 아이들에게 음식을 먹여 주었다.

"정말 맛있다!"

"천사처럼 친절해!"

가여운 아이들은 음식을 먹으면서 한마디씩 했고, 따뜻한 불기운에 보랏빛으로 언 손을 녹였다. 한 번도 천사라는 소리를 들어본 적이 없는 자매들은 기분이 무척 좋았는데, 지금까지 '산초' 취급을 받던 조는 특히 더했다. 아무것도 먹지 않아도 더없이 행복한 아침 식사였다. 비로소 그들은 안도하는 마음으로 집으로 돌아왔다. 이 도시에서 자신들의 음식을 남에게 내준 이 배고픈 네 명의 자매보다 기분 좋은 이들은 없었을 것이다. 크리스마스 아침을 빵과 우유로 때우면서도 매우 뿌듯했다.

"자신보다 이웃을 사랑한다는 게 이런 거구나. 정말 기분 좋은데."

메그가 말했다. 엄마가 위층에서 가난한 훔멜 가족에게 줄 옷을 챙기는 동안 자매들은 선물을 꺼냈다. 화려하진 않아도 작은 꾸러미 속에는 사랑이 가득 담겨 있었으며, 식탁 중앙에는 붉은 장미와 흰 국화, 덩굴식물이 어우러진 키 큰 꽃병을 놓아 우아한 분위기를 연출했다.

"엄마 오신다! 연주 시작해, 베스! 에이미는 문 열고! 자, 만세 삼창!"

조가 이리저리 뛰어다니며 소리쳤고, 메그는 엄마를 명예로운 자리로 안내하기 위해 문 옆으로 다가갔다.

곧이어 베스가 경쾌한 행진곡을 연주하자 에이미는 문을 열었고, 메그는 정중하게 호위를 했다. 마치 부인은 깜짝 놀라는 동시에 큰 감동을 받았다. 휘둥그레진 눈으로 선물을 보며 미소 지었고, 함께 들어 있던 쪽지를 읽었다. 마치 부인은 당장 실내화를 신었고, 에이미가 산 향수를 뿌린 새 손수건을 주머니에 넣었으며, 장미를 가슴에 꽂은 다음 멋진 장갑이 손에 꼭 맞는다고 고마워했다.

모두들 웃고, 입맞춤을 나누고, 선물에 대한 이야기로 꽃을 피웠다. 소박하면서도 사랑이 넘치는 가족들의 축제는 모두에게 기쁨을 안겨주었고, 오래오래 기억에 남을 행복한 추억이 되었다.

아침에 자선 활동과 선물 증정식으로 시간이 많이 지체되는 바람에 나머지 시간들은 저녁 축제 준비에 몽땅 쏟아 부었다. 자매들은 극장에 자주 가기에는 너무 어리고, 개인적으로 공연 경비를 마련하기엔 주머니 사정이 빠듯했던 탓에, 필요는 발명의 어머니란 말처럼, 기지를 발휘하여 필요한 건 무엇이든 스스로 만들었다.

그중에서 특히 기발한 것은 판지로 만든 기타, 구닥다리 버터 그릇에 은색 종이를 덮어 만든 앤틱 램프, 낡은 면에다 피클 공장에서 나온 주석 조각을 달아 만든 번쩍거리는 의상과 통조림 뚜껑을 따면 나오는 다이아몬드 모양 조각을 주렁주렁 매달아 만든 갑옷이었다. 자매들은 늘 그랬듯이 가구들을 뒤죽박죽 재배치했고, 커다란 방은 이내 파티가 열리는 무대로 변했다.

남자 연기자가 없었기 때문에 조가 기꺼이 남자 역을 자청했는데, 친구로부터 선물받은 어떤 배우의 검붉은 가죽 부츠를 신고서 이보다 더 만족할 수 없다는 표정을 지었다. 이 부츠와 낡은 펜싱 칼, 한 화가가 그림 그릴 때 입던 남자용 상의는 조의 보물 1호였으며, 어느 장면에서나 등장했다.

사람 수가 적은 탓에 두 주연들도 몇 개의 역할을 더 맡지 않으면 안 되었다. 서너 개의 역할을 소화해 내고, 여러 가지 의상을 재빨리 갈아입고, 그 위에 무대까지 직접 준비하는 그들의 노력은 확실히 칭찬받을 만했다. 이것은 그들에게 좋은 추억거리이자 오락거리였고, 게으르고 지루하게 보내거나 의미 없는 만남으로 흘려보내기 쉬운 시간들을 뜻 깊게 보낼 수 있게 해 주었다.

크리스마스 저녁이 되자, 십여 명의 소녀들이 특등석에 해당하는 침대 위까지 빼곡히 자리를 잡고 앉아 파란색과 노란색 무명천으로 만든 커튼이 열리기를 기다렸다. 커튼 뒤에서는 옷자락이 스치는 소리와 소곤거림, 램프 연기와 흥분만 하면 킬킬거리는 버릇이 있는 에이미의 웃음소리가 새어 나왔다. 이윽고 종소리와 함께 커튼이 활짝 열리면서 연극이 시작되었다.

연극 안내책자에 따르면, '음산한 숲'은 나무를 심은 화분들과 초록색의 거친 천이 깔린 마루, 멀리 보이는 동굴이 배경이었다. 이 동굴은 빨래걸이를 천장으로 하고, 벽은 장롱을 둘러 막았다. 이글이글 타오르는 작은 화덕 위에 검은 솥이 걸려 있고 늙은 마녀가 허리를 구부린 채 안을 들여다보고 있었다. 어두운 무대 조명과 화덕의 불빛이 멋지게 어우러졌고, 마녀가 솥뚜껑을 열 때 진짜 수증기가 나오는 모습은 더욱더 그럴듯했다. 관객들의 흥분이 가라앉기까지는 시간이 좀 걸렸다.

마침내 검은 수염을 기른 악당 휴고가 무대 위로 성큼성큼 걸어 나왔다. 그는 모자를 푹 눌러 쓰고 희한한 망토와 부츠를 신고 있었으며 허리춤엔 쩔걱거리는 소리를 내는 칼을 차고 있었다. 잔뜩 상기된 얼굴로 왔다 갔다 하던 그는 이내 이마를 치더니 갑자기 미친 듯 노래를 불러 대기 시작했다. 로드리고에 대한 증오, 자라에 대한 사랑과 함께 하나를 죽이고 다른 하나를 차지하고 말겠다는 결의가 담긴 노래였다.

감정이 끓어오를 때면 간간이 절규하듯 외쳐 대는 휴고의 걸걸한 목소리에 사람들은 깊은 감동을 받았고, 그가 잠시 숨을 돌리는 사이 우레와 같은 박수갈채를 보냈다. 그러자 휴고는 그런 박수에는 이미 익숙하다는 듯 관객의 성원에 인사로 답한 뒤, 동굴로 몰래 들어가 헤이거를 향해 호령했다.

"이거 봐! 앞잡이! 나 좀 보지!"

그러자 얼굴에 회색빛 말총을 늘어뜨린 메그가 붉고 검은 가운에 지팡이를 든 채, 신비한 기호들이 그려진 망토를 두르고 무대에 등장했다. 휴고는 자라가 자신을 사랑하게 만드는 약과 로드리고를 죽일 수 있는 약을 주문했다. 헤이거는 극적이고 아름다운 선율로 두 가지 모두 수락하며, 사랑의 묘약을 가져 오는 요정을 부르기 시작했다.

공기의 요정이여, 내 그대에게 명하노니
그대가 있는 곳에서 이리로, 이리로 오라!
장미에서 나고, 이슬을 먹는 그대여,
마법의 묘약을 만들어 주오.
나를 이곳으로 데려다 주오, 요정과도 같이.
내게 필요한 것은 향기로운 마법,
달콤하고 빠르고 강한 사랑의 묘약.
요정이여, 이제 나의 노래에 답해 주오!

달콤한 음악 소리가 울려 퍼지자, 동굴 뒤에서 흐릿한 흰색 옷에, 반짝이는 날개를 달고, 금발에 장미 화관을 쓴 작은 요정이 나타나더니 지팡이를 흔들며 노래했다.

내가 이리로 왔소.
은빛 달 너머 저 하늘에서.
여기 마법의 주문이 있으니,

부디 잘 사용하시오.

그렇지 않으면 그 힘은 곧 사라질지니!

요정은 마녀의 발아래 작은 병 하나를 떨어뜨리고 이내 사라졌다. 헤이거는 다시 노래를 불러 또 다른 영혼을 불러냈다. 쾅 하는 소리와 함께 등장한 유령은 흉측하게 생긴 새까만 꼬마 악마였다. 꼬마 악마는 쉰 목소리를 내며 휴고를 향해 검은색 병을 던지고는 비웃듯 자리를 떴다. 휴고는 감사의 노래를 부른 뒤 부츠 속에 마법의 병을 숨기고 퇴장했다. 헤이거는 관객들에게, 그가 과거에 자기 친구들을 죽였기 때문에 그를 저주하고 있으며, 그의 계획을 방해해 복수할 것이라고 말했다. 곧 이어 막이 내렸다. 관객들은 사탕을 먹으며 휴식을 취했고, 연극에 대한 칭찬을 주고받았다.

다시 막이 오르기 전, 망치 두드리는 소리가 한참 동안 울려 퍼졌다. 하지만 멋진 무대 장치가 그 모습을 드러내자 수군대던 불평 소리가 쑥 들어갔다. 정말 장관이 아닐 수 없었다! 천장까지 세워진 높다란 탑 창문에서는 램프가 빛나고 있었고, 하얀색 커튼 뒤로는 푸른색과 은색의 아름다운 드레스를 입은 자라가 로드리고를 기다리고 있었다.

로드리고가 깃털 장식 모자에 빨간 망토를 두른 채 등장했다. 밤색 애교머리에 기타를 메고 부츠까지 신은 모습은 매우 멋져 보였다. 로드리고는 탑 아래에서 무릎을 꿇은 채 감미로운 목소리로 세레나데를 부르기 시작했다. 자라가 대답하자 두 사람은 노래로 서로의 마음을 확인한 뒤 함께 도망가기로 결정했다.

그리고 마침내 이 연극에서 가장 기억에 남을 명장면이 펼쳐졌다. 로드리고가 밧줄사다리를 가져오더니 자라가 내려올 수 있게 한쪽 끝을 던져 올렸다. 조심스럽게 창을 내려온 그녀는 로드리고의 어깨에 손을 얹고는 우아하게 뛰어내리려고 했다. 하지만 너무나 안타깝게도 자라의 긴 치맛자락이 그만 창턱에 걸려 버렸고, 순간 탑이 흔들거리며 앞으로 기우는가 싶더니 와르르 소리를 내며 무너져 버렸다. 불운한 두 연인은 그렇게 폐허 속에 파묻혀 버리고 말았던 것이다!

잔해 속에서 적갈색 부츠가 버둥거리고, 금발 머리가 고함을 꽥꽥 지르며 올라오자 사람들은 모두 비명을 질러 댔다.

"내가 이럴 줄 알았어! 이럴 줄 알았다고!"

잔인한 아버지 돈 페드로가 놀랄 만큼 침착한 모습으로 뛰어나와서는 자신의 딸을 끌어내며 관객들에게 말했다.

"웃지 마! 아무 일도 없었던 것처럼 연기해!"

그러고는 로드리고에게 일어나라고 명령한 다음, 분노와 경멸에 찬 목소리로 왕국에서 쫓아내겠다고 말했다. 대형사고로 심한 충격을 받긴 했어도 로드리고는 꿋꿋하게 맞서며 저항했다. 이런 용감무쌍한 행동은 자라의 마음을 불태웠고, 그녀 또한 아버지의 뜻을 반대하고 나섰다. 그러자 돈 페드로는 두 사람을 성 가장 깊숙한 지하 감옥에 가두라고 명령했다. 키가 작고 통통한 하인이 사슬을 들고 나와서는 그들을 데려갔다. 잔뜩 겁에 질린 표정이 분명 대사를 까먹은 듯했다.

3막의 배경은 성의 복도였다. 헤이거가 연인들을 감옥에서 풀어 주고 휴고를 죽이기 위해 등장했다. 휴고가 오는 소리에 몸을 숨긴 헤이거는 그가 두 개의 와인 잔에 약을 넣은 뒤 소심한 하인에게 이르는 모습을 지켜본다.

"감방에 있는 두 사람에게 이 와인을 갖다 주고 내가 곧 간다고 전해라."

휴고가 하인을 한쪽으로 데려가 무슨 말인가를 하는 사이, 헤이거가 독이 든 잔을 독이 없는 잔으로 바꿔 놓는다. 심복 페르디난도가 그들을 데리러 간 뒤, 헤이거는 독이 든 잔을 다시 몰래 갖다 놓는다. 노래를 부르느라 갈증을 느낀 휴고가 그것을 마시고는 미친 듯이 몸부림을 치다가 바닥에 풀썩 쓰러져 죽음을 맞이한다. 그리고 헤이거는 격렬하고 아름다운 선율의 노래로 이 모두가 자신이 벌인 일임을 그에게 밝힌다.

극 중에 갑자기 머리칼이 주르르 흘러내리는 바람에 악당이 죽는 장면의 효과가 조금 줄었다고 생각하는 사람이 있을지도 모르지만, 이것은 정말로 감동적인 장면이었다. 관객들이 로드리고의 이름을 불러 댔고, 커튼이 열리자 총 출연진 중에서 가장 훌륭한 노래를 선보인 헤이거와 함께 로드리고가 모습을 드러냈다.

4막은 자라가 자신을 버렸다는 말을 듣고 절망에 빠진 로드리고가 칼로 스스로 목숨을 끊으려고 하는 장면이었다. 단검이 로드리고의 심장을 뚫으려는 순간, 아름다운 노랫소리가 창가에서 흘러나온다. 자라의 마음은 변하지 않았고, 지금 곤경에 빠져 있으며, 마음만 먹으면 자라를 구할 수 있다고 노래한다. 문 열쇠가 안으로 던져지자 기쁨에 찬 로드리고가 사슬을 힘껏 끊어 버리고는 사랑하는 연인을 구하기 위해 달려간다.

5장은 자라와 돈 페드로가 격렬하게 논쟁하는 장면으로 시작했다. 돈 페드로는 딸을 수녀원으로 보내려 했고, 자라는 말을 듣지 않았다. 간절히 애원하던 자라가 지쳐서 기절하기 직전 로드리고가 뛰어 들어와서는 그녀와 결혼하겠다고 선언한다. 돈 페드로는 부자가 아니라는 이유로 로드리고를 받아들이지 않는다. 두 사람은 아버지를 설득하기 위해 온갖 노력을 기울이지만, 모두 허사로 돌아간다. 그때 소심한 하인이, 영문도 모르게 모습을 감추었던 헤이거의 편지와 가방을 전해 준다. 편지에서 헤이거는 두 젊은 연인에게 막대한 재산을 물려주며, 만약 페드로가 그들의 행복을 막는다면 무서운 불행이 따를 것이라고 얘기한다. 가방을 열자, 양철로 만든 동전들이 무대 위에 소나기처럼 쏟아져 내리고, 무대는 반짝이는 금빛으로 환하게 빛난다. 이에 완고했던 돈 페드로의 마음이 누그러지며 군말 없이 그들의 결혼을 승낙한다. 그리고 모두가 흥겨운 합창을 부르는 가운데 무릎을 꿇은 채 돈 페드로의 축복을 받는 두 연인의 아름다운 모습 위로 커튼이 내려진다.

우레와 같은 박수가 터져 나왔다. 하지만 열광적인 관객의 박수 소리는 '특등석'인 접이식 간이침대가 갑자기 접히는 바람에 뚝 끊기고 말았다. 로드리고와 돈 페드로가 황급히 달려갔다. 다행히 다친 사람은 한 명도 없었다. 하지만 다들 배꼽을 잡고 웃어 대느라 말도 못할 지경이었다. 열기가 거의 식어갈 즈음 한나가 등장했다.

"마치 마님의 인사를 전합니다. 아래층으로 와서 저녁 드시랍니다."

이건 배우들에게도 놀랄 일이었다. 식탁을 둘러 본 자매들은 넋을 잃은 채 서로를 바라보았다. 간단한 먹을거리 정도야 엄마가 마련해 주시곤 했지만 이런 진수성찬은 잘 살던 시절 이래로 한 번도 보지 못한 것이었다. 분홍색과 하얀색 아이스크림이 두 접시에 케이크와 과일, 눈이 돌아갈 만큼 맛있는 프랑스 봉봉과자까지, 그리고 탁자 가운데에는 온실에서

자란 꽃으로 만든 근사한 꽃다발이 네 개나 놓여 있었다!

다들 숨도 제대로 못 쉰 채 식탁과 그런 자신들의 모습을 재미 있어 하는 엄마의 얼굴을 번갈아 쳐다봤다.

"요정들일까?"

에이미가 물었다.

"산타클로스야."

베스가 말했다.

"엄마가 준비하셨겠지."

회색 턱수염에 하얀 눈썹을 붙이고서도 너무나 아름다운 미소를 지으며 메그가 말했다.

"마치 할머니가 큰 맘 먹고 선심 쓰신 걸 거야."

조가 문득 생각이 떠오른 듯 소리쳤다.

"다들 틀렸어. 로렌스 씨께서 보내 주신 거란다."

마치 부인이 말했다.

"로렌스 할아버지가 보내셨구나! 어떻게 이런 생각을 다 하셨을까, 우리는 그분을 알지도 못하는데?"

메그가 감탄하며 소리쳤다.

"한나가 그 집 하인한테 아침에 있었던 일을 말했다는구나. 할아버진 좀 별난 분이시긴 해도 너희가 한 일이 마음에 드셨나봐. 외할아버지와도 친분이 있는 분이신데, 오후에 정중하게 전갈을 보내왔더구나. 오늘 일에 대한 존경을 표하는 의미로 아이들에게 마음을 전달하고 싶다고 말이야. 어찌나 정중한지 차마 거절할 수가 없었단다. 그래서 이렇게 빵과 우유 대신 작은 만찬을 즐길 수 있게 된 거지."

"그 애 머리에서 나온 생각이 틀림없어! 썩 괜찮은 친구 같던데 친하게 지내면 얼마나 좋을까. 그 애도 그러고 싶은 눈치던데. 하지만 수줍음이 워낙 많은 데다 어쩌다 마주치기라도 하면 메그 언니가 말도 못 붙이게 하니."

접시가 식탁 위를 돌고 있는 동안 조가 말했다. 입안에서 살살 녹는 아이스크림 맛에 "오!", "아!" 하는 탄성이 절로 나왔다.

"너희 집 옆에 있는 큰 저택 사람들 말하는 거지, 그치?"

누군가 물었다.

"우리 엄마가 로렌스 씨를 아시는데, 그분은 자존심이 무척 강하신 데다 이웃들이랑 어울리는 걸 싫어하신대. 손자도 말을 타거나 가정교사와 산책할 때를 제외하고는 집 안에 가둬 놓고 죽어라 공부만 시킨대. 우리가 파티에 초대했는데도 안 왔지 뭐야. 엄마 말씀으로는 아주 착한 아이긴 한데 여자애들이랑은 말은 절대 안 한대."

"한번은 우리 집 고양이가 도망쳤는데, 그 애가 붙잡아서 돌려주러 온 적이 있어. 울타리 너머로 크리켓 얘기도 하고 이런 저런 얘기를 나누며 한창 친해지고 있었지. 근데 메그 언니가 오는 걸 보고는 쌩 하니 가버리지 뭐야. 하지만 언젠가는 꼭 친구가 되고 말 거야. 그 애도 재미가 뭔지 알아야 하지 않겠어?"

조가 단호하게 말했다.

"난 예의 바른 태도가 맘에 들더구나. 작은 신사 같다는 느낌이 들거든. 적당한 기회에 서로 알고 지내는 것도 좋을 것 같다. 이 꽃다발도 그 애가 직접 가지고 왔어. 그런데 내가 위층 상황이 어떤지 확실히 몰라서 선뜻 들어오라고 하지 못했구나. 돌아서서 가는데 떠들썩한 소리가 들려오니까 내심 부러워하는 눈치더라고."

"그 애한테 들어오라고 하지 않은 게 도와준 거예요, 엄마!"

조가 자신의 부츠를 보며 웃었다.

"다음에 우리가 다른 연극을 할 땐 그 애도 볼 수 있을 거예요. 어쩌면 연극을 도울지도 모르죠. 정말 신나겠죠?"

"이렇게 아름다운 꽃다발은 난생처음이야! 어쩜 이렇게 예쁠까!"

메그가 자신의 꽃다발을 유심히 바라보며 감탄했다.

"아름답구나! 하지만 엄마 눈엔 베스가 준 장미가 훨씬 예뻐 보인단다."

마치 부인은 그렇게 말하며 허리춤에 꽂아 둔, 반쯤 시든 장미를 들어 향기를 맡았다

베스가 엄마에게 몸을 기대고는 나지막이 속삭였다.

"아빠한테 이 꽃다발을 보내 드릴 수 있으면 좋을 텐데. 아빠는 우리만큼 즐거운 크리스마스를 보내지 못하시겠죠."

03.
로렌스 가의 소년

"조! 조! 어디 있니?"

다락방 계단 발치에서 메그가 소리쳤다.

"여기 있어!"

위에서 쉰 목소리가 들렸다. 메그가 뛰어 올라가 보니, 조가 햇살이 환히 비치는 창가 소파에서 《레드클리프의 상속인》을 보며 울먹이고 있었다. 입에는 사과를 물고 이불은 칭칭 감은 채였다. 그곳은 조가 좋아하는 은신처로, 그녀는 이곳에서 대여섯 개의 사과와 재미있는 책을 들고 조용히 휴식을 취하거나 근처에 사는 귀여운 쥐와 시간 보내길 좋아했다. 먼지 따위는 아무래도 좋았다. 메그가 나타나자 '스크래블'이 쥐구멍으로 후다닥 들어갔다. 조는 뺨에 흐른 눈물을 황급히 닦고는 메그가 전해 줄 소식을 기다렸다.

"정말 신나는 일이야! 가디너 부인이 내일 밤 파티에 우리를 초대했지 뭐니!"

메그가 귀중한 종이를 흔들어 보이고는 소녀다운 흥분에 사로잡혀 내용을 읽었다.

"'신년 전야 파티에 마치 양과 조세핀 양이 참석해 주신다면 영광이겠습니다.' 엄마도 가는 걸 허락하셨어. 그런데 뭘 입고 가야 할까?"

"있는 거라곤 오직 포플린 드레스뿐이라는 거 알면서 뭘 묻고 그래?"

사과를 잔뜩 베어 문 채 조가 대꾸했다.

"비단 드레스가 있다면 얼마나 좋을까! 내가 열여덟 살이 되면 엄마가 마련해 줄 수도 있다고 하셨어. 하지만 2년이란 시간은 너무 긴 것 같아."

"포플린이라도 우리가 입으면 비단 드레스처럼 멋져 보일 거야. 그런데 언니 건 새것 같지만, 내 건 태워 먹고 찢어졌다는 사실을 까먹었네. 어떡하면 좋지? 탄 자리가 보기 흉할 텐데, 자국을 없앨 수도 없고."

"할 수 있는 한 가만히 앉아서 등을 보이지 않도록 해. 앞쪽은 그래도 괜찮잖니? 난 머리에 새 리본을 달아야겠어. 엄마가 작은 진주 핀을 빌려 주신다고 했거든. 새 신발도 예쁘고, 맘에는 안 차지만 장갑도 그런대로 괜찮을 거야."

"내 건 레모네이드를 쏟아서 엉망이 된 데다 새로 살 수도 없으니 난 장갑 없이 그냥 가야겠다."

외모에 대해서는 별로 신경 쓰지 않는 조가 말했다.

"장갑은 꼭 껴야 해. 안 그러면 차라리 안 가고 말 테야."

메그가 단호하게 말했다.

"장갑이 얼마나 중요한데. 춤도 출 수 없단 말이야. 네가 춤도 못 추고 있으면 내가 얼마나 창피하겠니?"

"그러면 가만히 앉아 있으면 되지. 난 춤 같은 거 관심 없어. 빙글빙글 도는 게 뭐가 재미있다고. 난 신나게 뛰어다니는 게 훨씬 좋아."

"너무 비싸서 엄마한테 새걸 사 달랠 수도 없는데, 넌 너무 조심성이 없어. 지난번에 망쳐 놨을 때 올 겨울엔 새로 사 줄 수 없다고 엄마가 그러셨잖아. 어떻게 할 방법이 없을까?"

"장갑을 손안에 넣고 꼭 쥐고 있으면 아무도 얼룩이 있는지 모를 거야. 그 방법밖에 없어. 아니다! 더 좋은 방법이 있어. 깨끗한 장갑은 각자 나눠 끼고 얼룩이 있는 쪽은 손에 드는 거야. 무슨 말인지 알겠지?"

"네 손은 나보다 더 커서 내 장갑이 엄청 늘어날 텐데."

장갑을 무척 아끼는 메그가 볼멘소리를 했다.

"그럼 난 그냥 갈래. 사람들이 뭐라 그러든 상관없어."

조가 책을 집어 들며 소리쳤다.

"그래, 가지고 싶으면 가져! 대신 얼룩은 절대 안 돼. 얌전하게 굴고 뒷짐을 지거나 사람들을 빤히 쳐다보거나 '맙소사!' 같은 소린 하지 말라고, 알았니?"

"걱정 마. 최대한 얌전 떨며 말썽 안 피울 테니까. 이제 가서 답장이나 쓰셔. 내가 이 멋진 이야기를 마저 읽을 수 있게 말이야."

그래서 메그는 '초대에 감사히 응하겠습니다.'라는 답장을 쓴 뒤 드레스를 점검하기 위해 방을 나갔고, 진짜 레이스 장식을 붙이면서 즐겁게 노래를 불렀다. 그동안 조는 사과 네 개를 먹으며 책 읽기를 마친 뒤, 스크래블과 장난을 치며 놀았다.

섣달 그믐날 밤, 두 동생은 옷 입는 언니들을 도와주느라, 또 언니들은 파티에 갈 준비하느라 거실은 텅 빈 채였다. 치장은 수수했지만 오르락내리락하는 소리에 웃고 떠드는 소리가 왁자했는데, 어느 순간 머리카락 타는 냄새가 집 안 가득 퍼졌다. 얼굴 위로 곱슬머리 몇 가닥이 흘러내렸으면 좋겠다고 메그가 말하자, 조가 머리카락을 종이로 말아 뜨거운 부젓가락으로 집어 놓은 상태였다.

"뭐 타는 냄새가 나는 것 같은데?"

침대 위에 앉은 베스가 말했다.

"습기 마르는 냄새야."

조가 대답했다.

"무슨 냄새가 이래! 깃털 타는 냄새 같아."

에이미가 거만한 태도로 자신의 곱슬곱슬한 머리를 매만지며 말했다.

"자, 이제 종이를 벗기면 예쁘게 말린 머리를 보게 될 거야."

부젓가락을 내려놓으며 조가 말했다.

하지만 종이를 벗기자 곱슬머리는 어디 가고 머리카락이 종이에 눌러붙어 있었다. 잔뜩 겁에 질린 미용사가 희생자 앞에 있는 화장대 위에 그슬린 머리카락을 한 줄로 늘어놓았다.

"세상에! 너 무슨 짓을 한 거야? 난 이제 망했다! 이 꼴로는 아무 데도 못 가! 난 몰라. 내 머리 어떡해!"

이마 위에서 제멋대로 빠글거리는 머리를 본 메그가 절망에 가득 찬 목소리로 말했다.

"또 일냈네! 그러니까 나한테 시키지 말았어야지. 난 늘 왜 이 모양이지? 정말 미안해, 언니. 젓가락이 너무 뜨거웠나 봐."

조가 풀이 죽어서는 시커멓게 탄 팬케이크 같은 자신의 작품을 보며 눈물을 흘렸다.

"망친 거 아니야. 그냥 좀 많이 곱슬거린다뿐이지, 리본 끝이 이마 위에 오도록 묶으면 최신 스타일 같아 보일 거야. 그렇게 하고 다니는 여자 애들 많이 봤거든."

에이미가 위로하며 말했다.

"더 예쁘게 만들려고 한 내 잘못이야. 그냥 내버려 둘 걸."

메그가 조바심을 내며 울먹였다.

"나도 그렇게 생각해. 언니 머리가 얼마나 매끄럽고 예뻤는데. 하지만 곧 다시 자랄 거야."

베스가 시무룩해져 있는 메그에게 다가와 입을 맞추며 위로했다.

그 후로도 자잘한 몇 가지 소동을 겪고 나서야 메그의 몸단장은 끝이 났다. 조의 머리 손질과 드레스 손질도 가족 전부가 힘을 합친 끝에 무사히 마무리되었다. 드레스는 수수했지만 둘의 모습은 아름다웠다. 메그는 푸른색 벨벳 머리 망에 진주 핀을 꽂고 레이스가 달린 은색 드레스를 입었다. 조는 빳빳한 리넨 깃이 달린 적갈색 드레스 차림이었는데, 장식이라고는 국화 한두 송이가 다였다. 각자 한 손에는 깨끗한 장갑을 끼고, 다른 한 손에는 얼룩이 묻은 장갑을 들었다. 모두들 '기발한 생각'이라고 입을 모았다. 굽 높은 신발이 너무 끼이는 탓에 발이 아팠지만 내색하지는 않았다. 조는 열아홉 개나 되는 핀이 머리를 마구 찔러 대는 것 같아 불편하기 그지없었다. 하지만 우아함을 위해서라면 죽는 시늉이라도 할 각오로 참아냈다. 우아할 수 없다면 차라리 죽음을 달라.

"잘 다녀와라, 얘들아."

우아하게 계단을 내려가는 두 딸에게 마치 부인이 말했다.

"너무 많이 먹지 말고, 한나를 보낼 테니 열한 시 전에는 돌아와야 한다."

등 뒤에서 문이 닫히자, 창가에서 누군가 크게 소리쳤다.

"애들아, 애들아! 너희들 손수건은 챙겼니?"

"네, 네, 아주 좋은 걸로요. 메그 언닌 향수도 뿌렸다고요."

조가 큰 소리로 대답한 뒤 웃으며 덧붙였다.

"엄마는 지진이 나서 도망칠 때도 손수건 챙겼냐고 물어보실 분이라니까."

"엄마가 귀족적인 취향이 있으시잖니. 또 맞는 말씀이기도 하고. 진짜 숙녀라면 깨끗한 신발과 장갑, 손수건은 필수니까 말이야."

엄마를 닮아 '귀족적 취향'이 다분한 메그가 대꾸했다.

"등 쪽에 탄 자국 보이지 않게 조심하는 거 잊지 마, 조. 내 허리띠 괜찮니? 내 머리 너무 이상한 거 아냐?"

가디너 부인 댁의 탈의실 거울 앞에서 한참 옷매무새를 가다듬던 메그가 몸을 돌리며 말했다.

"내가 잘못하는 것 같으면 나한테 눈을 찡긋해 줘, 알겠지?"

깃을 바로 세우고 서둘러 머리를 빗으며 조가 부탁했다.

"안 돼. 눈을 찡긋거리는 건 숙녀답지 못해. 대신 잘못하고 있으면 눈썹을 치켜올리고, 괜찮으면 고개를 끄덕거릴게. 이제 어깨를 바로 펴고, 잔걸음으로 얌전히 걸어 봐. 소개받을 때도 악수는 안 돼. 알겠지?"

"언니는 어떻게 그런 걸 다 아는 거야? 난 절대로 못해. 저 음악 신나지 않아?"

파티 경험이 거의 없는 탓에 두 사람은 약간 머뭇머뭇거리며 계단을 내려갔다. 비공식적인 이런 작은 모임도 그들에겐 하나의 사건이었다. 품위가 넘치는 가디너 부인이 두 사람을 친절하게 맞으며 자신의 여섯 딸 중 가장 맏이에게로 안내했다. 예전부터 샐리를 알고 지낸 메그는 이내 분위기에 익숙해졌지만, 조는 여자애들이나 그들이 떠들어 대는 수다에는 관심이 없었기에 벽에 조심스럽게 등을 기댄 채, 꽃밭에 들어온 망아지같이 혼자 겉도는 기분을 느껴야 했다.

대여섯 명의 소녀들이 방 한 편에서 스케이트에 관한 이야기를 즐겁게 나누고 있었다. 스케이트가 삶의 기쁨인 조로서는 자신도 끼고 싶은 마음이 굴뚝같았다. 조는 메그에게 자신의 마음을 넌지시 전했지만 눈썹이 심하게 올라가는 모습을 보고는 차마 그럴 수가 없었다. 말을 거는 사람도 없었고, 급기야 한 사람 한 사람 자리를 뜨더니 결국 혼자 남고 말았다. 불에 탄 자국이 보일까 봐 마음대로 돌아다니며 시간을 때울 수도 없었기에 그녀는 춤이 다시 시작될 때까지 쓸쓸한 기분으로 사람들을 물끄러미 쳐다보았다.

메그는 춤 신청을 받았고, 꽉 끼는 신발 때문에 발을 헛디디긴 했지만, 아무렇지 않은 듯 우아하게 춤을 추었다. 덕분에 아무도 메그의 고통을 눈치 채지 못했다. 조는 덩치가 큰 빨간 머리 청년이 자기 쪽으로 다가오자 춤이라도 청할까 더럭 겁이 났다. 때문에 재빨리 커튼 뒤로 몸을 숨기고는 방을 훔쳐보며 혼자만의 여유를 즐기려고 했다. 하지만 불행히도 그곳엔 수줍음을 타는 다른 사람이 먼저 피난을 와 있었다. 커튼이 닫혔을 때 조는 '로렌스 가의 소년'과 그만 얼굴을 맞닥뜨리고 말았다.

"어머나, 사람이 있는 줄 몰랐어요!"

들어왔을 때만큼이나 빠르게 뛰쳐나갈 태세로 조가 말을 더듬거렸다.

그러나 소년은 약간 놀란 듯 보이긴 했지만 웃음을 지으며 유쾌하게 말했다.

"난 신경 쓰지 말고, 원한다면 여기 있어도 돼요."

"제가 방해한 건 아닌가요?"

"전혀요. 아는 사람도 별로 없고 처음이라 서먹서먹해서 여기 있는 것뿐이에요."

"나도 그래요. 그러니까 나 때문에 나가거나 그러지 말아요."

소년이 다시 자리에 앉더니 자기

신발만 바라보았다. 결국 조가 예의를 지키려 애쓰며 말을 붙였다.

"전에 본 적이 있는 것 같아요. 우리 집 근처에 살지요, 그렇죠?"

"옆집에요."

고양이를 집에 갖다 주며 크리켓에 대해 함께 떠들었던 기억이 떠오르자, 소년은 얌전한 척하는 조의 태도가 우스웠는지 고개를 젖히고 마구 웃어 댔다. 그 모습에 마음이 편해진 조도 따라 웃었다. 그러고는 진지하게 말했다.

"크리스마스 선물 덕분에 정말 행복한 시간을 보냈어요."

"할아버지가 보내셨지요."

"하지만 생각은 그쪽 머리에서 나온 거 아닌가요, 그렇죠?"

"고양이는 어때요, 마치 양?"

소년이 무게를 잡으며 묻긴 했지만 까만 눈동자에는 장난기가 가득했다.

"잘 지낸답니다. 고마워요, 로렌스 씨. 하지만 난 마치 양이 아니고 그냥 조인 걸요."

"나도 로렌스 씨가 아니라 로리라고 해요."

"로리 로렌스라…… 이름이 이상하네요."

"원래 이름은 테오도르이지만 친구들이 도라라고 불러서 싫어해요. 대신 로리라고 불러 달라 그랬죠."

"나도 내 이름이 싫어요. 너무 감상적이잖아요! 조세핀 대신

조라고 불러 주면 좋을 텐데. 어떻게 친구들이 도라라고 못 부르게 했나요?"

"두들겨 팼죠."

"마치 할머니를 때릴 수도 없고, 난 그냥 참을 수밖에 없겠네요."

조가 체념한 듯 한숨을 쉬었다.

"춤추는 거 싫어하나요, 조?"

조라는 이름이 그녀에게 잘 어울린다고 생각하는 듯 로리가 물었다.

"공간도 넓고, 활기 넘치는 사람들 속에서라면 얼마든지 좋죠. 하지만 이런 데서는 무얼 뒤집어엎거나, 남의 발을 밟거나, 더 끔찍한 실수를 저지를 게 분명해요. 그래서 메그 언니한테 잘 지켜봐 달라고까지 한걸요. 거기도 춤추는 거 싫어해요?"

"가끔씩 춰요. 오랫동안 외국에 있다 와서 아직 이곳 생활에 익숙해지지 못했거든요."

"외국이라고요? 우와, 얘기해 줘요! 여행 얘기 진짜 좋아하거든요."

로리는 어디서부터 얘기를 꺼내야 할지 난감했지만, 조의 열렬한 요청에 힘입어 이내 가닥을 잡고는 베베이에서의 학창시절 얘기부터 늘어놓았다. 그곳 남자애들은 절대 모자를 쓰지 않고, 호수에는 보트들이 가득하며, 휴일에는 선생님들과 함께 스위스로 도보 여행을 즐겼다는 내용들이었다.

"나도 거기에 가고 싶어요!"

조가 함성을 질렀다.

"파리엔 가 봤나요?"

"작년 겨울을 거기서 보냈죠."

"불어도 할 줄 알아요?"

"베베이에서 다른 말은 안 통하죠."

"그럼 조금만 해 보세요. 난 읽을 줄은 알지만 말은 못하거든요."

"켈 농 아 세트 존느 드무아젤 앙 레 팡투플루 졸리?"

"진짜 잘 하시네요! 그러니까 '예쁜 구두를 신은 저 아가씨는 누구입니까?'라고 물은 거 맞죠?"

"위, 마드무아젤."

"마가렛 언니예요. 알면서 그러시네. 우리 언니 예쁘죠?"

"네, 마치 독일 소녀 같아요. 싱그러우면서 차분한 인상에, 숙녀처럼 우아하게 춤을 추네요."

조는 소년이 언니를 칭찬하자 무척 기뻤다. 그래서 언니에게 소년의 말을 그대로 전하기 위해 머릿속에 잘 기억해 두었다. 같이 방을 훔쳐보고 흉을 보고 수다를 떠는 동안, 두 사람은 마치 오래된 친구 같은 느낌을 받았다. 조가 남자 같은 태도로 농담도 걸며 편하게 대한 덕분에 로리의 수줍음은 말끔히 사라졌다. 그리고 조도 드레스 일은 잊어버린 채, 눈썹을 치켜올리는 사람도 없는 그곳에서 원래의 명랑함을 되찾았다. 조는 이 '로렌스 가의 소년'이 점점 맘에 들었고, 언니와 동생들에게 설명해 주기 위해 그의 모습을 찬찬히 훑어보았다. 남자 형제도 없고, 남자 사촌도 몇 명 안 되는 그들에게서 남자란 거의 미지의 존재와 같았기 때문이다.

'까만 곱슬머리, 갈색 피부, 크고 새까만 눈, 잘생긴 코, 가지런한 이, 작은 손발에 키는 나랑 비슷하고, 남자애치고는 제법 점잖은 데다 재미도 있고. 몇 살일까?'

조는 혀끝에서 맴도는 질문을 꿀꺽 삼키고 평소와는 달리 우회적인 방법을 쓰기로 했다.

"곧 대학에 들어가겠네요? 책만 후벼 파고 있다던데, 아니, 그러니까 내 말은 열심히 공부한다고요."

조는 자기도 모르게 튀어나온 '후벼 판다'는 말에 얼굴이 발갛게 달아올랐다. 로리는 웃기만 할 뿐 그다지 놀란 기색 없이 어깨를 으쓱이며 이렇게 대답했다.

"2, 3년은 지나야죠. 어쨌든 열일곱 살 전에는 대학 갈 생각이 없으니까요."

"그럼 열다섯 살도 안 됐단 말이야?"

'열일곱은 됐겠지'라고 짐작했던 조가 키 큰 소년을 바라보며 물었다.

"다음 달이면 열여섯이 돼."

"나도 대학에 갈 수 있다면 얼마나 좋을까! 넌 대학에 가고 싶은 마음도 없는 것 같은데."

"난 싫어! 공부벌레 아니면 게으름뱅이밖에 더 되겠어? 그리고 이 나라 젊은이들 생활 방식도 맘에 안 들어."

"그럼 좋아하는 건 뭔데?"

"이탈리아에서 내 식대로 즐기면서 사는 것!"

조는 그 방식이란 게 무엇인지 더 물어보고 싶었지만, 잔뜩 찡그린 검은 눈썹이 왠지 험상궂어 보였기에, 발로 박자를 맞추며 화제를 딴 곳으로 돌렸다.

"멋진 폴카 곡이네! 가서 춤추지 그래?"

"너도 간다면……."

그가 신사처럼 고개를 숙이며 대답했다.

"난 못해. 메그 언니가 그러지 말라고 했거든. 왜냐면……."

조가 얼버무리며 말을 할까 웃어 버릴까 고민하는 표정을 지었다.

"이유가 뭔데?"

"아무한테도 얘기 안 할 거지?"

"절대로!"

"사실은 내가 난로 앞에 서 있는 나쁜 버릇이 있어서 옷을 잘 태워 먹곤 하거든. 이 옷도 그렇게 된 거야. 그럴 듯하게 기운 것 같아도 메그 언니가 아무도 못 보게 가만히 있으라고 그랬거든. 웃고 싶으면 웃어도 괜찮아. 나도 웃기는데, 뭘."

하지만 로리는 웃지 않았다. 그저 잠시 시선을 떨어뜨릴 뿐이었다. 그의 반응에 조가 어리둥절해 있는데, 그가 부드럽게 말했다.

"신경 쓰지 마. 나한테 좋은 생각이 있어. 저쪽에 기다란 복도가 있거든. 거기 가서 멋지게 춤을 추는 거야. 보는 사람도 없을 거야. 이리 와 봐."

고마운 마음에 흔쾌히 뒤를 따르던 조가 로리의 손에 끼워진 진줏빛 장갑을 보고는 자기에게도 짝이 갖춰진 멋진 장갑이 있다면 얼마나 좋을까 하고 생각했다.

복도엔 아무도 없었다. 로리의 뛰어난 춤 솜씨 덕에 두 사람은 멋지게 폴카를 추었다. 로리가 가르쳐 준 독일식 스텝은 회전과 도약 동작이 많아서 조의 마음에 꼭 들었다. 음악이 끝나자 그들은 계단에 앉아 숨을 골랐고, 메그가 조를 찾으러 왔을 때는 로리가 한창 하이델베르크의 학교 축제에 대해 얘기하던 중이었다. 메그가 조를 손짓해 부르자 조가 마지못해 언니의 뒤를 따라 옆방으로 갔다. 방에 들어서니 메그가 창백한 얼굴로 소파에 앉은 채 발을 움켜잡고 있었다.

"발목을 삐었어. 바보 같은 신발 굽이 삐끗하더니 이 모양이야. 너무 아파서 서 있을 수도 없어. 집에나 갈 수 있을지 모르겠다."

메그가 고통스러워 몸을 앞뒤로 흔들어 대며 말했다.

"멍청한 신발 때문에 내 이렇게 될 줄 알았어. 안됐지만 지금으로선 마차를 부르거나 여기서 밤을 꼴딱 새는 방법 외엔 뾰족한 수가 없겠어."

조가 메그의 다친 발목을 살살 주물러 주며 대답했다.

"마차를 부르려면 돈이 너무 많이 들 거야. 대부분 사람들이 자기 마차를 타고 와서 구하기도 힘들 걸. 게다가 마구간까지는 길도 멀고 보낼 사람도 없으니."

"내가 갈게."

"안 돼! 열 시가 넘어서 사방이 얼마나 깜깜하다고. 샐리 친구들이 많이 자고 갈 거라 마냥 있을 수도 없는데. 그냥 한나가 올 때까지 쉬고 있다가 그때 가서 방법을 찾아보자."

"로리한테 부탁해 볼게. 그 애가 가 줄 거야."

갑자기 떠오른 생각에 조가 안도의 표정을 지으며 말했다.

"안 돼! 아무한테도 말하지 마. 나한테 실내화 좀 갖다 주고, 이 신발은 우리 물건이랑 같이 챙겨 놔 줘. 이제 춤은 더 못 추겠어. 간식 시간이 끝나면 한나가 오는지 지켜보고 있다가 도착하거든 바로 나한테 알려줘."

"지금 다들 간식 먹으러 가고 있어. 하지만 난 언니랑 같이 있을래."

"안 돼! 가서 먹어. 그리고 커피 좀 갖다 줘. 너무 지쳐서 꼼짝도 못 하겠어."

메그는 실내화를 신은 발을 잘 감추고는 소파에 몸을 기댔다. 조는 식당으로 간다면서 도자기 찬장이 있는 방으로 들어가는 실수를 저질렀고, 가디너 씨가 조용히 쉬고 있는 방문을 열어젖히기도 했다. 또 식탁에서 허겁지겁 커피를 들고 나오다가 커피를 엎지르는 통에 결국 드레스 앞쪽을 얼룩지게 하고 말았다.

"이런! 바보같이 이게 뭐야!"

조가 메그의 장갑으로 드레스 앞자락을 문지르다 말고 소리를 질렀다.

"내가 좀 도와줄까?"

누군가 다정하게 말을 걸었다. 한 손에는 커피 잔을, 다른 한 손에는 아이스크림 접시를 들고 로리가 서 있었다.

"언니를 위해 뭘 좀 갖다 주려던 중이었는데, 어떤 사람이 치는 바람에 이 모양이 됐어."

조가 얼룩이 묻은 치마와 커피 물이 든 장갑을 시무룩하게 쳐다보며 대답했다.

"저런 어쩌나! 마침 나도 이걸 누구한테 주나 생각하고 있었는데. 언니한테 갖다 줘도 될까?"

"그럼 고맙지! 언니가 어디 있는지 알려 줄게. 내가 손댔다간 또 무슨 일을 낼지 모르니까 말이야."

조가 앞장을 섰고 로리는 숙녀들 시중드는 일이 익숙하기라도 한 듯 작은 탁자를 끌어오더니 조를 위해 다시 커피와 아이스크림을 가져왔다. 까다로운 메그조차도 '착한 소년'이라고 칭찬할 정도로 그의 태도는 자상했다. 그들은 즐겁게 이런저런 이야기를 나눴고, 한나가 도착했을 즈음에는 방을 잘못 찾아온 두세 명의 젊은이들과 함께 '버즈 게임'을 하고 있었다. 한나를 본 메그는 발이 아픈 것도 잊고 벌떡 일어나려다 비명을 내지르며 조를 꽉 붙들었다.

"쉿! 아무 말도 하지 마."

메그가 조에게 속삭이더니 큰 소리로 말했다.

"아무것도 아니에요. 발목을 조금 삐끗한 것뿐이에요."

그러면서 소지품을 가지러 절뚝절뚝 계단을 올라갔다.

한나의 꾸지람에 메그가 울음을 터뜨렸고, 조는 어쩔 줄 몰라 하다 문제를 해결하기 위해 밖으로 나갔다.

밖으로 몰래 빠져나온 조는 하인 한 명을 발견하고는 마차를 불러 줄 수 있느냐고 물었다. 하지만 그는 임시로 고용된 사람이라 이웃에 대해 아는 게 없었다. 조가 도움을 요청하기 위해 주위를 두리번거리고 있을 때, 두 사람의 대화를 들은 로리가 다가와서는 할아버지의 마차가 방금 도착했으니 타고 가면 어떻겠냐고 물었다.

"너무 이르잖아! 그쪽은 아직 안 가도 될 텐데."

조는 한편으로는 마음이 놓이면서도 제안을 받아들여도 될지 머뭇거렸다.

"난 항상 일찍 가는 편이야. 정말이야! 내가 집에 데려다 줄 수 있게 해 줘. 어차피 지나가는 길이라는 거 알잖아. 비도 온다는데 말이야."

그렇게 문제는 해결되었다. 조는 메그와 한나를 데려오기 위해 서둘러 올라갔다. 고양이만큼이나 비를 싫어하는 한나인지라 별다른 토를 달지 않았다. 그들은 호화로운 마차를 타고 즐겁고 우아한 기분이 되어 집으로 향했다. 로리가 마부석에 앉은 덕에 메그는 편하게 발을 올려놓을 수 있었고, 자매는 파티에 관한 일로 이야기꽃을 피웠다.

"오늘 정말 재미있었어. 언니는 어땠어?"

조가 머리를 헝클어뜨리며 편안한 자세로 물었다.

"나도 다치기 전까지는 재미있었어. 샐리 친구인 애니 모팻이 내가 마음에 들었는지 나더러 샐리랑 같이 자기 집에 와서 일주일 정도 묵으라지 뭐야. 봄에 갈 예정인데 그때면 오페라도 볼 수 있다고 하니, 엄마가 보내 주기만 한다면 정

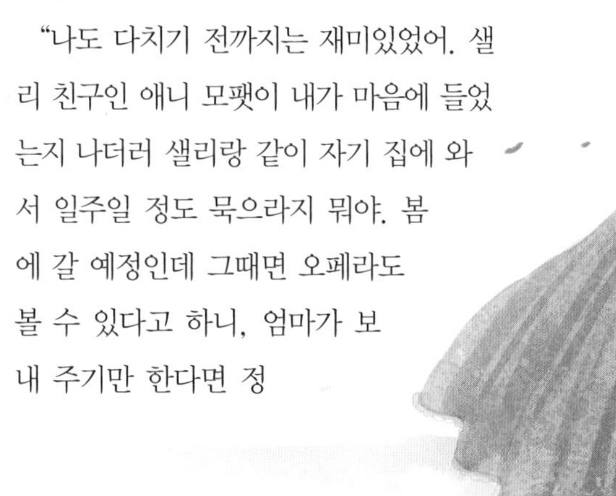

말 환상적일 거야."

"내가 슬쩍 피했던 빨간 머리 남자하고 언니가 춤추는 거 봤는데, 그 사람 괜찮았어?"

"그럼, 그것도 아주 많이! 그리고 빨강이 아니라 다갈색 머리야. 태도도 어찌나 정중하던지. 정말 즐겁게 춤을 췄어."

"새로운 스텝을 밟을 때는 꼭 풀쩍풀쩍 뛰는 메뚜기 같던데

뭘. 로리와 난 웃겨 죽는 줄 알았다고. 우리 웃음소리 못 들었어?"

"아니. 하지만 그런 행동은 못써. 대체 넌 거기 숨어서 뭐하고 있었던 거야?"

조는 자신의 모험담을 풀어놓았고, 이야기가 끝났을 즈음엔 어느새 집에 도착해 있었다. 두 사람은 로리에게 고맙다는 말로 작별인사를 한 뒤 식구들이 깨지 않게 살금살금 집으로 들어갔다. 그러나 '삐걱' 하고 문소리가 나자 두 개의 작은 잠자리 모자가 불쑥 나타나더니 졸음이 섞인 목소리로 외쳐 댔다.

"파티 얘기 해 줘! 파티 얘기 해 줘!"

메그가 그런 행동은 '무례함의 극치'라고 타박하긴 했지만, 조는 동생들을 위해 사탕 과자를 몰래 챙겨 왔다. 그리고 그날 저녁 가장 재미있었던 사건들을 들은 후에야 동생들은 겨우 잠잠해졌다.

"마차를 타고 파티에서 돌아오고, 잠옷 가운을 입은 채 앉아 하녀의 시중을 받는 우아한 숙녀가 된 기분이야."

조가 발에 아르니카(타박상 등에 효과가 있는 국화과의 식물 : 옮긴이)를 바르고 붕대로 감싼 뒤 머리를 빗겨 주자 메그가 말했다.

"어떤 우아한 숙녀들도 우리만큼 즐겁진 않았을 거야. 머리카락은 태우고, 드레스는 낡고, 장갑은 한 짝뿐이고, 신발은 작아서 발목을 좀 삐긴 했지만 말이야."

조의 말은 정말 맞는 말이었다.

04.
무거운 짐

"아, 다시 짐을 지고 살아야 하다니 정말 힘들어!"

파티 다음 날 아침 메그가 한숨을 쉬며 말했다. 이제 휴가도 끝나고, 지겨운 일상으로 돌아가야 하는데, 지난 한 주간의 즐거웠던 기억이 자꾸만 눈에 밟혀 적응하기가 힘들었다.

"매일매일 크리스마스고 새해면 얼마나 좋을까. 진짜 재미있겠지?"

조가 지루한 표정으로 하품을 하며 대꾸했다.

"지금의 반도 재미없을걸. 하지만 저녁 만찬에 꽃다발을 받고, 파티에 갔다가 마차로 돌아오고, 일 대신 책이나 읽으며 쉴 수 있다면 정말 신날 거야. 꼭 다른 사람이 된 것 같겠지. 그렇게 사는 애들이 항상 부러워. 화려한 것들이 난 너무 좋거든."

메그가 낡은 옷 두 벌을 놓고 어떤 게 더 나은지 가늠해 보며 말했다.

"글쎄, 우리로선 꿈도 못 꿀 일이지. 그러니까 그만 투덜거리고, 엄마처럼 즐거운 마음으로 우리 짐을 짊어지고 가자고. 마치 할머니는 나에게는 바다의 노인(《아라비안나이트》 중 신밧드 이야기에 나오는 늙은이 괴물. 일단 등에 업히면 그 사람이 죽을 때까지 괴롭히며 놓아 주지 않는다.) 같은 존재긴 해. 하지만 내가 불평 없이 업고 가는 법을 배우게 되면 할머니가 스스로 떨어져 나가든지, 아니면 너무 가벼워져서 내가 오히려 신경 쓰지 않게 될지도 몰라."

상상력이 발동한 조는 기분이 한결 좋아졌지만, 메그는 말썽꾸러기 동생들을 돌볼 생각에 기분이 우울했고 자신의 짐이 더 무겁게만 느껴졌다. 그래서 평소처럼 파란 리본을 목에 매고, 가장 잘 어울리는 모양으로 머리를 단장해서 예쁘게 꾸미고 싶은 마음도 생기지 않았다.

"천덕꾸러기들 말고는 봐주는 사람도 없고, 예쁘거나 말거나 신경 쓰는 사람도 없는데, 치장은 무슨 치장?"

홱 하고 서랍을 닫으며 메그가 투덜거렸다.

"재미라고는 어쩌다 한 번씩뿐이고, 그저 평생 악착같이 일만 하다가 심술궂고 추한 할머니로 늙고 말 거야. 가난하다는 이유로 다른 애들처럼 인생을 즐기지 못하다니 정말 너무해!"

메그는 상심한 얼굴로 아래층으로 내려갔고, 아침 식탁에서도 전혀 기분이 나아지지 않았다. 모두들 언짢은 기색이었고, 불만이 가득해 보였다.

베스는 머리가 아파 소파에 누운 채 어미 고양이 한 마리, 그리고 새끼 세 마리와 함께 마음을 달래고 있었다. 에이미는 배운 게 이해가 안 된다는 둥, 신발이 안 보인다는 둥 하며 애를 태웠다. 조는 휘파람을 불며 수선을 피웠다.

마치 부인은 당장 부쳐야 할 편지를 마무리 짓느라 정신이 없었고, 한나는 늦잠을 잤다며 툴툴거렸다.

"우리만큼 엉망진창인 가족도 없을 거야!"

조는 잉크를 엎지른 데다 신발끈마저 끊어지고 모자 위에 주저앉기까지 하자 드디어 분통을 터뜨렸다.

"언니가 제일 문제야!"

합이 맞지 않아 석판에 쓴 답을 모조리 지우며 눈물을 뚝뚝 흘리던 에이미가 톡 쏘아붙였다.

"베스, 그 징글맞은 고양이들 지하실에 집어넣지 않으면 내가 물에 빠뜨려 버릴 거야."

메그가 찰싹 달라붙은 채 등을 기어오르려는 고양이 새끼를 떼어 내려다 손이 닿지 않자 버럭 화를 냈다.

조가 웃음을 터뜨렸고, 메그는 잔소리를 해댔으며, 베스는 애원하는 표정을 지었다. 에이미는 9 곱하기 12가 뭔지 몰라 징징거렸다.

"얘들아, 1분만 조용하면 안 되겠니? 이 편지를 아침 우편으로 보내야 하는데, 너희들 때문에 집중이 안 되는구나."

마치 부인이 잘못 쓴 문장을 벌써 세 번째 고치며 소리쳤다.

잠시 잠잠한가 싶더니 한나가 성큼성큼 들어와 뜨거운 반달 모양 파이 두 개를 탁자 위에 올려놓고는 다시 나갔다. 한나의 반달 모양 파이는 이 집안의 명물이었다. 자매들은 이것을 '토시'라고 불렀는데, 다른 먹을거리가 없었기 때문이기도 했지만 이 뜨거운 파이가 추운 날 아침이면 손을 따뜻이 데워 주었기 때문이다.

한나는 아무리 바쁘거나 기분이 언짢아도 메그와 조를 위해 파이 만드는 걸 잊은 적이 없었다. 가는 길은 춥고 멀었으며, 다른 점심거리도 없는 데다 세 시 전에는 돌아오는 법이 거의 없었기 때문이다.

"베스, 고양이랑 잘 놀면서 두통 빨리 나으렴. 다녀오겠습니다, 엄마. 오늘 아침엔 망나니처럼 굴었지만 집에 올 때는 천사로 변해 있을 거예요. 가자, 언니."

순례자들이 이런 식으로 출발하지는 않았을 거라고 생각하며 조가 성큼성큼 걸음을 내디뎠다.

두 사람은 모퉁이를 돌기 전 항상 뒤를 돌아보는 습관이 있었다. 어머니가 창가에서 활짝 웃는 얼굴로 고개를 끄덕이며 손을 흔들어 주었기 때문이다. 안 그러면 왠지 하루를 잘 보낼 수 없을 것 같은 생각마저 들었다. 기분이 어떻든지 간에 그렇게 잠깐 보는 엄마의 얼굴은 메그와 조에게는 햇살과도 같은 역할을 했다.

"엄마가 우리한테 손 키스를 날리지 않고 주먹질을 해댄대도 우린 할 말 없어. 전에 없이 좀생이처럼 굴었으니 말이야."

조가 눈바람 속에서 속죄라도 하듯 소리쳤다.

"그런 끔찍한 표현 좀 쓰지 마."

세상에 염증을 느낀 수녀처럼 두건으로 얼굴을 가린 채 메그가 말했다.

"난 노골적으로 얘기하는 게 좋아."

조가 눈바람에 날아가려는 모자를 붙잡으며 대꾸했다.

"네 자신이야 어떻게 부르든 상관 않겠지만, 난 망나니도 좀생이도 아니야. 그렇게 불리는 것도 싫다고."

"언닌 너무 팍팍해. 호화로운 마차를 못 타니까 단단히 삐친 거지. 가여운 언니, 내가 돈 벌 때까지만 기다려. 마차에, 아이스크림에, 굽 높은 신발과 꽃다발에, 함께 춤 출 빨간 머리 청년까지 마음껏 누릴 수 있게 해 줄 테니까."

"뚱딴지 같은 소리 좀 그만해, 조!"

조의 허황된 얘기에 메그가 웃음을 터뜨렸고 자기도 모르게 기분이 좋아졌다.

"내가 이래서 다행인 줄 알아. 만약 나까지 언니처럼 인상이나 구기고 축 늘어져 있다면 볼 만하지 않겠어? 난 늘 재밋거리

를 찾아내고 즐겁게 생활하니 얼마나 고마운 일이야. 이제 언니도 죽는소리 그만하고, 웃으면서 집으로 돌아와야 해, 알겠지?"

조가 언니의 어깨를 토닥거리며 격려했다. 그런 다음 두 사람은 각자 따뜻한 파이를 가슴에 안고 겨울 날씨와 고된 일, 놀고

삶은 젊은 혈기를 억누른 채 명랑한 척 애쓰며 걸음을 재촉했다.

마치 씨가 형편이 딱한 친구를 도우려다 재산을 날리게 되자, 메그와 조는 자신들 용돈만이라도 직접 벌 수 있게 해 달라고 졸랐다. 부모님은 아이들에게 용기와 근면, 독립심을 길러 주기에 적당하다는 판단 아래 이를 허락했고, 자매는 어떤 시련이 닥쳐도 성공하고야 말겠다는 굳은 신념으로 직업 전선에 뛰어들었다.

메그는 보모 겸 가정교사 자리를 얻었고 적은 봉급에도 부자가 된 듯한 기분이었다. 스스로 말했다시피 '사치를 좋아하는' 그녀에게 가난은 가장 큰 골칫거리였다. 아름답게 꾸며진 집과 안락하고 즐거웠던 생활, 부족함이라곤 모르던 지난 시절을 고스란히 기억하고 있는 메그였기에 다른 식구들에 비해 가난을 참아 내는 것이 더욱 힘들었다. 질투도 불평도 하지 않으려 노력했지만 예쁜 물건과 재미있는 친구들, 행복한 삶을 꿈꾸는 것은 어쩌면 어린 소녀라면 지극히 당연한 일이었다.

킹 씨 댁에서 메그는 매일 자신이 소망하는 것들과 맞닥뜨렸다. 아이들의 큰누나가 나가고 나면 섬세한 장식의 무도복과 꽃다발에 자꾸 눈이 갔고, 극장, 콘서트, 썰매 파티와 여러 가지 재미있는 놀이에 대한 정보도 생생하게 들을 수 있었다. 또 그녀에겐 너무도 소중한 돈이 함부로 쓰여지는 광경도 보았다. 가여운 메그는 불평하지는 않았지만, 자신이 행복한 삶에 필요한 축복을 얼마나 많이 누리고 있는지 아직 알지 못했으므로, 불공평하다고 생각하며 모든 사람을 원망하기도 했다.

한편, 조는 불편한 다리 때문에 열심히 시중 들어줄 사람이 필요했던 마치 할머니의 눈에 우연히 들게 되었다. 자식이 없는 이 노부인은 조의 집이 곤경에 처했을 때 자매들 중 한 명을 양녀로 삼으려다 거절당한 뒤 마음이 무척 상해 있었다. 어떤 사람들은 돈 많은 노부인의 유산 상속 기회를 놓쳤다고 안타까워했지만, 돈 욕심이라곤 없는 조의 부모님은 이렇게 말할 뿐이었다.

"아무리 많은 돈을 준다 해도 우리 아이들과 맞바꿀 수는 없어요. 돈이 있건 없건 함께 사는 게 행복이니까요."

한동안 마치 집안과 등을 돌리고 살던 노부인은 친구 집에서 우연히 조를 보고는 그 우스꽝스런 얼굴과 솔직한 태도가 마음에 들어 자신의 말동무가 되어 달라고 청했다. 조의 입장에서는 전혀 달갑지 않은 제안이었지만 더 좋은 일자리가 나지 않았기 때문에 승낙할 수밖에 없었다.

놀랍게도 조는 이 까다로운 부인과 제법 잘 지냈다. 가끔은 난리법석을 피우기도 했는데, 언젠가 한번은 집으로 돌아온 조가 더는 못 참겠다고 선언한 적도 있었다. 하지만 언제나 그렇듯 노부인의 화는 곧 풀렸고, 이런저런 이유를 들어 조를 다시 부르면 조도 못이기는 척했는데, 그건 마음속으로는 이 불같은 노부인을 조금이나마 좋아했기 때문이다.

하지만 조의 마음을 진짜 끌어당긴 것은, 마치 할아버지가 돌아가신 뒤에 먼지와 거미줄이 쳐지긴 했어도 멋진 책으로 가득 찬 커다란 서재였다. 조의 기억 속 할아버지 모습은 두꺼운 사전을 가지고 철도와 다리를 만들게 해 주시고, 라틴어로 된 책에 그려진 이상한 그림에 대해 이야기도 들려 주시며, 거리에서 마주칠 때면 생강 과자를 사 주시던 다정한 분이셨다.

키 큰 책장 위에서 아래를 굽어보는 흉상들과 안락한 의자, 지구본, 무엇보다도 좋아하는 책들 사이를 마음껏 누비며 돌아다닐 수 있는 그곳은 조에게 천국과도 같았다.

마치 할머니가 낮잠을 주무시거나 친구들을 접대하느라 바쁘실 때면, 조는 이 조용한 장소로 달려가 안락의자에 웅크려 앉아서는 책벌레란 이름에 걸맞게 시, 소설, 역사, 여행기, 화집을 닥치는 대로 읽었다.

그러나 모든 행복이 그렇듯 이 또한 오래가지는 못했다. 이야기의 절정이나 시에서 가장 아름다운 부분, 제일 위험천만한 모험 장면이 펼쳐질라치면 어김없이 "조시-핀! 조시-핀!" 하고 부르는 날카로운 목소리가 귀에 꽂히곤 했기 때문이다. 그러면 그녀는 뜨개실을 감거나 푸들을 씻기거나 벨샴의 수필을 노부인과 번갈아 가며 읽기 위해 천국을 떠나야만 했다.

조에게는 무언가 굉장한 일을 하겠다는 야망이 있었다. 그게 무엇인지는 아직 본인도 몰랐지만 시간이 지나면 알게 될 터였다. 그녀를 괴롭히는 가장 큰 고민은 자기 마음대로 책을 읽지도, 뛰어다니지도, 말을 타지도 못한다는 사실이었다. 급한 성격에 신랄한 말투, 침착하지 못한 태도는 그녀를 늘 곤경에 빠뜨렸고, 그녀의 인생은 희극과 비극 사이를 왔다 갔다 했다. 그러나 마치 할머니 댁에서 받은 훈련은 그녀에게 딱 맞는 것이었으며, "조시-핀!"이라고 아무리 많이 불린다 해도 자신이 일을 해서 돈을 벌고 있다는 사실은 그녀를 행복하게 했다.

베스는 수줍음을 너무 타서 학교에 다닐 수가 없었다. 잠깐 다닌 적도 있지만 너무 힘들어한 까닭에 집에서 아버지한테 배웠다. 그러다 아버지가 전쟁터로 떠나고, 어머니마저 군인 원호회 일로 바쁘게 되면서부터는 혼자서 최선을 다해 성실히 공부해 나갔다. 현모양처형인 베스는 한나와 함께 식구들이 일을 마치고 돌아와 편히 쉴 수 있도록 집안일을 하면서도 가족들의 사랑 외에는 달리 바라는 게 없었다. 지루하고 조용한 날들을 보내면서도 외로워하거나 게으름을 피우지 않은 이유는 자신만의 작은 세상 속에서 상상의 친구들과 함께 살았기 때문이다.

벌처럼 부지런한 베스는 아직 어린 데다 여전히 인형을 좋아하는 까닭에 매일 아침마다 여섯 개의 인형을 꺼내 옷을 입혔다. 어느 것 하나 온전하고 예쁜 인형이 없었다. 에이미가 워낙 낡거나 못생긴 것은 싫어한 탓에 인형을 갖고 놀던 언니들은 베스에게 인형을 물려주었는데, 베스가 거두기 전에는 사실상 모두 버려진 것들이었다.

그런 연유로 베스는 이 인형들을 더 소중하게 여겼고 상태가 안 좋은 인형들을 위해 병원까지 마련했다. 핀으로 찌른 적도 없었고, 거친 말을 내뱉거나 때린 적도 없었으며, 소홀히 대해 마음을 아프게 하지도 않았다. 대신 늘 변함없는 애정으로 먹이고 입히고 간호하고 쓰다듬어 주었다.

몰골이 가장 형편없던 인형은 조의 것이었는데, 파란만장한 인생을 겪은 뒤 잡동사니 가방에 처박혀 있다가 베스에 의해 칙칙한 보육원에서 구조되어 피난처로 옮겨지게 되었다. 머리 위에 아무런 장식이 없는 인형에겐 모자를 씌워 주고, 팔다리가 없는 환자를 위해서는 모포를 덮어 가려 주면서 제일 좋은 침대를 내주는 등 헌신적으로 간호했다.

인형에게 쏟는 베스의 이런 정성을 누군가 알았다면, 그는 분명 웃음을 터뜨리면서도 끝내 감동하지 않을 수 없었으리라. 인형에게 꽃다발도 가져다 주고, 책도 읽어 주고, 외투 속에 넣고 나가 신선한 공기도 쏘여 주고, 자장가도 불러 주고, 잠자리에 들기 전엔 그 더러운 얼굴에 입을 맞추며, "잘 자, 내 불쌍한 아기들."이라며 다정하게 속삭이는 일도 빼먹지 않았다.

베스 또한 자신만의 고민이 있었다. 천사가 아닌 사람인 까닭에 조의 말대로 '눈물을 찔끔'거릴 때가 종종 있었는데, 대부분 음악 수업을 받지 못하는 처지와 연습할 만큼 좋은 피아노를 갖지 못했기 때문이다. 그녀는 음악을 너무나 사랑했기에 이상한 소리를 내는 낡은 피아노로도 열심히 연습하면서 실력을 쌓기 위해 노력했다. 누군가가(마치 할머니를 두고 하는 이야기는 아니다.) 그녀를 도와주어야 할 것처럼 말이다. 그러나 도와주는 이는 아무도 없었다. 그 누구도 베스가 혼자 있을 때면 음정도 맞지 않는 누런 건반 위로 눈물을 떨군다는 사실을 눈치 채지 못했다. 그녀는 작은 종달새처럼 노래하며 일했고, 가족들을 위해서라면 지치는 법이 없었다. 그리고 스스로 매일 희망을 불어넣었다.

"열심히만 하면 언젠가 내 음악을 하는 날이 꼭 올 거야."

세상에는 베스처럼 수줍음 많고, 얌전하고, 필요할 때만 모습을 드러내고, 다른 사람들을 위해 사는 걸 무척 즐거워하는 이들이 많다. 그들은 난로 위의 작은 귀뚜라미처럼, 사랑스럽고 햇살 같은 존재가 어두운 침묵의 그림자를 남기고 사라져 버린 뒤에야 비로소 그들의 희생을 깨닫게 되는 그런 사람들이었다.

누가 에이미에게 세상에서 가장 큰 걱정거리가 무어냐고 물어본다면 "코!"라는 대답이 단박에 돌아올 것이다. 에이미는 자기가 어렸을 때 조가 실수로 석탄 통에 빠뜨리는 바람에 코가 완전히 찌부러진 거라고 우겼다. 하지만 그녀의 코는 단지 좀 납작할 뿐이었는데, 세상 무얼로 집어 올린다 해도 귀족적인 코는 되지 못할 터였다. 본인 말고는 아무도 신경 쓰지 않는 데다 자라면서 점차 괜찮아지고 있는데도 굳이 그리스 조각상 같은 코를 갈망하는 에이미는 종이마다 오뚝한 코를 그려가며 마음을 달래곤 했다.

그림에 소질이 있었던 에이미를 언니들은 '작은 라파엘'이라고 불렀다. 그녀는 꽃이나 상상 속의 요정을 그린다거나, 이야기에 기묘한 삽화를 그려 넣을 때 가장 큰 행복을 느꼈다.

선생님은 에이미가 석판에 수학 문제는 풀지 않고 동물 그림으로 도배를 하는가 하면, 지도책 빈 공간에다가는 지도를 베껴 그려 놓을 뿐 아니라, 책마다 우스꽝스런 풍자그림들을 채워 넣는다며 불평을 해댔다. 하지만 그녀는 공부도 곧잘 하는 데다 행동 또한 모범적이었기 때문에 용케 꾸중을 모면하곤 했다.

에이미는 원만한 성격에 별로 힘들이지 않고도 사람들을 즐겁게 만드는 재주가 있어 친구들 사이에 인기가 많았다. 오만하면서도 우아한 태도와 다재다능함은 모두의 감탄을 자아내기에 충분했다. 그림 말고도 피아노곡을 열두 곡이나 연주할 줄 알았고, 뜨개질 솜씨도 일품이었으며, 불어도 단어를 3분의 2 이상 틀리지 않고 읽을 수 있었다. 그녀가 애처로운 어조로 "우리 아빠가 부자였을 땐 말이야……."라며 말을 꺼낼 땐 사람들의 마음도 촉촉이 젖어들었는데, 친구들은 그녀의 긴 넋두리를 '우아함의 결정판'이라며 추켜세웠다.

하지만 사람들이 에이미를 너무 귀여워만 하는 데다 허영심과 이기심이 나날이 커져 가다 보니 버릇없는 아이가 될 수도 있었다. 다행히 그런 허영심에 찬물을 끼얹는 일이 있었으니 바로 사촌의 옷을 입어야 한다는 현실이었다.

사촌 플로렌스의 엄마는 감각의 '감'자도 찾아볼 수 없는 사람이라 파란색 보닛 대신 빨간색을 써야 한다거나 어울리지 않는 외투와 따로 노는 요란한 앞치마를 입어야 하는 에이미로서는 괴로움이 이만저만 아니었다. 그 옷들은 옷감도 좋고 바느질 상태도 꼼꼼한 데다 그리 낡은 편도 아니었지만, 에이미의 예

술가적 안목에는 한참 떨어지는 수준이었다. 특히 아무런 장식도 없이 노란색 물방울 무늬만 찍힌 우중충한 자주색 옷을 입고 학교에 가야 하는 올 겨울은 그야말로 고역이었다.

"내 유일한 위안은 말이야."

에이미가 눈물이 그렁그렁한 눈으로 메그에게 말했다.

"내가 말썽을 피웠을 때, 우리 엄마가 마리아 파크 엄마처럼 내 드레스 단을 집어 올리지 않는다는 사실이야. 마리아가 좀 심하게 굴었을 때는 치마가 무릎까지 올라간 적도 있다니까. 으, 정말 끔찍해. 그래 가지고 학교엘 어떻게 가라고. 그런 굴욕을 생각하면 내 납작한 코나 노란 불꽃이 이글거리는 자주색 외투쯤은 정말 아무것도 아니라고."

에이미에게 메그는 속내를 털어놓는 친구이자 조언자였고, 성격이 정반대인데도 불구하고 온화한 베스에게는 조가 그런 존재였다. 수줍음이 많은 베스는 조에게만 제 생각을 털어놓았으며, 덤벙대는 조에게 가족 중 그 누구보다도 큰 영향을 미쳤다. 이 두 언니들은 사이가 정말 좋았지만 동생들을 한 명씩 맡아 보살필 때는 제 나름의 방식을 고수했다. 자기들끼리 '엄마 놀이'라고 부르면서 버림받은 인형을 보살피듯 타고난 모성본능을 발휘해 동생들을 돌보아 주고 있었던 것이다.

"누구 재미있는 얘기 없니? 오늘 온종일 너무 우울했어. 뭔가 재미있는 일이 있으면 정말 좋겠어."

그날 저녁 함께 둘러앉아 뜨개질을 하다 말고 메그가 입을 열었다.

"오늘 할머니 집에서 이상한 일이 있었어. 아무튼 내가 이겼으니까 얘기해 줄게."

이야기하기를 좋아하는 조가 먼저 말문을 텄다.

"난 오늘도 평소처럼 지루한 벨샴의 책을 웅얼웅얼하며 읽고 있었어. 그러면 할머니가 빨리 잠이 드시거든. 그사이, 난 다른 재미있는 책을 꺼내 할머니가 깨시기 전에 후다닥 읽어 치우곤 했다고. 그런데 오늘은 이상하게 내가 잠이 오는 거야. 그 바람에 할머니가 꾸벅거리기도 전에 입을 쩍 벌리고 하품을 하고 말았지 뭐야. 그랬더니 한입에 책이라도 삼킬 요량으로 입을 그렇게 크게 벌리느냐고 핀잔하시는 거야. 그래서 내가 되바라져 보이지 않게 애쓰며 이렇게 대답했지. '한 번에 끝내버릴 수 있게 그러면 얼마나 좋을까요.' 그랬더니 할머니가 내 잘못에 대해 일장연설을 늘어놓으시더니 당신이 잠시 쉬는 동안 앉아서 잘 생각해 보라는 거야. 원래 할머니는 한번 잠이 들면 일찍 깨는 분이 아니시거든. 그래서 난 할머니 모자가 머리 큰 달리아 꽃처럼 끄덕대자마자 주머니에서 재빨리 《웨이크필드의 목사》를 꺼내서는 한쪽 눈은 책에, 한쪽 눈은 할머니에게 고정시킨 채 읽기 시작했어. 그런데 주인공들이 물속에 고꾸라지는 장면이 나오자 나도 모르게 웃음이 터져 버린 거야. 당연히 할머니는 잠이 깨셨지. 하지만 낮잠을 잔 뒤라 마음이 좀 풀리셨는지 좀 더 읽어도 된다고 하셨고, 가치 있고 교훈적인 벨샴보다 더 좋아하는 그 시시한 책이 뭔지 보여 달라는 거야. 난 최선을 다해서 읽어 드렸고, 할머니도 마음에 들어 하셨지. 물론 이렇게 말씀하시긴 했지만 말이야……. '무슨 말인지 당최 모르겠구나. 얘, 앞으로 돌아가서 다시 읽어 봐라.' 난 다시 그 부분을 최대한 재미나게 읽어 드렸고, 흥미진진한 부분에서 괜스레 멈추고는 은근히 여쭤보기까지 했어. '너무 시시하죠, 할머니. 그만 읽을까요?' 그랬더니 할머니가 손에서 떨어졌던 뜨개질감을 갑자기 집어 드시고는 안경 너머로 날 째려보며 불퉁한 목소리로 이러시는 거야. '읽던 부분은 끝내야지. 버르장머리 없이, 원.'"

"할머니도 맘에 든다고 그러셨니?"

"오, 그럴 리가! 그건 아니지! 하지만 벨샴은 치우셨지. 오늘 오후에 장갑 찾으러 다시 갔더니 할머니가 글쎄 《웨이크필드의 목사》에 푹 빠져 계시는 거야. 내가 이제부터는 좀 편해지겠다 싶은 생각에 마루를 구르며 춤을 추고 웃어 대는데도 까맣게 모르시더라니까. 마음만 먹으면 얼마든지 즐겁게 사실 수 있을 텐데! 난 할머니가 돈이 아무리 많다 해도 별로 부럽지 않아. 부자나 가난한 사람이나 걱정거리는 마찬가지인 것 같거든."

"그 얘길 들으니 나도 한 가지 생각나는 일이 있어."

메그가 말했다.

"조 이야기만큼 재미있진 않지만 집에 오면서 많이 생각했던 일이야. 오늘 킹 씨 댁 분위기가 말이 아니더라고. 애 하나가 울면서 말하길, 맏형이 큰 잘못을 저질러서 아빠가 멀리 보내 버렸다는 거야. 킹 부인의 울음소리와 함께 킹 씨가 고함치며 얘기하는 소리가 들렸고, 울어서 눈이 얼마나 빨갛게 부어올랐는지 그레이스와 엘렌은 내가 지나갈 때도 얼굴조차 들지 않더라니까. 물론 아무것도 묻진 않았지만 정말 안됐다는 생각이 들더라고. 가족들 망신이나 시키고 나쁜 짓이나 하는 남자 형제가 없다는 게 내심 마음이 놓이기도 했고 말이야."

"학교에서 망신당하는 게 못된 남자애들이 집안 망신시키는 것보다 훨씬 견디기 힘들걸."

인생 경험이 많은 사람이라도 된 듯 머리를 절레절레 흔들며 에이미가 말했다.

"수지 퍼킨스가 오늘 예쁜 홍옥수 반지를 끼고 왔거든. 정말 어찌나 갖고 싶던지 내가 그 애라면 얼마나 좋을까 하는 생각까지 했다니까. 암튼 그 수지가 말이야, 데이비스 선생님을 그렸는데, 코는 괴물 같고, 등은 구부정한 데다, 입 옆에는 말풍선까지 그려 놓고 '꼬마 아가씨들, 내 눈은 못 속여!'라고 써놓은 거야. 우리가 그걸 보고 까르르 웃고 있는데, 갑자기 선생님 눈이 우릴 향하더니 수지더러 석판을 들고 나오라는 거야.

수지는 겁에 질려 거의 마비상태였지만 그래도 앞으로 나갔어. 근데 세상에, 선생님이 무슨 짓을 했는지 알아? 귀를, 수지 귀를 잡아당기셨어! 생각만 해도 끔찍해! 그러고는 암송대로 끌고 가더니 모든 사람들이 다 보는 앞에서 석판을 든 채 30분이나 서 있게 하셨다고."

"그 광경을 보고 아이들이 웃지 않았니?"

조가 재미있어하며 물었다.

"웃었냐고? 단 한 명도 웃지 않았어! 모두 생쥐처럼 조용히 앉아 있었는걸. 수지만 엉엉 울었지, 뭐. 그러고 나니까 수지가 하나도 부럽지 않았어. 반지가 수백만 개 있다 해도 그런 일을 겪는다면 전혀 행복하지 않을 거라는 생각이 들었거든. 나라면 죽었다 깨어나도 그런 끔찍한 치욕을 견뎌 낼 수 없을 거야."

에이미는 자신이 흠잡을 데 없다는 뿌듯함과 어려운 단어를 유창하게 발음했다는 사실에 우쭐해하며 하던 일을 계속했다.

"난 오늘 아침에 흐뭇한 장면을 봤어. 저녁에 말한다 하고는 까먹어 버렸네."

베스가 뒤죽박죽 섞여 버린 조의 반짇고리를 정리하며 말했다.

"한나 대신에 굴을 사러 갔는데, 생선 가게에 로렌스 씨가 있었어. 내가 통 뒤에 서 있어서 날 보지는 못했지만 말이야. 가게 주인인 커터 씨와 한창 이야기를 나누고 계셨는데, 그때 어떤 불쌍한 여자가 들통과 자루걸레를 들고 와서는 주인 아저씨에게 아이들 저녁거리가 없어 그러니 청소를 해 주면 생선을 조금 줄 수 없냐고 부탁했어. 커터 씨가 퉁명스럽게 바빠서 안 된다고 하자, 그 여자는 허기지고 슬픈 표정으로 나가려고 했어. 그런데 로렌스 씨가 꼬부라진 지팡이 끝으로 커다란 생선 하나를 걸어 올리더니 여자에게 건네 주는 거야. 그 여자는 너무 기쁘고 놀라운 마음에 두 팔로 생선을 덥석 안고는 고맙다는 인사를 몇 번이고 몇 번이고 하는 거 있지. 로렌스 씨가 '가져가서 드시오.' 하고 말하자 여자가 서둘러 나가는데 얼마나 행복해 보이던지! 정말 좋은 사람 같지 않아? 크고 미끌미끌한 생선을 품에 안은 채 '천국 가서도 행복하실 거예요.'라며 로렌스 씨에게 인사하는 그 여자 모습은 또 얼마나 웃겼는지."

베스의 이야기를 듣고 한바탕 웃고 난 자매들은 엄마에게도 이야기를 해 달라고 졸랐다. 잠시 생각하던 엄마가 진지한 표정으로 말을 꺼냈다.

"오늘 일터에서 푸른색 플란넬 상의를 재단하는데 아빠가 몹시 걱정이 되더구나. 아빠한테 무슨 일이라도 생기면 얼마나 외롭고 막막할까 하는 생각이 들었어. 엄마도 그래선 안 된다는 건 알지만 아빠 걱정을 떨쳐 버릴 수가 없었단다. 그때 어떤 노인이 주문을 하러 들어와서는 내 옆에 앉더구나. 가난하고 지치고 수심 가득한 얼굴이 너무 안돼 보여 엄마가 먼저 말을 걸었지. '아드님이 군대에 가 있나요?' '네, 모두 넷인데 둘은 죽고 하나는 포로수용소에 잡혀 있답니다. 나머지 한 애가 워싱턴 병원에 입원해 있다길래 찾아가는 길이지요.' 노인이 나지막이 그러더구나. '나라를 위해 큰일을 하셨네요, 어르신.' 동정보다는 존경하는 마음이 들어 엄마가 그렇게 말했단다. '뭐, 대단한 일이라고요. 이런 노인네도 필요하다면 갔을 겁니다. 그렇게 안 되니까 자식들을 보냈던 거지요.' 밝은 목소리와 진지한 표정으로 말하는 노인의 모습은 자신의 모든 것을 내주고도 오히려 기뻐하는 듯했단다. 그 모습을 보니 엄마가 얼마나 부끄럽던지. 아들 넷을 보내고도 불평 한마디 안 하는 사람도 있는데, 겨우 한 사람을 보내 놓고 이리도 연연했으니 말이다. 엄마는 집에서 편안히 맞아 주는 너희들이 모두 다 있지만, 노인의 마지막 남은 아들은 머나먼 곳에서 어쩌면 마지막 인사를 하기 위해 기다리고 있을지도 모르지 않니? 그런 생각을 하니 내가 너무 부자인 것만 같고 복이 많은 사람이라는 생각이 들더구나. 그래서 엄마는 노인에게 좋은 옷가지와 약간의 돈을 드리면서 값진 교훈을 주셔서 감사하다는 인사를 드렸단다."

"하나 더 해 주세요, 엄마. 이 얘기처럼 교훈적인 걸로요. 전 얘기를 듣고 나중에 곰곰이 생각해 보는 게 좋아요. 너무 설교적이지만 않다면요."

잠깐의 침묵을 깨고 조가 말했다.

마치 부인의 얼굴에 미소가 번지더니 이내 이야기를 시작했다. 오랜 세월 어린 청중들에게 이야기를 해 온 그녀였기에 아이들을 기쁘게 할 방법도 잘 알고 있었다.

"옛날 옛날에 네 자매가 살았단다. 먹는 것도 입는 것도 넘쳐났고, 안락하고 즐거운 생활을 했으며, 다정한 친구들과 끔찍이 사랑하는 부모님까지 없는 게 없었지만, 만족이란 걸 몰랐지."

이 대목에서 청중들은 서로의 모습을 힐끗대며 열심히 바느질을 하기 시작했다.

"소녀들은 착한 사람이 되고 싶은 마음에 멋진 해결책을 찾기도 했지만 제대로 지킬 생각은 않고, 늘 '이것만 있으면 좋을 텐데…….'라거나 '저렇게만 할 수 있다면…….' 하면서 본인들이 얼마나 많이 가지고 있고, 얼마나 많은 일을 할 수 있는지 잊고 있었단다. 결국 어떤 할머니를 찾아간 자매들은 행복해질 수 있는 주문을 가르쳐 달라고 말했어. 그러자 할머니가 '불만이 생길 때마다 너희들이 누리고 있는 것을 생각해 보거라. 그러면 감사의 마음이 생겨날 것이다.' 라고 대답했단다."

그 순간 조가 무슨 말이라도 하려는 듯 재빨리 고개를 들었지만, 아직 이야기가 끝나지 않았다는 생각에 마음을 고쳐먹었다.

"할머니의 충고를 따르기로 한 소녀들은 곧 자신들이 얼마나 풍요로운 생활을 하고 있는지 깨닫고 깜짝 놀랐단다. 첫째는 부자들의 돈도 수치와 슬픔까지 없애지는 못한다는 사실을 발견했고, 둘째는 인생을 즐길 줄 모르는 깐깐하고 힘없는 부자 할머니보다는 젊고 건강하고 건전한 정신을 가진 자신이 더 행복하다는 사실을 깨달았지. 셋째는 저녁상 차리는 게 귀찮은 일이긴 하지만 구걸하는 것보다는 낫다는 생각을 하게 되었고, 넷째는 홍옥수 반지보다는 예의 바른 행동이 더 중요하다는 깨달음을 얻었단다. 그리하여 그들은 불평을 그만두고 더 많은 것을 바라는 대신에 전부를 잃어버리지 않도록, 이미 갖고 있는 축복을 즐기고 감사히 받아들이기로 했어. 그리고 엄마는 그 자매들이 할머니의 충고를 잘 지킨 것에 대해 절대로 실망하거나 슬퍼하지 않았다고 믿었단다."

"어머! 엄마, 우리 얘기를 그렇게 돌려서 하시다니 너무해요. 이야기가 아니라 설교잖아요!"

메그가 소리쳤다.

"나는 그런 설교가 좋아요. 아빠가 자주 해 주셨잖아요."

베스가 조의 방석 위에 바늘을 가지런히 놓으며 무언가 생각하는 표정을 지었다.

"난 다른 사람들처럼 불평이 심한 건 아니지만 지금보다 더 조심할래요. 수지 사건으로 많은 걸 배웠거든요."

에이미가 착한 소리를 했다.

"우리에겐 교훈이 필요했어요. 잊지 않을게요. 우리가 잊어버리면 《톰 아저씨의 오두막》에서 클로에가 말한 것처럼 '신의 은총을 생각해라, 얘들아! 신의 은총을 생각해!' 하고 엄마가 바로 일깨워 주세요."

어머니의 이야기를 누구보다 마음에 깊이 새겼으면서도 이런 설교에서조차 재밋거리를 찾지 않고는 못 배기는 조가 이렇게 덧붙였다.

05.
이웃이 되다

"도대체 지금 어딜 가려는 거니, 조?"

눈 내리는 오후, 조가 고무장화에 낡은 자루, 두건을 뒤집어 쓴 차림으로 빗자루와 삽을 양손에 나눠 들고 쿵쾅거리며 복도를 지나가자, 메그가 물었다.

"운동하러 가."

장난기 가득한 눈빛으로 조가 대답했다.

"오늘 아침에 두 번이나 나갔다 오고도 부족하니? 날도 춥고 우중충한데, 나처럼 따뜻한 집에서 불이나 쬐면 좀 좋아?"

메그가 추위에 몸을 떨며 말했다.

"그런 충고는 사양이야! 내가 무슨 고양이도 아니고, 어떻게 온종일 집 안에만 틀어박혀 난로 옆에서 꾸벅거리냐고. 난 돌아다니면서 새로운 걸 찾아다니는 게 훨씬 좋아."

메그가 자리로 돌아가 발을 녹이며 《아이반호》를 읽는 동안, 조는 넘치는 힘으로 눈을 파서 길을 내기 시작했다. 그렇게 비를 들고 정원 주변의 길을 말끔히 쓸어 놓았다. 해가 나면 인형들 바람을 쐬어주러 나올 베스를 위해서였다.

그런 정원을 사이에 두고 마치 네와 로렌스 씨 댁이 나란히 있었다. 양쪽 집 다 시골 분위기가 물씬 나는 교외에 자리 잡고 있었는데, 주변에는 작은 숲과 잔디밭, 넓은 정원이 펼쳐져 있고 거리는 한산했다. 야트막한 울타리가 두 집의 경계였다. 한쪽은 오래된 갈색 집으로 소박하고 허름한 모습이었으나, 여름이면 덩굴식물이 벽을 덮었으며, 아름다운 꽃들에 둘러싸이곤 했다.

또 다른 집은 우람한 석조 건물이었는데, 넓은 마차 차고와 손질이 잘 된 뜰에서부터 온실에 이르기까지 안락함과 호화로운 생활을 여실히 보여 주었으며, 값비싼 커튼 사이로 언뜻언뜻 멋진 물건들이 보이곤 했다. 그러나 그 집은 어쩐지 쓸쓸하고 활기가 없어 보였다. 잔디밭에서 장난치며 뛰노는 아이들도 없고, 창가에서 미소 짓는 엄마의 얼굴도 없고, 늙은 신사와 손자 외에는 드나드는 사람도 거의 없었기 때문이다.

이 근사한 집은 상상력이 풍부한 조에게는 놀라움과 기쁨으로 가득 차 있으나 그 누구도 즐기지 못하는 마법의 성처럼 여

겨졌다. 조는 오래전부터 이웃집에 숨겨진 비밀들이 궁금했다. 그리고 방법만 안다면 언제든 모습을 드러내고 싶어하는 로렌스 가의 소년과 친해지고 싶었다.

그날의 파티 이후로 그 소망은 더 커졌고, 소년과 친구가 될 수 있는 갖가지 방법을 계획하기도 했다. 하지만 요즘 들어서는 통 모습이 보이지 않았기에 조는 소년이 어디론가 떠난 거라고 생각하고 있었다. 그런데 어느 날 위쪽 창문에서 갈색 얼굴 하나가 베스와 에이미가 눈싸움 하는 광경을 부러운 듯 내려다보고 있는 걸 발견했다.

"친구가 없어서 심심한 게 분명해."

조가 혼잣말을 했다.

"할아버지는 걔한테 뭐가 필요한지 몰라. 온종일 가둬 놓기나 하고. 함께 놀 친구들이나 젊고 생기 있는 사람이 곁에 있어야 하는데 말이야. 내가 기회 봐서 할아버지한테 말씀드려야지 안 되겠어."

조는 이런 무모한 행동을 즐겨 했고, 메그는 이런 동생의 괴상한 행동 때문에 번번이 곤욕을 치르곤 했다.

눈 내리는 이날 오후 조는 자신의 결심을 드디어 실천에 옮기기로 결정했다. 로렌스 씨가 외출하는 걸 본 조는 황급히 눈을 치우며 염탐하기 적당한 울타리까지 길을 냈다. 사방이 조용한 가운데 아래층 창가의 커튼은 내려져 있고, 2층 창가에서 가는 팔로 검정 고수머리를 괴고 있는 소년 말고는 하인들조차 보이지 않았다.

"저기 있네. 가엾기도 하지! 이런 날에 혼자서 우울해하고 있다니. 정말 너무해! 눈뭉치를 던져서 날 보게 한 후에 따뜻한 말이라도 건네 봐야겠다."

조가 눈을 한 움큼 쥐고 위로 던지자, 소년이 고개를 휙 돌렸다. 그리고 커다란 눈이 환해지면서 입가에 미소가 번지더니 시무룩하던 표정이 싹 사라져 버렸다. 조는 고개를 까딱하며 활짝 웃었고, 빗자루를 흔들며 큰 소리로 인사했다.

"안녕? 너 어디 아프니?"

로리가 창문을 열고 까마귀처럼 쉰 목소리로 외쳤다.

"이젠 거의 다 나았어. 고마워. 독감에 걸려서 일주일 동안 꼼짝도 못했거든."

"정말 안됐다. 혼자서 놀 거리라도 있니?"

"아니! 여긴 무덤처럼 따분하기만 해."

"책을 읽지 그래?"

"그것도 마음대로 못해. 못 읽게 하니까 말이야."

"읽어 줄 사람 없어?"

"할아버지가 가끔 읽어 주시긴 하지만, 내 책은 재미없어하시는 데다 브룩 선생님한테 매번 부탁드리는 것도 그래서 말이야."

"그럼 누구 찾아오는 사람은?"

"오라고 하고 싶은 사람이 없어. 남자애들은 너무 야단스러워서 머리가 더 아파."

"책도 읽어 주고 재미있게 놀아 줄 착한 여자 친구는 없니? 여자애들은 조용하고 간호하는 것도 좋아하는데."

"아는 여자애가 없어."

"우리는 알잖아."

조가 웃음을 터뜨리는가 싶더니 입을 다물었다.

"정말 그렇구나! 우리 집에 올래?"

로리가 소리쳤다.

"난 조용하지도 그다지 착한 편도 아니지만, 엄마만 허락한다면 기꺼이 갈게. 엄마한테 여쭤보고 올 테니까, 이제 창문 닫고 들어가 얌전하게 기다리고 있어."

그러고 나서 조는 빗자루를 어깨에 둘러메고는 씩씩한 걸음으로 집으로 들어가면서 식구들의 반응이 어떨지 궁금해했다. 한편, 로리는 친구가 생긴다는 사실에 기뻐 어쩔 줄 몰라 하며 손님 맞을 준비를 했다. 메그가 칭찬한 '작은 신사'란 이름에 걸맞게 자신의 고수머리를 빗질하고, 밝은 색 옷으로 갈아 입었다. 또한 하인이 여섯이나 되는데도 깔끔하다고만은 할 수 없는 자신의 방을 직접 정리하며 초대 손님에 대한 예의를 갖췄다. 곧이어 벨소리가 요란하게 울리면서 '로리 씨'를 찾는 목소리가 들렸다. 그리고 곧 놀란 표정으로 하인이 뛰어 올라오더니 어떤 젊은 아가씨가 찾아왔다고 전해 주었다.

"괜찮아. 들어오시라고 해. 조 아가씨야."

로리가 조를 맞이하기 위해 작은 응접실로 향하며 말했다. 조는 장밋빛 얼굴에 상냥한 모습이었고, 손에는 각각 접시와 베스의 새끼 고양이 세 마리를 들고 있었다.

"나 왔어. 그리고 이렇게 짐 보따리도 함께 왔지."

조가 활기찬 목소리로 말했다.

"엄마가 안부 전하시면서 널 위해 뭔가 할 수 있어 기쁘다고 하셨어. 메그 언닌 주특기인 블라망주 젤리를 갖다 주랬고, 베스는 고양이가 위로가 될 거라고 생각했나 봐. 네가 웃을 거라는 거 알지만 자기도 뭔가 하고 싶다는데 차마 거절할 수가 있어야지."

고양이를 보고 활짝 웃는 로리를 보니 베스의 엉뚱한 생각은 의외로 성공을 거둔 듯했다. 수줍음도 잊은 채 그는 어느새 명랑해져 있었다.

조가 보자기를 벗겨 내자, 초록색 잎과 에이미가 가꾼 주황빛 제라늄꽃으로 만든 화환, 그리고 거기에 둘러싸인 블라망주가 나왔다. 로리가 기쁜 얼굴로 웃으며 말했다.

"너무 예뻐서 못 먹겠다."

"별거 아니야. 다들 마음을 전하고 싶었던 것뿐이야. 차 마실 때 가져오라고 해서 같이 먹어. 부드러워서 목도 아프지 않게 잘 넘어갈 거야. 방이 참 아늑하고 좋구나!"

"깔끔하게 정돈하면 그럴지도 몰라. 하지만 하녀는 너무 게으르고 난 부릴 줄을 모르니 그게 문제지."

"내가 2분 안에 정리해 줄게. 그냥 난로 한 번 쓸고, 또 장식 선반 위 물건들을 똑바로 세우고, 또 책은 여기에, 병은 저쪽에, 소파는 빛을 등지게 돌려놓고, 베개는 좀 부풀려 놓고 그러면 끝이야. 자, 이제 나아졌지?"

로리의 마음 또한 한결 나아졌다. 조가 웃고 재잘대면서 물건을 옮기고 방 분위기를 싹 바꿔 놓았기 때문이다. 로리는 조를 존경하는 눈빛으로 바라보았다. 그리고 그녀가 소파에 앉으란 손짓을 하자, 만족스런 한숨을 내쉬며 자리에 앉은 다음 고맙다는 인사를 했다.

"넌 정말 친절한 사람이야! 그래, 이게 내가 원하던 거라고. 이제 이 푹신한 의자에 앉아서 친구를 위해 나도 뭔가 보답할 수 있게 해 줘."

"안 돼! 난 널 즐겁게 해 주려고 온 사람이잖아. 내가 책 읽어 줄까?"

조가 애정 어린 눈길로 곁에 놓인 책들을 쳐다보았다.

"고마워. 하지만 이미 다 읽은 것들이야. 너만 괜찮다면 난 얘길 더 하고 싶은데."

"좋지. 내 말만 잘 받아 준다면 난 밤새도록 얘기할 수도 있어. 베스가 그러는데, 난 언제 그쳐야 할지를 모른대."

"베스라면 혹시 뺨이 발그레하고, 주로 집 안에서 지내고, 가끔씩 작은 바구니를 들고 밖으로 나오는 애 아니니?"

"맞아. 그 애가 베스야. 내 동생인데, 얼마나 착한지 몰라."

"얼굴이 예쁜 사람이 메그고, 곱슬머리 여자애가 에이미 맞지?"

로리는 얼굴을 붉혔지만 솔직하게 말했다.

"사실 너희들끼리 이름 부르는 소리가 간혹 들릴 때가 있거든. 여기 혼자 있는 나로서는 너희 집을 안 볼 수가 없어. 늘 행복해 보이니까 말이야. 무례했다면 미안해. 하지만 화분이 놓인 창문 쪽 커튼을 치지 않을 때가 있더라고. 등이 켜져 있을 땐 어머니와 함께 모두 탁자에 모여 난로를 바라보는 모습이 한 폭의 그림 같지. 바로 마주 보이는 자리에 어머니가 앉아 계시는데, 화분 뒤에 보이는 그 얼굴이 얼마나 인자해 보이는지 정말 눈을 뗄 수가 없어. 난 어머니가 안 계시잖니."

그러면서 로리는 입술이 떨려 오는 걸 숨기기 위해 애꿎은 난로를 쑤셔 댔다.

로리의 눈에 비친 외로움이 조의 마음에 그대로 전해졌다. 조는 생각하는 것은 모두 가능하다고 단순하게 믿고 자랐으며, 여느 아이들처럼 순수하고 해맑기만 한 열다섯 살 소녀였다.

그러나 로리는 아프고 외로운 아이였다. 따스한 가정에서 행복을 누리는 자신이 얼마나 부자인지 깨달은 조는 로리에게도 이 느낌을 나누어 주고 싶었다. 그래서 아주 다정한 얼굴로 전에 없이 부드럽게 말했다.

"앞으로 절대 커튼을 치지 않을 테니까 네가 보고 싶은 만큼 실컷 봐. 아니면, 차라리 우리 집에 놀러 오는 게 어떨까? 우리 엄마는 아주 좋은 분이시라 너한테 정말 잘해 주실 거야. 내가 부탁만 하면 베스가 널 위해 노래도 해 주고, 에이미는 춤도 출 거야. 메그 언니와 난 우스꽝스런 무대의상을 입고 널 웃겨 줄게. 정말 재미있을 거야. 그런데 할아버지가 보내 주시려나?"

"너희 어머니가 부탁하신다면 허락하실 거야. 할아버진 보기보다 아주 다정한 분이시거든. 내가 원하는 건 뭐든 다 해 주시려고 하니까. 오히려 내가 혹시나 모르는 사람을 귀찮게 하지는 않을까 그게 걱정이시지."

더욱 환해진 얼굴로 로리가 대답했다.

"우린 모르는 사람이 아니라 이웃이잖아. 그리고 귀찮게 하지나 않을까 걱정할 필요도 없어. 우리도 너랑 친하게 지내고 싶으니까. 사실 난 오래전부터 그래 왔다고. 너도 알다시피 우린 여기서 오래 살진 않았지만 너희 집 말고는 모르는 이웃이 없는걸."

"할아버진 책에만 파묻혀 사시는 분이라 바깥일에는 별로 신경을 안 쓰셔. 가정교사인 브룩 선생님도 여기서 안 살고. 내 주변엔 어울릴 만한 사람이 하나도 없어. 그래서 그냥 집에 틀어박혀 지내는 거야."

"그건 옳지 않아. 스스로 노력을 해야지. 오라고 하는 곳이면 어디든 찾아다니면서 스스로 노력을 해야 해. 그러다 보면 친구도 생기고 좋은 곳도 알게 된다고. 부끄럼 타는 것도 신경 쓰지 마. 익숙해지면 자연히 없어지게 돼 있으니까."

로리의 얼굴이 다시 홍당무가 되었다. 하지만 부끄럼 탄다는 말에 기분이 상한 건 아니었다. 말은 노골적으로 해도 그 안에 담긴 조의 진심을 느낄 수 있었기 때문이다.

"학교생활은 재미있어?"

잠시 후 로리가 화제를 바꾸며 물었다. 그가 난로를 바라보는 동안 조는 즐거운 표정으로 이리저리 방 안을 둘러보고 있었다.

"나 학교 안 다녀. 직장인, 아니 직장여성이지. 왕고모님 시중드는 게 내 일이야."

로리는 뭔가를 또 물어보려다 남의 일에 대해 꼬치꼬치 묻는 건 실례라는 생각이 들자 입을 다물고는 이내 어색한 표정을 지었다.

조는 로리의 그런 배려가 맘에 들었다. 하지만 로리가 웃건 말건 간에 까다로운 마치 할머니와 뚱땡이 푸들, 스페인 말을 할 줄 아는 앵무새와 조가 좋아하는 서재에 대해 생생하게 이야기해 주었다. 로리는 흥미진진해하며 조의 얘기에 빠져 들었다. 마치 할머니에게 구혼하러 온 점잔 빼는 노신사에 관한 이야기를 할 때는 앵무새 폴리가 노신사의 가발을 낚아채는 바람에 어쩔 줄 몰라 하던 장면을 어찌나 실감나게 묘사했는지, 로리는 몸을 아예 젖힌 채 눈물이 나도록 웃어 댔다. 하녀가 무슨 일인가 싶어 불쑥 머리를 들이밀 정도였다.

"와! 정말 재미있다. 또 해 봐."

너무 웃어 빨갛게 상기된 얼굴을 소파 쿠션 사이로 내밀며 로리가 말했다.

기분이 좋아진 조는 자매들의 연극 공연과 앞으로의 계획들, 아버지에 대한 바람과 걱정, 살면서 가장 재미있었던 사건들에 대한 이야기를 줄줄이 늘어놓았다. 그런 다음 책에 대해 이야기를 나누었고, 로리가 자신만큼이나 책을 좋아하며, 자기보다 읽은 책이 훨씬 많다는 사실을 무척 기뻐했다.

"책을 그렇게나 좋아한다니 우리 집 서재에 내려가 보자. 할아버지가 나가셨으니까 겁낼 거 없어."

"난 어떤 것도 겁나지 않아."

조가 고개를 들며 대꾸했다.

"나도 그럴 줄 알았어!"

로리가 존경 어린 눈으로 조를 바라보았다. 그러나 속으로는 할아버지가 저기압이실 때 마주친다면 조도 조금은 겁이 날 거라고 생각했다.

로리는 이 방 저 방으로 조를 안내했고, 조가 마음에 들어하는 눈치면 충분히 볼 수 있게 기다려 주었다. 그리고 드디어 마지막으로 서재에 들어서자, 조는 몹시 기쁠 때면 늘 그러듯이 손뼉을 치며 온 방을 껑충껑충 뛰어다녔다. 책이 가지런히 정렬된 서재에는 그림과 조각상, 동전과 신기한 물건들로 가득 찬 작은 장식장, 안락의자와 이상하게 생긴 탁자, 청동으로 만든 물건들이 있었는데, 그중에서 가장 멋진 건 바로 희한한 타일로 장식된 커다란 벽난로였다.

"정말 굉장하구나!"

조가 탄성을 지르며 벨벳 의자에 몸을 깊이 묻은 채 아주 만족스런 얼굴로 주위를 둘러보았다.

"테오도르 로렌스, 넌 세상에서 가장 행복한 사람일 거야."

조가 감동에 겨워 소리쳤다.

"사람은 책만으론 살 수 없어."

로리가 맞은 편 탁자 위에 걸터앉아 고개를 가로저었다.

그리고 뭔가를 더 말하려는데, 초인종 소리가 들렸다. 조가 벌떡 일어나더니 놀란 소리로 외쳤다.

"어쩜 좋아? 할아버지가 오셨나 봐."

"왜, 그게 뭐 어때서? 넌 무서운 게 없다며?"

로리가 장난기 있는 표정으로 물었다.

"그래도 할아버지는 좀 무서워. 이유는 잘 모르겠지만 말이야. 엄마한테 허락도 받았고, 별로 피해 준 것도 없는데 왜 그러나 몰라."

조가 마음을 진정시키며 말은 그렇게 했지만, 여전히 눈은 문에 고정된 채였다.

"기분이 정말 많이 좋아져서 오히려 난 고맙게 생각하고 있어. 단지 나한테 이야기해 주느라 네가 너무 피곤한 건 아닌가 걱정될 뿐이지. 이야기가 너무 재미있어서 그만두라고 말할 수가 없었어."

로리가 고마워하며 말했다.

"의사 선생님 오셨습니다, 도련님."

하녀가 손짓으로 부르며 말을 전했다.

"잠시 나갔다 와도 되겠니? 진찰받아야 하거든."

로리가 말했다.

"난 신경 쓰지 마. 여기 있는 게 너무 행복하니까."

조가 대답했다.

로리가 나가자, 조는 서재를 마음껏 돌아다녔다. 조가 노인의 초상화 앞에서 멈춰 섰을 때 문 열리는 소리가 났다. 그녀는 뒤도 돌아보지 않고 서슴없이 말했다.

"난 이제 할아버지 안 무서워. 입은 엄해 보이지만 눈매가 자상해 보이거든. 의지가 아주 강하신 분 같아. 우리 할아버지만큼 잘생기진 않으셨지만 그래도 맘에 들어."

"고맙구려, 아가씨."

뒤에서 거친 목소리가 들려왔고, 거기에는 놀랍게도 로렌스 씨가 서 있었다.

가여운 조는 더는 빨개질 수 없을 정도로 얼굴이 빨개졌다. 그리고 방금 한 말을 떠올리자 심장이 마구 방망이질 치기 시작했다. 그냥 도망쳐 버리고 싶은 마음이 잠깐 들기도 했지만, 그건 비겁한 행동인 데다 나중에 그 사실을 자매들이 알게 되면 놀릴 게 뻔했기 때문에 있는 힘껏 위기를 벗어나 보기로 작정했다. 다시 한 번 보니 텁수룩한 눈썹 아래에서 생기 있게 빛나는 눈이 초상화에서보다 훨씬 친절해 보였다. 게다가 장난기마저 어려 있어 조의 두려움은 한결 누그러졌다. 끔찍한 침묵을 깨고 노신사는 아까보다 더 걸걸한 목소리로 퉁명스럽게 말을 걸었다.

"그래, 내가 무섭지 않단 말이지?"

"네!"

"그리고 내가 자네 할아버지보다 못생겼다고?"

"조금은요."

"게다가 내가 의지가 강하다고 그랬나?"

"그런 생각이 든다고 말했습니다."

"그런데도 내가 좋단 말이지?"

"네, 그렇습니다."

노신사는 대답이 퍽 맘에 들었는지 조금 웃고 나서 조에게 악수를 청했다. 그러고는 손가락을 조의 턱 밑에 대고 얼굴을 진지하게 살펴본 다음 고개를 끄덕이며 말했다.

"할아버지와 얼굴은 닮지 않았지만 성격은 꼭 그대로구만. 너희 할아버진 멋진 분이셨단다. 게다가 용감하고 정직하신 분이셨지. 난 너희 할아버지가 내 친구라는 사실이 자랑스러웠다."

"고맙습니다."

자신의 생각과 같은 노인의 말에 조의 마음은 아주 편안해졌다.

하지만 다음 질문은 날카로웠다.

"그런데 자넨 내 손자랑 뭘 하고 있었던 겐가?"

"이웃이 되려던 것뿐입니다."

그러면서 조는 자신이 방문한 이유를 설명했다.

"그러니까 로리한테 기분전환할 만한 일이 필요하다, 이 말이지?"

"네! 그 애는 외로움을 타는 것 같아요. 젊은 친구들이 도움이 될 수 있을 거예요. 우린 모두 여자이긴 하지만 힘이 된다면 기꺼이 돕겠습니다. 할아버지께서 보내 주신 멋진 크리스마스 선물을 잊을 수 없으니까요."

조가 간절하게 말했다.

"쯧쯧쯧! 그건 그 애가 한 일이야. 그 불쌍한 여자는 어떻게 지내느냐?"

"잘 지내고 있습니다."

조는 아주 빠른 말투로 자신의 어머니가 부자 친구들의 후원으로 훔멜 가족을 도와주고 있다며 그들의 소식을 시시콜콜 전했다.

"좋은 일 하는 품이 너희 할아버지랑 똑같구나. 언제 한번 좋은 날에 찾아봐야겠다. 엄마에게 그렇게 전해다오. 차 마시라는 종소리구나. 그 애 때문에 우리는 일찍 마신단다. 그럼 내려가서 계속 이웃 노릇을 해 볼까?"

"할아버지가 원하신다면요."

"싫다면 권하지도 않아."

로렌스 씨가 격식을 차리며 조에게 자신의 팔을 내밀었다.

'메그 언니가 이걸 보면 뭐라고 할까?'

집에서 이 이야기를 들려줄 상상에 조는 즐거움이 가득한 눈을 한 채 걸음을 옮겼다.

"요 녀석, 뭐가 그리 급한 거냐?"

로리가 계단을 뛰어 내려오다 말고 무서운 할아버지와 팔짱을 낀 조의 모습에 너무 놀란 나

머지 그 자리에 우뚝 멈춰 서 버렸다.

"할아버지 오신 줄 몰랐어요."

의기양양한 조의 시선을 받으며 로리가 입을 열었다.

"네가 이렇게 시끄럽게 내려오는 걸 보니 그런 것 같구나. 차 마시러 가자. 신사답게 행동해야지."

로렌스 씨가 손자의 머리를 살짝 잡아당기고는 앞장섰다. 그리고 두 사람을 뒤따르며 로리가 우스꽝스런 짓을 계속 해 대는 바람에 조는 하마터면 웃음을 터뜨릴 뻔했다.

노신사는 차를 넉 잔이나 마시면서도 별 말이 없었지만, 이내 오랜 친구처럼 재잘거리는 두 젊은이의 모습을 지켜보며 손자에게 일어난 변화를 느끼고 있었다. 밝고 생기 있는 얼굴엔 혈색이 돌았고, 평소와 달리 활달했으며, 즐거운 듯 웃음이 그치지 않았다.

'저 여자애 말이 맞아. 이 녀석은 외로웠던 거야. 이웃집 작은 아가씨들이 이 애를 위해 무슨 일을 할지 한번 지켜봐야겠군.'

그들이 대화하는 모습을 지켜보며 로렌스 씨는 생각했다. 그는 조의 엉뚱하고 솔직한 면이 마음에 들었으며, 조가 로리의 마음을 자기 마음처럼 진정으로 이해한다는 느낌을 받았다.

로렌스 가 사람들이 조의 말처럼 '점잔이나 빼는 속물들'이었다면 절대 함께 어울리지 못했을 것이다. 왜냐하면 그런 사람들은 항상 조를 주눅 들게 하고 거북하게 만들었기 때문이다. 그러나 자신만큼이나 자유롭고 편안한 그들에게서 조는 좋은 인상을 받았다.

차를 다 마시고 일어서면서 조가 이제 가야겠다고 말하자 로리가 아직 더 보여 줄 게 있다며 미리 불을 켜둔 온실로 이끌었다. 그곳은 마치 요정들이 사는 곳 같았는데, 조는 여기저기를 돌아다니며 양쪽 벽에 활짝 핀 꽃들과 부드러운 불빛, 촉촉하고 달콤한 공기, 멋진 덩굴식물과 나무들을 감상했다. 그사이 새 친구는 가장 예쁜 꽃만 골라 두 손 가득 꺾었다. 그러고는 행복한 표정을 지으며 이렇게 말했다.

"어머니한테 갖다 드려. 그리고 보내 주신 약이 너무 마음에 든다고 전해 줘."

두 사람이 넓은 거실로 돌아오자, 난로 앞에 로렌스 씨가 서 있었다. 조는 뚜껑이 열려진 그랜드 피아노에 마음을 온통 빼앗겨 버렸다.

"연주도 하니?"

존경하는 눈빛으로 로리를 돌아보며 조가 물었다.

"이따금."

그가 겸손하게 대답했다.

"지금 쳐 봐. 듣고 싶어. 그럼 베스한테 이야기해 줄 수도 있잖아."

"네가 먼저 해 봐."

"난 칠 줄 몰라. 영 소질이 없어. 하지만 음악은 정말 좋아해."

로리가 피아노를 쳤고, 조는 헬리오트로프와 월계화에 코를

묻은 채 연주를 들었다. 이렇게나 멋진 실력을 갖추었으면서도 잘난 척하지 않다니, '로렌스 가의 소년'을 향한 조의 관심과 호감이 부쩍 커졌다. 조는 베스도 같이 들었으면 좋겠다고 생각했지만 소리 내어 말하진 않았다. 그저 로리가 무안해할 정도로 잔뜩 칭찬을 늘어놓았을 뿐이었다. 안 되겠다 싶었는지 할아버지가 끼어들어 손자를 구해 주었다.

"됐다, 됐어. 이제 그만해. 지나친 칭찬은 좋지 않은 법이야. 저 애 솜씨가 나쁘진 않다만 난 이보다 더 중요한 일도 잘해 냈으면 싶구나. 가겠다고? 그래, 오늘 정말 고마웠다. 또 놀러 오고, 어머님께 안부 인사 전해다오. 그럼 잘 가요, 의사 선생님."

로렌스 씨는 친절하게 손을 흔들었지만 어쩐지 얼굴빛이 어두워 보였다. 현관에 이르렀을 때, 조가 로리에게 자기가 무슨 말실수라도 했냐고 물어보았다. 로리가 고개를 흔들었다.

"아냐! 나 때문이야. 할아버진 내가 피아노 치는 거 싫어하시거든."

"왜?"

"나중에 얘기해 줄게. 내가 못 가니까 존이 집까지 데려다 줄 거야."

"그럴 필요 없어. 내가 무슨 숙녀도 아니고 몇 발짝만 가면 집인데, 뭘. 몸조리 잘 해. 알았지?"

"알았어. 또 놀러 올 거지?"

"건강해진 후에 우리 집에 놀러 온다고 약속하면."

"그럴게."

"잘 있어, 로리!"

"잘 가, 조! 안녕!"

집으로 돌아온 조가 자신이 겪은 모험담을 풀어놓자, 가족들도 저마다 이웃집을 방문하고 싶어했다. 울타리 저편 큰 집 사람들에 대해 무언가 강한 매력을 느꼈기 때문이다. 마치 부인은 자신의 아버지를 기억하는 노신사를 만나 이야기했으면 했고, 메그는 온실을 거닐어 보길 소망했으며, 베스는 그랜드 피아노를 생각하며 한숨을 내쉬었다. 그리고 에이미는 멋진 그림과 조각상을 보고 싶어 안달했다.

"엄마, 그런데 로렌스 씨는 왜 로리가 피아노 치는 걸 싫어할까요?"

궁금한 건 못 참는 조가 물었다.

"글쎄, 잘은 모르겠지만 로리 아버지가 이탈리아 여자와 결혼했기 때문일 거야. 자존심 강한 할아버지의 심기를 상하게 했거든. 로리 어머니는 착하고 사랑스런 성품에 교양 있는 분이셨지만, 할아버지가 싫어해서 결혼 후에는 왕래를 끊었단다. 그 애가 어렸을 때 로리 부모님이 모두 돌아가시는 바람에 할아버지가 데려왔지. 로리는 이탈리아에서 태어났는데, 몸이 너무 약하다 보니 손자 걱정이 이만저만이 아니신가 보더라. 엄마를 닮아 천성적으로 음악을 좋아하는 손자가 혹시나 음악가가 되겠다고 하면 어쩌나 걱정이 돼서 그러실 거야. 어쨌거나 그 애 솜씨를 보면 당신이 싫어했던 며느리가 떠오를 테니 조의 표현대로 '오만상'을 찌푸리신 게 아니겠니?"

"세상에, 너무 낭만적이다!"

메그가 감탄의 소리를 질렀다.

"참, 어이가 없어서. 그 애가 원한다면 음악가가 되게 놔둬야죠. 왜 가기 싫은 대학에 보내서 고생을 시켜요."

"그렇게 매력적인 까만 눈동자에 반듯한 태도가 어디서 왔나 했더니 다 이유가 있었구나. 이탈리아 사람들은 다 친절하니까 말이야."

약간 감상적인 데가 있는 메그가 말했다.

"그 애 눈이랑 태도에 대해 언니가 뭘 안다고 그래? 말도 거의 안 해 봤으면서."

감상과는 거리가 먼 조가 소리쳤다.

"파티에서 봤잖아. 그리고 네가 하는 말을 들어 봐도 예의가 얼마나 바른지 알 수 있잖아. 엄마가 보낸 약에 대해 한 말만 봐도 그렇잖아."

"블라망주를 두고 한 얘기잖아."

"이런 멍청이! 그건 네 얘기야."

"나?"

전혀 뜻밖이라는 듯 조의 눈이 휘둥그레졌다.

"너 같은 앤 보다 보다 처음 본다! 칭찬을 받고도 어떻게 모를 수가 있니?"

그런 문제에 관해서라면 모르는 게 없는 숙녀인 양 메그가 핀잔을 주었다.

"그건 바보 같은 소리야. 그런 말로 내 즐거운 기분을 망치지 말아 주면 고맙겠어. 로리는 착한 아이고 난 그 애가 좋아. 칭찬이나 시시한 말 따위로 감상에 빠지긴 싫어. 그 앤 엄마가 없으니까 모두들 잘 대해 줘야 해. 우리 집에 올지도 모르거든. 괜찮죠, 엄마?"

"그럼, 조! 언제든 환영이지. 그리고 아이들은 아이들다워야 한다는 걸 명심하려무나, 메그."

"난 아직 열두 살이지만 아이란 말은 싫어요. 베스 언닌 어때?"

에이미가 말했다.

"난 '천로역정'에 대해 생각하고 있었어."

아무 말도 듣고 있지 않던 베스가 말했다.

"우리가 착한 사람이 되기로 결심하고 어떻게 '늪'에서 빠져나와 '좁은 문'을 통과하고 힘들게 가파른 언덕을 올라왔는지 생각해 봤어. 저 집은 어쩌면 놀라운 것들로 가득 찬 '아름다운 궁전'일지도 몰라."

"그곳에 가려면 먼저 사자굴을 지나가야 해."

베스의 상상이 마음에 든 듯 조가 말했다.

06.

베스, 아름다운 궁전을 발견하다

그 큰 집은 역시 '아름다운 궁전'이 틀림없었지만 모두가 그곳에 들어가는 데는 시간이 좀 걸렸다.

베스는 사자들 옆을 지나가는 데 큰 애를 먹었다. 로렌스 씨는 가장 큰 사자였다. 하지만 마치 가를 방문해서 자매들에게 재미있는 얘기도 해 주고, 자매들 한 명 한 명에게 친절히 대해 주며, 엄마와 옛날 이야기를 나눈 뒤로는, 수줍음이 많은 베스를 제외하고는 아무도 무서워하지 않게 되었다.

또 다른 사자는 바로 가난한 그들에 비해 로리가 부자라는 사실이었다. 왜냐하면 보답할 길 없는 호의를 자꾸만 받는다는 게 그리 편하지만은 않았기 때문이다.

하지만 시간이 좀 흐르자 로리가 자신들을 은인으로 생각하고 있다는 사실을 알게 되었다. 엄마 같은 마치 부인의 환대와 자매들과의 기분 좋은 만남, 이 소박한 집에서 느끼는 편안함에 대해 로리는 말할 수 없는 고마움을 느끼고 있었던 것이다. 그래서 이내 자존심 따위는 잊어버린 채 어느 쪽이 더 많이 받고 있나 따지지 않고 서로의 정을 나누었다.

새롭게 싹튼 우정이 봄철에 자라는 풀처럼 무성해지면서 즐거운 일들이 많이 일어났다. 모두가 로리를 좋아했고, 로리도 가정교사에게 '마치 집안 자매들은 정말 훌륭한 아가씨들'이라며 칭찬을 늘어놓았다. 자매들은 젊은이다운 열정으로 이 외로운 소년을 생활의 중심으로 끌어들인 뒤 소중하게 대해 주었다. 그리고 소년은 티 없이 맑은 소녀들과의 순수한 만남에 흠뻑 빠져 들었다. 어머니도 여자 형제도 없는 그는 자매들에게 쉽게 동화되었으며, 부지런하고 활기찬 모습을 보며 자신의 게으름을 반성했다.

하지만 책에 싫증 내고 사람들에게만 관심을 보이는 로리 때문에 브룩 선생님은 아주 불만스러운 보고를 할 수밖에 없었다. 로리가 늘 수업도 빼먹고 이웃집으로 달려갔기 때문이다.

"놔두게. 좀 쉬게 했다가 나중에 보충하면 되니까."

노인이 말했다.

"옆집에 사는 한 착한 아가씨가 그러는데, 그 앤 너무 공부만 열심히 해서 젊은 사람들이랑 만나 놀기도 하고 운동도 해야 한다고 하더군. 맞는 말인 것 같아. 난 내가 할머니라도 되는 양 아이를 오냐 오냐 키웠으니까. 그 애가 행복하다면 본인이 좋아하는 걸 하게 내버려 둬. 저 작은 수녀원에서 무슨 큰일이야 나겠나. 마치 부인이 우리보다 더 잘 돌봐 주는걸."

정말 행복한 나날들이었다. 연극 놀이, 썰매와 스케이트 타기, 오래된 거실에서의 즐거운 저녁, 대저택에서 이따금 열리는 작은 파티까지. 메그는 내킬 때마다 온실을 거닐며 꽃들의 향연을 즐겼고, 조는 새 서재의 책들을 마음껏 탐식했는데, 그녀의 서평에 노신사는 배를 잡고 웃곤 했다. 에이미는 그림을 모사하며 그 아름다움을 충분히 음미했고, 로리는 즐거운 마음으로 '저택의 주인' 역할을 톡톡히 해냈다.

하지만 베스는 그랜드 피아노가 그렇게 보고 싶으면서도 메그가 말한 '천상의 집'을 찾아갈 용기를 내지 못했다. 조와 함께 간 적이 한 번 있었지만, 그녀의 수줍은 성격을 알지 못하는 노신사가 시커먼 눈썹 아래로 베스를 뚫어지게 쳐다보며, "어이!"

하고 큰 소리로 부르는 바람에 '다리가 마루 위에서 덜덜 소리를 냈을 정도'로 겁에 질렸다고 엄마에게 말했다.

그 길로 쏜살같이 도망쳐 온 베스는 멋진 피아노가 있다 해도 다시는 그 집에 가지 않겠노라고 선언했다. 결국 그 사실이 로렌스 씨의 귀에 들어가 특별한 방법으로 해결되기 전까지 베스의 두려움은 어떤 설득과 꼬임에도 사라지지 않았다.

어느 날 자매들 집을 잠깐 방문한 노인은 화제를 일부러 음악 쪽으로 몰아가면서 직접 본 유명한 가수에서부터 훌륭한 오르간 연주 이야기며 그와 관련된 흥미진진한 일화들을 늘어놓음으로써, 저 멀리 구석진 자리에 있던 베스를 뭔가에 홀린 듯 살금살금 다가오게 만들었다.

어느새 노인이 앉은 의자 뒤까지 온 베스는 눈을 커다랗게 뜨고, 볼은 흥분으로 빨개진 채 이 신기한 얘기를 들었다. 로렌스 씨는 베스의 존재를 전혀 눈치 채지 못한 듯 로리의 공부와 가정교사에 대해 이야기했다. 그러다가 갑자기 생각나기라도 한 듯 마치 부인을 향해 이렇게 말했다.

"요즘 로리가 음악에 관심이 없네요. 너무 매달리는 게 아닌가 싶어 걱정하던 참이었는데 정말 다행이지요. 그런데 피아노를 오랫동안 사용하지 않으면 소리가 나빠져서 말입니다. 혹시 따님들 중에 누가 가끔 와서 연습도 하고 음도 맞춰 주면 안 될까요, 부인?"

베스가 자기도 모르게 손뼉을 치려는 두 손을 꽉 쥐고는 한 발짝 앞으로 나섰다. 로렌스 씨의 제안은 베스에겐 정말 거부할 수 없는 유혹이었다. 그렇게 훌륭한 피아노를 연주할 수 있다는 생각만으로도 숨이 막힐 지경이었다.

마치 부인이 미처 뭐라고 대답하기도 전에 로렌스 씨가 고개를 약간 갸웃하더니 미소를 지으며 말을 계속했다.

"우리 집에 와 봐야 마주칠 사람도 말할 사람도 없으니 언제든 오기만 하면 됩니다. 저는 늘 다른 편 끝에 있는 서재에 처박혀 지내고 로리도 외출이 잦으니까요. 하인들도 아홉 시 이후에는 응접실 근처에 가는 일이 없거든요."

그가 갈 것처럼 자리에서 일어서자 베스는 마침내 말을 하기로 결심했다. 마지막 이야기는 그야말로 완벽한 조건이었기 때문이다.

"따님들에게 제 얘기를 전해 주십시오. 싫다면 뭐 어쩔 수 없지만 말입니다."

이때 작은 손 하나가 로렌스 씨의 손 안으로 파고들더니 베스가 그를 올려다보며 고마움이 가득한 얼굴로 수줍은 듯 말했다.

"아니에요, 할아버지. 꼭 갈게요."

"네가 음악을 좋아한다는 그 아이냐?"

노인이 이번에는 예전처럼 "어이!" 하고 소리쳐 놀라게 하지도 않고 베스를 다정하게 내려다보며 물었다.

"전 베스예요. 음악을 아주 좋아해요. 만약 정말 제가 연주하는 걸 아무도 안 듣고 방해하지도 않는다면 제가 가도록 할게요."

베스는 자신의 말이 너무 당돌한 것은 아닌지, 스스로도 그렇게 말할 용기가 어디서 났는지 당황해하며 대답했다.

"아무도 없을 거다, 얘야. 반나절은 텅 빈 집이지. 그러니 언제든지 와서 마음대로 쳐도 된단다. 그래 주면 이 할아버지가 고맙겠구나."

"정말 친절하신 분이군요!"

노인의 다정한 태도에 베스는 볼을 붉혔다. 무서워하는 마음은 이미 사라졌고, 소중한 선물에 대한 감사의 말도 더는 생각나지 않자, 대신 할아버지의 큰 손을 꼭 잡았다. 노인은 베스의 이마 위로 흘러내린 머리칼을 부드럽게 어루만지며 허리를 굽혀 입을 맞춘 뒤 사람들이 거의 들어 본 적이 없는 말투로 이렇게 말했다.

"나한테도 너하고 눈이 꼭 닮은 손녀가 하나 있었단다. 신의 축복이 함께하길 바란다, 얘야! 안녕히 계십시오, 부인."

노인은 부리나케 자리를 떴다.

베스는 기쁨을 어머니와 함께 나누었고, 영광스런 소식을 인형들에게 전하기 위해 달려 올라갔다. 자매들이 지금 집에 없었기 때문이다. 그날 저녁 베스의 노랫소리는 더없이 명랑했다. 잠결에 에이미 얼굴을 피아노 삼아 두드려 깨워 버리는 바람에 식구들이 얼마나 웃었는지 모른다.

다음 날, 노인과 로리가 집을 나서자 베스는 두세 번 가다 오다를 반복하더니 마침내 저택의 옆문을 통해 들어갔고, 쥐처럼 소리 없이 움직이며 그토록 보고 싶어 하던 피아노가 놓인 거실에 발을 들여놓았다.

물론 우연이었겠지만, 피아노 위에는 아름답고 쉬운 곡들로 가득찬 악보가 놓여 있었다. 베스는 떨리는 손으로 악보를 집어 들고는 몇 번이나 주위를 돌아보고 귀를 기울이곤 했다. 그러다 마침내 피아노에 손을 올려놓았고, 이내 두려움은 물론 자신조차 잊어버린 채 음악이 전해 주는 말할 수 없는 환희에 젖어 들었다. 그것은 베스에게 있어 사랑하는 친구의 음성과도 같았다.

베스는 한나가 저녁 시간에 데리러 올 때까지 피아노 앞을 떠나지 않았다. 그리고 저녁을 먹기 위해 식탁에 앉긴 했지만 식욕도 없었고 그저 더없이 행복한 모습으로 가족들을 보며 미소만 지을 뿐이었다.

그 후로 거의 매일 작은 갈색 두건이 울타리를 빠져나갔다. 큰 거실에는 보이지 않는 음악의 요정이 슬그머니 왔다가 사라지는 일이 자주 일어나곤 했다. 그녀는 로렌스 씨가 자신이 좋아하는 옛날 곡들을 듣기 위해 서재 문을 열어 놓는다는 사실을 몰랐다. 또 로리가 복도에서 하인들이 못 오도록 보초를 서고 있다는 사실도 전혀 눈치 채지 못했다.

베스는 선반에 놓인 연습곡집과 새 악보들이 자기를 위해 특별히 마련된 것이라는 사실 또한 꿈에도 짐작하지 못했다. 노인이 집에 와서 음악에 대해 이야기했을 때조차도 그가 정말 친절하다고만 생각했을 뿐이었다.

그래서 베스는 마음껏 즐기면서, 전부는 아닐지라도 그동안 바라왔던 희망이 이루어졌음을 깨달았다. 그것은 아마도 축복을 고마워할 줄 아는 그녀의 마음이 축복을 더 값지게 만들었기 때문인지도 몰랐다. 어찌 됐든 그녀는 그 모두를 누릴 자격이 충분했다.

"엄마, 로렌스 할아버지께 실내화를 만들어 드릴까 해요. 저한테 너무 잘해 주셔서 고마움을 표시하고 싶은데 어떻게 해야 할지 모르겠어요. 그래도 돼요?"

로렌스 씨 댁을 방문하기 시작한 지 몇 주가 지나 베스가 물었다.

"물론이지. 할아버지도 무척 기뻐하실 거야. 고마움을 전할 좋은 방법인 것 같구나. 언니들이 도와줄 거야. 재료는 엄마가 사 줄게."

마치 부인은 베스의 부탁을 들어주며 남다른 기쁨을 느꼈다. 베스가 자신을 위해 무언가를 부탁하는 일은 거의 없었기 때문이다.

베스는 메그, 조와 머리를 맞대고 궁리한 끝에 모양을 정했고, 재료를 산 뒤 실내화를 만들기 시작했다. 짙은 자주색 바탕에 점잖으면서도 화사한 느낌을 주는 팬지꽃 무늬를 보고 다들 아주 잘 어우러지면서도 예쁘다고 칭찬했다.

베스는 아침부터 저녁 늦게까지 실내화를 완성하기 위해 바느질을 했고 까다로운 작업을 할 때만 간혹 얼굴을 들곤 했다. 손놀림이 빠른 바느질 소녀는 자매들이 싫증을 내기도 전에 이미 두 짝을 완성했다. 그런 다음 짧고 간단한 편지를 썼고, 로리의 도움으로 노인이 일어나기 전에 편지를 서재 탁자 위에 몰래 올려놓았다.

한바탕 소동이 끝나자 베스는 앞으로 일어날 일이 궁금했다. 하루가 지나고 다음 날이 됐는데도 아무 소식이 없자 베스는 고집불통 친구의 마음을 상하게 한 건 아닌지 겁이 났다.

그날 오후 그녀는 심부름 겸 불쌍한 인형 조애너를 운동시키기 위해 외출했다. 돌아오는 길에 베스의 눈에 집 거실 창문으로 셋, 아니 네 사람의 머리가 나왔다 들어갔다 하는 게 보였다. 그들은 그녀를 보자마자 손을 마구 흔들며 기쁨에 들떠 소리쳤다.

"할아버지께서 편지를 보내셨어! 얼른 와서 읽어 봐!"

"베스 언니, 할아버지가 언니한테 있잖아……."

에이미가 꼴사납게 부산을 떨려는 순간 조가 창문을 쾅 내려 버렸고 말은 중간에 끊기고 말았다. 베스는 불안감으로 두근대는 가슴을 안고 걸음을 재촉했다. 집에 도착하자 자매들이 베스를 붙잡고 의기양양하게 거실로 이끌더니 한쪽을 가리키며 입을 모아 말했다.

"저기 봐! 저기 봐!"

베스는 눈을 돌리다 말고 기쁨과 놀라움으로 얼굴이 하얘졌다. 그곳에는 작은 새 피아노가 있었고, 반짝이는 뚜껑 위에는 '엘리자베스 마치 양에게'라고 적힌 편지가 간판처럼 놓여 있었다.

"내 거라고?"

베스는 조에게 몸을 기대며 금방이라도 넘어갈 듯 가쁜 숨을 몰아쉬었다. 정말이지 굉장한 일이었다.

"그래. 너한테 온 거야. 너무 근사한 분 같지 않니? 세상에서 제일 자상하신 분일 거야. 편지 안에 열쇠가 있어. 우리도 아직 안 열어 봤는데, 다들 뭐라 적혀 있을까 궁금해 죽을 지경이야."

조가 동생을 받쳐 안으며 편지를 건네 주었다.

"언니가 읽어 봐! 난 못 읽겠어. 기분이 진짜 이상해. 정말 너무 근사하다!"

베스가 선물에 어쩔 줄 몰라 하며 조의 앞치마에 얼굴을 묻었다.

편지를 펼쳐 든 조가 웃음을 터뜨렸다. 첫 줄이 이렇게 시작

하고 있었기 때문이다.

마치 양에게

친애하는 아가씨.

"정말 멋져! 나도 이런 편지를 받는다면 얼마나 좋을까!"

옛날식 인사말이 아주 우아하다고 생각하는 에이미가 말했다.

살면서 수많은 실내화를 신어 봤지만 보내 주신 선물만큼 마음에 쏙 드는 신발은 처음입니다. 제비꽃은 내가 좋아하는 꽃이랍니다. 이 꽃들을 볼 때마다 늘 선물을 준 친절한 사람이 생각날 것 같군요.

답례의 뜻으로 이 늙은이가 지금은 세상을 떠나고 없는 손녀딸의 물건을 보내니 받아 주시길 바랍니다.

진정 어린 감사와 축복을 전하며.

당신의 호의에 고마워하는 친구이자 충실한 하인,

– 제임스 로렌스

"베스, 이건 정말 대단한 영광이야! 로렌스 씨가 죽은 손녀를 얼마나 끔찍이 사랑했는지, 그래서 손녀의 물건까지도 얼마나 애지중지하는지 로리가 말해 준 적이 있거든. 생각해 봐. 할아버진 그런 손녀의 피아노를 너에게 주신 거라고. 그 손녀도 커다란 푸른 눈에 음악을 사랑했기 때문일 거야."

아까보다 더 흥분된 얼굴로 떨고 있는 베스를 진정시키려 애쓰며 조가 말했다.

"멋진 촛대와 황금빛 장미로 가운데 주름을 잡은 근사한 초록색 비단 덮개, 그리고 예쁜 선반과 의자를 봐. 정말 모든 게 완벽해."

메그가 피아노 뚜껑을 열고는 모두에게 그 아름다운 모습을 보여 주었다.

"당신의 충실한 하인, 제임스 로렌스. 언니한테 그런 표현을 쓰다니! 친구들에게 얘기해 줘야지. 그 애들도 틀림없이 감탄할 거야."

편지에 깊이 감동한 에이미가 말했다.

"연주해 보세요. 작은 피아노 소리가 어떤지 한번 들어 봐요."

가족들의 기쁨과 슬픔을 늘 함께 나누는 한나가 베스에게 말했다.

그리하여 베스의 연주가 시작되었고 모두들 이렇게 멋진 피아노 소리는 들어 본 적이 없다며 입을 모았다. 새로 조율한 게 분명한 피아노는 나무랄 데 없이 완벽했다. 하지만 진정한 완벽함은 베스가 아름다운 건반 위에서 부드럽게 손을 놀리고 빛나는 페달을 밟으며 연주하는 동안 피아노에 기대선 채 더없이 행복한 표정을 짓고 있는 가족들의 얼굴에 있었다.

"가서 감사 인사 드려야지."

조가 농담조로 말했다. 베스가 정말로 가리라고는 꿈에도 생각하지 못했기 때문이다.

"응, 그럴 생각이야. 또 겁먹기 전에 얼른 다녀오는 게 좋겠어."

식구들이 놀란 입을 다물지 못하는 가운데 침착하게 정원으로 내려간 베스는 울타리를 지나 로렌스 씨네 집 안으로 들어서고 있었다.

"세상에나, 이렇게 희한한 일은 정말 평생 처음이네요. 아가씨 머리가 어떻게 됐나 봐요! 온전한 정신으론 절대로 못 저러죠."

한나가 베스의 뒷모습을 뚫어지게 쳐다보며 소리쳤다. 자매들은 기적과도 같은 광경에 모두 할 말을 잃은 채였다.

베스가 나중에 한 일을 보았다면 그들은 더 놀라 자빠졌을 것이다. 베스는 별 주저함도 없이 서재 문을 두드렸고, "들어와요."라는 걸걸한 목소리가 들리자 안으로 들어갔으며, 깜짝 놀라 쳐다보는 로렌스 씨에게 곧장 다가가 손을 내밀며 약간 떨리는 목소리로 이렇게 말했다.

"감사하다는 말씀 드리려고 왔어요. 그……."

그러나 베스는 끝까지 말을 잇지 못했다. 너무도 다정히 바라보는 노인의 눈길에 그만 할 말을 잃어버렸던 것이다. 다만 노

인에게 사랑하는 손녀가 있었다는 사실을 떠올리고는 두 팔을 노인의 목에 감고는 입을 맞췄다.

노인은 자기 집 지붕이 갑자기 날아가 버렸다 해도 이렇게까지 놀라진 않았을 것이다. 하지만 기분은 좋았다.

그랬다. 놀랍게도 기분이 참 좋았다! 노인은 이 꾸밈없는 키스에 감동한 나머지 베스를 무릎에 앉히고는 주름진 볼을 베스의 장밋빛 볼에 갖다 대며 마치 손녀가 살아 돌아온 것 같은 기쁨을 맛보았다.

그 순간 베스의 두려움도 사라졌고, 무릎 위에 앉은 채 마치 예전부터 알고 지낸 사람처럼 노인과 다정하게 이야기를 나누었다. 사랑은 두려움을 날려 버리고 감사함은 자존심을 이길 수 있기 때문이다.

집으로 돌아갈 때 노인은 베스를 집 앞까지 바래다 주었다. 그리고 진심 어린 악수를 나눈 다음 모자를 벗어 가볍게 인사하고는 뒤돌아서 갔다. 당당하고 꼿꼿한 자세는 멋지고 늠름한 노신사 같아 보였다.

자매들이 그 광경을 지켜보았고, 조는 기분이 좋을 때면 늘 그렇듯 뛰어다니며 춤을 추었다. 에이미는 너무 놀라 창문에서 떨어질 뻔했으며, 메그는 양손을 번쩍 치켜들고는 이렇게 소리쳤다.

"이런, 세상에 종말이 오려나 봐."

07.
에이미의 굴욕

"완전 키클롭스(그리스 신화에 나오는 애꾸눈 거인 : 옮긴이) 저리 가라야, 그지?"

어느 날, 채찍을 휘두르며 말을 타는 로리를 보고 에이미가 말했다.

"무슨 말이 그러니? 재는 두 눈 다 멀쩡하잖아. 게다가 얼마나 눈이 예쁜데."

조가 제 친구를 헐뜯자 발끈해서는 쏘아붙였다.

"눈을 두고 한 얘기가 아냐. 말 타는 모습이 너무 근사해서 한 소린데 왜 화를 내고 그러는지 모르겠네."

"내가 못 살아! 그러면 캔타우루스(그리스 신화에 나오는 머리는 사람, 몸은 말인 괴물 : 옮긴이)라고 해야지, 로리더러 키클롭스가

뭐니, 요 멍청아!"

조가 웃음을 터뜨리며 소리쳤다.

"그렇게 면박 줄 거 없잖아. 그저 데이비스 선생님이 그러는 것처럼 '말이 헛 나왔을' 뿐인데."

에이미가 이번에는 이상한 라틴어를 써 가며 조의 말을 받아쳤다.

"로리가 말에 쓰는 돈의 일부라도 내게 있다면 얼마나 좋을까."

언니들이 듣기를 바라는 투로 에이미가 중얼거렸다.

"왜?"

메그가 다정하게 물었다.

"돈이 필요해. 빚을 많이 졌거든. 용돈은 한 달이나 지나야 받을 수 있는 형편이고."

"빚이라고 그랬니, 에이미? 그게 무슨 말이야?"

메그가 정색을 하고 물었다.

"어, 그러니까 내가 라임을 적어도 열두 개나 갚아야 하는데, 언니도 알다시피 용돈을 받을 때까진 방법이 없는 거야. 엄마가 가게에서 외상은 절대 안 된다고 하셨잖아."

"자세히 얘기해 봐. 지금은 라임이 유행이라는 거니? 전에는 고무 가지고 공 만든다고 난리를 피우더니."

메그가 냉정함을 유지하며 말했지만, 에이미의 얼굴은 꽤나 심각해 보였다.

"요즘 여자애들은 항상 라임을 사. 구두쇠란 소리를 듣지 않으려면 어쩔 수가 없어. 지금은 라임이 유행이라고. 모두들 수업 시간에 서랍에서 라임을 꺼내 먹기도 하고, 쉬는 시간이면 연필이나 구슬 반지, 종이 인형 같은 물건하고 교환하기도 하고. 마음에 드는 친구가 있으면 그 애한테 라임을 주기도 해. 만약 싫은 친구라면 그 애 앞에서 라임을 먹으면서 한번 먹어보란 소리도 안 하는 거지. 돌아가면서 한턱씩 내는데 난 얻어먹기만 하고 한 번도 준 적이 없어. 이건 체면이 걸린 문제라 나도 어떻게든 갚아야 한다고."

"네 체면을 살리는 데 얼마가 필요한 건대?"

지갑을 꺼내며 메그가 물었다.

"25센트면 충분할 거야. 몇 센트는 남겨서 언니 거도 사 줄게. 라임 안 좋아해?"

"그다지. 내 몫도 네가 가지렴. 돈 여기 있다. 별로 많지 않으니까 최대한 아껴 쓰고."

"정말 고마워, 언니! 용돈이 생겨서 너무 기분 좋아! 라임 잔치를 벌여야지. 이번 주엔 정말 한 개도 못 먹었단 말이야. 갚지도 못하는 주제에 무작정 받아먹기도 그렇고 얼마나 괴로웠다고."

다음 날 에이미는 학교에 약간 늦게 갔다. 그러나 구겨진 자존심을 회복할 수 있는 촉촉한 갈색 종이 봉지를 책상 깊숙한 곳에 넣어 두기 전, 먼저 자랑하고 싶은 유혹이 앞섰다. 몇 분 지나지 않아 에이미 마치가 맛있는 라임을 스물네 개(하나는 오다가 먹었음.)나 가지고 있으며 곧 나눠 줄 거라는 소문이 친한 친구들의 입을 통해 파다하게 퍼졌다. 친구들의 관심은 폭발적이었다. 케이티 브라운은 그 자리에서 당장 에이미를 파티에 초대했다. 메리 킹슬리는 쉬는 시간까지 자기 시계를 차고 있으라며 빌려 주었다. 에이미가 라임이 없다며 무시하고 깔보던, 빈정대기 좋아하는 제니 스노우마저 갑자기 화해를 청하며 어려운 수학 문제 답을 알려 주겠다고 제안했다.

그러나 에이미는 "코는 납작해도 다른 사람의 라임 냄새는 용케도 잘 맡는 사람들"이라든가 "거만한 척은 다하면서 라임 달라는 소리 할 때는 자존심도 없는 사람들"이라는 제니의 독설을 생생히 기억하고 있었기에 "넌 어차피 받지도 못할 텐데 예의는 뭘 그렇게 차리니."라는 전갈을 보냄으로써 제니의 희망을 산산이 깨뜨려 버렸다.

그날 아침 에이미는 우연히 학교를 방문한 어떤 인사로부터 지도를 잘 그렸다는 칭찬까지 들음으로써 그녀의 적인 제니의 가슴을 쓰라리게 했고 공부 잘하는 모범생인 것처럼 잘난 체까지 했다. 그러나 교만한 자는 오래 못 간다더니 복수심에 불탄 제니가 대역전을 함으로써 전세는 완전히 뒤바뀌고 말았다. 손님이 의례적인 칭찬을 늘어놓은 뒤 인사를 하고 나가자마자 제니가 중요한 질문을 하는 척하면서 데이비스 선생님에게 다가가 에이미 마치가 책상 속에 라임을 숨기고 있다고 고자질해 버린 것이었다.

데이비스 선생님은 얼마 전 라임을 금지 품목으로 정하고 이 규칙을 제일 먼저 어기는 사람은 모두가 보는 앞에서 매로 다스리겠다고 엄중히 선포해 둔 상태였다.

이 참을성 많은 남자는 껌과의 지루하고 격렬한 전투에서 승리한 바 있고, 압수한 소설과 신문을 불태워 버렸을 뿐 아니라, 사설 우체국을 문 닫게 했으며, 얼굴 찡그리기, 별명 부르기, 만화를 금지했다. 반역을 도모하는 50명을 진압하기 위한 일이라면 무슨 일이든 하는 사람이었다.

남학생을 가르치는 것도 상당한 인내심이 요구되지만 여학생들은 더 했다. 게다가 신경질쟁이에 포악하기 그지없고, 브림버 박사(영국 소설가 찰스 디킨스의 소설 《돈베이와 아들》에 나오는 기숙학교 교장으로, 학문은 높으나 아이들의 기분을 이해하지 못하고 교육 방법을 모르는 사람 : 옮긴이)보다도 가르치는 데 소질이 없는 남자의 경우라면 특히 그랬다.

데이비스 선생님은 그리스어, 라틴어, 대수에다 각종 과학 분야에 대한 소양도 어느 정도 갖추고 있었기 때문에 좋은 교사라는 소리를 들었다. 하지만 그 평가에는 선생님의 태도나 품행, 정서 따위는 전혀 고려되지 않은 거였다.

고자질당한 에이미 입장에선 이렇게 불행한 순간이 없었고 제니 역시 그걸 알고 있었다. 데이비스 선생님은 아침에 독한 커피를 마신 게 분명했고, 신경통을 도지게 만드는 동풍마저 불어 왔으며, 학생들은 그가 당연히 받아야 한다고 생각하는 존경과 신뢰를 조금도 보여 주지 않았다. 따라서 고상하진 않지만 아이들 표현을 빌려 한마디로 말하자면 '마녀처럼 신경질적이고 곰처럼 심사가 뒤틀린' 상태였다. 그랬으니 '라임'이라는 소리는 불난 데 기름을 부은 꼴이 되어 버렸고, 누런 얼굴이 벌겋게 달아올라서는 책상을 어찌나 두들겨 댔는지 놀란 제니가 여느 때와 달리 허둥지둥 자리로 뛰어 들어갈 정도였다.

"모두 주목!"

무시무시한 고함소리에 떠들썩하던 교실이 순식간에 조용해졌다. 그와 동시에 푸르고 까맣고 회색이고 갈색인 100개의 눈동자가 일제히 그의 험악한 얼굴로 쏠렸다.

"마치 양, 교탁 앞으로 나와요."

에이미는 겉으로는 아무렇지 않은 척 자리에서 일어섰지만 속으로는 라임이 마음에 걸려 조마조마하고 있었다.

"책상 안에 있는 라임도 가지고 나와요."

느닷없는 명령이 막 자리를 뜨려던 에이미를 얼어붙게 만들었다.

"다 가져가지 마."

침착한 말투로 옆 짝이 소곤거렸다.

에이미는 황급히 라임 여섯 개를 덜어 내고는 선생님께 그 나머지를 가져갔다. 이렇게 달콤한 향기를 맡고 마음이 풀어지지 않을 사람은 없을 거라고 생각하면서. 그러나 불행하게도 선생님은 그 냄새를 특히나 싫어했고 따라서 오히려 화를 돋우는 결과만을 낳고 말았다.

"그게 단가?"

"그런 건 아니고요."

에이미가 더듬거리며 대답했다.

"나머지도 당장 가져와."

에이미는 친구들을 절망스런 눈빛으로 쳐다보고는 명령에 따랐다.

"이제 정말 더 없는 거지?"

"거짓말 아니에요, 선생님."

"좋아. 자, 이 메스꺼운 것들을 한 손에 두 개씩 집어 창밖으로 던져라."

마지막 희망마저 사라지고 간절히 맛보길 원했던 그 한 번의 기회마저 잃게 되자 작은 돌풍과도 같은 한숨 소리가 일제히 터져 나왔다. 수치심과 분노로 얼굴이 새빨개진 에이미는 여섯 번이나 왔다 갔다 했다. 에이미가 탱탱하고 즙 많은 라임들을 마지못해 던지는 동안, 밖에서 들려오는 고함소리는 소녀들의 가슴을 더욱 찢어 놓았다. 왜냐하면 그것은 공공연한 원수들인 아일랜드 꼬맹이들이 뜻밖의 횡재에 기뻐 날뛰는 소리였기 때문이다. 이건, 정말 너무나도 가혹한 벌이었다. 모두들 분노에 찬 눈빛으로 냉혹한 데이비스 선생님을 쳐다보았고, 라임이라면 사족을 못 쓰는 한 아이는 끝내 울음을 터뜨리고 말았다.

에이미가 마지막 라임을 던지고 자리로 돌아오자 데이비스 선생님이 '에헴!' 하고 뭔가 불길한 예감이 드는 헛기침을 하고는 엄숙한 태도로 말하기 시작했다.

"여러분, 내가 일주일 전에 한 얘기 모두 기억하고 있겠지. 이런 일이 벌어져서 정말 유감이긴 하지만 규칙 위반이란 절대로 있을 수 없으며 나도 절대로 내 말을 번복하지 않을 생각이다. 마치 양, 손을 내밀도록."

에이미가 깜짝 놀라며 손을 등 뒤로 가져갔고 그 어떤 말보다도 애절함이 담긴 눈길로 선생님을 바라보았다. 에이미는 어느 정도 '데이비스 영감'의 사랑을 받고 있는 편이었기 때문에 불만에 찬 한 아이가 "씨이!" 하고 불평하는 소리를 내지 않았다면 자신의 말을 번복했을지도 모른다. 그러나 들릴 듯 말 듯한 그 소리가 불같은 선생의 심기를 건드렸고 피고인의 운명은 그렇게 확정되고 말았다.

"손 내밀라니까!"

에이미의 간절한 호소에 대한 답은 그게 전부였다. 자존심이 강한 에이미는 울거나 애원하지 않았으며, 이를 악다물고 고개를 도도하게 뒤로 젖힌 채 작은 손바닥에 가해지는 몇 번의 찌를 듯한 고통에도 조금도 움찔하지 않았다. 많이 때린 것도, 그렇게 세게 때린 것도 아니었지만 그건 중요하지 않았다. 문제는 에이미가 평생 처음으로 남에게 맞았다는 사실이었다. 마치 선생님이 자기를 때려눕히기라도 한 것처럼 에이미의 두 눈엔 수치심이 가득했다.

"쉬는 시간까지 교단 위에 서 있어."

데이비스 선생님은 일단 시작한 이상 철저하게 일을 마무리 지어야겠다고 결심한 듯 이렇게 명령했다.

정말 끔찍한 일이었다. 자리에 돌아가 친구들의 동정 어린 시선을 받거나 얄미운 적수들의 고소해하는 얼굴을 견디는 것만으로도 충분할 터였다. 그러나 또 다른 수치심으로 반 아이들 얼굴을 마주보는 건 정말 자신이 없었다.

잠시 동안이지만 에이미는 그 자리에서 그냥 쓰러져 버리거나 가슴이 찢어져라 울고 싶은 심정뿐이었다. 용납하기 힘든 부당한 처사와 제니 스노우에 대한 생각이 그녀를 지탱하게 했다. 에이미는 그 수치스러운 곳에 선 채 바다처럼 물결치는 얼굴들 너머의 난로 환기통에 시선을 고정시켰다. 아이들은 하얗게 질린 채 꼼짝 않고 서 있는 가련한 친구 때문에 제대로 공부를 할 수가 없었다.

그렇게 15분이 흐르는 동안 자존심 강하고 감수성 예민한 이 작은 소녀는 결코 잊지 못할 수치심과 고통을 겪어야만 했다. 다른 사람들 같으면 그냥 우스꽝스럽고 하찮은 사건이었겠지만 에이미에게는 힘든 시련이었다. 열두 해 동안 사랑만 받고 자라온 그녀가 그런 식으로 매를 맞아본 적은 한 번도 없었기 때문이다. 그러나 아픈 손이나 상처받은 마음도 이런 생각에 비하면 아무것도 아니었다.

'집에 가서 이야기를 안 할 수도 없고, 다들 나한테 실망할 거야!'

15분이 한 시간처럼 느껴졌다. 그러나 끝은 다가왔고, "휴식!"이라는 말이 그렇게 반가울 수가 없었다.

"이제 가도 좋다, 마치 양."

데이비스 선생님이 거북해 보이는 표정으로 말했다.

그는 에이미가 자신을 원망스럽게 바라보던 눈빛을 잊을 수가 없었다. 에이미는 친구들에게 한마디 말도 없이 옆방으로 곧장 가더니 제 물건을 낚아채듯 챙겨서는 마음속으로 '영원히' 그곳을 떠나겠다고 굳게 다짐하며 학교를 나왔다.

집에 돌아와서도 비참한 기분이 가시지 않았다. 언니들이 일을 마치고 돌아온 뒤 얼마 있다 곧바로 항의집회가 소집됐다. 마치 부인은 별다른 말은 하지 않았지만 마음이 복잡해 보였고, 상처받은 막내딸을 그 어느 때보다도 사랑스런 손길로 위로해 주었다. 메그는 동생의 손에 글리세린을 발라 주며 눈물을 흘렸고, 베스는 사랑하는 새끼고양이마저도 이런 슬픔을 달래는 데는 별 소용이 없겠다는 생각이 들었다. 조는 화를 잔뜩 내며 데이비스 선생님을 당장 체포해야 한다고 말했고, 한나는 '악당'에게 주먹을 휘두르더니 절굿공이 밑에 그가 있기라도 한 듯 저녁식사에 쓸 감자를 마구 찧어 댔다.

친구들 말고는 에이미가 중간에 집으로 가버렸다는 사실을 눈치 채지 못했다. 그러나 예민한 아이들은, 오후 들어 갑자기 많이 순해지고 유난히 초조해하는 데이비스 선생의 변화를 포착해 냈다.

수업이 끝나기 바로 전 험상궂은 얼굴로 학교에 나타난 조는 뚜벅뚜벅 책상으로 가 데이비스 선생에게 엄마가 보낸 편지를 내밀었다. 에이미 소지품을 챙긴 뒤엔 신발 깔개 위에서 이곳 먼지는 모두 털어 버리겠다는 듯 부츠에 붙은 먼지를 꼼꼼하게 털어 내고 자리를 떴다.

"그래, 학교는 당분간 안 가도 좋아. 하지만 베스와 함께 매일 조금씩 공부해야 한다."

그날 밤 마치 부인이 에이미에게 말했다.

"엄만 체벌에는 반대다. 특히 여자애들한테는 더욱더 그러면 안 된다고 생각해. 그런 점에서 데이비스 선생님의 교육 방식이 탐탁지가 않구나. 네 친구들도 별 도움이 안 되는 것 같고.

아버지와 상의해 보고 널 다른 학교에 보내든가 해야겠다."

"야, 신난다! 애들이 다 떠나서 학교가 망해 버렸으면 좋겠어요. 지금도 라임을 생각하면 정말 미쳐 버릴 것만 같아요."

에이미가 순교자라도 되는 양 한숨을 쉬었다.

"엄만 라임을 뺏긴 데 대해서는 이의가 없단다. 규칙을 어겼으니 벌을 받는 건 당연하지."

그저 동정만을 기대했던 에이미는 엄마의 냉정한 대답에 약간 실망한 눈치였다.

"그럼 엄만 아이들이 보는 앞에서 창피를 당한 게 잘됐다는 말씀이세요?"

에이미가 볼멘소리를 했다.

"엄마라면 잘못을 바로잡는 데 그런 방법은 안 썼을 거란 뜻이야."

엄마가 대답했다.

"하지만 너한테 부드러운 방법이 과연 효과가 있었을까? 네가 점점 자만심이 강해지고 있는 건 사실이니까 그걸 바로잡을 수 있는 좋은 기회인지도 모르겠다. 에이미, 네가 좋은 재능과 장점을 지녔다고 해서 굳이 그걸 자랑할 필요는 없단다. 자만심은 훌륭한 사람도 망치고 마는 법이니까. 진정한 재능이나 장점은 오랫동안 묻혀 있지 않아. 또 설령 아무도 몰라 준다 해도 자신이 그것을 의식하고 제대로 발휘한다면 만족을 얻을 수 있단다. 겸손만큼 값진 것은 없는 법이야."

"맞아요!"

구석 자리에서 조와 체스를 두고 있던 로리가 외쳤다.

"예전에 제가 알던 한 아가씨는 뛰어난 음악적 재능이 있으면서도 정작 본인은 그 사실을 몰랐대요. 자신이 만든 음악이 얼마나 아름다운지 짐작도 못했을 뿐 아니라 남들이 아무리 그 사실을 일깨워 줘도 믿으려 들지 않았죠."

"나도 그 착한 아가씰 만날 수 있다면 얼마나 좋을까. 어쩌면 실력 없는 날 도와줄지도 몰라."

"너도 아는 사람이야. 그 누구보다도 베스 널 도와주고 있지."

로리가 까만 눈동자를 생글거리며 장난스럽게 쳐다보자 베스는 그제야 퍼뜩 무언가 떠올랐는지 새빨개진 얼굴을 방석에 묻었다.

조는 베스를 칭찬해 준 보답으로 일부러 로리에게 게임을 져주었다. 하지만 정작 칭찬받은 당사자는 아무리 설득해도 피아노를 치지 않았다. 그래서 로리는 유난히 더 활기차고 즐겁게 노래를 불렀고 마음을 달래 주기 위해 최선을 다했다. 그는 마치 가족들에게 침울한 모습을 드러 내는 적이 거의 없었다.

로리가 돌아가자, 저녁 내내 곰곰이 생각에 잠겨 있던 에이미가 갑자기 새로운 생각이라도 떠오른 듯 물었다.

"로리 오빠는 참 재능이 많은 사람이죠?"

"그래. 훌륭한 교육을 받은 데다 재주도 아주 많단다. 지나친 애정이 저 애를 망치지만 않는다면 아주 멋진 남자가 될 거야."

엄마가 대답했다.

"그런데도 잘난 척하지 않고, 그렇죠?"

"전혀 안 그러지. 그게 바로 로리의 매력이자 우리가 그 애를 좋아하는 이유란다."

"이제 알겠어요. 재능이 있고 우아한 품위를 지니는 것은 좋지만 그것을 드러내거나 자랑하는 건 옳지 못하다는 것을요."

에이미가 진지하게 말했다.

"그런 것들은 겸손하게 행동해도 그 사람의 태도나 말하는 모습에서 절로 드러나기 때문에 구태여 자랑할 필요가 없는 법이란다."

마치 부인이 말했다.

"사람들에게 네가 가지고 있는 걸 보여 주기 위해 보닛과 외투, 리본을 몽땅 하고 다닐 순 없지 않겠니?"

조의 한마디로 설교는 웃음소리와 함께 끝을 맺었다.

08.
조, 악마를 만나다

“언니들 어디 가는 거야?”

토요일 오후 에이미가 방으로 들어서며 물었다. 뭔가 흥미를 끄는 비밀스런 기운이 감도는 듯했다.

“신경 쓰지 마. 애들은 몰라도 되는 일이야.”

조가 톡 쏘았다.

어렸을 때 감정을 상하게 하는 말이 있다면 바로 이런 말일 것이다. 특히나 “저리 가라, 얘야.”와 같은 말로 쫓아내려 할 때는 더욱 화가 나는 법이다. 모욕적인 말에 샐쭉해진 에이미는 한 시간 동안 떼를 써서라도 그 비밀을 알아내고야 말겠다고 결심했다. 그래서 자기 말이라면 무엇이든 모질게 거절 못하는 메그 쪽으로 몸을 돌리고는 구슬리듯 말했다.

"말해 줘! 나도 같이 가게 해 줘. 베스 언닌 피아노에만 매달려 있고 난 너무 심심하단 말이야."

"안 돼, 에이미. 넌 초대받지 못했잖아."

메그가 그렇게 입을 열자 조가 참지 못하고 끼어들었다.

"언니, 계속 얘기하다간 일 다 망쳐 버리겠어. 넌 갈 수 없어, 에이미. 아기처럼 징징대지 좀 마."

"로리 오빠랑 어디 갈 거지? 난 다 알아. 어젯밤에 둘이서 속닥거리며 웃는 소리 들었어. 내가 들어가니까 뚝 그쳤잖아. 내 말이 맞지?"

"그래, 맞아. 그러니까 이제 그만 귀찮게 하고 얌전히 있어."

에이미는 입을 다물었지만 눈으로는 큰언니 메그가 주머니에 부채를 슬쩍 집어 넣는 순간을 놓치지 않았다.

"알았다! 알았어! 〈일곱 개의 성〉 보러 극장에 가는 거야!"

에이미가 외치며 단호하게 덧붙였다.

"나도 갈 거야. 엄마가 나도 그 연극 봐도 된다고 그랬어. 용돈도 받았단 말이야. 미리 말도 안 해 주고 정말 너무해."

"언니 말 좀 잠깐 들어 봐. 그래야 착한 아이지."

메그가 에이미를 달래며 말했다.

"엄마 말은 이번 주에 가라는 게 아니었어. 아직 극장 조명을 감당할 만큼 네 눈이 좋아진 게 아니잖니. 다음 주에 베스랑 한나랑 같이 가서 재미있게 보렴."

"언니랑 로리 오빠랑 같이 가는 게 훨씬 재미있어. 제발 나도 데려가. 감기 때문에 계속 집에만 있었더니 심심해 죽겠단 말이야. 그래 줘, 언니! 나 얌전하게 있을게."

에이미가 최대한 애처로운 표정을 지으며 애원했다.

"데리고 갈까? 따뜻하게 입혀서 데리고 가면 엄마도 반대 안 하실 거야."

"에이미가 따라가면 난 안 가! 그러면 로리가 실망할걸. 그리고 우리만 초대했는데 에이미까지 달고 가 봐. 어떻게 생각하겠어? 불청객으로 구석에 처박혀 있는 건 에이미도 달갑지 않을 텐데."

조의 말투와 태도에 화가 난 에이미는 약이 잔뜩 올라서는 부츠를 신으며 말했다.

"나도 갈 거야. 메그 언니가 가도 된다잖아. 내 돈도 있으니까 로리 오빠가 신경 쓸 일도 없지, 뭐."

"우리 좌석만 예약했기 때문에 같이 앉지도 못하고 너 혼자 앉아야 된단 말이야. 그렇게 되면 로리가 너한테 자릴 양보할 테고, 그게 무슨 재미야? 아니면 로리가 다른 자릴 마련할지도 모르는데, 초대받지도 않은 너 때문에 그런다는 게 말이 되니? 그러니까 넌 아무 데도 못 가. 그냥 집에 있어야 한다고."

급하게 서두르다 손가락이 찔린 조가 더욱 짜증이 나서는 에이미를 야단쳤다.

한쪽 부츠만 신은 채 마루에 앉아 있던 에이미가 끝내 울음을 터뜨렸고, 메그가 그런 에이미를 달래려는 참에 로리가 밑에서 부르는 소리가 들려왔다. 울부짖는 동생을 버려둔 채 언니들은 급하게 계단을 내려갔다. 이따금 에이미는 어른다운 태도를 잊은 채 버릇없는 아이처럼 굴곤 했다. 일행이 떠날 준비를 하자 에이미가 계단 난간에 서서 위협하는 목소리로 소리쳤다.

"후회하게 될 거야, 조 마치. 두고 봐!"

"웃기지 마!"

조가 문을 쾅 닫으며 받아쳤다.

세 사람은 무척 근사한 시간을 보냈다. 〈다이아몬드 호수의 일곱 개의 성〉 공연은 더할 수 없이 화려하고 훌륭했다. 그러나 조는 우스꽝스러운 빨간 도깨비와 활기찬 요정들, 멋진 왕자와 공주들을 보면서도 마음 한구석이 씁쓸했다. 요정 여왕의 노란 고수머리를 보면 에이미가 생각났고, 막간 휴식 시간엔 에이미가 후회하게 만들겠다는 게 대체 뭔지 궁금하기까지 했다. 조와 에이미는 둘 다 성마른 성격에 화가 나면 난폭해지기 일쑤여서 살면서 자잘한 충돌이 많았다. 에이미는 조를 놀려 댔고 조는 에이미의 신경을 건드려서 가끔씩 큰 싸움이 벌어지기도 했는데, 나중엔 둘 다 후회하며 반성했다. 언니면서도 자제력이 부족한 조는 자신의 불같은 성격을 고치려고 무던히 노력했지만 늘 말썽을 달고 살았다. 그러나 뒤끝은 없어서 잘못을 순순히 인정했고 진심으로 뉘우치며 더 나아지기 위해 노력했다.

자매들은 조가 화를 내는 게 더 좋다고 말하기도 했는데, 그렇게 화를 낸 다음엔 언제나 천사로 돌변하기 때문이다. 가여운 조는 착해지기 위해 그렇게 몸부림쳤지만, 내부의 적은 걸핏하면 튀어나와 그녀를 쳐부술 태세였다. 그리고 이를 진압하는 데는 피나는 인고의 시간이 필요했다.

두 사람이 집에 돌아와 보니 에이미는 거실에서 책을 읽고 있었다. 언니들이 들어오자 에이미는 잔뜩 골이 난 척, 책에서 눈도 떼지 않고 아무것도 묻지 않았다. 만약 베스가 다가와서 연극에 대한 질문 공세를 퍼붓지 않았다면 어쩌면 호기심이 토라진 마음을 이겼을지도 모른다.

이날 쓰고 갔던 제일 좋은 모자를 벗어 놓기 위해 2층으로 올라간 조는 먼저 옷장부터 살펴보았다. 지난번 싸웠을 때 에이미가 분풀이로 조의 서랍을 마루에 엎어 놓았기 때문이다. 그러나 모든 것이 제자리에 있었다. 벽장과 가방, 상자들을 황급히 훑어본 뒤 조는 에이미가 자신의 잘못을 용서하고 잊었다고 결론 내렸다.

하지만 그것은 조의 착각이었다. 다음 날 조는 자신이 알아낸 사실 앞에서 온갖 난리를 피웠다. 그날 늦은 오후, 메그와 베스,

에이미가 함께 앉아 있는데 잔뜩 흥분한 조가 방으로 뛰어들더니 숨이라도 넘어갈 듯 이렇게 물었다.

"내 원고 본 사람 없어?"

메그와 베스가 놀란 얼굴로 곧장 "아니."라고 대답했다. 에이미는 난로를 들쑤시며 아무 말 하지 않았다. 하지만 에이미의 얼굴이 빨개지는 걸 눈치 챈 조가 대번에 에이미에게 다가갔다.

"에이미, 너지!"

"아냐, 난 안 그랬어."

"그럼 어디 있는지는 알겠지?"

"아니, 몰라."

"거짓말!"

조가 에이미의 어깨를 움켜잡고는 에이미보다 더 겁 없는 애도 움찔할 정도로 험악한 얼굴로 고함을 질렀다.

"아니야. 난 안 가져갔어. 지금 어디 있는지 알지도 못하고, 또 그게 나랑 무슨 상관이야."

"넌 분명히 알아. 지금 당장 털어 놓는 게 좋을 거야. 안 그러면 내가 그 입 열게 만들어 줄 테니까."

조가 에이미의 어깨를 흔들며 말했다.

"마음대로 해 보시지. 어차피 언닌 그 바보 같은 원고를 다신

볼 수 없을 테니까!"

이번에는 에이미가 흥분해서 소리쳤다.

"왜 못 봐?"

"내가 태워 버렸으니까."

"뭐? 내가 그 원고를 얼마나 아끼는데, 아버지가 돌아오시기 전에 완성하려고 얼마나 열심히 쓴 건데. 너 설마 정말 태운 건 아니겠지?"

하얗게 질린 얼굴로 조가 눈을 번뜩이며 에이미를 꽉 움켜잡았다.

"아니. 진짜로 태웠어! 내가 어제 후회하게 될 거라고 말했잖아. 그래서 내가 그렇게……."

화가 머리끝까지 난 조가 고통과 분노로 울부짖으며 이빨이 부딪칠 정도로 흔들어 대는 바람에 에이미는 말을 더는 잇지 못했다.

"이 나쁜 계집애! 난 다시는 그런 글을 쓸 수 없단 말이야. 죽을 때까지 널 용서하지 않을 거야."

메그가 쏜살같이 달려와 에이미를 감쌌다. 그사이 베스가 조를 진정시키려고 했으나 조는 이성을 잃은 상태였다. 조는 에이미의 따귀를 한 대 올려붙인 뒤 다락방으로 뛰어 올라갔다. 그러고는 낡은 소파에 몸을 묻고 혼자서 이를 악물고 분노를 삭였다.

마치 부인이 집으로 돌아옴과 동시에 폭풍은 가라앉았다. 사정을 듣고 난 마치 부인은 에이미가 자신의 잘못을 깨닫도록 잘 타일렀다. 그 원고는 조의 자랑이었을 뿐 아니라 가족들도 작가의 재능이 보인다며 인정한 작품이었다. 여섯 편의 짤막한 동화에 지나지 않았지만 그래도 조가 출판을 꿈꾸며 전력을 다해 쓴 것이었다. 신중에 신중을 기하며 옮겨 적은 후, 옛 원고를 모두 없애 버린 터라 에이미의 불장난은 몇 년 간의 고생을 모조리 태워 버린 셈이었다. 따라서 다른 사람들에겐 아무것도 아닌 일일지 몰라도 조에게는 하늘이 무너지는 것과 같은 고통이었다. 베스는 죽은 새끼 고양이 때문에 슬픔에 잠겨 있었고, 메그도 그토록 아끼던 동생을 외면해 버렸으며, 마치 부인은 수심에 찬 얼굴로 가슴 아파했다. 에이미는 어느 때보다도 더 반성하는 자세로 용서를 구하지 않는다면 가족의 사랑을 되찾을 길이 없다는 사실을 깨달았다.

차 마실 시간을 알리는 종이 울리자, 조가 쌀쌀맞게 굳은 얼굴로 나타났다. 그 모습에 기가 죽은 에이미가 겨우 용기를 내어 기어들어 가는 목소리로 말했다.

"용서해 줘, 조 언니. 내가 정말 많이 잘못했어."

"난 절대로 용서 못해."

조가 단호하게 내뱉고는 에이미를 완전히 무시해 버렸다.

누구도 그 사건에 대해 입을 여는 사람이 없었다. 마치 부인조차도 한마디 말이 없었다. 모두들 조가 그런 기분일 때는 어떤 말도 소용없다는 것, 다른 사건이 일어나거나 저 스스로 분노를 삭이고 화해하기를 기다리는 게 가장 좋은 방법이라는 것을 경험으로 알고 있었기 때문이다.

이날 저녁은 전혀 행복하지가 않았다. 언제나처럼 자매들이 뜨개질하는 동안 어머니가 큰 소리로 브레머, 스콧, 에지워스를 읽어 주셨지만, 왠지 무언가 빠진 듯했고 단란한 가정의 평화는 흔들리고 있었다. 이런 위기감은 노래하는 시간이 되자 최고조에 달했다. 베스는 노래 없이 반주만 했고, 조는 돌처럼 서 있기만 했으며, 에이미는 훌쩍거리고 있었기 때문에 노래하는 사람은 메그와 어머니뿐이었다. 종달새처럼 즐겁게 노래하려는 노력에도 불구하고 그들의 목소리는 평소만큼 화음을 이루지 못하고 따로 놀았다.

마치 부인이 조에게 잘 자라는 키스를 하며 부드럽게 속삭였다.

"얘야, 해가 지도록 분노를 품고 있으면 안 된단다. 서로 용서하고 도우면서 새로운 내일을 맞아야지."

조는 어머니의 품에 머리를 묻고 슬픔과 분노가 모두 사라질 때까지 엉엉 울고 싶었다. 하지만 눈물은 나약한 사람들이나 흘리는 것이라고 생각했고, 상처가 너무 깊어 아직은 용서하고 싶은 마음이 전혀 들지 않았다. 그래서 조는 눈을 깜빡거려 눈물을 참은 뒤 머리를 흔들었으며, 에이미가 듣는다는 생각에 무뚝뚝한 목소리로 이렇게 대답했다.

"그런 괘씸한 짓을 저지르다니 용서받을 자격도 없어요."

그렇게 조가 잠자리로 가 버리자 그날 밤은 즐거운 얘기도 비밀스런 속내 얘기도 없이 지나가 버렸다.

화해 제의를 거절당한 에이미는 몹시 화가 나서 괜히 굽히고 들어갔다는 생각을 하기 시작했다. 그리고 전보다 더 상처받았다고 느끼며 더 거만하게 우쭐대고 다녔다.

여전히 얼굴에 먹구름이 잔뜩 낀 조는 온종일 되는 일이 하나도 없었다. 날씨는 아침부터 살을 에는 듯 추웠다. 소중한 파이는 도랑에 빠뜨려 버렸고, 마치 할머니는 사람을 들들 볶아댔다. 집에 돌아오니 메그는 신경이 예민해 있었으며, 베스는 상심한 얼굴로 생각에 잠겨 있었다. 그리고 에이미는 항상 착해지겠다고 말은 하면서도 다른 사람이 모범을 보여도 노력하지 않는 사람들에 대해 이야기를 늘어 놓고 있었다.

"모두 꼴 보기 싫어. 로리한테 스케이트나 타러 가자고 해야겠다. 언제나 다정하고 유쾌한 친구니까 내 기분도 좋아질 거야."

조가 혼자 중얼거리더니 밖으로 나갔다.

스케이트 날이 부딪히는 소리가 들리자 에이미가 밖을 내다보며 조급하게 소리쳤다.

"저것 봐! 얼음 어는 것도 이번이 마지막이라고 다음번엔 꼭 데려가겠다고 약속해 놓고선. 하긴 저렇게 잘 삐치는 사람한테 부탁하면 뭘 하나."

"그렇게 말하지 마. 이번엔 네가 정말 버릇없이 굴었어. 그렇게 소중한 원고가 없어졌는데 용서하기가 쉽겠니? 하지만 지금쯤은 용서해 줄지도 모르겠다. 네가 기회 봐서 한 번 더 미안하다고 빌면 조도 화를 풀 거야."

메그가 말했다.

"뒤따라가 봐. 조가 로리하고 놀면서 기분이 좋아질 때까지 아무 말도 하면 안 돼. 조용히 기다리고 있다가 조에게 키스를 하거나 뭔가 다정한 행동을 하는 거야. 그러면 분명 다시 좋은 친구가 돼 줄 거야."

"그래 볼게, 언니."

언니의 충고가 마음에 든 에이미는 서둘러 채비를 한 뒤 방금 언덕 너머로 사라진 두 사람의 뒤를 쫓아갔다.

강까지는 그리 멀지 않았지만 두 사람은 에이미가 도착하기 전에 이미 탈 준비를 마친 상태였다. 조는 에이미가 오는 걸 보고는 등을 돌려 버렸다. 로리는 요 며칠 날씨가 따뜻했던 탓에 조심스럽게 강가를 따라 스케이트를 타면서 얼음 소리에 주의를 기울이느라 에이미를 보지 못했다.

"경주하기 전에 먼저 얼음 상태가 어떤지 첫 번째 모퉁이까지 가서 보고 올게."

에이미는 로리가 달려 나가며 하는 소리를 들었다. 털 달린 외투와 모자를 쓴 로리의 모습은 마치 러시아 청년 같았다.

조는 에이미가 달려오느라 가쁜 숨을 몰아쉬고, 스케이트를 신으려고 발을 동동 구르고, 손가락을 호호 불어대는 소리를 들었다. 하지만 뒤돌아보지 않고 오히려 고소하다는 듯 천천히 좌우로 움직이며 강 아래로 나아갔다. 조의 분노는 점점 자라 이제 자신도 감당할 수 없는 지경에 이르고 말았다. 원래 나쁜 생각이나 감정은 그 자리에서 떨쳐 버리지 않으면 그렇게 점점 커지게 마련이다. 로리가 모퉁이에서 돌아서더니 소리쳤다.

"가장자리로 돌아. 가운데는 위험하니까."

조는 그 말을 들었지만, 에이미는 신발을 신고 일어서는 데만 정신이 팔려 아무 말도 듣지 못했다. 조는 어깨 너머로 에이미를 힐끗 보았다. 그때 숨어 있는 작은 악마가 조의 귀에 대고 이렇게 속삭였다.

"듣건 말건 무슨 상관이야. 저 알아서 할 일이지."

로리는 빠른 속도로 시야에서 사라졌고 조는 이제 막 모퉁이를 돌려는 참이었다. 한참 뒤에서 에이미가 매끄러운 강 한복판으로 스케이트를 지치며 나아갔다. 잠시 후 이상한 기분이 들어 잠시 멈춰 선 조는 다시 앞으로 나아가다가 무언가 잡아당기는 듯한 느낌에 몸을 돌렸다. 바로 그때, 갑자기 얼음이 깨지는 소리가 들리면서 첨벙거리는 물소리와 함께 에이미가 두 손을 들고는 강으로 빠져 들어가는 모습이 보였다.

에이미의 비명소리를 들은 조는 공포에 질린 나머지 그 자리에 얼어붙어 버렸다. 로리를 부르려고 했으나 목소리조차 나오지 않았고, 앞으로 달려가려고 했지만 다리가 풀려서 나아갈 수가 없었다. 한순간 그녀는 그 자리에 꼼짝없이 선 채 검은 물 위에 떠 있는 파란색 작은 두건을 겁에 질린 얼굴로 바라볼 수밖에 없었다. 순간 무언가 조의 곁을 재빨리 지나가는가 싶더니 로리의 외치는 소리가 들려왔다.

"울타리 가로대를 가져와, 어서!"

어떻게 그걸 가져왔는지 조도 몰랐다. 그러나 다음 몇 분 동안 조는 무언가에 홀린 듯 로리가 시키는 대로 움직였다. 로리가 아주 침착한 태도로 얼음 위에 몸을 납작 엎드린 채 자신의 팔과 하키 채로 에이미를 잡고 있는 사이, 조는 울타리에서 가로대를 끌고 왔다. 그리고 함께 힘을 모아 에이미를 끌어올렸다. 에이미는 다친 데는 없었지만 잔뜩 겁에 질려 있었다.

"자, 이제 최대한 빨리 에이미를 집으로 데려가야 해. 내가 이 빌어먹을 스케이트를 벗는 동안 넌 에이미한테 우리 옷을 덮어 줘."

로리가 에이미의 어깨에 자신의 외투를 둘러 주고는 스케이트 끈을 푸느라 용을 쓰며 소리쳤다.

두 사람은 물에 흠뻑 젖은 몸으로 바들바들 떨며 우는 에이미

를 집으로 데려왔고, 한바탕 소란이 지나고 난 후 에이미는 담요에 싸인 채 난로 앞에서 잠이 들었다. 그동안 조는 거의 입도 열지 않고 새파랗게 질린 얼굴로 그저 정신없이 뛰어다녔다. 소지품도 내려놓다 만 채였고, 옷은 찢어지고, 손은 얼음과 가로대, 스케이트 쇠고리에 여기저기 베이고 멍이 들어 있었다. 에이미가 잠이 들고 집이 조용해지자, 침대 옆에 앉아 있던 마치 부인이 조를 불러서는 다친 손을 붕대로 감아 주었다.

"이제 정말 괜찮은 거죠?"

조가 눈앞에서 영원히 얼음 밑으로 쓸려가 버렸을지도 모를 금발머리를 죄책감에 사로잡힌 얼굴로 바라보며 속삭였다.

"괜찮단다, 얘야. 다친 데도 없고, 네가 현명하게 옷도 잘 덮어 줘서 빨리 집에 데려온 덕분에 감기도 안 걸릴 것 같구나."

"모두 로리가 한 거예요. 난 내버려 둔 것밖에 한 일이 없는 걸요. 엄마, 만약 에이미가 죽는다면 그건 다 제 탓이에요."

조가 후회의 눈물을 왈칵 쏟으며 침대 옆에 주저앉아서는 자초지종을 모두 털어 놓았다. 무정했던 스스로를 쓰라리게 책망하며 어쩌면 일어났을지도 모를 무거운 형벌을 모면한 데 대해 감사의 눈물을 흘렸다.

"내 못된 성질 때문이에요! 고치려고 노력은 해요. 하지만 이제 괜찮구나 싶으면 영락없이 더 심해져 있어요. 아! 엄마, 난 어쩌면 좋죠? 어쩌면 좋아요?"

가여운 조는 절망감으로 울부짖었다.

"늘 주의를 기울이면서 기도하렴. 노력을 절대 게을리하지 말고, 네 결점을 고칠 수 없다는 생각도 절대 해서는 안 돼."

마치 부인이 헝클어진 조의 머리를 어깨 쪽으로 끌어당긴 뒤 젖은 볼에 부드럽게 입을 맞추자 조의 울음소리가 더욱 커졌다.

"엄만 몰라요. 내가 얼마나 나쁜 앤지 상상도 못할 거예요. 흥분하기만 하면 무슨 일이든 할 수 있을 것 같다가도, 어느 순간 잔인하게 돌변해서는 다른 사람에게 상처를 주고 그걸 즐긴다고요. 언젠가 무슨 끔찍한 짓을 저질러서 내 인생도 망치고 모두가 날 싫어하게 되지는 않을까 겁이 나요. 엄마, 도와주세요. 제발 저 좀 도와주세요!"

"그래, 엄마가 도와줄게. 도와줄 테니까 울음을 그치렴. 하지만 오늘을 잊지 말고 앞으로 다시는 이런 일이 일어나지 않도록 마음을 다지거라. 조, 사람은 누구나 극복해야 할 유혹이 있단다. 너보다 더 큰 유혹에 시달리는 사람도 있고, 어떤 경우엔 평생을 다 바쳐야 하는 사람도 있어. 넌 네 성격이 세상에서 제일 나쁜 것 같지만, 사실은 엄마도 예전엔 그랬단다."

"엄마가요? 에이, 엄만 절대로 화 내시는 분이 아니잖아요!"

조는 순간 자책감도 잊은 채 놀라서 외쳤다.

"난 40년 동안이나 내 성격을 고치려 노력해 왔다. 그것도 겨우 조절할 수 있을 정도까지만 성공했지. 엄만 거의 매일 화를 내며 살아. 조, 다만 그걸 드러내지 않는 방법을 알아냈을 뿐이란다. 엄만 아예 화 자체를 느끼지 않는 방법을 배우고 싶단다. 다시 40년이 걸린다 해도."

사랑하는 엄마의 얼굴에 나타난 인내와 겸손은 조에게 그 어떤 명연설이나 심한 꾸지람보다도 훌륭한 가르침이 되었다. 엄마가 보여 준 따뜻한 연민과 신뢰에, 조는 곧 커다란 위안을 얻었다. 엄마도 자신과 같은 결점이 있고 그것을 고치기 위해 많은 노력을 기울였다는 사실은 자신도 고치고 말겠다는 조의 결심을 굳건하게 했다. 그리고 인내할 수 있는 용기를 주었다. 40년이란 시간은 열다섯 살짜리 소녀가 주의를 기울이며 기도하기엔 너무 길다는 생각이 들긴 했지만 말이다.

"엄마, 마치 할머니가 잔소리하거나 사람들이 귀찮게 할 때 엄마가 입술을 꾹 다물고 방에서 나가시는 건 화가 나서인가요?"

그 어느 때보다도 엄마가 훨씬 더 가깝게 느껴진 조가 물었다.

"그래. 엄만 입 밖으로 튀어나오려는 성급한 말들을 자제하는 방법을 깨닫게 되었단다. 그래도 참지 못할 것 같으면 무조건 그 자리를 나온 뒤에 나약하고 고약한 자신을 흔들어 일깨우는 거야."

마치 부인이 흐트러진 조의 머리를 단정하게 묶어 주며 미소와 함께 한숨을 내쉬었다.

“가만히 참는 법을 어떻게 배우셨어요? 난 그게 문제예요. 무슨 말을 하려는지도 모른 채 험한 말부터 먼저 튀어나와 버리거든요. 말을 하면 할수록 상황은 더 나빠지는데, 심한 말을 내뱉고 사람들 마음에 상처를 주는 걸 즐기는 것 같아요. 엄마는 어떻게 하는지 방법을 가르쳐 주세요. 네?”

“자상하신 너희 외할머니께서 많이 도와주셨지…….”

“엄마가 우리한테 하시는 것처럼 말이죠?”

조가 말을 막으며 엄마에게 감사의 입맞춤을 했다.

“하지만 엄마가 너보다 나이를 약간 더 먹었을 무렵 할머니가 돌아가시고 나서는 몇 년 동안을 혼자서 견뎌내야 했단다. 왜냐하면 엄마는 자존심이 너무 강해서 누구한테도 약점을 고백할 수가 없었거든. 정말 힘들었단다, 조. 아무리 노력해도 잘 되지 않는 것 같아 얼마나 많이 울었는지 몰라. 그러다가 너희 아버지를 만났고, 좋은 사람이 되는 게 쉽다고 느낄 정도로 행복한 나날을 보냈단다. 하지만 얼마 지나지 않아 네 딸의 엄마가 되고 가난에 허덕이게 되니까 옛날의 괴로움이 다시 시작됐어. 원래 참을성이 없는 성격 탓이었지. 게다가 너희들이 돈이 없어 고통받는 모습을 보는 건 정말 괴로운 일이었단다.”

“가여운 엄마! 그럴 땐 뭐가 도움이 되었나요?”

“너희들 아버지가 도와주셨지. 아버지는 절대로 참을성을 잃거나 불평하는 법이 없었단다. 늘 희망을 가지고 즐겁게 일하고 기다리는 분이시라, 아버지 앞에서는 그렇지 않은 사람들도 부끄러움을 느낄 정도였지. 아버지는 엄마를 위로하고 도와주면서, 내가 너희들의 본보기이므로 너희들에게 바라는 것이 있다면 내가 먼저 노력해야 한다고 가르쳐 주셨어. 그렇게 나보다는 너희들을 위한다고 생각하니까 훨씬 쉬워지더구나. 내가 심한 말을 했을 때 깜짝 놀라는 너희들의 표정은 그 어떤 훈계보다도 엄마를 꾸짖는 채찍이었단다. 너희들이 내게 보여 주는 사랑과 존경, 그리고 믿음은 좋은 엄마가 되기 위해 애쓰는 내 노력에 대한 가장 큰 보상이었으니까."

"오, 엄마, 내가 엄마 반만큼이라도 착하다면 얼마나 좋을까요."

조가 감동에 겨운 목소리로 외쳤다.

"넌 엄마보다 훨씬 더 좋은 사람이 되어야지. 하지만 아버지가 말씀하시는 '마음의 적'을 항상 조심해야 한단다. 안 그러면 네 인생을 망치지는 않는다 해도 슬픈 일을 당하게 될지 모르니까 말이야. 오늘 벌써 큰일을 치렀지 않니. 그 교훈을 잊지 말고 오늘 일보다 더한 불행과 후회를 겪기 전에 그 급한 성질을 고치기 위해 열심히 노력하렴."

"그럴게요, 엄마. 열심히 노력할게요. 하지만 내가 함부로 굴지 않게 엄마가 도와주셔야 해요. 가끔씩 아빠가 아주 다정하면서도 진지한 얼굴로 엄마를 보며 입술에 손가락을 올려놓으시는 걸 본 적이 있어요. 그럴 때면 엄만 늘 입술을 꾹 다물고는 밖으로 나가시곤 했잖아요. 그게 혹시 아빠가 보낸 주의신호 아니었나요?"

"맞아. 엄마가 아빠한테 그래 달라고 부탁했단다. 아빤 언제나 그걸 기억하셨고, 그 작은 몸짓과 다정한 표정으로 엄마가 뱉을 뻔한 모진 말들을 막아 주셨던 거야."

엄마의 눈이 젖어 들며 입술이 떨리는 걸 보자, 조는 괜한 말을 늘어놓은 게 아닌가 하는 생각이 들어 작은 소리로 이렇게 말했다.

"엄마를 몰래 지켜본 게 잘못이었나요? 속상하게 하려고 그런 말 한 건 아닌데. 하지만 엄마한테 속을 털어놓으면 마음이 너무 편안해지는걸요. 기분도 좋아지고, 정말 행복해져요."

"조, 엄마에겐 무슨 말을 해도 좋단다. 나한테 속마음을 털어놓고 내가 너희들을 얼마나 사랑하고 있는지 알아주는 것만큼 행복하고 자랑스러운 일은 없으니까."

"난 또 엄마를 슬프게 한 건 아닌가 생각했어요."

"아니란다, 얘야. 그냥 얘기를 하다 보니 아빠에 대한 그리움이 사무쳤고, 아빠가 엄마에게 얼마나 고마운 존재인지, 또 아빠를 생각해서라도 너희들을 정말 잘 보살펴야겠다는 그런 생각을 했던 것뿐이야."

"하지만 엄마도 아빠가 전쟁 나가시는 거 찬성하셨잖아요.

떠나실 때 눈물도 보이지 않으셨고요. 지금까지 불평 한번 하신 적 없고 조금도 아쉬운 게 없는 듯 보이는걸요."

"난 내가 사랑하는 조국을 위해 가장 소중한 분을 드렸기 때문에 아빠가 떠나실 때까지 눈물을 참았던 거란다. 아빠나 나나 국민으로서 당연히 해야 할 일을 한 것뿐이고, 결국엔 더 행복한 세상이 될 텐데 불평할 게 뭐가 있겠니? 내가 아쉬운 게 없는 것처럼 보인다면, 아빠보다 더 좋은 친구가 엄마 곁에서 격려와 위로를 주기 때문일 거다. 조, 네 인생의 곤경과 유혹은 이제 시작이야. 앞으로 더 많아질지도 모르지. 하지만 네가 아빠에게서 힘을 얻듯 하늘에 계신 아버지의 힘과 사랑을 느낄 수 있다면 모두 충분히 극복해 낼 수 있을 거야. 네가 그분을 사랑하고 신뢰하면 할수록 인간의 힘과 지혜에 의지하는 일이 줄어들 거야. 그분의 사랑과 보살핌은 결코 지치거나 변하는 일도 없고, 뺏길 수도 없으며, 평생 평화와 행복 그리고 힘의 원천이 되어 준단다. 이 말을 믿고, 네가 엄마에게 속마음을 다 털어놓듯 걱정과 희망, 잘못과 슬픔을 모두 그분께 털어놓으려무나."

조는 대답 대신 엄마를 꼭 끌어안고는 말없이 진실한 기도를 드렸다.

슬프지만 행복한 그 시간 동안 조는 쓰라린 자책과 절망뿐만 아니라 그 고통을 이겨내고 난 후 마음의 평화를 얻었다. 그리고 어머니의 손에 이끌려 세상의 그 어떤 아버지보다 강하고, 그 어떤 어머니보다도 다정한 사랑으로 모든 아이들을 기쁘게 맞아 주는 '친구'에게 가까이 다가갔다.

에이미는 자면서도 몸을 뒤척이며 한숨을 내쉬었다. 조는 당장이라도 자신의 결점을 고치고 싶어 죽겠다는 듯, 지금까지 한 번도 보지 못한 표정을 지었다.

"난 해가 지고 나서도 분노를 가슴에 품고 있었어. 에이미를 용서하지 못했던 거야. 오늘 로리가 아니었다면 돌이킬 수 없었을지도 몰라! 어쩜 그렇게 잔인할 수가 있을까?"

목소리를 높인 조가 베개 위에 흩어져 있는 에이미의 젖은 머리칼을 부드럽게 어루만지기 위해 몸을 굽혔다.

마치 그 말을 듣기라도 한 듯 에이미가 눈을 뜨고는 팔을 내밀었고, 미소 짓는 에이미를 바라보는 조의 마음이 뭉클해졌다. 아무런 말도 없이 두 사람은 서로를 꼭 끌어안았고 진실한 마음이 담긴 입맞춤 속에서 모든 것은 그렇게 용서되고 잊혀져 갔다.

09.
메그, 허영이 가득한 곳에 가다

"때마침 킹 씨네 아이들이 홍역에 걸리다니, 난 정말 운이 좋아."

4월 어느 날, 메그가 자기 방에서 동생들에게 둘러싸인 채 여행 가방을 챙기며 말했다.

"게다가 애니 모팻이 언니한테 한 약속을 잊지 않은 것도 얼마나 다행이야. 2주 내내 재미있게 놀 수 있다니 정말 멋져."

조가 기다란 팔로 치마들을 정리하며 대꾸했다.

"게다가 날씨도 정말 화창하잖아. 난 이런 날씨가 참 좋아."

베스가 언니를 위해 특별히 빌려 준 가장 좋은 상자 안에 목과 머리에 다는 여러 리본들을 정리하며 말했다.

"나도 이렇게 멋진 옷에 예쁜 장식들을 하고 근사한 시간을 보낼 수 있다면 얼마나 좋을까."

입술에 가득 문 핀을 바늘꽂이에 솜씨 있게 꽂으며 에이미가 말했다.

"너희들도 가면 좋을 텐데. 대신 내가 돌아오면 그곳에서 일어났던 일 다 얘기해 줄게. 이렇게 친절하게 물건도 빌려 주고 가방 챙기는 것도 도와주는데 그 정도는 아무것도 아니지."

메그가 아주 수수한 물건들이긴 해도 제 눈에는 나무랄 데가 없는 여행 준비물들을 한번 휙 둘러보았다.

"엄마가 보물 상자에서 뭘 주셨어?"

삼나무로 만든 상자를 열 때 자리에 없었던 에이미가 물었다. 마치 부인은 그곳에 오래된 귀중품들을 넣어 두고 있었는데 적당한 때마다 자매들에게 선물로 주곤 했다.

"비단 양말 한 켤레, 아름다운 그림이 새겨진 부채와 파란색의 예쁜 장식띠를 주셨어. 보랏빛 비단 옷이 있었음 했지만 고칠 시간이 없어서 옛날에 입던 모슬린으로 만족하기로 했어."

"그 옷이라면 내 새 모슬린 치마하고 맞춰 입으면 되겠다. 거기다 장식띠를 두르면 정말 아름다울 거야. 내 산호 팔찌를 망가뜨리지 않았더라면 좋았을 텐데. 언니가 낄 수 있게 말이야."

자기 물건을 주거나 빌려 주는 걸 좋아하는 조가 말했다. 하지만 조의 물건들은 보통 하나같이 너무 많이 사용해서 낡은 것이 대부분이었다.

"보물 상자엔 아주 예쁜 진주 세트가 있지만 엄마가 젊은 아가씨에게는 꽃이 가장 아름다운 장신구라고 하셨어. 로리도 내가 원하는 만큼 꽃을 보내 준다고 약속했고."

메그가 말했다.

"자, 새로 산 회색 외출용 드레스도 여기 있고, 모자에 달린 깃털을 말아 주기만 하면 되겠네. 베스, 일요일이나 간단한 파티에 입을 내 포플린 드레스 있잖아. 봄인데 너무 두꺼워 보이지 않을까? 보랏빛 비단 드레스라면 정말 좋을 텐데."

"괜찮아. 큰 파티에는 모슬린 드레스가 있잖아. 하얀 드레스를 입은 언니 모습은 언제나 천사같이 아름다운걸."

에이미가 가방 속에 든 아름다운 옷들을 떠올리며 즐거운 목소리로 말했다.

"이 옷은 목 부분이 너무 갑갑하게 올라왔고, 치마도 충분히 끌릴 정도는 아니지만 할 수 없지 뭐. 대신 내 파란색 실내복은 정말 마음에 들어. 뒤집어서 새로 장식을 했더니 꼭 새 옷 같지 뭐야. 하지만 비단 윗도리는 유행에 뒤떨어졌고, 보닛도 샐리 거랑은 달라. 말은 안 했지만 양산도 얼마나 실망스러운지 모르겠어. 엄마한테 하얀색 손잡이가 달린 검정 양산을 사다 달라고 부탁했는데, 엄마가 깜박하고 노란색 손잡이에 초록색 양산을 사 왔지 뭐니. 튼튼하고 깔끔하니까 불평하면 안 되겠지만, 꼭지가 금으로 된 애니의 비단 양산 옆에 있으면 정말 창피할 거

야.”

“그럼 바꿔.”

조가 충고했다.

“그건 너무 생각 없는 짓이야. 엄마가 이 물건들 준비해 주시느라고 얼마나 고생하셨는데 속상하게 해 드릴 순 없어. 내가 말도 안 되는 생각을 했어. 바꾸지 않을 거야. 비단 양말과 새 장갑 두 켤레가 있어 마음이 놓여. 빌려 줘서 고마워, 조. 새 장갑도 두 켤레나 되고 원래 있던 것도 깨끗하게 빨아 놓고 나니 내가 정말 우아한 귀부인이라도 된 기분이야.”

메그가 장갑 상자를 슬쩍 들여다보며 다시 생기를 찾았다.

“애니 모팻 잠자리 모자엔 파란색과 분홍색 리본이 달려 있던데, 내 거에도 달아 주겠니, 베스?”

베스가 깨끗이 세탁한 모슬린 옷들을 들고 오자 메그가 물었다.

“안 돼. 아무런 장식도 없는 밋밋한 잠옷에 알록달록한 모자는 어울리지 않을 거야. 가난한 사람들은 그렇게 입으면 안 된다고.”

조가 단호하게 말했다.

“내게도 진짜 레이스 달린 옷을 입고 모자에 리본을 달 수 있는 날이 올까?”

메그가 조바심을 내며 말했다.

"지난번엔 애니 모팻 집에 갈 수 있기만 해도 부러울 게 없겠다고 말했잖아."

베스가 차분하게 말했다.

"내가 그랬었지! 그래, 난 행복해. 더는 고민하지 않겠어. 하지만 하나를 가지면 다른 또 하나를 갖고 싶어지는걸. 자, 가방 정리도 다 끝나고 무도회복만 남았네. 그건 엄마에게 챙겨 달라고 해야겠다."

메그가 반쯤 채워진 가방과 자신이 '무도회복'이라고 으스대며 부르는, 몇 번이나 다리고 손을 본 하얀 모슬린 드레스를 번갈아 보며 다시 즐거운 기분을 되찾았다.

다음 날은 날씨가 좋았다. 메그는 멋진 차림새로 2주 동안의 새롭고 즐거운 여행을 떠났다. 마치 부인은 사실 메그가 혹시 더 실망한 얼굴로 돌아오지나 않을까 하는 걱정에 이번 방문을 썩 내켜 하지 않았다. 그러나 메그가 하도 애원을 하고 샐리도 메그를 잘 챙기겠다고 약속하자, 겨울 동안 지긋지긋하게 일만 한 딸에게 작은 기쁨을 선사하는 것도 좋겠다는 생각이 들어 결국은 고집을 꺾었다. 드디어 메그는 처음으로 상류사회 생활을 맛보게 된 것이다.

모팻 집안은 대단한 부유층에 속했기 때문에 숙맥인 메그는 화려한 집과 그 집안 사람들의 고상한 태도에 처음엔 약간 기가 죽었다. 그러나 다들 친절한 사람들이었기에 곧 마음이 편해졌다. 아마 이유는 몰라도 메그 역시 그들이 특별히 교양 있거나 지적인 사람들이 아니며, 겉모습이 아무리 화려해도 내면의 평범함은 완전히 가릴 수 없다는 사실을 느꼈는지도 모른다.

그러나 매일 좋은 마차를 타고 다니고, 멋진 옷을 입고 놀기만 하면서 화려하게 생활한다는 건 분명 신나는 일이었다. 메그의 마음에 꼭 드는 생활이었다. 메그는 이내 그 집안 사람들이 자신에게 보여 주는 태도와 말투를 흉내내기 시작했다. 약간 거만하고 고상하게 군다거나 불어를 섞어 쓰거나 머리칼을 곱슬곱슬하게 지지기도 하고, 옷을 몸에 꼭 맞게 줄여 입고 나름대로 유행에 대해 떠들기도 했다. 애니 모팻이 가지고 있는 예쁜 물건을 보면 볼수록 그녀가 더욱 부러웠고 부유한 생활이 그리웠다. 그리고 집을 생각할 때면 너무 썰렁하고 쓸쓸하다는 느낌이 들었다. 일도 예전보다 더 힘들게 느껴졌으며 새 장갑과 비단 양말에도 불구하고 자신이 몹시 가난하고 비참한 소녀라는 생각에 젖곤 했다.

그러나 친구들과 '재미있는 시간'을 보내는 데만도 너무 바쁜 메그는 불평할 새가 별로 없었다. 그들은 쇼핑을 하거나 산책을 하거나 말을 타거나 이웃을 방문하며 하루를 보냈다. 그리고 저녁이면 연극이나 오페라를 보러 가거나 집에서 흥겹게 떠들며 놀았다. 친구가 많은 애니는 그들을 즐겁게 대접하는 방법도 잘 알고 있었다. 언니들도 아주 좋은 사람들이었다. 한 명은 약혼한 상태였는데, 메그는 그 사실에 부쩍 관심이 쏠렸고 낭만적인 환상을 품기도 했다. 모팻 씨는 뚱뚱하고 유쾌한 분이셨는데, 메그의 아버지를 알고 있었다. 역시 뚱뚱하고 유쾌한 모팻 부인은 자기 딸만큼이나 메그를 마음에 들어 했다. 다들 메그를 '데이지'라고 부르며 귀여워했던 까닭에 그녀는 우쭐한 기분이 들었다.

'간단한 파티'가 열리는 날 저녁이 되자, 메그는 자신의 모슬린 드레스가 결코 괜찮지 않다는 사실을 깨달았다. 친구들은 모두 얇은 드레스에 멋지게 치장한 모습이었다. 어쩔 수 없이 모슬린 드레스를 입고 나왔지만 샐리의 하늘하늘한 새 옷 옆에 서니 오히려 더 낡고 더 초라해 보일 뿐이었다. 메그는 친구들이 자신을 힐끗 보고 난 뒤 서로의 얼굴을 쳐다보자 뺨이 빨갛게 달아오르기 시작했다. 다소곳한 메그도 자존심만은 아주 강했기 때문이다.

옷에 대해 뭐라 하는 사람은 아무도 없었다. 다만 샐리는 머리를 만져 주겠다고 청했고, 애니는 장식띠를 매어 주겠다고 했으며, 약혼한 언니인 벨은 메그의 하얀 팔을 칭찬했다. 그러나 그들의 그런 친절 속에서 메그는 가난한 자신에 대한 동정을 느꼈다. 그리고 모두 웃고 떠들며 나비처럼 가볍게 돌아다니는 동안 무거운 마음으로 외롭게 혼자 서 있었다. 메그의 씁쓸한 마음은 점점 더 심해져 갔다. 그때 하녀가 꽃이 든 상자를 들고 나타났다. 하녀가 뭐라 말을 하기도 전에 애니가 상자를 열었고, 안에 든 아름다운 장미와 히스, 양치식물을 보고는 모두들 탄성을 질렀다.

"벨 언니한테 온 거야. 조지가 늘 이렇게 꽃을 보내오거든. 이번 선물은 특히나 더 아름다운 것 같아."

"마치 양에게 온 선물입니다."

남자가 말했다.

"여기 편지가 있어요."

하녀가 끼어들며 메그에게 편지를 건넸다.

"어머나! 누가 보낸 거야? 너한테 애인이 있는 줄 몰랐는걸?"

다들 호기심과 놀라움이 가득한 얼굴로 메그를 향해 몰려들었다.

"편지는 엄마한테서 온 거고 꽃은 로리가 보낸 거야."

그냥 그렇게 대답하긴 했지만 메그는 약속을 잊지 않은 로리가 무척 고마웠다.

"그렇구나!"

메그가 엄마의 편지를 질투와 허영심, 쓸데없는 자존심을 막아 주는 부적처럼 주머니에 집어넣자 애니가 재미있다는 듯 말했다. 사랑이 담긴 짧은 글은 메그의 마음을 다잡게 했고 아름다운 꽃은 울적한 기분을 북돋워 주었다.

다시 행복해진 메그는 자신을 위해 몇 개의 양치식물과 장미를 남겨 놓고 나머지는 재빨리 친구들의 가슴이나 머리, 치마에 달 수 있는 작은 꽃다발을 만들어 주었다. 맏언니 클라라는 메그를 "지금껏 만났던 사람 중에 가장 사랑스러운 사람"이라고 말했으며, 모두들 메그의 세심한 배려에 매료되었다. 어쨌든 이 친절한 행동은 메그의 기분을 풀어 주었다. 모두들 모팻 부인에게 자랑하러 간 사이, 메그는 자신의 곱슬한 머리에 양치식물을 꽂고 드레스에 장미를 달고는 거울에 모습을 비춰 보았다. 그 모습은 행복하고 순수해 보였으며 드레스도 더는 그렇게 초라해 보이지 않았다.

메그는 그날 저녁 마음껏 춤을 추며 파티를 즐겼다. 모두들 친절했으며 칭찬의 말도 세 번이나 들었다. 애니와 노래를 불렀고, 누군가 그녀의 아름다운 목소리를 칭찬했다. 링컨 소령은 "눈이 아름다운 참한 아가씨"가 누구냐고 물었다. 또한 모팻 씨는 메그에게 "둔하지도 않고 생기가 넘친다."고 점잖게 칭찬하면서 춤을 추자고 청했다. 그래서 메그는 정말로 즐거운 시간을 보낼 수 있었다.

그러나 우연히 누군가의 대화를 들은 뒤엔 마음이 몹시 어지러워졌다. 온실 안에서 함께 춤을 춘 남자가 얼음을 가져다주길 기다리고 있는데, 꽃으로 장식한 벽 저편에서 어떤 목소리가 들려왔다.

"그 애 몇 살이니?"

"열여섯 아니면 열일곱일 거예요."

다른 목소리가 대답했다.

"네 자매 중 누구든지 간에 엄청난 행운 아니겠어요? 샐리가 그러는데 이제 서로 친하게 지낸대요. 그 노인네도 그 집안 사람들을 아주 좋아하고요."

"마치 부인이 무슨 계획이 있는 게 분명해. 좀 이르긴 하지만 잘 처리하겠지. 딸은 아직 눈치 채지 못한 것 같더구나."

모팻 부인이 말했다.

"모른 척 엄마 핑계를 댔지만 꽃이 왔을 때 얼굴이 빨개지던걸요. 불쌍하기도 하지! 제대로만 차려 입었다면 정말 예뻤을 텐데. 목요일에 드레스를 빌려 주겠다고 하면 기분 나빠할까요?"

다른 목소리가 물었다.

"자존심이 강한 애긴 하지만 거절할 것 같진 않구나. 촌스러운 모슬린 드레스가 전부일 테니까. 오늘 밤 아마 찢어버릴지도 모르겠다. 그러면 새 옷을 줄 좋은 구실이 생기는 건데 말이야."

그때 메그의 춤 상대가 나타났고, 벌겋게 달아오른 얼굴로 어쩔 줄 몰라 하는 메그의 모습을 발견했다. 그녀는 자존심이 강했으며, 그 자존심은 그 순간 제 힘을 발휘했다. 그녀가 방금 들은 이야기에 대한 치욕스러움과 분노 그리고 혐오감을 드러내지 못하게 막아 주었기 때문이다. 순진하고 남을 의심하지 않는 메그이지만 친구들의 이야기가 무슨 말인지는 알 수 있었다. 잊어버리려 해도 그럴 수가 없었다. '마치 부인의 계획'이니, '엄마 핑계를 댔다'느니, '촌스런 모슬린'이니 하는 말들이 뇌리를 떠나지 않았다. 울음이 터져 나올 것 같았고 당장이라도 집으로 달려가고 싶었다. 하지만 불가능한 일이었기에 최선을 다해 명랑한 모습을 보이려고 애썼다. 약간 흥분된 상태이긴 했지만 누구도 메그가 그렇게 안간힘을 쓰며 노력하고 있다는 사실을 눈치 채지 못했다.

파티가 끝나고 조용히 잠자리에 들 수 있게 된 걸 메그는 무척 기뻐했다. 침대 위에 몸을 누인 메그는 여러 가지 생각과 의문, 분노로 머리가 아파 왔고 절로 흘러내린 눈물이 뜨거운 볼을 식혀 주었다. 나쁜 뜻은 아니었다 해도 그들의 비밀 이야기는 메그에게 새로운 세상을 열어 주었다. 그리고 아이처럼 행복하게만 살아온 예전의 평화를 무참히 깨버렸다. 로리와의 순수한 우정도 우연히 엿들은 어이없는 대화로 인해 금이 가고 말았다. 게다가 제멋대로 사람을 평가하는 모팻 부인이 엄마가 속물적인 계획을 가지고 있다는 소리를 해댐으로써 엄마에 대한 신뢰마저 흔들렸다. 가난한 집안의 딸답게 검소한 차림에 만족하겠다는 분수에 맞는 결심도 초라한 드레스가 하늘 아래 가장 큰 불행이라고 생각하는 친구들의 쓸데없는 동정 앞에서 힘을 잃고 있었다.

불쌍한 메그는 잠을 제대로 이루지 못했다. 그리고 다음 날

퉁퉁 부은 눈으로 일어났을 때는 기분이 엉망이었다. 한편으론 친구들이 원망스러웠고, 또 한편으로는 솔직하게 말하고 모든 것을 바로잡지 못한 자신이 부끄러웠다.

그날 아침엔 모두들 꾸물거렸으며, 정오가 되어서야 겨우 뜨개질을 시작할 기운이 생겼다. 메그는 친구들의 태도가 이상하다는 걸 금방 알아차렸다. 더욱 정중하게 대했고, 그녀가 하는 말에 깊은 관심을 나타냈으며, 바라보는 눈빛엔 호기심이 가득했다. 이유는 몰라도 이 모든 변화가 놀랍기도 하고 왠지 기분이 좋기도 했다.

뭔가를 쓰고 있던 벨이 고개를 들더니 감상적인 목소리로 이렇게 말했다.

"데이지, 내가 네 친구 로렌스 씨에게 목요일에 오십사 하는 초대장을 보냈어. 너에 대한 고마움의 표시이기도 하지만 우리도 그분을 만나고 싶거든."

메그는 얼굴이 약간 붉어졌지만 친구들을 놀려 줘야겠다는 생각으로 점잔을 빼며 대답했다.

"친절하기도 하셔라. 하지만 그는 못 올 거예요."

"왜?"

벨이 물었다.

"연세가 너무 많으시거든요."

"그게 무슨 말이야? 도대체 나이가 몇인데 그래?"

클라라가 소리쳤다.

"일흔 가까이 되실걸요."

메그가 눈에 가득한 웃음기를 숨기기 위해 바느질 땀을 세면서 대답했다.

"이런 장난꾸러기! 우리가 말한 사람은 당연히 젊은 로렌스 쪽이지."

벨이 소리쳤다.

"젊은 분도 없어요. 로리는 아직 어린 소년인걸요."

로리가 애인인 줄 알았던 자매들이 무슨 말인가 하는 표정으로 서로를 쳐다보자 메그가 웃음을 터뜨렸다.

"네 나이 정도겠지."

낸이 말했다.

"바로 밑 동생 조랑 비슷한 나이예요. 전 8월이면 열일곱 살이 되거든요."

메그가 고개를 꼿꼿이 들며 대꾸했다.

"너한테 꽃을 보낸 걸 보면 아주 친절한 사람인가 봐, 그렇지?"

"응. 우리 가족 모두에게 그렇게 잘해 줘. 그 애 집엔 꽃이 많이 있고, 우린 꽃을 아주 좋아하니까. 우리 엄마와 로렌스 씨는 친구야. 그래서 우리하고도 함께 어울려 지내게 된 거지."

메그는 이런 얘기는 이제 그만 했으면 싶었다.

"데이지는 아직 아무것도 모르는 게 분명해."

클라라가 벨을 보며 고개를 끄덕였다.

"순진 그 자체라니까."

벨이 어깨를 으쓱이며 대답했다.

"너희들 물건 사러 외출하는 길인데, 뭐 필요한 거 없니?"

레이스 달린 비단 옷을 입은 모팻 부인이 코끼리처럼 쿵쿵 걸으며 물었다.

"네! 목요일에는 새로 산 분홍색 비단 드레스 입으면 되니까 아무것도 필요 없어요."

샐리가 대답했다.

"저도……."

메그가 말을 하다 말고 입을 다물었다. 몇 가지 원하는 게 있긴 해도 가질 수 없다는 사실에 생각이 미쳤기 때문이다.

"넌 뭘 입을 건데?"

샐리가 물었다.

"난 전에 입었던 하얀색 드레스를 입을 거야, 제대로 고칠 수만 있다면. 어젯밤에 찢어졌거든."

아무렇지도 않게 말하려고 했지만 마음은 불편하기 그지없었다.

"집에다 다른 걸 보내 달라고 하면 되잖아."

눈치 없는 샐리가 말했다.

"다른 옷이 없어."

메그가 힘들게 대답하자, 전혀 눈치 채지 못한 샐리가 놀란 듯 소리쳤다.

"그 옷이 전부라고? 어떻게 그런……."

하지만 벨이 그녀를 향해 머리를 흔들며 끼어드는 바람에 말은 중간에서 끊어졌다.

"괜찮아. 아직 사교계에 나온 것도 아닌데 드레스가 많아 봤자 무슨 소용이야? 옷이 열두 벌이 있다 해도 집에다 부탁할 필요 없어, 데이지. 나한테 작아서 못 입는 파란 비단 드레스가 있는데, 네가 입는다면 정말 기쁠 거야. 괜찮지?"

"정말 친절하시군요. 하지만 가능하다면 그냥 제 걸 입고 싶어요. 저처럼 아직 어린 소녀에게는 그 정도도 충분하니까요."

메그가 말했다.

"내가 멋지게 꾸며 줄게. 정말 그래 주고 싶어. 조금만 손보면 정말 예쁜 미인이 될 거라고. 치장이 끝날 때까지 아무한테도 보여 주지 않다가 신데렐라와 대모처럼 짠 하고 나타나는 거야."

벨이 설득하며 말했다.

메그는 벨의 친절을 거절할 수가 없었다. 단장을 한 후 '예쁜 미인'으로 변한 자신의 모습을 보고 싶은 마음과 함께 모팻 집안 사람들에게서 받은 상처도 완전히 사라져 버렸기 때문이다.

목요일 밤, 벨은 하녀와 함께 방에 틀어박힌 채 메그를 아름다운 숙녀로 변모시켰다. 메그의 머리를 곱슬곱슬하게 지지는

가 하면, 목과 팔에는 향기로운 분을 발랐으며, 입술을 붉게 하기 위해 산홋빛 연지를 칠했다. 메그가 싫다고만 안 했으면 호르텐스가 그 위에 루즈를 더 발랐을지도 모른다. 그러고는 하늘색 드레스를 숨을 쉴 수 없을 정도로 꽉 졸라서 입혔는데 가슴이 얼마나 파였는지, 얌전한 메그가 거울에 비친 자신의 모습을 보고 얼굴을 붉힐 정도였다. 거기다 팔찌, 목걸이, 브로치 등 은으로 된 장신구가 추가되었고, 호르텐스가 분홍 비단실로 보이지 않게 묶어 준 귀걸이까지 귀에 달았다. 가슴에 단 월계화와 루슈(여성복의 깃이나 소매 끝에 다는 주름 끈이나 주름 장식 : 옮긴이) 또한 메그의 아름답고 하얀 어깨와 잘 어울렸다. 굽 높은 비단 구두는 메그의 마지막 바람을 충족시켜 주었다. 레이스 손수건과 깃털이 달린 부채 그리고 은제 용기에 꽂은 꽃다발을 끝으로 메그의 치장이 끝이 났다. 벨은 새 옷으로 갈아입은 인형 같은 메그를 만족스런 눈길로 바라보았다.

"정말 아름다워요. 그렇죠?"

호르텐스가 황홀한 듯 손뼉을 치며 소리쳤다.

"가서 이제 네 모습을 보여 주는 거야."

벨이 모두가 기다리고 있는 방으로 메그를 이끌며 말했다.

긴 치맛자락에 달랑거리는 귀걸이, 굽이치는 머리칼과 두근대는 가슴으로 사락사락 소리를 내며 벨의 뒤를 따라가는 동안, 메그는 이제야말로 진짜 재미있는 일이 시작되고 있다는 느낌을 받았다. 왜냐하면 메그가 '사랑스런 미인'임을 거울이 분명히 말해 주고 있었기 때문이다. 친구들은 입에 침이 마르도록 칭찬을 아끼지 않았고, 참새처럼 재잘대는 그들 사이에서 메그는 빌려온 깃털을 붙이고 우쭐해하는 우화 속 까마귀처럼 가만히 서 있었다.

"낸, 내가 옷을 입는 동안 메그 걷는 연습 좀 시켜. 치마랑 굽 높은 구두 때문에 잘못하다간 넘어질 거야. 클라라, 너는 은제 나비로 메그 왼쪽 머리칼 좀 고정시켜 주고. 다들 내 멋진 작품에 흠집 내면 안 돼."

벨이 성공에 들뜬 목소리로 서둘러 나가며 말했다.

"나 내려가기가 겁나. 기분이 이상하고 어색한 게 옷을 반쯤 벗은 느낌이야."

벨이 울리고 모팻 부인이 곧 아래층으로 내려오라는 전갈을 보내오자 메그가 샐리에게 말했다.

"딴 사람 같아 보이긴 하지만 정말 아름다워. 난 옆에 가지도 못하겠는걸. 벨 언니 미적 감각은 정말 대단해. 완전 프랑스 여자 같아 보여. 꽃을 좀 내려 달자. 이제 됐어. 그리고 넘어지지 않게 조심해."

메그가 저보다 예쁘다는 사실에 신경 쓰지 않으려 애쓰며 샐리가 말했다.

샐리가 당부한 대로 조심스럽게 계단을 내려간 메그는 모팻 집안 사람들과 일찍 당도한 손님 몇 명이 모여 있는 거실로 들어갔다. 그리고 이내, 좋은 옷은 상류층 사람들을 끌어당기고 존경을 불러일으키는 매력이 있다는 사실을 깨달았다. 전에는 아는 척도 하지 않던 젊은 여자들이 갑자기 친한 척 호감을 나타냈다. 지난번 파티 때는 쳐다만 보던 청년들도 지금은 자기소개와 함께 듣기 좋은 말들을 늘어 놓았고, 소파에 앉아 이러쿵저러쿵 사람들 흉을 보던 노부인들도 흥미로운 눈길로 그녀가 누군지 물었다. 그녀는 모팻 부인이 그들 중 한 명에게 하는 얘기를 들었다.

"데이지 마치예요. 지금은 가세가 기울었지만 아버지가 육군 소령인 명문 집안 아이죠. 로렌스 씨 댁과도 가까이 지낸답니다. 정말 사랑스런 아이예요. 우리 네드도 저 애한테 푹 빠져 있지요."

"저런!"

그 노부인이 메그를 다시 살펴보려고 돋보기를 들어 올렸다. 메그는 아무 말도 못 들은 척 시침을 뗐지만 모팻 부인의 거짓말에 내심 놀라고 있었다.

'어색한 기분'은 그대로였지만 메그는 스스로를 세련된 숙녀

역을 맡은 배우라고 생각하면서 연기를 잘 해 나갔다. 하지만 꽉 끼는 드레스 때문에 옆구리가 아팠고, 치맛자락은 발에 자꾸 밟혔으며, 귀걸이를 떨어뜨려 잃어버린다거나 망가뜨리지는 않을까 전전긍긍하고 있었다. 부채를 부쳐 가며, 재치 있어 보이려 애쓰는 젊은 남자들의 시시한 농담에 웃음을 날리던 메그가 갑자기 웃음을 멈추고는 당황한 표정을 지었다. 바로 맞은편에 로리가 있었던 것이다.

로리는 얼굴에 놀란 마음을 고스란히 드러낸 채 메그를 뚫어져라 쳐다보고 있었다. 게다가 왠지 못마땅해하는 느낌까지 들었다. 비록 웃으며 인사는 했지만, 로리의 정직한 눈빛 속에서 그녀를 부끄럽게 만드는 어떤 것을 읽었기 때문이다. 메그는 차라리 자신의 낡은 드레스를 입을 걸 그랬다는 생각이 들었다. 게다가 벨이 팔꿈치로 애니를 툭툭 치고는 로리와 자신을 번갈아 쳐다보았기 때문에 더욱 당황했다.

"저런 멍청이들, 도대체 무슨 이상한 생각들을 하는 거야! 난 신경 쓰지 않을 거야. 마음대로 생각하라지."

메그가 방을 가로질러 가서는 로리와 악수를 했다.

"안 오면 어쩌나 했는데 와 줘서 고마워."

다 자란 어른처럼 메그가 말했다.

"조가 가라고 해서 왔어요. 언니가 어떻게 보이는지 말해 달라고 해서."

메그의 엄마 같은 말투에 슬며시 웃음이 나긴 했지만, 시선은 여전히 메그를 향한 채였다.

"뭐라고 말할 거야?"

처음으로 로리가 불편하게 느껴진 메그는 그의 생각이 무척 궁금했다.

"보지 못했다고 말할 거예요. 너무 어른처럼 차려 입어서 메그가 아닌 것만 같아요. 너무 낯설어요."

장갑 단추를 만지작거리며 로리가 대답했다.

"그런 말도 안 되는 소리가 어딨니! 친구들이 재미로 꾸며 준 걸 가지고. 난 좋기만 한데 뭐. '조'였대도 날 그런 눈으로 봤을까?"

메그가 그의 진심을 알고 싶은 마음으로 물었다.

"네! 조도 그랬을 거예요."

로리가 진지하게 대답했다.

"내 모습이 그렇게 보기 싫어?"

메그가 물었다.

"네!"

무뚝뚝한 말투였다.

"어째서?"

메그가 걱정스러운 듯 물었다.

로리는 자신의 대답보다도 사람을 더 무안하게 만드는 눈길로 메그의 곱슬곱슬한 머리와 드러난 어깨, 멋지게 장식한 드레스를 훑어보았다. 평소의 정중함이라고는 전혀 찾아볼 수 없는 태도였다.

"전 요란한 치장은 싫거든요."

자기보다 어린 남자애한테 그런 심한 소리를 듣게 되자 화가 솟구친 메그는 자리를 뜨며 말했다.

"너같이 무례한 사람은 정말 처음 봤어."

속이 잔뜩 상한 메그는 달아오른 뺨을 식히기 위해 조용한 창가로 갔다. 꽉 끼는 드레스 때문에 얼굴빛이 창백했다. 그때 링컨 소령이 지나갔고, 얼마 있다 자신의 어머니에게 말하는 소리가 들려왔다.

"사람들이 저 어린 아가씨를 바보로 만들고 있어요. 어머니가 보셨으면 했던 아가씨인데 완전히 망쳐 놓았다고요. 그녀는 오늘 밤 인형이나 마찬가지예요."

"오, 이런!"

메그가 한숨을 내쉬었다.

"좀 더 분별 있게 생각해야 했는데…… 그냥 내 옷을 입을 걸 그랬어. 그러면 사람들이 이렇게까지 날 혐오스러워하지도 않았을 테고, 나 역시 이런 어색하고 부끄러운 감정을 느끼지 않아도 됐을 텐데."

메그는 자신이 좋아하는 왈츠가 시작되는 것도 아랑곳하지 않고 차가운 유리창에 이마를 댄 채 커튼 뒤에 반쯤 몸을 숨기고 서 있었다. 누군가 자신을 건드려 뒤돌아보니 로리였다. 뉘우치는 듯한 표정으로 그가 정중한 인사와 함께 손을 내밀었다.

"무례를 용서해 주세요. 이리 와서 나랑 같이 춤춰요."

"별로 내키지 않으실 텐데요."

메그는 화가 난 듯 새침을 떨려고 했지만 완전히 실패하고 말았다.

"천만에요. 이렇게 간절히 원하는걸요. 자, 어서요. 얌전하게 굴게요. 드레스는 마음에 들지 않지만 메그는 정말 아름다워요."

로리가 메그에 대한 찬사를 말로는 다 표현 못하겠다는 듯 손을 휘저었다.

메그가 웃으며 마음을 풀었고 춤을 출 적당한 시간을 기다리는 동안 로리에게 이렇게 속삭였다.

"내 치마 밟지 않게 조심해. 넘어지니까. 정말 저주스런 옷이야. 바보처럼 왜 이런 옷을 입었나 몰라."

"치맛단을 신발 목 부위에 핀으로 고정시키면 괜찮을 거예요."

로리가 자신의 말을 확신하듯 파란 부츠를 내려다보며 말했다.

집에서 연습했던 것처럼 두 사람은 빠르고 우아하게 앞으로 나아갔다. 그들은 제법 잘 어울렸고 빙글빙글 돌며 즐거워하는 젊은 커플의 모습은 보기에도 유쾌했다. 사소한 말다툼이 있고 난 후 두 사람은 더욱 가까워진 느낌이었다.

"로리, 내 부탁 하나만 들어줄래?"

메그는 로리가, 본인은 인정하지 않겠지만 금세 가쁜 숨을 몰아쉬는 자신을 위해 부채질을 해 주는 동안 말했다.

"당연하죠!"

로리가 시원하게 대답했다.

"집에 가거든 오늘 밤 내 드레스에 대해 아무 말도 말아 줘. 아무도 이 우스꽝스러운 일을 이해하지 못할 거야. 엄마도 걱정하실 거고."

'그럼 왜 그랬어요?'

로리의 눈이 그렇게 묻는 것 같아 메그는 급하게 덧붙였다.

"내가 직접 얘기할게. 내가 얼마나 어리석었는지도 엄마한테 다 고백할 거야. 그러고 싶어. 그러니까 로리는 잠자코 있어 줘, 응?"

"약속할게요. 그런데 식구들이 나한테 물어보면 뭐라고 얘기하죠?"

"그냥 멋져 보이더라고, 즐겁게 지내고 있더라고 그렇게만 전해 줘."

"멋진 건 사실이지만 두 번째 건 수긍하기 힘드네요. 내 눈엔 전혀 즐거워하는 얼굴로 보이지 않거든요. 어때요?"

그렇지 않느냐는 표정으로 바라보는 로리 앞에서 메그는 작은 소리로 인정할 수밖에 없었다.

"그래. 지금 난 즐겁지 않아. 하지만 끔찍할 정도는 아니야. 단지 재미를 느끼고 싶었을 뿐인데 그다지 보람이 없네. 점점 지루해지기만 하니."

"네드 모팻이 이리로 오네요. 무슨 일이신가?"

이 집의 젊은 주인이 파티의 즐거움을 깨기라도 하는 듯 로리가 까만 눈썹을 찌푸리며 말했다.

"춤추고 싶다고 세 번이나 청했거든. 그래서 오는가 봐. 얼마나 지루한 사람인데!"

로리는 메그의 내키지 않아 하는 모습이 무척 반가웠다.

로리는 저녁 식사 때까지 메그와 아무 말도 하지 않았다. 다시 보았을 때 메그는 로리의 표현을 빌리자면 '두 얼간이'인 네드하고 그의 친구 피셔와 함께 샴페인을 마시고 있었다. 로리는 '마치 집안' 사람들을 지킬 의무가 있다는 책임을 느꼈고 보호자가 필요할 때마다 두 팔을 걷어붙였다.

"너무 많이 마시면 내일 머리가 깨질 듯 아플 거예요. 나라면 그만 마시겠어요, 메그. 어머니가 싫어하시잖아요."

로리는 네드가 잔을 채우기 위해 몸을 돌리고 피셔가 부채를 주우려고 몸을 굽혔을 때, 메그의 의자로 몸을 기울이고는 이렇게 속삭였다.

"난 오늘 밤 메그가 아니야. 우스꽝스런 짓을 하는 '인형'이란 말이야. 내일이면 요란한 치장일랑 벗어던지고, 예전처럼 착하

디착한 메그로 돌아갈 거야."

"내일이 지금 당장 왔으면 좋겠군."

메그의 변화를 느낀 로리는 무척 기분이 상한 듯 투덜거리며 곧 자리를 떴다.

메그는 다른 여자들과 마찬가지로 춤도 추고 남자들과 시시덕거리기도 하고 수다도 떨고 킬킬대며 시간을 보냈다. 저녁식사 후 그녀는 독일식 춤을 추다가 실수를 하는 바람에 상대까지 긴 치마에 걸려 넘어지게 할 뻔했다. 그렇게 제멋대로 구는 메그를 못마땅한 눈길로 지켜보던 로리는 적당한 때를 봐서 한마디 해 주리라 생각하고 있었다. 하지만 파티가 끝날 때까지 메그가 피해 다닌 탓에 기회를 잡을 수가 없었다.

"잊지 마!"

머리가 깨질 듯한 두통이 이미 시작되었기에 겨우 웃음을 지어 보이며 메그가 소리쳤다.

"영원히 입 다물고 있을게요."

로리가 연극의 주인공처럼 과장된 투로 대답하며 떠났다.

두 사람의 이상한 대화는 애니의 호기심을 자극했지만, 메그는 너무 피곤한 나머지 한마디도 하지 않고 곧장 잠자리에 들었다. 마치 가면무도회에 갔다 온 듯한 느낌이었다. 게다가 기대했던 것만큼 즐겁게 지내지도 못한 것 같았다.

다음 날 메그는 종일 앓았다. 그리고 토요일이 되자 2주 동안의 쾌락에 완전히 녹초가 된 채 그 정도면 충분히 호화로운 생활을 맛본 것 같다고 생각하며 집으로 향했다.

"이제 예절 같은 거 신경 안 쓰고 조용히 지낼 수 있어 정말 좋아요. 화려하진 않아도 우리 집이 역시 최고예요."

일요일 저녁 메그가 엄마랑 조와 함께 앉은 자리에서 느긋하게 주위를 둘러보며 말했다.

"그렇게 말하니 엄마도 기분이 좋구나. 좋은 데 갔다 와서 우리 집이 더 초라하게 느껴지면 어쩌나 걱정했는데."

그날 메그의 얼굴에서 어두운 기색을 느꼈던 엄마가 말했다. 원래 어머니의 눈은 아이들의 얼굴에 나타난 변화를 빨리 감지하는 법이다.

메그는 자신의 모험담을 신나게 얘기하면서 얼마나 즐거운 시간을 보냈는지를 거듭 강조했지만, 무언가 그녀의 마음을 짓누르는 것이 있었다. 동생들이 잠이 들자, 메그는 난로를 바라보며 생각에 잠겼다. 아무 말 없이 앉아 있는 메그의 얼굴에 수심이 서려 있었다. 시계가 아홉 시를 치자 조가 그만 자자고 얘기를 했고, 그때 갑자기 메그가 자리에서 일어나 베스의 피아노 의자를 끌어 와 앉더니 팔꿈치를 엄마의 무릎에 기대고는 용기를 내어 말했다.

"엄마, 고백할 게 있어요."

"그럴 거라 짐작했다. 무슨 일이니, 얘야?"

"자리 피해 줄까?"

생각이 깊은 조가 물었다.

"괜찮아. 너한텐 뭐든 다 털어놓잖아. 동생들 앞에서는 말하기가 부끄러웠지만 너는 내가 모팻 씨 댁에서 저지른 끔찍한 일을 들어주면 좋겠어."

"우린 준비됐다."

마치 부인이 미소를 지으면서도 약간 걱정스런 낯빛으로 말했다.

"친구들이 절 치장해 줬다고 얘기했죠? 하지만 분을 바르고 허리를 졸라매고 머리를 지져서 최신 유행 스타일로 만든 건 빼먹었어요. 로리는 내가 볼썽사납다고 생각했어요. 말은 안 했지만 느낄 수 있었죠. 어떤 사람은 절더러 인형이라고까지 한걸요. 저도 어리석은 짓이라는 건 알았지만 친구들이 듣기 좋은 소리를 늘어 놓고 미인이라며 부추기는 바람에 사람들의 장난감이 되고 말았어요."

"그게 다야?"

마치 부인이 딸의 시무룩한 얼굴을 가만히 바라보는 동안 조가 물었다.

"아니. 샴페인도 마셨고 장난치고 남자들이랑 시시덕거리기도 했어. 정말 형편없이 굴었다고."

메그가 자책하며 말했다.

"엄마 생각엔 또 할 얘기가 남은 것 같구나."

마치 부인이 갑자기 빨개진 메그의 부드러운 뺨을 어루만지며 말하자, 메그가 천천히 털어놓기 시작했다.

"그래요. 정말 바보 같긴 하지만 다 말할래요. 전 사람들이 우리 식구와 로리에 대해 자기들 맘대로 생각하고 이러쿵저러쿵하는 게 싫었어요."

메그는 그 집에서 들었던 여러 가지 이야기들을 들려주었다. 그러는 동안 조는 엄마가 입술을 꾹 다물고 계시는 모습을 보았다. 순진한 메그가 그런 생각을 하게 된 게 안타까운 듯 보였다.

"지금까지 들은 말 중에 제일 쓰레기 같은 말이야."

조가 분개하며 소리쳤다.

"그 자리에서 말 안 하고 뭐했어?"

"그럴 수가 없었어. 너무 당황했으니까. 처음엔 그냥 듣고 있을 수밖에 없었고, 나중엔 너무 화가 나고 창피해서 자리를 떠야 한다는 생각도 하지 못했어."

"두고 봐! 내가 애니 모팻을 만나서 그런 어이없는 인간을 어떻게 다뤄야 하는지 보여 줄 테니까. 로리가 부자라서 우리가 결혼을 목적으로 잘 대해 주는 거라 이거지! 이 어처구니없는 얘기를 로리가 들으면 놀라서 소리치지 않을까?"

다시 생각해 보니 재미있는지 조가 웃음을 터뜨렸다.

"로리한테 얘기하면 너 가만 안 둘 거야! 그러지 못하게 해주세요. 네, 엄마?"

"그래, 이제 그런 얘기는 두 번 다시 하지 말고, 될 수 있는 대로 빨리 잊도록 해라."

마치 부인이 엄한 얼굴로 말했다.

"잘 알지도 못하는 그런 사람들 속에, 친절하긴 해도 속물근성에다 본데도 없고, 게다가 천박한 시선으로 젊은이들을 바라보는 그런 사람들 속에 너를 보낸 내가 생각이 짧았어. 이번 여행이 네 마음에 준 상처를 생각하면 정말 말로 다 못할 만큼 미안하구나, 메그."

"미안해하지 마세요. 전 괜찮아요. 나쁜 일들은 다 잊고 좋은 것만 기억할래요. 즐거운 일들도 많았는걸요. 엄마가 보내 주신 거 정말 고맙게 생각하고 있어요. 감상에 빠지거나 불만에 차 있지 않을게요. 제가 아직 많이 모자란 거 알아요. 제가 저 스스로를 감당할 수 있을 때까지 엄마 곁에 있겠어요. 하지만 사람들이 칭찬해 주고 찬사를 보내 주는 건 좋은 일이잖아요. 그럴 때면 전 행복해지거든요"

메그가 속내를 드러낸 게 약간 쑥스러운 듯 말했다.

"그건 당연한 거란다. 다만 거기에 집착하지 않고 어리석거나 숙녀답지 못한 행동을 하지 않는다면 말이지. 이제부터 들을 가치가 있는 칭찬과 그렇지 못한 칭찬을 구별하는 법에 대해 배우도록 해라. 예쁜 것도 좋지만 훌륭한 사람들에게서 칭찬을 들으려면 겸손해야 한다는 것도 잊지 말고."

메그가 생각에 잠겨 있는 동안, 조는 호기심과 당혹감이 뒤섞인 표정으로 뒷짐을 지고 서 있었다. 메그가 찬사니 애인이니 그런 얘기를 하면서 얼굴을 붉히는 걸 처음 보았기 때문이다. 또한 2주 동안 언니가 몰라보게 부쩍 커버렸으며 자신이 쫓아갈 수 없는 세상으로 떠나 버린 듯한 느낌을 받았다.

"엄마, 모팻 부인이 말한 것처럼 무슨 '계획'이 있으신 거예요?"

메그가 수줍어하며 물었다.

"그럼! 모든 엄마들이 그런 것처럼 많은 계획을 세워놓았지. 하지만 내 계획은 모팻 부인의 짐작과는 다른 거란다. 마침 이런 얘기도 나왔고 낭만적인 공상으로 가득한 너의 머리와 마음을 정돈할 때가 된 것 같으니 엄마의 계획을 들려주마. 메그, 넌 어리긴 하지만 엄마가 하는 말을 이해하지 못할 정도로 어리진 않아. 게다가 딸에게 이런 말을 할 수 있는 것은 엄마밖에 없잖니. 조, 네 차례도 아마 곧 올 거야. 엄마의 '계획'을 들어보고 마음에 들면 엄마와 함께 실천하자꾸나."

조가 아주 중대한 행사에 참여하기라도 하는 듯한 표정으로 의자 팔걸이에 걸터앉았다. 마치 부인은 두 딸의 손을 하나씩 잡고 얼굴을 마주하고는 진지하면서도 쾌활한 목소리로 입을 열었다.

"난 내 딸들이 아름답고, 교양 있고, 훌륭한 사람이 되길 바란단다. 칭찬과 사랑 그리고 존경을 받으면서 말이다. 행복한 젊은 날을 보내고, 현명한 선택으로 결혼을 하고, 근심과 슬픔이 없는 즐겁고 유익한 삶을 누렸으면 한단다. 여자에게 좋은 남자의 사랑을 받는 것만큼 값지고 행복한 일은 없단다. 내 딸들도 이런 아름다운 경험을 할 수 있길 진심으로 바란다. 그런 생각은 자연스러운 것이야, 메그. 희망을 품고 때가 오길 기다리는 것도 바람직하고, 마음의 준비를 하는 것도 현명한 일이란다. 그래야 나중에 행복이 찾아왔을 때, 여자로서 기쁨을 누릴 수 있는 거야. 사랑하는 내 딸들아, 엄마는 너희들에게 기대하는 게 많단다. 단순히 세상에 화려하게 내보내겠다는 뜻은 아니다. 또 돈이 많다거나 좋은 집이 있다는 이유로 부자와 결혼시킬 생각도 없단다. 집은 좋을지 몰라도 사랑이 없다면 그건 진정한 집이 아니니까. 돈이란 분명 필요하고 중요한 것이긴 하지. 잘만 사용한다면 고귀한 것이 되기도 하고 말이지. 하지만 엄마는 너희들이 돈을 제일로 친다거나 거머쥐어야 할 유일한 목적으로 생각하지 않길 바란다. 너희들이 행복하고 사랑받고 만족할 수만 있다면, 자존심도 마음의 평화도 없는 여왕이 되기보다는 차라리 가난한 남자의 아내가 되는 편이 훨씬 낫다고 생각한단다."

"벨이 말하길, 가난한 여자들은 적극적으로 자신을 내보이지 않으면 좋은 기회를 못 가진대요."

메그가 한숨을 쉬었다.

"그러면 노처녀로 지내면 되지, 뭐."

조가 힘차게 말했다.

"그래! 조. 불행한 아내나 남편감을 찾아다니는 정숙하지 못한 아가씨들보다는 행복한 노처녀 쪽이 훨씬 낫지."

마치 부인이 단호하게 말했다.

"걱정하지 말거라, 메그. 진정한 사랑 앞에서 가난은 장애가 되지 못한단다. 엄마가 아는 훌륭하고 존경받는 여자들은 가난했지만 충분히 사랑스러웠기에 모두 행복한 결혼을 했단다. 모든 건 시간에 맡겨두렴. 지금은 우리 가정을 행복하게 만드는 데만 신경 쓰려무나. 그러면 기회가 왔을 때 너 자신만의 가정을 이룰 수 있을 거란다. 만약 오지 않는다면 여기에 만족하면 되는 거고. 이거 한 가지만은 잊지 말거라, 얘들아. 엄마는 항상 너희들의 안식처가, 아빠는 친구가 되어 줄 거라는 사실 말이다. 결혼을 하든 안 하든, 항상 너희들이 엄마아빠의 자랑과 위안이 되기를 진심으로 바란단다."

"그럴게요, 엄마. 꼭 그럴게요!"

두 딸은 진심어린 목소리로 함께 외쳤고, 어머니는 딸들에게 잘 자라는 인사를 건넸다.

10. 피크위크 클럽과 우편함

봄이 찾아오면서 새로운 즐거움을 주는 일들이 많이 생겼고, 해가 길어짐에 따라 일하고 놀 수 있는 오후 시간도 넉넉해졌다. 자매들은 손질할 정원을 네 구역으로 나눈 뒤 제각기 자신들이 좋아하는 것을 심었다. 그걸 보면서 한나는 이렇게 말하곤 했다.

"제가 중국에서 본다 해도 주인이 누구인지 금방 알아보겠어요."

그도 그럴 것이 자매들은 성격만큼이나 취향도 달랐기 때문이다. 메그는 장미와 헬리오트로프, 은매화와 작은 오렌지 나무를 심었다. 조의 꽃밭은 항상 새로운 실험을 하는 까닭에 계절마다 그 모습이 달랐다. 올해는 해바라기를 심을 계획이었는

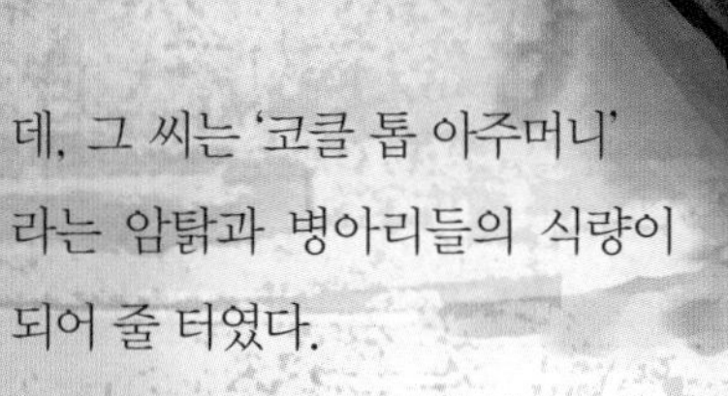

데, 그 씨는 '코클 톱 아주머니'
라는 암탉과 병아리들의 식량이
되어 줄 터였다.

베스는 스위트피, 목서초, 참제비고
깔, 패랭이꽃, 팬지, 개사철쑥 같은, 향
기가 일품인 꽃들과 함께 새들 먹이로
별꽃을 심었고, 고양이가 좋아하는 개박
하도 심었다.

에이미는 제 땅에다 작지만 아주 예쁜 정
자를 만들어 놓고는 인동덩굴과 나팔꽃이

우아하게 늘어지도록 했고, 주변엔 키 큰 백합과 색이 예쁜 양치식물 그리고 꽃을 감상할 수 있는 밝고 아름다운 식물들을 심어 놓았다.

날씨가 화창한 날에는 정원을 가꾸거나 산책을 하고, 강에서 배를 젓거나 식물을 채집했으며, 비가 오는 날이면 집에서 기분전환으로 예전에 하던 놀이나 새로운 놀이를 했는데, 이들은 모두 자매들이 개발한 것이었다.

그 중에 하나가 'P. C.'였다. 당시엔 비밀 모임이 유행이었던 까닭에 그들 또한 하나 만드는 게 좋겠다는 생각을 했다. 소설가 디킨스를 좋아했던 자매들은 모임의 이름을 그의 작품 제목을 딴 '피크위크 클럽'이라 지었다.

몇 번 중단되긴 했지만 자매들은 1년 동안 이 모임을 계속 하면서 매주 토요일 저녁이면 다락방에서 만나 다음과 같은 의식을 치렀다. 탁자 앞에 의자 세 개를 나란히 놓고, 탁자 위에는 등잔과 각기 다른 색깔의 큰 글씨로 'P.C.'라고 쓴 하얀 휘장 네 개, 그리고 '피크위크 포트폴리오'라고 부르는 주간 신문을 올려놓았다. 모두들 신문에 무언가를 기고했는데, 글쓰기를 좋아하는 조가 편집장이 되었다.

일곱 시가 되면 네 명의 회원들은 회의실로 올라가서 머리에 휘장을 두르고는 엄숙하게 자리에 앉았다. 가장 연장자인 메그는 새뮤얼 피크위크였고, 문학적 소질이 있는 조는 아우구스투스 스노드그래스였다. 베스는 얼굴이 둥글고 장밋빛인 까닭에 트레이시 투프먼이 되었다. 능력도 안 되는 일에 늘 덤벼드는 에이미는 나다니엘 윙클이었다.

회장인 피크위크가 신문을 읽었는데, 신문에는 창작 이야기와 시, 지역 소식, 재미있는 광고, 서로의 잘못이나 결점을 넌지시 일깨우는 글들로 가득했다. 알 없는 안경을 쓴 피크위크 씨가 비스듬한 자세로 앉은 스노드그래스 씨를 잔뜩 노려보며 책상을 탕탕 치고 헛기침을 했다. 그러다 스노드그래스 씨가 똑바로 앉고 나면 신문을 읽기 시작했다.

피크위크 포트폴리오
5월 20일

시 코너 : 기념일에 부쳐

우리 다시 피크위크 회관에 모여
휘장과 엄숙한 의식으로
52번째 기념일
오늘 밤을 축하하네.

모두 건강한 모습으로 여기 있네.
한 명도 빠지지 않고,
다시 익숙한 얼굴을 마주하네.
다정히 손을 잡네.

꿋꿋이 제자리를 지키는 피크위크
존경을 담아 인사드리네.
안경을 코에 걸친 채,
잘 만든 우리의 주간 신문을 읽고 있네.

감기의 고통에도 아랑곳없이
쉰 소리로 꺽꺽대며 읽어도
그가 전하는 지혜의 소리
기쁜 마음으로 듣고 있네.

멀대 같은 스노드그래스
느릿느릿 거드름 피우며
벗들을 보고 싱글거리네,
구릿빛 명랑한 얼굴로.
두 눈 가득 시의 열정 담아
자신의 운명과 싸우네.
보라, 야망에 찬 얼굴을.
코에 묻은 잉크 자국을.

온화한 투프만 그 뒤를 이으니,
발그레한 뺨, 오동통한 얼굴, 사랑스러운 그 모습,
말장난에 숨넘어갈 듯 웃어대다
의자에서 굴러 떨어지고 마는구나.

새침데기 윙클도 여기 있네.
단정하게 빗은 머리
교양의 일인자,
그러나 세수를 싫어한다네.

세월은 가도, 우리는 변치 않네.
장난치고 웃고 읽으며
문학의 길을 가네.
그 길은 우리를 영광으로 이끄네. 그것은 영광의 길.

우리 신문이 번창하기를
우리 모임이 계속되기를
앞으로도 축복이 넘치길
고맙고 즐거운 'P. C'여.

– A. 스노드그래스

가면 결혼식 : 베니스 이야기

곤돌라가 줄지어 대리석 계단으로 미끄러져 들어왔고, 배에서 내린 아름다운 승객들이 아델론 백작의 웅대한 홀로 들어서자, 화려한 차림의 군중들이 몰려들었다. 기사와 귀부인들, 난쟁이와 시종들, 수도사와 꽃 파는 사람들이 한데 섞여 흥겹게 춤을 추었다. 달콤한 목소리와 낭랑한 선율이 방을 가득 채웠고, 환희와 음악에 휩싸인 채 가면무도회는 계속되었다.

"폐하께서는 오늘 밤 비올라 아가씨를 보셨나요?"

친절한 음유시인이 그의 팔을 잡고 여왕에게 물었다.

"그래. 좀 슬퍼 보이긴 했지만 여전히 아름답더구나. 끔찍이 싫어하는 안토니오 백작과 일주일 후에 결혼식을 올릴 예정이라 그런지 드레스도 잘 차려입었던걸."

"정말이지 전 백작님이 부럽답니다. 저기 오시네요. 검은 가면을 빼면 신랑 같은 모습이군요. 저 가면을 벗으면, 엄한 아버지에게 떠밀려 결혼을 하긴 하지만 마음만은 열지 않는 아가씨에 대한 백작님의 생각을 읽을 수 있겠지요."

음유시인이 말했다.

"소문으로는 아가씨가 자기를 따라다니는 젊은 영국 화가를 사랑하고 있고, 노 백작이 그를 쫓아냈다고 하던걸."

여왕의 말과 함께 두 사람은 이내 춤의 물결 속으로 섞여 들어갔다.잔치가 절정에 이르렀을 때 한 신부가 나타나더니 두 젊은이를 자주색 벨벳이 드리워진 작은 방으로 데리고 가서 무릎을 꿇게 했다. 일순간 흥청망청하던 군중이 조용해졌다. 분수의 물소리, 달빛 속에 잠든 오렌지 나무들의 살랑 살랑거리는 소리 말고는 아무런 소리도 들리지 않았다. 아델론 백작이 침묵을 깨며 이렇게 말했다.

"신사 숙녀 여러분, 여러분을 제 딸 결혼식의 증인이 되게 하기 위해 이곳에 오시게 한 점 진심으로 사과드립니다. 신부님, 진행하십시오."

놀란 사람들의 수런거리는 소리가 들렸다. 신부와 신랑 모두 가면을 벗지 않은 채였기 때문이다. 호기심과 의혹이 마음 가득 피어올랐지만, 사람들은 신성한 예식이 끝날 때까지 참고 있었다. 드디어 식이 끝나자 구경꾼들은 이내 백작 주위로 몰려들어 설명을 요구했다.

"저도 알려 드리고는 싶지만 그저 소심한 딸의 변덕에 제가 물러선 거라고밖에 달리 드릴 말이 없네요. 자, 얘야. 놀이는 이제 그만 하자. 가면을 벗고 이 아비의 축복을 받으렴."

그러나 두 사람은 무릎을 꿇지 않았다. 이어서 신랑이 가면을 벗어던졌고, 그 모습을 본 사람들은 깜짝 놀라고 말았다. 그 품위 있는 얼굴의 주인공은 바로 아가씨의 연인 페르디난드 드베로였던 것이다. 사랑스러운 비올라의 얼굴은 이제 영국 백작의 번쩍이는 별이 달린 그의 가슴에 기댄 채 기쁨과 아름다움으로 환히 빛났다.

"백작님, 제가 안토니오 백작처럼 높은 명성과 막대한 부를 가지지 않는 한 따님을 줄 수 없다고 경멸하듯 말씀하셨지요. 저는 그 이상도 할 수 있습니다. 백작님의 야심이 아무리 크다 해도 드베로와 드 베레 백작을 마다할 순 없을 테니까요. 저는 이제 나의 아내가 된 이 숙녀분의 사랑스런 손에 오래된 명가의 권위와 끝없는 부를 선사할 것입니다."

노 백작은 돌이라도 된 듯 그 자리에 꼼짝없이 서 있었고, 얼굴 가득 승리의 미소를 띤 페르디난드가 당황하는 사람들을 향해 돌아서며 이렇게 덧붙였다.

"멋진 남성 여러분, 이 가면 결혼식에서 얻은 제 신부처럼 아름다운 여성분을 모두 만나시길 기원합니다.

– S. 피크위크

P. C.가 왜 바벨탑과 비슷한가?

회원들이 천방지축이니까.

호박의 역사

옛날 옛날에 한 농부가 자기 밭에 작은 씨 하나를 심었답니다. 얼마 후 싹이 트고 덩굴이 되더니, 호박이 주렁주렁 달렸습니다. 10월 어느 날, 농부는 잘 익은 호박을 하나 따서 시장에 들고 나갔습니다. 그리고 채소 가게 아저씨가 그걸 사서는 가게에 올려놓았답니다.

그날 아침, 갈색 모자에 푸른색 드레스를 입고, 동그란 얼굴에 코가 넓적하게 생긴 작은 소녀가 어머니를 위해 그 호박을 사 갔습니다. 호박을 집에 가져온 소녀는 그걸 잘라 큰 솥에 넣은 다음 푹 삶았습니다. 그 중의 일부는 으깨서 소금과 버터를 넣은 뒤 저녁으로 먹었습니다. 나머지는 우유 세 컵, 계란 두 개, 설탕 네 스푼, 육두구, 크래커를 넣어 골고루 섞은 다음 우묵한 접시에 담아 노릇노릇해질 때까지 구웠습니다. 다음날, 마치라는 성을 가진 가족들이 이 음식을 먹었습니다.

– T. 투프만

피크위크 씨께

모임에서 큰 소리로 웃어 소란을 피우고 신문에 올릴 글을 가끔씩 빼먹기도 하는 윙클이라는 남자의 죄상을 밝힙니다 그의 무례를 부디 용서해 주시고 그가 프랑스 동화를 쓰게 허락해 주십시오 해야 할 공부가 너무 많고 머리도 좋지 않아 도저히 지어낼 수가 없습니다 앞으로는 시간을 내서 좋은 작품을 준비하도록 노력하겠습니다 학교 갈 시간이 돼서 그럼 이만 줄이겠습니다.

– N. 윙클 올림

(이 편지는 지난 과오를 자백한 멋진 글이다. 하지만 우리의 젊은 친구가 구두점 찍는 법을 제대로 배운다면 더 좋지 않을까 싶다.)

슬픈 사건

지난 주 금요일, 우리 집 지하실에서 우당탕 하는 소리와 함께 비명 소리가 들려왔습니다. 깜짝 놀란 우리가 서둘러 지하실로 가보니 우리의 사랑하는 회장님이 마룻바닥에 널브러져 있었습니다. 집에서 쓸 장작을 가지러 갔다가 발을 헛디뎌 넘어진 것이었죠. 그야말로 처참한 광경이었습니다. 머리와 어깨는 물통에 처박힌 상태였고, 그 늠름한 몸에 비누통이 엎어져 있질 않나, 거기다 옷까지 마구 찢겨져 있었던 것입니다.

이 끔찍한 사태를 정리하고 조사한 결과, 피크위크 씨는 몇 군데 멍든 것을 빼고는 무사한 것으로 밝혀졌습니다. 이제 상태가 많이 호전되고 있다는 소식을 전할 수 있어 기쁘게 생각합니다.

– 편집장

부고

우리의 소중한 친구 스노볼 팻 포 부인의 갑작스럽고도 뭔가 석연찮은 실종 소식을 전하게 되어 유감입니다. 이 사랑스럽고 귀여운 고양이는 친구들의 애정과 관심을 한몸에 받아온 귀염둥이였습니다. 그녀의 아름다움은 보는 이의 눈을 사로잡았고, 우아함과 고결함은 모든 이의 심금을 울렸습니다. 그녀의 실종은 우리 사회 전체에 깊은 영향을 끼쳤습니다.

문간에 앉아 푸줏간 주인의 마차를 보던 것이 그녀의 마지막 모습이었습니다. 그녀의 매력에 넋을 잃은 악당들이 비열하게 훔쳐갔는지도 모르겠습니다. 몇 주가 지나도 그녀의 흔적은 끝내 발견되지 않았습니다. 우리는 이제 모든 희망을 접고 그녀의 바구니에 검정 리본을 달아 주었습니다. 그리고 접시를 한쪽으로 치운 다음, 영원히 우리 곁을 떠나간 그녀를 위해 눈물을 흘립니다.

슬픔에 찬 친구 하나가 애정을 담아 이 글을 바칩니다.

비가 : S. B. 팻 포를 위해

우리 작은 친구의 실종을 애도합니다.
그녀의 불운한 운명을 탄식합니다.
이제 난로 옆에 앉을 수도
낡은 초록 대문 옆에서 놀 수도 없기에.

그녀의 아이들이 잠든 무덤은

밤나무 아래이건만
우리는 그녀의 무덤가에서 울지 못하는군요.
그녀가 어디 있는지 우리는 몰라요.

텅 빈 침대, 버려진 공,
더는 그녀를 볼 수 없겠지요.
점잖게 문 두드리는 소리도, 가르랑대는 숨소리도
더는 거실에서 들을 수 없겠지요.
다른 고양이가 쥐를 쫓지만
더러운 그 고양이,
우리의 친구에 비할 순 없답니다.
사냥 솜씨도, 그 우아한 장난질도.

살금살금 복도를 지나갑니다.
스노볼이 놀던 바로 그곳으로,
하지만 우리 개에게 으르렁대기만 할 뿐
그래서 용감히 쫓아 버렸습니다.

쓸모 있고 얌전하고 최선을 다하긴 하지만
그는 그다지 아름답지 않아요.
그녀의 자리를 대신할 순 없지요.
그녀만큼 숭배할 수도 없답니다.

광 고

다음 주 토요일 정기회의가 끝난 후 피크위크 회관에서는 '여성과 그들의 지위'란 제목으로, 풍부한 교양에 남자 못지않은 연설가이신 오랜시 블러기지 양의 유명한 강연이 펼쳐집니다.

젊은 아가씨들을 위한 요리 강좌가 매주 한 번 한나 브라운의 사회로 부엌에서 있을 예정입니다. 한 분도 빠짐없이 참석해 주시기 바랍니다.

다음 주 수요일, 쓰레받기 협회 모임이 있습니다. 클럽 회관 위층까지 행진 행사가 이어질 예정이오니 회원들은 유니폼과 빗자루를 구비하시고 아홉 시 정각까지 모여 주시기 바랍니다.

베스 바운서 부인이 다음 주 인형 모자 전시회를 열 예정입니다. 파리에서 유행하는 최신 스타일도 막 도착했으니, 주문 주시면 성실히 모시겠습니다.

반빌 극장에서는 몇 주에 걸쳐, 지금까지 국내에 상연된 어떤 연극보다도 뛰어난 새로운 연극을 공연할 예정입니다. 이 숨 막히는 연극의 제목은 바로 〈그리스 노예, 혹은 복수자 콘스탄틴〉입니다!!!

사랑의 한마디

S. P. 씨, 손 씻을 때 비누를 너무 많이 묻히지 않는다면 아침식사 시간에 늘 늦지는 않을 겁니다.

A. S. 씨, 길거리에서 휘파람을 불지 말라는 제보가 들어 왔습니다.

T. T. 씨, 에이미의 냅킨 잊지 마시기 바랍니다.

N. W. 씨, 치마 주름이 아홉 개가 아니라고 너무 속상해하지 마세요.

주간 보고

메그 – 좋음 / 조 – 나쁨 / 베스 – 아주 좋음 / 에이미 – 보통

회장이 신문(이것은 옛날에 있었던 소녀들의 모임 '보나 피데'에서 실제로 소녀들이 썼던 글임을 밝혀 둔다.)을 다 읽자 박수가 터져 나왔고, 이어서 스노드그래스 씨가 자리에서 일어났다.

"회장님 이하 여러분!"

그가 국회의원 같은 태도와 어조로 입을 열었다.

"새로운 회원을 맞아들일 것을 제안합니다. 그는 이 영광을 누릴 자격이 충분합니다. 아울러 클럽의 활기를 더해 주고, 신문의 문학적 가치를 한층 높이며, 끊임없는 즐거움을 선사할 것입니다. 테오도르 로렌스 씨를 P. C.의 명예회원으로 추천하는 바입니다. 자, 이제 그를 받아들입시다."

조의 갑작스런 말투에 자매들이 웃음을 터뜨렸다. 하지만 다들 고민하는 눈치를 보이며 스노드그래스 씨가 자리에 앉을 때까지 아무도 입을 열지 않았다.

"투표로 정합시다."

회장이 말했다.

"이 제안에 찬성하시는 분은 '찬성'이라고 말씀해 주십시오."

스노드그래스의 우렁찬 목소리에 이어 베스가 머뭇거리며 대답하자 모두들 깜짝 놀랐다.

"반대하시는 분은 '아니오'라고 말씀하세요."

메그와 에이미는 반대표를 던졌다. 윙클 씨가 자리에서 일어나더니 한껏 점잔을 빼며 말했다.

"우린 남자가 필요 없습니다. 남자들이 하는 거라곤 농담과 허풍뿐이니까요. 이건 여자들의 모임이며, 이 모임의 본질과 비밀을 지켜 나가길 희망합니다."

"난 그가 우리 신문을 비웃거나 나중에 우리를 놀려 대지 않을지 염려됩니다."

피크위크가 뭔가 고민이 있을 때면 늘 그러듯 이마 위에 늘어진 곱슬머리를 잡아당기며 말했다.

스노드그래스가 아주 진지한 태도로 자리를 박차고 일어났다.

"회장님! 신사의 명예를 걸고 말씀드리는데, 로리는 절대 그럴 사람이 아닙니다. 그는 글쓰기를 좋아하며, 우리 신문에 품격을 더해 주고, 감상적으로 흐르지 않게 막아 줄 것입니다. 모르시겠습니까? 우리가 그에게 해 줄 수 있는 건 거의 없는 반면, 그는 우리에게 너무나도 많은 것을 주고 있습니다. 우리가 할 수 있는 최소한의 배려는 이곳에 자리를 하나 마련해 주는 것뿐이며, 그가 오겠다면 기꺼이 환영하는 게 마땅하다고 생각합니다."

많은 도움을 받고 있다는 걸 은근히 암시하는 스노드그래스의 말을 듣자, 투프먼이 중대한 결심을 한 듯 자리에서 일어났다.

"그래요. 걱정은 되지만 그러는 게 옳아요. 들어오라고 하세요. 원한다면 할아버지도 같이요."

뜻하지 않은 베스의 씩씩한 태도는 회원들을 경악하게 만들었다. 조는 자리에서 일어나 동의의 악수를 청했다.

베스의 용기 있는 선언에 회원들은 깜짝 놀랐다. 조가 자리에서 일어나 만족스럽다는 듯 악수를 청했다.

"자, 그럼 다시 투표에 붙입시다. 상대가 우리의 로리라는 사실을 잊지 마시고, '찬성!'이라고 외치시는 겁니다."

스노드그래스가 흥분해서 소리쳤다.

"찬성! 찬성! 찬성!"

세 사람의 목소리가 즉각 튀어나왔다.

"좋아요! 정말 감사합니다. 자, 이제 '기회는 제때에 잡아야 한다.'는 윙클 씨의 말씀에 따라 지금 이 자리에 우리의 새 회원을 모시도록 하겠습니다."

말을 마친 조가 벽장 문을 열어젖히자, 당황해 하는 회원들 눈에 헝겊 자루 위에 앉은 로리의 모습이 나타났다. 웃음을 참느라 연신 눈을 끔벅거렸고, 얼굴은 빨갛게 상기된 모습이었다.

"이 사기꾼! 이 배신자! 조, 어떻게 이럴 수가 있어?"

세 자매가 소리를 질렀다. 그사이, 조는 의기양양한 표정으로 친구를 안내하며 재빨리 의자와 휘장을 준비했다.

"너희들 정말 뻔뻔하다. 기가 막혀서!"

메그는 인상을 찡그리려고 했으나 얼굴엔 귀여운 미소만이 떠올랐다. 새 회원은 침착한 태도로 자리에서 일어나 회장에게 감사의 인사를 건네고는 매력적인 태도로 이렇게 말했다.

"회장님 그리고 숙녀, 아니 신사 여러분, 제 소개를 올리겠습니다. 저는 이 클럽의 충실한 하인, 샘 웰러라고 합니다."

"좋아요! 좋아!"

조가 기대고 있던 낡은 탕파(잠자리를 따뜻하게 하기 위해 더운 물을 넣어 자리 밑에 넣어 두는 그릇 : 옮긴이) 손잡이를 두드리며 소리쳤다.

로리가 한쪽 손을 들어 인사를 보내고는 계속 말을 이었다.

"저를 과분하게 소개해 주신 제 신실한 친구이자 고매한 지지자이신 이분은 오늘 밤 계획에 아무런 책임이 없습니다. 모두 제가 꾸민 짓이며, 제가 하도 졸라대니까 어쩔 수 없이 받아들인 것뿐입니다."

"에이, 아니지. 전부 네가 꾸민 건 아니잖아. 벽장에 들어가 있으라고 한 건 나였는걸."

로리의 재담을 즐기고 있던 조가 끼어들었다.

"제 친구의 말은 무시하십시오. 전 정말 몹쓸 놈입니다."

소설 속에 나오는 샘 웰러처럼 고개를 끄덕이며 새 회원이 말했다.

"하지만 제 명예를 걸고 맹세하건대, 다시는 이런 짓을 하지 않을 것이며, 클럽의 영원한 발전을 위해 온몸을 바쳐 충성을 다하겠습니다."

"잘한다! 잘한다!"

조가 탕파 뚜껑을 심벌즈처럼 맞부딪치며 환호했다.

"계속해요! 계속하세요!"

회장님이 상냥하게 답례인사를 하는 사이, 윙클과 투프만이 소리쳤다.

"제게 베풀어 주신 영광에 대한 작은 감사의 표시이자 인접국 간의 우호 증진을 위한 수단으로써 정원 아래 울타리 안에다 우편함을 설치했습니다. 멋진 외양에 공간도 넉넉하며 자물쇠를 달아 편지를 주고받기에도 편리합니다. 원래는 제비집이었는데 출입구를 막고 지붕을 터서 만들었습니다. 여러 가지 물건도 넣을 수 있고 우리의 귀중한 시간도 절약할 수 있게 해 줄 겁니다. 편지, 원고, 책, 소포도 담을 수 있습니다. 나라별로 열쇠를 가지고 있으면 정말 좋을 거라고 생각합니다. 여러분의 호의에 감사하는 뜻으로 클럽 열쇠는 제가 드릴 수 있게 해 주십시오. 그럼 이만 자리에 앉겠습니다."

웰러 씨가 탁자 위에 작은 열쇠를 올려놓고 자리에 앉자, 박수갈채가 터져 나왔고 탕파를 두들기고 흔들어 대는 소리가 진동을 하는 바람에 질서를 회복하는 데는 다소 시간이 걸렸다.

뒤이어 진행된 토론은 모두가 놀랄 정도로 열심이었다. 그리하여 회의는 전에 없이 활기를 띠었고, 한 시간이나 더 연장되었으며, 새 회원을 위한 만세 삼창으로 끝을 맺었다.

샘 웰러를 회원으로 받아들인 것을 후회하는 사람은 아무도 없었다. 어디에서도 그렇게 헌신적이고, 예의 바르고, 밝은 회원은 찾아볼 수 없었기 때문이다. 그는 확실히 모임에 '활기'를 불어넣었고, 신문에 '품격'을 더해 주었다.

그의 연설은 청중의 마음을 뒤흔들었으며, 그의 글 또한 훌륭하기 그지없었다. 애국적이고, 고전적이고, 희극적이고, 극적이었지만 결코 감상적이진 않았다. 조는 그의 글들을 베이컨이나 밀턴, 셰익스피어에 견주었으며, 자신의 글쓰기에도 많은 도움을 준다고 생각했다.

우편함은 놀랄 정도로 번창하여 하나의 중요한 기관으로 자리

잡아갔다. 진짜 우체국처럼 온갖 희한한 물건들이 우편함을 통해 전달되었다.

비극 작품과 넥타이, 시와 피클, 씨앗과 긴 편지, 악보와 생강빵, 실내화, 초대장, 비난의 글, 강아지에 이르기까지. 노신사도 이 놀이가 맘에 들었는지 이상한 소포들과 알쏭달쏭한 내용의 쪽지, 재미있는 전보를 보내며 즐거워했다.

한나의 매력에 홀딱 빠진 로리의 집 정원사는 조의 배려로 연애편지를 보내기도 했다. 이 비밀이 알려지자 모두들 얼마나 웃었는지 모른다. 앞으로 이 작은 우편함을 통해 얼마나 많은 연애편지들이 오갈지 까맣게 모른 채 말이다.

11.
실험

"6월 1일, 바로 내일, 킹 씨 가족이 바닷가로 떠나면 난 자유가 되는 거야. 석 달간의 휴가를 어떻게 보내면 좋을까?"

어느 더운 날, 집에 돌아온 메그가 평소와 달리 소파에 지친 모습으로 누워 있는 조를 보며 큰 소리로 말했다. 베스가 조의 먼지 묻은 부츠를 벗기는 동안, 에이미는 모두를 위해 레모네이드를 만들고 있었다.

"오늘 마치 할머니가 떠나셨어. 그 생각만 하면 날아갈 것 같아!"

조가 말했다.

"할머니가 나한테 같이 가자고 하면 어쩌나 얼마나 마음 졸였는지 몰라. 할머니가 그러시면 왠지 꼭 따라야 할 것 같았거든. 하지만 플럼필드는 교회 마당처럼 시끌벅적한 곳이잖아. 양해를 구하면 구했지 따라가지 않았을 거야. 할머니가 떠나실 때 한바탕 소동이 있었어. 난 할머니가 나한테 말을 걸 때마다 깜짝깜짝 놀라곤 했지. 난 그저 그 자리를 빠져나오고 싶은 일념으로 평소와 달리 싹싹하고 상냥하게 굴었는데, 갑자기 할머니가 내가 없으면 안 되겠다고 하시면 어쩌나 싶어 더럭 겁이 나는 거야. 난 할머니가 마차에 완전히 몸을 실을 때까지 마음을 놓을 수가 없었어. 그런데 마차가 출발하려 할 때 할머니가 머리를 불쑥 내밀며 '조시핀, 이거 좀…….' 하며 말을 하지 뭐야. 뒷말은 나도 들을 수가 없었어. 비겁하긴 하지만 몸을 돌리고는 도망쳐 버렸으니까. 정말로 도망을 쳤어. 그렇게 달리다 모퉁이를 돌고 나니까 그제야 안심이 되는 거 있지."

"불쌍한 조 언니! 언니가 왔을 때 난 뒤에 곰이라도 따라오는 줄 알았어."

베스가 엄마처럼 조의 발을 가슴에 보듬으며 말했다.

"마치 할머니는 정말 샘파이어 같아, 그렇지?"

레모네이드 맛을 가늠해 보며 에이미가 말했다.

"뱀파이어를 말하려던 거겠지? 샘파이어는 해초라구. 하지만 상관없어. 날이 너무 더워서 실랑이 벌일 힘도 없으니까."

조가 투덜거렸다.

"휴가 동안 뭐 할 건데?"

에이미가 은근슬쩍 화제를 바꾸며 물었다.

"난 늦게까지 침대에 누워서 아무것도 안 할 거야."

메그가 흔들의자에 깊숙이 몸을 묻은 채 대답했다.

"겨울 내내 일찍 일어나 다른 사람들을 위해 내 시간을 다 바쳤으니 이젠 나도 마음껏 쉬면서 즐길 거야."

"난 아냐. 그렇게 따분한 건 나한테 맞지 않아. 그동안 쌓인 책이 한가득이야. 난 사과나무 위에 앉아서 책을 읽으며 소중한 시간을 보낼 거야. 안 그러면……."

"종달새처럼 떠들고 놀 거라고는 하지 마!"

에이미가 샘파이어에 대한 보복으로 톡 쏘아붙이며 말했다.

"그럼 로리랑 나이팅게일처럼 놀지, 뭐. 로리는 노래를 잘하니까 그 편이 더 어울리거든."

"우리도 잠시 공부는 접어 두자, 베스 언니. 언니들처럼 온종일 놀면서 쉬는 거야."

에이미가 제안했다.

"엄마가 허락하신다면 나도 좋아. 난 새 노래를 연습하고 여

름 동안 인형들도 돌봐 주고 싶어. 여기저기 다친 데도 많고 옷도 마땅치 않아 보기 그랬거든."

"그래도 돼요, 엄마?"

메그가 '엄마 자리'라고 부르는 곳에 앉아 바느질을 하고 있는 마치 부인을 돌아보며 물었다.

"먼저 일주일 동안만 그렇게 해 보고 괜찮은지 한번 보려무나. 토요일 저녁이 되면 아마 아무 일도 안 하고 노는 게 온종일 일만 하는 것 못지않게 나쁘다는 걸 알게 될지도 모르니까."

"오, 그럴 리가요! 분명히 너무너무 재미있을 거예요."

메그가 득의양양한 태도로 말했다.

"자, 나의 '친구이자 단짝인 새어리 갬프'의 말을 새기며 건배합시다. 즐거움은 영원히, 일은 저만치에!"

레모네이드가 담긴 잔을 치켜들며 조가 소리를 높였다.

모두 즐겁게 음료수를 마신 뒤 그날부터 바로 빈둥거리며 실험에 착수했다.

이튿날 아침 메그는 열 시가 되도록 일어나지 않았다. 혼자 먹는 아침은 맛이 없었다. 그리고 방은 썰렁하고 어수선한 느낌이 들었다. 조는 꽃병에 꽃을 꽂아 놓지 않았고, 베스는 청소를 하지 않았다. 여기저기 에이미의 책이 흩어져 있었기 때문이다. '엄마 자리'만 여느 때와 다름없을 뿐 그 외에는 깨끗하고 산뜻한 곳이 없었다.

메그는 '휴식과 독서'를 위해 엄마 자리에 앉긴 했지만, 그녀가 한 것이라곤 월급으로 예쁜 여름 드레스를 살 생각과 늘어지는 하품이 다였다.

조는 로리와 함께 아침을 보내고, 오후엔 사과나무 위에서 《넓고 넓은 세계》를 읽으며 울기도 했다.

베스는 물건을 꺼내기 위해 자신만의 가족들이 살고 있는 커다란 옷장을 샅샅이 뒤지기 시작했으나, 채 반도 못 하고는 지쳐버렸다. 그러고는 마구 어질러진 물건을 그대로 놔둔 채 설거지를 안 해도 된다는 생각에 기뻐하며 피아노를 치러 가 버렸다.

에이미는 자신의 정자를 정리한 다음, 제일 예쁜 흰색 원피스를 차려입고 곱슬머리를 단정히 손질하고는 인동덩굴 아래에 앉아 그림을 그리기 시작했다. 누군가 지나가며 저 젊은 화가가 누구인지 물어봐 주길 바라면서. 하지만 작품에 관심을 가지는 거라곤 호기심 강한 거미 한 마리뿐 아무도 나타나지 않자, 이제 그만 집으로 돌아가기로 했다. 가는 길엔 소나기까지 쏟아져 집에 도착했을 땐 온몸이 흠뻑 젖어 있었다.

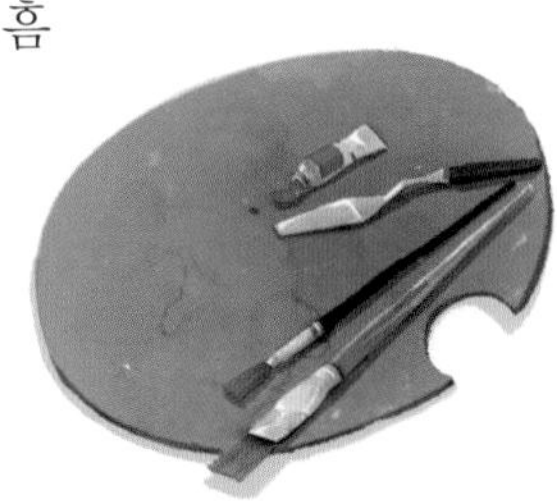

차 마시는 시간에 자매들은 각자 한 일에 대해 얘기를 나누었고, 유달리 하루가 길게 느껴지긴 했지만

즐거웠다는 데 모두 동의했다.

오후에 장을 보러 간 메그는 아름다운 파란색 모슬린을 사왔는데, 재단을 하다가 때가 잘 안 빠지는 천이란 걸 알아차리고는 언짢은 기분이 되었다.

조는 보트를 타다가 콧등이 햇볕에 타서 벗겨졌고, 책을 너무 많이 읽은 탓에 머리가 깨질 듯 아팠다. 베스는 엉망이 된 옷장과 노래 서너 개를 한꺼번에 익히기 힘들어 안절부절못했다.

제일 좋은 원피스를 망쳐 놓은 에이미는 후회가 이만저만 아니었다. 그도 그럴 것이 케이티 브라운의 파티가 바로 내일이었기 때문이다. 이제 플로라 맥플리지처럼 그녀도 입을 옷이 없게 되었다.

하지만 이것들은 사소한 일에 불과했으므로 어머니에게는 실험이 잘 되고 있노라고 안심시켰다. 어머니는 말없이 미소를 지으시더니 한나와 함께 자매들이 내팽개친 일을 하며 집이 쾌적한 상태로 잘 돌아가도록 돌보았다.

'쉬고 즐기는'데도 이상하고 불편한 기분이 들다니 놀라운 일이었다. 낮은 갈수록 길어졌고, 변화무쌍한 날씨만큼이나 모두의 기분도 엉망이었으며, 게으른 손이 하는 일마다 악마가 나타나 심술을 부리곤 했다.

호강이 절정에 이르렀을 때, 메그는 바느질감을 꺼냈는데도 무료함을 달래지 못했다. 그 때문에 나머지 제 옷을 모팻 집안 사람들이 입는 스타일로 개조해 보겠다고 가위로 잘라대다 결국 옷을 망쳐 버렸다.

눈이 튀어나올 정도로 책을 읽어대던 조는 그만 책에 질려 버렸고, 하도 까다롭게 구는 바람에 마음 착한 로리까지도 화를 참지 못할 정도였다. 기분이 가라앉은 조는 차라리 마치 할머니를 따라갔으면 좋았겠다는 생각마저 들었다.

거기에 비하면 베스는 꽤나 잘 지내는 편에 속했다. 놀기만 하고 일하지 말자는 약속을 자꾸 잊어버려 가끔씩 예전 생활 방식으로 돌아가곤 했기 때문이다.

하지만 심상치 않은 집안 분위기 탓에 그녀의 평온함도 몇 번이나 방해를 받았고, 심지어는 가련한 조애너를 도깨비라며 흔들어 댄 적도 있었다.

최악의 상태를 보이는 사람은 에이미였는데, 시간 보낼 방법도 그다지 없는 마당에 언니들이 저 알아서 놀라고 내버려 두니 이내 교양 있고 거만한 자신의 성격이 무거운 짐처럼 느껴졌다.

에이미는 인형도 좋아하는 편이 아니었고, 동화는 유치하다고 싫어했으며, 그렇다고 온종일 그림만 그려댈 수도 없었다. 격식을 제대로 차릴 수 없다면 차 마시는 모임도, 소풍도 별 의미가 없었다.

"착한 언니들이 있는 좋은 집에서 여행도 다니고 그러면 여름이 정말 신날 텐데. 고작 자기밖에 모르는 세 언니와 다 자란 남자애하고 같이 집에 처박혀 있는 신세라니, 정말 못 참겠어."

며칠 열심히 놀고 나더니 이내 따분하다며 안절부절못하는 맬러프롭(영국의 극작가 셰리든의 희곡 〈연적〉에 나오는 인물로, 단어를 바꿔 말하는 부인 : 옮긴이) 양이 투덜거렸다.

아무도 실험이 지겨워졌다는 사실을 인정하려 들지 않았지만, 금요일 밤이 오자 다들 그 주가 거의 끝났다는 사실에 기뻐하는 눈치였다.

유머 감각이 풍부한 마치 부인은 딸들에게 이번 실험의 교훈을 더 깊이 전하고 싶은 마음에서 실험을 끝낼 방법을 나름대로 생각해 냈다. 먼저 한나에게 휴가를 주고, 딸들이 놀이의 진수를 만끽할 수 있도록 한 것이다.

토요일 아침, 자매들이 눈을 뜨니 부엌 난로에는 불이 꺼져 있고, 식탁엔 아침 식사도 차려져 있지 않았으며, 엄마 모습도 보이지 않았다.

"이런! 대체 무슨 일이야?"

주위를 둘러보던 조가 깜짝 놀라며 소리쳤다.

위층으로 올라갔다 내려온 메그는 다행이라는 표정을 지었지만, 당황한 기색이 역력했다.

"편찮으신 건 아니고 그냥 많이 피곤하신 거래. 오늘은 방에서 조용히 쉬고 싶다며 우리끼리 잘 알아서 하라고 하셨어. 엄마가 그러시니까 너무 이상해. 평소엔 저러시지 않는데 말이야. 하지만 이번 주는 너무 힘드셨다고 말씀하시니까 불평하지 말고 열심히 잘 해 보도록 하자."

"그야 쉽지. 난 환영이야. 안 그래도 뭔가 하고 싶어 몸이 근질근질하던 참이었으니까. 그러니까 뭔가 신선한 경험 같은 거 말이야."

조가 재빨리 말했다.

사실 자매들에게는 일이 생겼다는 자체가 말할 수 없이 큰 위안이었다. 그래서 마음을 다부지게 먹고 달려들었다. 하지만 이내 한나가 "집안일이 장난이 아니다."라고 하던 말이 사실이라는 것을 깨닫게 되었다.

식료품 저장실에는 음식이 많았기 때문에 메그와 조는 하인들이 왜 힘들다고 얘기하는지 모르겠다며 아침 식사 준비를 했다. 베스와 에이미는 식탁을 정리했다.

"엄마한테 뭐 좀 가져다 드려야겠어. 알아서 할 테니까 신경 쓰지 말라고는 하셨지만 말이야."

차 주전자 뒤에서 마님 같은 태도로 메그가 말했다.

그리하여 자매들은 식사 전에 먼저 쟁반에 음식을 차린 다음 2층으로 들고 올라가 요리사의 인사말과 함께 음식을 내놓았다.

차는 너무 썼고, 오믈렛은 탔으며, 비스킷은 얼룩덜룩했다.

하지만 마치 부인은 고맙다는 말과 함께 음식을 받았고, 조가 나간 뒤 배를 잡고 웃었다.

"가여운 녀석들, 아마 많이 힘들겠지. 그래도 그렇게 나쁘지만은 않을 거야. 좋은 경험이 될 테니까."

마치 부인이 형편없는 음식을 치우고 자신이 미리 준비해 놓은 음식을 꺼내며 말했다. 아이들의 마음을 다치게 하지 않으려는 어머니다운 작은 속임수였다.

그사이, 아래층에서는 불평의 소리가 자자했다. 수석요리사 또한 자신의 실패를 원통해하고 있었다.

"괜찮아. 점심은 내가 준비할게. 내가 하인이고 언니가 안주인이 되는 거야. 손을 깨끗이 하고 손님을 맞고 주문을 받는 거야."

요리에 관해서라면 메그보다 더 모르는 조가 말했다.

이 친절한 제안은 흔쾌히 받아들여졌다. 거실로 물러난 메그는 소파 밑의 쓰레기를 치우고 먼지가 들어오지 않게 블라인드를 내리면서 서둘러 집 안을 정돈했다. 자신의 실력을 완전히 자신하는 조는 로리와 화해하고 싶다는 열망에 휩싸여 그 즉시 점심식사에 초대한다는 글을 우편함에 집어넣었다.

"친구를 초대하기 전에 먼저 무슨 재료가 있나부터 살펴보는 게 순서 아니니?"

뜻은 가상하지만 생각 없는 조의 행동을 알게 된 메그가 타박했다.

"소금에 절인 쇠고기가 있고 감자도 아주 많아. 한나가 말한 '입맛 돋우기'용으로 아스파라거스와 바닷가재를 살 거야. 양상추 샐러드도 만들어야지. 방법은 모르지만 책을 보면 돼. 후식으로는 블라망주와 딸기가 좋을 것 같아. 품위 있는 걸 원한다면 커피도 준비할게."

"너무 많이 하려고 하지 마, 조. 먹을 만하게 만들 줄 아는 건 생강빵이랑 당밀사탕밖에 없잖아. 난 점심 준비엔 손 떼겠어. 로리를 초대한 건 너니까 네가 책임지고 접대하도록 해."

"언니가 도와주는 거 나도 바라지 않아. 그저 로리하고 같이 푸딩을 먹으며 예의를 차려 주면 좋겠어. 내가 어쩔 줄 몰라 하면 좀 가르쳐 주고. 그래 줄 거지?"

약간 기분이 상한 듯 조가 물었다.

"그래. 하지만 나도 빵이나 간단한 음식 정도만 알지 많이는 몰라. 그리고 무슨 음식을 주문하든 엄마한테 여쭤 보는 게 좋을 거야."

메그가 신중하게 대답했다.

"물론 그럴 거야. 내가 바본가, 뭐."

자신의 실력을 의심하는 듯한 메그의 발언에 조가 발끈하며 자리를 떴다.

"엄마 좀 내버려 두고 너 하고 싶은 대로 하렴. 엄만 밖에 나가서 점심 먹을 거라서 집안일에 신경 쓸 수가 없구나."

조의 요청에 마치 부인이 대답했다.

"집안일 때문에 한 번도 쉬지 못했으니 오늘은 엄마도 쉴 거야. 책도 읽고, 편지도 쓰고, 이웃집 나들이도 하면서 즐기고 싶구나."

바쁘시기만 하던 어머니가 이른 아침부터 흔들의자에 편안히 앉아 책을 읽는 낯선 모습에 조는 마치 초자연적인 현상이라도 일어난 듯한 착각이 들었다. 일식, 지진, 화산 폭발 그 무엇도 이렇게 이상해 보이진 않을 것 같았다.

"모든 게 정상이 아니야, 아무튼."

아래층으로 내려가며 조가 중얼거렸다.

"베스가 울고 있잖아. 이건 식구들이 잘못 되어 가고 있다는 확실한 표시야. 에이미가 그런 거라면 혼을 내주고 말겠어."

속이 잔뜩 상한 조가 서둘러 거실로 와보니 베스가 핍을 보며 흐느껴 울고 있었다. 이 카나리아는 작은 발톱을 애처롭게 벌린 채 새장 안에서 죽어 있었는데, 먹이를 못 먹어 굶어 죽은 것 같았다.

"다 내 잘못이야. 내가 잊어버리고 있었어. 먹이도, 물도 하나도 남아 있지 않았어. 오, 핍! 내가 너한테 어떻게 이렇게 잔인할 수가 있니?"

베스가 울부짖으며 불쌍한 핍을 손에 들고는 살려 보려 애를 썼다.

조가 반쯤 뜬 핍의 눈을 들여다보고, 작은 심장 소리도 들어 봤지만, 몸은 이미 차갑게 굳어 있었다. 고개를 가로젓고는 베스에게 조는 관으로 쓸 도미노 상자를 내밀었다.

"오븐에다 넣어 봐. 따뜻해지면 살아날지도 모르잖아."

에이미가 희망을 가지고 말했다.

"굶어 죽은 거야. 죽은 마당에 태우기까지 할 순 없어. 수의를 입혀서 정원에 묻어 줄래. 앞으로 다시는 새를 키우지 않을 거야. 오, 핍! 난 새를 키울 자격도 없는 사람이야."

베스가 두 손으로 핍을 감싼 채 마루에 앉아 중얼거렸다.

"장례식은 오늘 오후에 하도록 하자. 우리 모두 참석할 거야. 자, 이제 그만 울어, 베스. 안됐긴 했지만 이상하게 이번 주엔 되는 일이 하나도 없어. 결국 핍은 이번 실험의 최대 희생자가 되고 말았어. 수의를 입혀서 내 상자에 눕혀 놔. 점심 먹고 우리가 조촐하게 장례식이라도 치러 줄게."

조가 마치 장례식을 많이 치러 본 사람처럼 말했다. 그러고는 베스를 위로하는 일을 다른 사람에게 맡긴 채 부엌으로 향했다. 어수선한 부엌을 본 조는 맥이 풀리긴 했지만, 일단 커다란 앞치마를 두르고 일을 시작했다.

그녀는 설거지를 하기 위해 접시를 한데 모으다 말고 불이 꺼져 있는 걸 발견했다.

"산 너머 산이군!"

조가 툴툴대고는 난로 문을 쾅 하고 열어젖힌 다음 장작을 우악스럽게 쑤셔 넣었다. 그리고 다시 불을 붙인 그녀는 물이 끓는 동안 시장에 다녀와야겠다고 생각했다.

밖으로 나오니 한결 기운이 났다. 아주 어린 바닷가재 한 마리와 아주 오래된 아스파라거스, 그리고 시어 빠진 딸기 두 상자를 산 조는 장을 잘 봤다는 생각에 우쭐해하며 집으로 돌아왔다.

점심 때가 되었을 즈음, 설거지를 다 끝내고 난로도 빨갛게 타올랐다. 메그는 한나가 반죽을 부풀리려고 넣어 둔 냄비를 난로 위에 올려놓았다가 깜박 잊었다. 거실에서 샐리 가디너를 접대하고 있었기 때문이다. 어느 순간, 문이 벌컥 열리면서 산발한 머리에 밀가루를 뒤집어 쓴 듯한 조가 벌개진 얼굴로 나타나더니 신경질을 내며 말했다.

"냄비가 넘칠 정도면 반죽이 다 부풀어 오른 거 아냐?"

그런 조의 모습을 보고 샐리가 웃음을 터뜨렸다. 그리고 메그가 고개를 끄덕이며 눈썹을 있는 대로 치켜올리자, 조는 재빨리 부엌으로 돌아가 시큼한 반죽을 당장 오븐에다 집어넣었다.

이윽고 마치 부인이 일이 어떻게 돌아가고 있나 이리저리 둘러보고 나서 도미노 상자에 안치된 고인을 위해 수의를 만들고 있는 베스에게 위로의 말을 건넨 뒤 집을 나섰다. 회색 보닛이 모퉁이를 돌아 사라지자, 자매들은 알 수 없는 무력감에 빠졌다. 그리고 몇 분 후 크로커 양이 점심을 먹으러 왔다고 말했을 때는 절망감에 휩싸였다.

크로커 양은 깡마른 체격에 얼굴이 누런 노처녀였는데, 날카로운 콧날에 호기심 가득한 눈으로 뭐든 놓치는 법이 없었다. 그리고 자기가 본 것에 대해 남에게 이러쿵저러쿵 떠들어 대는 사람이었다.

자매들은 크로커 양이 싫었지만, 늙고 가난하고 친구가 없다는 이유만으로도 친절하게 대해야 한다고 배운 터였다. 그래서 메그는 안락의자를 내주며 잘 대접하려고 애썼다. 그동안 크로커 양은 쉴 새 없이 이것저것 물어보고, 여기저기 흠을 잡고, 자기가 아는 사람들에 대해 온갖 얘기를 늘어놓았다.

그날 아침 조가 겪었던 불안, 경험, 고충은 말로 이루 다 표현할 수가 없었다. 그리고 조가 차린 점심은 두고두고 웃음거리가 되었다. 더 물어보는 것도 주눅이 든 조는 혼자서 최선을 다하다가, 결국 열정과 정성만으로는 요리사가 될 수 없다는 사실을 깨달았다.

한 시간 동안이나 삶아 댄 아스파라거스는 애석하게도 머리는 떨어져 나가고 줄기는 오히려 더 딱딱해져 버렸다. 샐러드 드레싱이 아무리 해도 먹을 만하게 되지 않자, 거기에만 매달리고 있다가 그만 빵도 새까맣게 태웠다.

바닷가재는 망치로 두들기고 쑤셔서 껍질을 벗긴 다음 얼마 안 되는 살을 상추 잎으로 덮어 감추었다. 아스파라거스를 그렇게 내버려 둘 게 아니라 감자부터 빨리 요리해야 했는데, 결국 상에 올리지 못하고 말았다.

블라망주는 덩어리져 버렸고, 눈가림으로 좋은 것만 위에 올려놓았던 딸기는 보기만큼 익어 있지도 않았다.

'배가 고프면 쇠고기나 버터 바른 빵을 먹으면 되겠지, 뭐. 아무런 소득도 없이 고스란히 아침을 바친 게 억울할 뿐이야.'

평소보다 30분이나 늦게 식사 종을 울리며 조는 생각했다. 그리고는 온갖 고상한 것들에 길들여진 로리 앞에 자신이 내놓은 진수성찬을 내려다보며 후끈 달아오른 얼굴로 지치고 풀이 죽은 채 서 있었다. 떠벌리기 좋아하는 크로커 양은 사방팔방 광고를 하고 다닐 게 뻔했다.

음식을 맛본 사람들의 반응을 본 조는 당장 쥐구멍에라도 숨고 싶은 심정이었다. 에이미는 킬킬댔고, 메그는 괴로운 표정을 지었으며, 크로커 양은 입술을 오므렸고, 로리는 분위기를 띄우려고 애쓰며 즐겁게 웃고 떠들었다.

그나마 성공작이라고 할 수 있는 것은 설탕을 골고루 뿌리고 크림을 잔뜩 곁들인 과일이었다. 예쁜 유리 접시가 놓이고 모두들 크림의 바다에 떠 있는 장밋빛 작은 섬을 부드러운 눈길로 바라보자, 조의 붉어진 뺨도 어느 정도 가라앉으면서 안도의 한숨이 절로 흘러 나왔다.

그런데 처음으로 맛을 본 크로커 양이 오만상을 찌푸리며 허겁지겁 물을 마셔 댔다. 상태가 좋은 딸기만 골라내다 보니 양이 너무 적어져서 혹시 모자랄까 봐 제 것은 사양했던 조가 로리를 쳐다보았다.

로리는 약간 입을 오므리긴 했지만 그래도 꿋꿋이 먹어 치우더니 묵묵히 접시만 바라보고 있었다. 미식가인 에이미는 한 숟갈 가득 입에 떠넣자마자 숨 넘어갈 듯 켁켁거리며 냅킨으로 얼굴을 가린 채 급하게 자리를 떴다.

"왜, 왜 그래?"

조가 떨리는 목소리로 외쳤다.

"설탕 대신 소금을 뿌렸어. 게다가 크림은 너무 시어."

메그가 괴로운 표정을 애써 숨기며 말했다.

조는 신음을 내뱉으며 의자에 털썩 주저앉았다. 부엌 식탁 위에 있던 두 개의 통 가운데 하나를 확인도 없이 급하게 집어들었고, 우유를 냉장고에 넣어 두는 걸 잊었다는 사실이 그제야 떠올랐다. 조의 얼굴은 다시 홍당무가 될 수밖에 없었다. 그야말로 울음이 터지기 일보 직전이었다.

그때 즐거움이 가득 밴 로리의 눈과 마주친 조는 갑자기 이런 상황이 우스꽝스럽게 느껴졌다. 그러다 웃음보가 터지고 말았다. 어찌나 웃었는지 눈물이 뺨을 타고 흘러내릴 정도였다.

그러자 다른 사람들도 웃기 시작했고, 자매들이 '투덜이'라고 부르는 크로커 양까지도 마구 웃어 댔다. 그리하여 불행한 점심 식사는 버터 바른 빵과 올리브, 재미있는 이야기와 함께 흥겹게 끝이 났다.

"지금은 설거지할 정신이 아니야. 장례식을 치르며 마음을 차분히 가라앉히도록 하자."

조의 말에 모두들 자리에서 일어났다. 크로커 양은 다른 친구와의 식사자리에서 새로운 이야기를 해 주고 싶어 못 견디겠는지 서둘러 갈 채비를 했다.

다들 베스를 생각해서 엄숙한 자세로 장례식에 임했다. 로리가 작은 숲 속의 양치식물 아래에 무덤을 팠다. 그리고 핍은 마음씨 고운 여주인의 눈물을 받으며 이끼에 덮인 채 그곳에 묻혔다. 조가 점심 준비에 여념 없던 중에도 짬을 내어 지은 묘비명이 비석 위에 쓰였고, 그 위로 제비꽃과 별꽃으로 만든 화환이 걸렸다.

6월 7일 우리의 곁을 떠난

핍 마치, 여기 잠들다.

사랑과 애도의 마음으로
오래오래 잊지 않으리.

식이 끝나자마자 베스는 감정이 북받치는지 벌게진 얼굴로 자기 방으로 올라갔다. 하지만 침대를 정리해 놓지 않아 마땅히 쉴 자리가 없었다. 그래서 베개 먼지를 털고 물건들을 정리했는데, 뜻밖에도 슬픔이 많이 진정되었다.

메그는 조를 도와 만찬 뒷정리를 하느라 오후의 반을 보냈으며, 너무 지친 나머지 저녁은 차와 토스트로 때우자는 데 합의를 보았다.

로리는 시어 버린 크림 때문에 마음이 상한 에이미를 달래기 위해 마차를 타러 나갔다.

늦은 오후가 되자, 마치 부인은 집으로 돌아왔다. 그녀는 세 자매가 열심히 일을 하고 있는 모습을 보았다. 벽장을 힐끗 본 그녀는 실험이 어느 정도 성공했다는 생각이 들었다.

일일 주부들은 찾아온 손님들을 접대하느라 쉴 틈이 없었다. 차를 내오고, 심부름을 하고, 급하게 해야 할 바느질마저 마지막까지 미뤄야 할 정도였다.

황혼이 지고 이슬이 촉촉이 내리자, 비로소 조용한 평화가 찾아왔다. 그리고 6월의 장미가 아름답게 피어 있는 베란다로 자매들이 하나둘 모여들었다. 모두가 피곤하고 힘든 듯 한숨을 내쉬며 자리에 앉았다.

"정말 끔찍한 하루였어!"

언제나처럼 조가 먼저 입을 열었다.

"평소보다 빨리 지나간 것 같긴 해도 너무 힘들었어."

메그가 말했다.

"우리 집 같지가 않았어."

에이미도 한마디 했다.

"엄마와 핍 없이는 못 살 것 같아."

머리 위에 걸린 텅 빈 새장을 쳐다보며 베스가 말했다.

"엄마 여기 있잖니, 베스. 네가 원한다면 내일 다른 새를 사 줄게."

마치 부인이 딸들 사이로 다가와 앉으며 말했다. 왠지 자매들보다 휴가를 딱히 즐겁게 보낸 것 같지 않은 표정이었다.

"실험 결과는 만족스럽니? 아니면 일주일 더 해 볼까?"

엄마가 물었다. 베스는 엄마 품에 바싹 안겼고, 나머지 딸들은 꽃이 태양을 향하듯 밝게 빛나는 얼굴로 엄마를 향해 몸을 돌렸다.

"싫어요!"

조가 단호하게 소리쳤다.

"저도 싫어요!"

다른 자매들도 똑같이 입을 모았다.

"그럼 이제는 적당히 할 일을 가지고 조금이라도 다른 사람을 위해 사는 게 더 낫다고 생각하는 거니?"

"빈둥대며 노는 건 좋을 게 하나도 없어요."

조가 머리를 흔들며 말했다.

"정말 질려 버렸어요. 지금 당장 아무 일이라도 하고 싶은 마음이라니까요."

"간단한 요리법이라도 배우는 게 어떻겠니? 여자라면 마땅히 알아야 하는 유용한 교양이니까."

이미 크로커 양을 만나 그간의 사건을 소상히 전해 들은 마치 부인이 조의 점심을 떠올리며 몰래 웃었다.

"엄마, 솔직히 우리가 어떻게 하나 보려고 일부러 전부 다 맡기고 나가셨던 거죠?"

메그가 모든 걸 다 알아챘다는 표정으로 물었다.

"그렇단다. 엄만 각자의 일을 성실히 하지 않을 때 얼마나 불편해지는지 너희들 스스로 깨닫길 바랐단다. 한나와 내가 너희들 일을 하는 동안 너희들은 잘 지내는 듯했지만, 그다지 행복해 보이지도 않고, 마음의 여유도 없어 보이더구나. 그래서 작은 교훈을 줄까 하는 생각에서, 사람들이 자기만 생각할 때 어떤 일이 벌어지는지 보여 주려고 했던 거야. 저마다에게 주어진 일을 서로 도와 가며 열심히 하고, 편안하고 화목한 가정을 위해 조금씩 참고 견뎌 나가는 것이 훨씬 더 즐거운 일 같지 않니?"

"맞아요, 엄마. 정말 그래요!"

자매들이 큰 소리로 대답했다.

"그럼 이제 너희들의 작은 짐을 다시 지는 게 좋겠구나. 때로 무겁게 느껴지기도 하겠지만, 너희들에게 도움이 되는 것이니까. 짐을 어떻게 지고 갈지 그 방법을 배우게 되면 가볍게 생각될 거야. 일을 하면 좋은 점이 많단다. 권태와 나쁜 유혹에 빠지지 않게 해 주고, 몸과 정신을 강하게 해 줄 뿐만 아니라, 돈이나 외양보다 더 중요한 강인함과 독립심을 키워 주니 말이야."

"벌처럼 열심히 일할게요. 두고 보세요, 엄마."

조가 말했다.

"전 엄마 대신 아버지에게 드릴 셔츠를 만들겠어요. 바느질을 좋아하는 건 아니지만 해 볼게요. 할 수 있어요. 제 옷은 이 정도면 충분하니까 제 거 만든다고 수선 피우는 것보다는 더 좋은 일이잖아요."

"전 매일 공부할게요. 음악하고 인형에 너무 빠져 있지도 않겠어요. 전 머리가 나쁜 편이니 놀지 말고 더 열심히 공부해야겠어요."

베스가 제 결심을 말했다.

에이미는 씩씩한 선언으로 언니들의 본을 따랐다.

"전 단춧구멍 만드는 법과 제대로 말하는 실력을 키우겠어요."

"정말 고맙다! 그러면 이번 실험은 성공적으로 끝난 것 같으니 다시 반복할 필요는 없겠구나. 하지만 노예처럼 일에만 지나치게 몰두해도 안 된단다. 일도 놀이도 적당히 하면서 보람 있고 즐거운 하루하루를 만들어 나가다 보면 시간의 가치를 알게 되는 날이 올 거야. 그렇게 되면 비록 가난하더라도 아름다운 인생을 살 수 있단다."

"명심할게요, 엄마!"

그렇게 자매들은 엄마의 말씀을 가슴 깊이 새겼다.

12. 로렌스 캠프

베스가 우체국장이 되었다. 대부분 집에서 지내는 까닭에 정기적으로 우체통을 살펴볼 수 있는데다, 본인 스스로 매일 작은 문을 열고 우편물 나눠 주는 일을 즐겼기 때문이다.

7월의 어느 날, 베스는 두 손 가득 우편물을 들고 와서는 집배원처럼 집 안 곳곳을 돌아다니며 편지와 소포를 배달했다.

"엄마, 꽃다발이에요! 로리 오빠 한 번도 잊는 법이 없네요."

새 꽃다발을 '엄마 자리'에 놓인 꽃병에 꽂으며 베스가 말했다. 이 꽃병은 애정 어린 소년이 보내 주는 꽃으로 늘 다시 채워지곤 했다.

"메그 마치 양, 편지와 장갑 한 짝이오."

베스가 엄마 곁에 앉아서 소맷부리를 바느질하는 언니에게 물건을 건넸다.

"로리 집에 다 두고 왔는데, 어떻게 한 짝만 돌아온 거지?"

메그가 회색 면장갑 한 짝을 쳐다보며 말했다.

"너 혹시 정원에 떨어뜨리고 온 거 아니니?"

"아냐! 내가 분명히 봤는데, 우체통엔 한 짝밖에 없었어."

"장갑이 한 짝이라니, 이게 뭐야! 그래도 찾을 수 있을지 모르니 너무 신경 쓰지는 마. 내 편지는 독일 노래를 번역해 달래서 받은 건데, 로리 필체가 아닌 걸 보니 브룩 씨가 썼나 봐."

마치 부인이 메그를 흘깃 보았다. 실내복 차림으로, 이마 위에 고슬고슬한 머리칼을 약간 늘어뜨린 메그의 모습은 무척 아름다웠다. 흰색 실타래가 가득한 작업대에 앉아 바느질을 하는 모습은 제법 여성스러운 분위기마저 풍겼다. 하지만 어머니의 그런 생각을 전혀 눈치채지 못한 채 메그는 노래를 부르며 바느질에 열심이었다. 손가락이 바삐 움직였고, 허리에 꽂은 팬지처럼 순수하고 신선한, 소녀다운 공상에 빠져 마음도 바빴던 것이다. 그런 메그의 모습을 바라보며 마치 부인은 흐뭇한 미소를 지었다.

"조 박사님에게는 편지 두 통과 책 한 권 그리고 우스꽝스럽게 생긴 낡은 모자가 왔어요. 근데 모자가 우체통을 통째로 덮고 있지 뭐예요."

서재로 들어간 베스가 글을 쓰고 있던 조에게 웃으며 말했다.

"로리는 정말 짓궂어! 내가 더운 날엔 얼굴이 타서 안 좋다고, 좀 더 큰 모자가 유행하면 좋겠다고 말한 적이 있거든. 그러니까 로리가 '유행이 무슨 상관이야? 큰 모자를 쓰고 편하게 살라고!' 그러는 거야. 그래서 내가 그런 모자가 있으면 쓰고 다니겠다고 말했지. 그랬더니 내가 어쩌나 보려고 이걸 보낸 거라고. 재미로 한번 써 보지, 뭐. 내가 유행 따윈 신경 안 쓰는 사람이라는 걸 보여 주겠어."

그러면서 챙 넓은 구식 모자를 플라톤 흉상 위에 걸쳐 놓고는 편지를 읽기 시작했다. 한 통은 엄마로부터 온 편지였는데, 이를 읽던 조의 볼이 빨갛게 달아올랐고 눈물이 가득 고였다.

사랑하는 딸에게

급한 성질을 다스리려는 네 노력을 지켜보며 엄마가 얼마나 흐뭇해하는지 알려 주고 싶어 이렇게 펜을 들었단다. 너는 자신의 시도와 실패, 성공에 대해 누구에게도 말하지 않지. 그건 아마도 네 성경 표지가 많이 닳은 걸로 미루어 보건대, 매일 너의 질문에 대답해 주는 그분 외에는 아무도 그 노력을 모른다고 생각해서가 아닌가 싶구나.

하지만 엄마도 널 지켜보고 있었단다. 그리고 그 노력이 결실을 맺기 시작하는 걸 보면서 네 결심이 얼마나 강한지 믿게 되었단다. 계속 그렇게 인내하면서 용감하게 나아가길 바란다. 그리고 자신보다 더 힘이 되어 주는 사람이 있다는 사실을 항상 기억하렴.

–엄마가

"어쩜, 내게 꼭 필요한 이야기를 이렇게 하셨을까! 이 편진 나한테 백만금보다도, 백 마디 칭찬보다도 더 소중해. 네, 엄마. 노력할게요! 계속 노력할게요. 절대 지치지 않을게요. 내 곁엔 이렇게 엄마가 있으니까요."

팔에 머리를 묻고서 조는 행복의 눈물을 흘리며 잠시 감상에 젖었다. 착해지려는 자신의 노력을 아는 사람이 아무도 없다고 생각해 왔기 때문이다. 그런데 전혀 뜻밖에도, 그것도 자신이 가장 소중하게 여기는 사람으로부터 이런 격려를 받게 되자, 조는 이 편지가 몇 배로 소중하게 느껴졌고 몇 배로 힘이 났다. 내면의 악마와 맞서서 이길 힘이 불끈 솟은 그녀는 편지를 게을러지는 것을 막는 부적과 경고장으로 생각하고 옷 안에다 꽂아 놓았다. 그리고는 좋은 소식이든 나쁜 소식이든 감수할 마음의 준비를 한 다음 두 번째 편지를 열어 보았다. 역시나 큼직하고 힘 있는 로리의 글씨체가 나타났다.

조에게

야호! 내일 영국 친구들이 놀러 올 거야. 재미있게 지낼 생각이야. 날씨가 좋으면 롱메도우에다 텐트를 치고, 노를 저어 올라간 다음 거기서 점심을 먹고 크로켓을 할까 해. 불도 피우고, 음식도 만들고, 집시 흉내도 내고, 이런저런 장난을 치며 한바탕 놀 생각이야. 다들 이런 걸 좋아하는 친구들이거든. 남자애들은 브룩 선생님이 보살필 거고, 여자애들은 케이트 본 양이 챙기기로 했어. 너희 자매들도 모두 와 주면 좋겠어. 아무도 귀찮게 안 할 거니까 베스도 절대 빠지면 안 돼. 먹는 건 신경 쓰지 마. 내가 알아서 다 전부 준비할 테니까. 너희는 몸만 오면 된다고! 바빠서 이만 줄인다.

– 너의 영원한 친구, 로리

"야, 신난다!"

조가 환호를 지르며 부랴부랴 메그에게 소식을 전하러 갔다.

"당연히 가도 되는 거죠, 엄마? 로리한테 도움이 될 거예요. 전 노도 저을 줄 알고, 언닌 점심 준비를 거들 수 있고, 베스와 에이미도 어떻게든 도울 수 있다고요."

"본 씨네 사람들이 고상한 체하는 사람들이 아니어야 할 텐데. 그 사람들에 대해 너 뭐 아는 거 있니, 조?"

"네 명이라는 것밖에 몰라. 케이트는 언니보다 위고, 쌍둥이 프레드와 프랭크는 내 또래고, 막내 그레이스는 아홉 살 아니면 열 살쯤 됐을 거야. 로리가 외국에 있을 때 알던 애들이라는데, 남자애들이 꽤 맘에 드나 봐. 그런데 케이트 얘기만 나오면 입을 꾹 다무는 걸로 봐서 그 여자는 별론가 보더라고."

"내 프랑스산 옷이 깨끗해서 다행이야. 내일 입기에 정말 딱 맞는 옷이거든!"

메그가 흐뭇한 듯이 말했다.

"넌 뭐 입을 거니, 조?"

"주황색과 회색이 섞인 뱃놀이 옷이면 충분해. 노도 젓고, 이리저리 걸어 다녀야 하니까 얌전한 옷은 불편해. 너도 갈 거지, 베스?"

"남자애들이 나한테 말 못 붙이게 해 주면……."

"그야 당연하지!"

"난 로리 오빨 기쁘게 해 주고 싶어. 브룩 씨도 무섭지 않아. 그분은 친절하시니까. 하지만 같이 놀거나, 노래하거나, 얘기하는 건 싫어. 난 다른 사람 귀찮게 안 하고 내 일만 할 거야. 그리고 언니가 날 보살펴 줄 테니 가도 괜찮겠지."

"역시 착한 내 동생이야. 수줍은 성격을 극복하려고 애쓰는 모습이 얼마나 사랑스러운지 모르겠다. 결점을 고친다는 게 결코 쉬운 일이 아니거든. 고맙습니다, 엄마!"

그렇게 말하며 조가 엄마의 여윈 볼에 감사의 키스를 했다. 마치 부인에게는 젊은 날의 장밋빛 통통한 볼을 되돌려 준다는 소리보다도 더 값지게 느껴지는 키스였다.

"난 초콜릿이 든 상자와 그려 보고 싶었던 그림을 받았어."

에이미가 자신이 받은 우편물을 보여 주며 말했다.

"그리고 난 로렌스 씨 편지를 받았어. 오늘 밤 집에 들러서 피아노를 쳐 달라는데, 어두워지기 전에 보내 주신다니까 가 볼까 생각 중이야."

노신사와의 우정이 날로 깊어가는 베스가 말했다.

"자, 이제 서둘러 두 배로 일하도록 하자. 그래야 내일 마음 편하게 놀 수 있을 테니까."

조가 펜을 놓고 빗자루를 들며 말했다.

다음 날 아침 일찍, 힘차게 솟아오른 태양이 자매들의 방을 비추자 우스꽝스런 광경이 펼쳐졌다. 야유회를 위해 모두들 나름대로 필요하다고 생각되는 준비를 한 상태였다. 메그는 머리를 더 곱슬곱슬하게 만든다고 이마에 종이를 매달고 있었고, 조는 햇볕에 탄 얼굴에 콜드크림을 잔뜩 바른 채 잠들어 있었다. 베스는 헤어져 있어야 하는 게 미안한지 조애너와 함께 침대에 누워 있었다. 하지만 최고의 영예는 맘에 안 드는 코를 세운답시고 빨래집게로 코를 집어 놓은 에이미에게 돌아갔다. 화가들이 보통 화판에 종이를 고정시킬 때 이렇게 하는데, 코를 세우기 위해 이보다 적합하고 효과적인 방법도 없을 듯했다. 이 재미있는 장면에 웃음보가 터진 것처럼 태양이 더욱 강렬한 빛을 뿜어내는 바람에 조가 잠에서 깨어났다. 잠이 깬 조가 에이미의 모습을 보고 마구 웃어 대자, 다른 자매들도 하나둘 눈을 뜨며 일어났다. 환한 햇살과 싱그런 웃음은 오늘 있을 즐거운 파티를 예고하는 기분 좋은 징조로 받아들여졌다. 곧 두 집 사이에는 떠들썩한 소동이 시작됐다.

제일 먼저 일어난 베스가 이웃집 상황을 중계했다.

"저기 누가 텐트를 들고 걸어가고 있다. 베이커 부인은 광주리와 커다란 바구니에 점심을 넣고 있어. 로렌스 씨가 하늘과 풍향계를 보고 계시네. 같이 가시면 좋을 텐데. 저기 로리 오빠도 보여. 꼭 선원같이 차려 입었는걸. 정말 멋지다! 오, 세상에! 사람들이 가득 탄 마차가 오고 있어. 키가 큰 여자가 한 명, 어린 여자아이 그리고 끔찍한 남자애가 둘이야. 그중 한 명은 가엾게도 다리를 절고 있네. 목발을 짚어. 로리 오빠가 그런 얘긴 없었는데. 서둘러! 늦었어. 어라, 저기 네드 모팻 아냐? 분명한데. 메그 언니, 저 사람 전에 우리 장 보러 갔을 때 언니한테 인사하던 사람 맞지?"

"그렇네. 이상하다. 산에 있을 거라 생각했는데 여기 웬일이지? 샐리도 왔네. 시간 맞춰 돌아와서 다행이다. 나 어때, 조?"

설레는 가슴으로 메그가 물었다.

"역시 예뻐. 드레스를 좀 올리고 모자를 똑바로 써 봐. 분위기 있게 보일진 몰라도 바람이라도 훅 불었다가는 날아가 버리고 말걸. 자, 이제 출발!"

"조, 너 그 괴상한 모자 쓰고 갈 건 아니지? 얼마나 웃기는 줄 알아? 남자처럼 차려입지 마."

로리가 재미로 보내준 챙 넓은 구닥다리 밀짚모자에 빨간 리본을 매고 있던 조를 보며 메그가 만류했다.

"그래도 난 쓰고 갈 거야! 그늘도 잘 지고, 가볍고, 크고, 얼마나 멋진 모잔데 그래. 내가 쓰고 가면 재미있을 거야. 남들이 남자 같다 그래도 내가 편하면 상관없어."

그러면서 조가 집을 나섰고, 나머지 자매들도 그 뒤를 따랐다. 여름옷을 입고 멋진 모자를 쓴 그들의 얼굴은 더할 나위 없이 행복해 보였다.

로리가 달려오더니 자신의 친구들을 소개했다. 나이가 스물인데도 차림새가 소박한 케이트 양을 만난 메그는 무척 기뻐했다. 미국 소녀들이 본받으면 좋겠다고 생각할 정도였다. 그리고 특별히 그녀를 보기 위해 이 자리에 왔다는 네드의 말에 어깨가 으쓱했다.

조는 로리가 왜 케이트에 대해 말할 때면 입을 꾹 다물었는지 알 것 같았다. 자유롭고 편한 태도를 보이는 다른 여자애들과는 다르게 케이트는 멀리 떨어져서 건드리지 말라는 분위기를 물씬 풍겼다. 베스는 남자애들 가운데 상냥하고 순하지만 다리를 저는 애를 보고는 잘 대해 주기로 결심했다. 에이미는 그레이스가 예의 바르고 유쾌한 사람이란 걸 알았다. 둘은 서로 한동안 묵묵히 쳐다만 보고 있다가 어색하게 대화를 시작했고 곧 좋은 친구가 되었다.

텐트와 점심, 크로케 준비물을 미리 보내 놓은 다음, 일행은 곧 배에 올랐다. 강가에서 모자를 흔드는 로렌스 씨를 뒤로하고 드디어 두 대의 보트가 출발했다. 로리와 조가 보트 하나를 저었고, 브룩 씨와 네드가 다른 배를 맡았다. 쌍둥이 중 장난이 심한 프레드 본은 어지럽게 뱅글뱅글 도는 소금쟁이처럼 배 안에서 제멋대로 왔다 갔다 하면서 배를 뒤집으려고 안간힘을 썼다.

조의 우스꽝스런 모자는 실용성 부문에서 높은 점수를 받았다. 일단 그 모양새부터 웃음을 불러일으켜 어색한 분위기를 깨는 데 한몫했다. 그리고 조가 노를 저을 때는 앞뒤로 펄럭거려 신선한 바람을 일으켰으며, 조의 말마따나 소나기라도 온다면 일행들의 멋진 우산이 되어 줄 터였다. 케이트는 조의 행동에 다소 놀란 듯했다. 노를 놓친 후 "맙소사!"라고 외쳐댄 그녀는 로리가 자세를 잡다 조의 발에 걸려 넘어지자 더욱 놀란 눈으로 "친구, 괜찮아?"라고 물었다. 하지만 안경을 치켜올리고 이 이상한 소녀를 찬찬히 살펴본 결과, '엉뚱하긴 해도 똑똑한' 여자애라는 결론을 내린 후에는 멀리서 미소를 지어 보였다.

다른 보트에 타고 있는 메그는 노를 젓는 브룩 씨와 네드 맞은편에 앉은 자신의 자리가 무척 마음에 들었다. 그들은 메그의 아름다운 모습을 황홀하게 바라보며 뛰어난 기술로 노를 수평으로 저어 갔다. 점잖고 과묵한 브룩 씨는 갈색 눈이 멋지고 목소리가 쾌활한 젊은이였다. 메그는 그의 조용한 태도가 좋았

고 걸어 다니는 백과사전과도 같이 아는 게 많다고 생각했다. 그녀에게 그다지 말을 걸진 않았지만 자꾸만 쳐다보는 걸로 보면 그렇게 싫어하는 것 같지는 않았다.

대학에 들어간 네드는 대학생의 의무라도 되는 양 무슨 일에든 나서려고 했다. 그는 현명한 편은 아니었어도 사람이 좋고 유쾌해서 같이 소풍 가기엔 더할 나위 없는 사람이었다. 샐리

가디너는 흰색 드레스가 더럽혀질까 봐 신경을 곤두세운 채, 끊임없는 장난으로 베스를 겁주는 프레드와 이야기를 나누고 있었다.

롱메도우까지는 얼마 되지 않는 거리였다. 일행이 현장에 도착해 보니 텐트는 이미 쳐져 있었고, 크로케 경기용 문도 세워 놓은 상태였다. 잎이 무성한 떡갈나무 세 그루가 중앙에 자리한 들판에는, 크로케를 할 수 있는 부드러운 잔디가 펼쳐져 있었다.

"로렌스 캠프에 오신 걸 환영합니다."

일행이 배에서 내리자 젊은 주인이 기쁨에 들떠 외쳤다.

"브룩 선생님이 총사령관이고, 저는 보좌관입니다. 다른 남자 분들은 참모라고 보시면 됩니다. 그리고 여성분들은 방문객입니다. 이 텐트는 여러분의 편의를 위한 거고, 저기 떡갈나무는 거실, 이 나무는 식당, 또 한 나무는 부엌으로 사용될 예정입니다. 더 더워지기 전에 먼저 경기를 치르도록 하겠습니다. 경기 후 점심식사가 제공될 겁니다."

프랭크, 베스, 에이미, 그레이스는 다른 여덟 명이 펼치는 경기를 앉아서 구경했다. 브룩 씨는 메그, 케이트, 프레드와 한 편이 되었고, 로리는 샐리와 조, 네드를 자기 편으로 골랐다. 영국 친구들도 경기를 잘 했지만, 그보다는 미국 쪽이 더 우세했다. 마치 1776년 독립전쟁의 정신이 살아난 듯 한 치의 양보도 없이 거세게 밀어붙였다.

조와 프레드는 몇 번이나 사소한 말씨름을 하다 한 번은 진짜로 싸울 뻔하기도 했다. 조는 마지막 문을 통과시킨 공이 결국 빗나가자 화가 잔뜩 났다. 프레드가 바짝 조의 뒤를 쫓고 있었고, 그의 차례는 조의 앞이었다. 드디어 프레드가 공을 쳤는데, 날아가 문에 부딪히더니 엉뚱한 곳으로 1인치를 더 가서 멈췄다. 마침 그 근처에는 달려가서 확인할 사람이 아무도 없었다. 그곳으로 직접 간 프레드는 발끝으로 공을 슬쩍 건드려 안쪽으로 밀어 넣었다.

"통과했다! 자, 조 양. 내가 꼭 당신을 누르고 일등을 차지하겠습니다."

젊은 신사가 다시 공을 치기 위해 나무망치를 휘두르며 소리쳤다.

"발로 밀었잖아요. 내가 봤다고요. 그러니까 내 차례예요."

조가 톡 쏘며 말했다.

"맹세코 난 안 건드렸어요. 아마 저절로 좀 굴러간 걸 가지고 그러나본데, 그건 반칙이랄 수 없죠. 자, 이제 공 좀 치게 물러나 주실까요?"

"우리 미국인들은 속임수 같은 건 절대 쓰지 않지만 당신은 미국 사람이 아니니까, 뭐 원하신다면……."

조가 화를 내며 말했다.

"미국인들이 속임수의 대가라는 건 모르는 사람이 없죠. 그럼 당신이 해 보시죠."

프레드가 대꾸하더니 조의 공을 쳐서 멀리 날려 버렸다.

조가 한마디 쏘아붙이려고 입을 열다가 가까스로 삼켰다. 하지만 이마까지 벌게진 얼굴로 철문을 있는 힘껏 후려치고는 잠시 그대로 서 있었다. 공을 친 프레드는 의기양양한 얼굴로 사람들 사이를 돌아다녔다. 공을 찾으러 풀숲으로 간 조는 한참이 지나서야 공을 가지고 돌아왔다. 많이 차분해진 모습이었다. 그녀는 참을성 있게 자신의 차례를 기다렸다. 아까 있던 위치까지 가려면 다시 공을 몇 번이나 쳐야 했다. 드디어 조가 제자리를 찾았을 땐 상대편이 거의 이기기 직전이었다. 케이트의 공이 한 관문을 남긴 채 말뚝 근처에 놓여 있었던 것이다.

"정말이지, 우리가 다 이겼네요! 이걸로 끝내, 케이트 누나. 조가 나한테 잘못한 게 있긴 하지만 이젠 다 끝났어요."

프레드가 흥분해서 소리쳤다. 모두들 마지막을 보기 위해 가까이 모여들었다.

"미국인은 적들에게 관대한 척하는 수법을 쓰거든요."

조의 말에 프레드의 얼굴이 빨개졌다.

"특히나 그 적을 무찌를 땐 말이죠."

조가 케이트의 공은 건드리지 않으면서 깨끗한 한 방으로 역전승을 거두며 덧붙였다.

손님들 앞에서 대놓고 기뻐하는 건 예의가 아니라는 생각에, 로리는 모자를 위로 높이 던져 올리다 말았다. 그러고는 기쁨을 누르며 친구에게 속삭였다.

"잘했어, 조! 프레드가 반칙한 거 나도 봤어. 그렇다고 말을 할 순 없지만 그 친구도 앞으로는 두 번 다시 그런 짓 안 할 거야. 내 말 믿어."

메그가 느슨해진 머리를 핀으로 고정시키는 척하며 조 곁에 다가와서는 만족스럽다는 듯 말했다.

"아깐 나도 얼마나 화가 났는지 몰라. 그래도 네가 이렇게 잘 참아 줘서 정말 기뻐, 조."

"나 칭찬하지 마, 언니. 지금 당장 따귀를 올려붙일 수도 있으니까. 분노를 삭일 때까지 풀숲에서 기다리지 않았다면 분명 폭발해 버렸을 거야. 지금도 속이 부글거려. 내 눈 앞에 안 보이길 바랄 뿐이야."

조가 입술을 깨물며 대꾸했고 큰 모자 밑으로 프레드를 노려보았다.

"점심시간입니다."

브룩 씨가 시계를 보며 말했다.

"보좌관, 내가 마치 양이랑 샐리 양하고 식탁을 펼치는 사이 불을 지피고 물을 길어다 주겠나? 커피는 누가 잘 끓이나요?"

"조가 잘해요."

메그가 기쁘게 동생을 추천했다. 최근에 배운 조리법으로 체면을 살릴 수 있겠다 생각한 조는 커피 주전자를 맡으러 갔다. 그동안 아이들은 마른 나뭇가지를 모아 왔고, 남자애들은 불을 지피거나, 근처 샘에서 물을 길어 왔다. 케이트 양은 그림을 그렸으며, 프랭크는 풀을 엮어 접시받침을 만들고 있는 베스에게 말을 붙였다.

총사령관과 부관들은 곧 테이블보를 펼치고 먹을 것과 마실 것을 보기 좋게 올린 후에 초록 잎사귀로 예쁘게 장식을 했다. 커피가 다 됐다고 조가 알리자, 모두들 자리에 앉아 맛있는 점심을 들었다. 젊을 때는 뭐든지 잘 소화시키는데다 운동을 한 뒤라 그런지 다들 식욕이 왕성했다. 정말 즐거운 점심 식사였다. 모든 게 신선하고 재미있었으며, 쉴 새 없이 터져 나오는 웃음소리는 근처에서 풀을 먹는 늙은 말을 놀라게 할 정도였다.

잔디 위에 테이블보만 펼쳐 놓은 울퉁불퉁한 임시 식탁도 재미있었다. 때문에 컵과 접시가 수난을 많이 겪었다. 우유 속에 도토리가 떨어지는가 하면, 초대하지 않은 개미들까지 와서는 함께 다과를 먹었다. 또한 털북숭이 송충이들도 무슨 일인가 싶어 나무에서 기어 내려왔다. 그리고 금발머리 꼬마 세 명이 울타리 너머로 엿보고 있었으며, 강 반대편에서는 개 한 마리가 못마땅하다는 듯 그들을 향해 죽어라 짖어 댔다.

"원한다면 소금도 여기 있어."

로리가 딸기 접시를 조에게 내밀며 말했다.

"고마워. 하지만 난 거미가 더 좋아."

크림에 빠져 죽은 거미 두 마리를 건져내며 조가 대답했다.

"그 끔찍한 점심 기억을 꼭 들춰내야겠어? 넌 이렇게 잘 차려 놨다 이거지?"

조가 이렇게 덧붙였고 둘 다 깔깔대며 웃었다. 접시가 다 떨어진 바람에 두 사람은 한 접시를 나란히 나눠 먹었다.

"그날 정말 즐거웠어. 그때만큼 재미있던 적은 없었어. 그리고 오늘 점심이 내 공인가, 뭐. 너도 알다시피 난 한 일도 없는걸. 너하고 메그, 브룩 선생님이 다 했잖아. 너한테 끝도 없이 고마운 마음이야. 자, 이제 배불리 먹었으니 뭘 하면 좋을까?"

점심 식사 후에는 카드 놀이를 해 왔다는 사실을 의식하면서 로리가 물었다.

"시원해질 때까지 게임을 하자. 내가 '작가 카드'를 가져왔거든. 케이트 양이 새롭고 재미있는 놀이를 알고 있을 거야. 가서 한번 물어봐. 그래도 손님이니까 같이 시간 좀 보내 줘야 하지 않겠니?"

"넌 손님 아니냐? 난 케이트 양이 브룩 선생님이랑 잘 맞을 줄 알았는데, 줄곧 메그하고만 얘기하더라. 케이트는 우스꽝스런 안경 너머로 그저 두 사람을 쳐다보기만 하고 말이야. 그럼 나 간다. 그러니까 할 줄도 모르는 예의 강연일랑 그만둬, 조."

하지만 케이트 양은 새로운 놀이에 대해 별로 아는 게 없었다. 여자들이 더는 먹으려 하지 않았고, 남자들도 더는 먹을 수가 없었기 때문에, 다들 거실로 자리를 옮겨 '이야기 잇기'를 했다.

"한 사람이 먼저 아무 얘기나 시작하는 거예요. 그렇게 이야기를 한참 하다가 절정에 다다랐을 때 멈추고는 다음 사람에게 넘기죠. 그럼 그 사람이 그 이야기를 받아서 이어 가는 거예요. 잘될 땐 정말 재미있어요. 그리고 한바탕 웃을 수 있으려면 비극과 희극을 골고루 뒤섞어 주는 게 좋아요. 그럼, 브룩 씨부터 시작하세요."

케이트가 명령하듯 말하자, 그 가정교사를 다른 어떤 신사보다도 존경해 마지않던 메그는 깜짝 놀랐다.

브룩 씨는 풀밭 위 두 숙녀의 발치에 누워, 잘생긴 갈색 눈을 반짝이는 강물에 고정시키고는 고분고분 이야기를 시작했다.

"옛날에 한 기사가 출세를 위해 세상으로 나갔습니다. 그가 가진 거라곤 칼과 방패가 다였지요. 거의 28년이나 여기저기 돌아다니며 힘든 일도 많이 겪었습니다. 그러다 마음씨 착한 늙은 왕의 궁전에 이르렀습니다. 이 왕에게는 아끼는 망아지가 한 마리 있었는데, 훌륭한 말이긴 했으나 워낙 천방지축이라,

왕은 이 말을 잘 길들일 수 있는 사람에게 큰 상을 내리겠다고 선포한 상태였습니다. 기사는 도전해 보기로 했고, 시간이 걸릴지라도 확실한 방법으로 일을 해 나갔습니다. 그 말은 변덕스럽고 거칠긴 했지만 훌륭한 말답게 곧 새 주인을 잘 따르게 되었습니다. 날마다 기사는 왕의 망아지를 훈련시키면서 시내를 돌아다녔습니다. 그렇게 말을 타고 다니면서 그는 꿈속에서 숱하게 보았던, 그러나 결코 만날 수 없었던 아름다운 여인을 찾기 위해 이곳저곳을 두리번거렸습니다.

어느 날, 기사가 어느 조용한 거리를 지나가고 있을 때 쓰러져 가는 성의 창문에서 꿈에 그리던 얼굴을 발견하게 되었습니다. 기사는 기뻐하며 이 낡은 성에 누가 살고 있냐고 물었습니다. 그리고 주문에 걸린 공주들이 성에 갇힌 채 자유를 되찾기 위해 온종일 실을 자아 돈을 모으고 있다는 답변을 들었습니다. 기사는 그들을 구해 주고 싶은 마음이 굴뚝같았으나 너무 가난한 탓에 겨우 할 수 있는 거라곤 매일 그곳에 들러 그 사랑스런 얼굴을 바라보며 밖에서 만날 수 있길 간절히 기원하는 게 전부였습니다. 마침내 기사는 성으로 들어가 그들을 어떻게 도울 수 있는지 방법을 물어보기로 결심했습니다. 성을 찾아간 그는 문을 두드렸습니다. 그러자 그 큰 문이 활짝 열리면서……."

"매혹적인 아가씨가 '드디어, 드디어 오셨군요!' 하며 기쁨의 탄성을 질렀습니다."

프랑스 소설을 많이 읽어 그런 풍을 좋아하는 케이트가 이야기를 이어 갔다.

"'당신이군요!' 구스타프 백작이 소리쳤습니다. 그러고는 희열에 도취된 채 그녀의 발 아래에 몸을 던졌습니다. '오, 일어나세요!' 하얗고 부드러운 손을 내밀며 그녀가 말했습니다. '안 됩니다! 내가 당신을 구할 수 있는 방법을 말해 주기 전까진 일어설 수 없습니다.' 기사가 여전히 무릎을 꿇은 채 말했습니다. '안됐지만, 폭군이 사라질 때까지 여기서 벌을 받아야 하는 게 나의 잔인한 운명이랍니다.' '그 악당은 어디 있소?' '보랏빛 방에 있어요. 가세요, 용감한 기사님. 절 이 절망으로부터 구해 주세요.' '당신 말을 따르리다. 이기지 못한다면 내 죽어 돌아올 것이오!' 비장한 각오를 밝히고 기사는 부리나케 달려갔습니다. 그리고 마침내 보랏빛 방의 문을 왈칵 열어젖혀 안으로 들어가려는 순간……."

"검은 가운을 입은 늙은 폭군이 그를 향해 커다란 그리스어 사전을 집어던졌습니다."

이번엔 네드가 말을 이었다.

"정신을 차린 기사는 창문 밖으로 폭군을 집어던졌습니다. 그러고는 승리에 겨워 아가씨에게 돌아가려고 몸을 돌리는 순간, 이마를 쾅 부딪치고 말았습니다. 문이 잠겨 있었던 것입니다. 기사는 커튼을 찢어 줄사다리를 만들었습니다. 그러나 반쯤 내려갔을 때 줄이 끊어져 버렸고, 18미터 깊이의 연못에 거꾸로 처박히고 말았습니다. 오리처럼 헤엄치며 성 주위를 돌던 기사는 건장한 보초 둘이 지키는 작은 문에 이르렀습니다. 기사가 두 사람의 머리를 맞부딪치자 머리가 호두처럼 깨져 버렸습니다. 기사는 엄청난 힘으로 간단히 문을 때려 부순 다음, 먼지가 30센티미터나 쌓이고, 주먹보다 더 큰 두꺼비가 앉아 있고, 뒤로 나자빠질 정도로 섬뜩한 거미들이 득시글대는 돌계단을 올라갔습니다. 계단 꼭대기에 도착한 기사는 눈앞에 펼쳐진 광경에 숨이 막히고 피가 얼어붙는 듯 그 자리에 털썩 주저앉고 말았습니다. 거기에는…….”

“흰 옷을 입고 얼굴엔 베일을 쓴 거인이 앙상한 손에 램프를 들고 있었습니다.”

메그의 차례였다.

“거인은 따라오라는 손짓을 하더니 무덤처럼 차고 어두운 복도로 소리 없이 미끄러져 내려갔습니다. 갑옷을 입은 유령 같은 형상들이 양쪽으로 늘어서 있고, 죽음과도 같은 정적이 감돌았습니다. 램프는 푸른빛을 내며 불탔고, 유령 같은 거인은 가끔씩 몸을 돌리고는 흰색 베일 너머로 섬뜩한 눈빛을 번득이며 기사를 쏘아보곤 했습니다. 이윽고 커튼이 드리워진 문에 이르자, 문 뒤로 아름다운 음악 소리가 흘러나왔습니다. 기사

가 안으로 뛰어들려고 하자 유령이 잡아채면서 그에게…….”

“코담배갑을 흔들어 보였습니다.”

음침한 목소리로 조가 이렇게 말하자 다들 배를 잡고 웃어 댔다.

“‘고맙습니다.’ 기사가 정중하게 인사를 하며 한 개비를 집어서 냄새를 맡고는 일곱 번 재채기를 했습니다. 그런데 얼마나 심하게 했던지 그만 머리가 뎅강 날아가고 말았습니다. ‘하! 하! 하!’ 유령이 크게 웃었습니다. 그러고는 열쇠 구멍으로 공주들

이 열심히 실 잣는 모습을 슬쩍 들여다본 후, 기사를 집어들고는 커다란 양철 상자에 집어넣었습니다. 그 안에는 이미 머리 없는 기사들이 열한 명이나 정어리처럼 들어 있었습니다. 그런데 갑자기 목 없는 기사들이 일제히 일어나더니……."

"선원들의 춤을 추기 시작했습니다."

조가 잠시 숨을 고르는 사이 프레드가 끼어들었다.

"그들이 춤을 추는 동안, 쓰레기 같은 낡은 성이 돛을 모두 올린 군함으로 바뀌었습니다. '삼각돛을 올려라. 용총줄을 죄고, 키를 바람 부는 방향으로 돌려라. 사격 준비!' 잉크처럼 까만 깃발을 휘날리며 포르투갈 해적선이 눈앞에 나타나자, 선장이 고함을 질렀습니다. '나가서 승리하라!' 선장의 외침과 함께 무시무시한 싸움이 시작되었습니다. 결과는 당연히 영국의 승리였습니다. 영국은 늘 이기니까요."

"아냐, 그렇지 않아!"

옆에 있던 조가 반박했다. 잠시 멈칫하던 프레드가 이야기를 이어갔다.

"해적선을 들이박고 두목을 생포하고 보니, 갑판 위엔 시체들이 층을 이루고 배수구는 피로 흘러넘쳤습니다. 단검을 빼들고 죽기 살기로 싸우라는 명령 때문이었습니다. '갑판장, 만약 이놈이 죄상을 낱낱이 고하지 않을 땐 삼각돛 밧줄로 꽁꽁 묶어라. 그러면 이 악당 놈도 안 불고는 못 배길 테니.' 영국 선장이 말했습니다. 승리에 찬 선원들의 미친 듯한 열광 속에서 그 포로는 벽돌처럼 입을 다문 채 널빤지 위를 걸어갔습니다. 그러나 간교한 해적 두목은 바다로 뛰어들어 영국 군함 밑으로 들어가 배 밑에 구멍을 뚫었습니다. 마침내 배는 돛과 함께 바다로 가라앉기 시작했습니다. 바다, 바다, 바다 밑으로……."

"어머, 큰일 났네! 난 무슨 이야기를 하지?"

프레드가 해양 용어와 자신이 좋아하는 책에서 읽은 내용을 뒤죽박죽 섞어서 이야기를 끝내자 샐리가 말했다.

"그렇게 바닥으로 가라앉는 배를 마음 착한 인어가 반갑게 맞아 주었습니다. 목 없는 기사들이 들어 있는 상자를 본 인어는 가슴이 아팠습니다. 그래서 비밀을 풀 수 있길 희망하며 그들을 소금물에 담가 놓았습니다. 여자들이란 호기심이 많은 편이니까요. 이때 한 잠수부가 다가왔고, 인어는 말했답니다. '이 상자를 가지고 올라가 주시면 상자 안에 든 진주를 드릴게요.' 인어는 불쌍한 기사들의 생명을 되찾아 주고 싶었지만 너무 무거워 혼자 힘으론 감당할 수 없었기 때문이지요. 하지만 잠수부가 상자를 끌어올려 뚜껑을 열어 보니 진주는 어디에도 없었습니다. 실망한 잠수부는 쓸쓸한 벌판에 상자를 버려두고 떠났습니다. 그러다가……."

"벌판에서 백 마리나 되는 거위를 키우는 소녀가 그 상자를 발견했습니다."

샐리의 얘기를 에이미가 이어받았다.

"목 없는 기사들이 불쌍했던 소녀는 한 노파에게 그들을 도와줄 방법을 물었습니다. '거위들한테 물어 보렴. 모르는 게 없으니까.' 노파가 말했습니다. 그래서 소녀는 거위들에게 없어진 머리를 대신할 만한 게 뭐가 있냐고 물었습니다. 그러자 거위들은 백 개의 입을 동시에 열고는 외쳤습니다. '양배추요!'"

로리가 재빨리 말을 이었다.

"'그래, 그게 딱 좋겠다!' 소녀는 이렇게 말하고는 밭으로 달려가 양배추 열두 개를 캐왔습니다. 소녀가 양배추를 기사들의 목 위에 올려놓자, 기사들은 곧바로 되살아났습니다. 그들은 소녀에게 고맙다는 인사를 남기고는 뭐가 달라졌는지도 모른 채 기쁜 마음으로 각자의 길을 떠났습니다. 세상에는 이런 머리를 가진 사람들이 많아서 아무도 이상하게 생각하지 않았기 때문입니다. 우리의 주인공은 자신의 아름다운 여인을 찾아 발길을 돌렸습니다. 하지만 마을에 도착한 기사는 공주들이 실을 다 자아서 자유의 몸이 되었고, 한 사람 빼고는 모두 결혼을 해서 그곳을 떠났다는 소식을 듣게 되었습니다. 불안에 휩싸인 기사는 언제나 함께하는 말에 올라타고는 여인을 찾아 성으로 급히 내달렸습니다. 성에 도착한 기사가 울타리 너머로 빠끔히 쳐다보니 그의 여왕님이 정원에서 꽃을 꺾고 있었습니다. '저한테 장미 한 송이를 주시겠습니까?' 그가 물었습니다. '들어오셔서 직접 따세요. 전 당신에게 갈 수가 없답니다. 예의에 어긋나니까요.' 꿀처럼 달콤한 목소리로 공주가 답했습니다. 기사는 울타리를 넘으려고 했지만 왠지 자꾸만 높아졌습니다. 그래서 울타리를 헤치고 들어가려 했으나 이번엔 점점 두꺼워졌습니다. 기사는 절망에 빠졌습니다. 그런데도 참을성 있게 잔가지와 잔가지를 헤집으면서 작은 구멍을 만들었습니다. 기사는 애원하듯 외쳤습니다. '들어가게 도와주세요! 들어가게 해 주세요!' 그러나 어여쁜 공주님은 아무 소리도 듣지 못한 듯 안으로 들어오려 애쓰는 기사를 내버려 둔 채 조용히 장미만 꺾고 있었습니다. 기사가 구멍을 통과했는지 못 했는지는 프랭크가 말해 줄 겁니다."

"난 못 해. 이런 놀이 할 줄 모른다고."

터무니없는 한 쌍을 구해 주어야 하는 곤경에 처한 프랭크가 당황하며 말했다. 베스는 조 뒤에 몸을 숨긴 채였고, 그레이스는 잠에 빠져 있었다.

"그럼 그 불쌍한 기사는 울타리에 계속 끼어 있는 거네. 그렇지?"

브룩 씨가 여전히 강에서 눈을 떼지 않은 채로 단춧구멍에 꽂힌 들장미를 만지작거리며 물었다.

"전 공주가 기사에게 장미를 건네고 난 다음 문을 열어 주었을 것 같아요."

로리가 브룩 씨를 향해 살짝 웃으며 도토리를 던졌다.

"이런 말도 안 되는 이야기를 만들다니! 연습을 했다면 더 괜찮은 얘기를 만들 수도 있었을 텐데. 혹시 모두들 '진실 게임'은 아시나요?"

"어떻게 하는 건데?"

프레드가 물었다.

"그러니까 먼저 모두 손을 포갠 다음, 숫자를 하나 정하는 거예요. 그리고 나서 차례로 손을 빼는 거죠. 그리고 그 숫자에 손을 뺀 사람이 다른 사람의 질문에 솔직하게 대답하면 되는 거고요. 정말 재미있어요."

"한번 해 봐요."

새로운 것은 무엇이든 하고 싶어 하는 조가 말했다.

케이트 양과 브룩 씨, 메그와 네드는 빠지겠다고 했고, 프레드, 샐리, 조, 로리가 손을 포개며 게임을 시작했다. 제일 먼저 로리가 걸렸다.

"가장 존경하는 사람은?"

조가 물었다.

"할아버지와 나폴레옹."

"여기서 누가 가장 아름답다고 생각하나요?"

샐리가 물었다.

"메그."

"그럼 가장 좋아하는 사람은요?"

프레드가 물었다.

"물론 조."

"뭐 그런 시시한 질문이 다 있어?"

로리의 진지한 어조에 모두가 웃음을 터뜨렸고, 조가 어이없다는 듯 어깨를 으쓱해 보였다.

"다시 해 봐요. '진실 게임' 괜찮네요."

프레드가 말했다.

"프레드에겐 아주 유익한 게임이겠죠."

조가 작은 소리로 쏘아붙였다. 다음 차례는 조였다.

"가장 큰 단점은 뭐죠?"

자신의 부족한 점을 조에게서도 캐내 보려는 심산으로 프레드가 물었다.

"급한 성질."

"가장 갖고 싶은 건?"

로리가 물었다.

"구두 끈."

원하는 걸 선물해 주려는 로리의 속마음을 짐작한 조가 기대를 저버리며 말했다.

"그건 진짜 대답이 아냐. 정말로 가장 갖고 싶은 걸 말해야지."

"천재성. 왜, 선물이라도 해 주려고?"

로리의 실망하는 표정을 보며 조가 장난스럽게 웃었다.

"남자에게 가장 필요한 소양이 뭐라고 생각하나요?"

"용기와 정직."

"이제 내 차례야."

마지막으로 손을 빼며 프레드가 말했다.

"그거 물어 보자."

로리가 조에게 속삭이자, 조가 고개를 끄덕이며 단도직입적으로 물었다.

"크로케 게임할 때 속이지 않았나요?"

"네, 조금요."

"그렇지! 아까 한 얘기도 '바다사자'에서 따온 거 맞지?"

로리가 물었다.

"조금은."

"영국이 모든 면에서 완벽한 나라라고 생각하지 않나요?"

샐리가 물었다.

"그렇게 생각하지 않는 게 더 이상한 거죠."

"전형적인 영국인다워. 이제, 샐리 차례. 손 뺄 필요도 없이 그냥 바로 묻겠습니다. 첫 질문부터 기분 상하게 하는 건 아닌지 모르겠지만, 자신이 바람둥이라고 생각하지는 않는지 묻고 싶군요."

평화를 선언하는 표시로 조가 프레드에게 고개를 까닥이자, 로리가 샐리에게 질문을 던졌다.

"무례하군요! 물론 전 아니에요."

오히려 그 반대라는 태도로 샐리가 발끈했다.

"가장 싫어하는 것은?"

프레드가 물었다.

"거미와 라이스 푸딩."

"무얼 가장 좋아하죠?"

"춤과 프랑스산 장갑."

"생각해 보니 진실 게임이란 건 너무 멍청한 놀이 같아요. 기분 전환도 할 겸 '작가 카드' 놀이로 머리 좀 쓰는 거 어때요?"

조가 제안했다.

네드, 프랭크와 어린 소녀들이 여기에 합류했다. 그들이 게임을 하는 동안, 나이 많은 세 사람은 따로 앉아 이야기를 나누었다. 케이트 양은 다시 스케치북을 꺼냈고, 메그는 그림을 그리는 그녀를 바라보았다. 브룩 씨는 잔디에 누워 책을 펼치긴 했지만 읽지는 않았다.

"어쩜, 그림을 너무 잘 그리시네요! 나도 이렇게 그릴 수 있으면 얼마나 좋을까."

감탄과 아쉬움이 뒤섞인 목소리로 메그가 말했다.

"배워 보지 그래요, 내가 보기엔 미적 감각도 뛰어나고 재능도 있어 보이는데?"

케이트 양이 상냥하게 말했다.

"시간이 없어서요."

"어머니께서 다른 쪽에 관심이 많으신가 보군요. 우리 엄마도 그러시긴 했죠. 하지만 제가 개인적으로 교습을 받아서 소질을 보여 드린 후로는 적극적으로 밀어 주신답니다. 메그도 가정교사에게 배우면 되지 않나요?"

"난 가정교사가 없어요."

"미국에서는 젊은 아가씨들이 학교에 많이 다닌다는 사실을 잊었네요. 좋은 학교가 많다고 아빠가 그러셨어요. 사립학교에 다니시겠죠?"

"난 학교에 가지 않아요. 내가 가정교사인걸요."

"아, 그러시군요!"

케이트 양은 아무렇지 않게 말했지만, 말투와 표정은 꼭 "세상에, 이렇게 끔찍할 데가!"라고 말하는 것만 같았다. 메그는 얼굴을 붉히며, 솔직하게 얘기한 것을 후회했다.

브룩 씨가 그 모습을 올려다보더니 재빨리 말했다.

"미국 여성들은 우리 조상들과 마찬가지로 독립심을 아주 중요하게 여긴답니다. 스스로의 힘으로 생활하는 까닭에 존경과 찬사를 받고 있죠."

"네! 물론 그러는 게 옳은 일이지요. 영국에서도 교양 있고 덕망 있는 여성들이 귀족 집안의 가정교사로 일하는 경우가 많답니다. 그 여성들도 좋은 집안의 자제들이라서 품위와 교양을 고루 갖추고 있거든요."

선심 쓰는 듯한 케이트 양의 말투에 메그는 자존심이 상했다. 자신의 일이 더 싫어지고 창피하게 느껴졌다.

"독일 노래는 마음에 들던가요, 마치 양?"

브룩 씨가 어색한 침묵을 깨며 물었다.

"네, 그럼요! 아주 아름다웠어요. 번역해 주신 분께 무척 감사하고 있답니다."

시무룩해 있던 메그의 얼굴이 금세 환하게 밝아졌다.

"독일어를 할 줄 아세요?"

케이트 양이 놀란 표정으로 물었다.

"잘은 못해요. 아버지께서 가르쳐 주셨는데 지금은 멀리 계시거든요. 발음을 교정해 주는 사람이 없어서 혼자서는 그다지 빨리 읽지 못해요."

"조금만 해 보세요. 여기 실러의 《메리 스튜어트》도 있고, 가르치는 걸 좋아하는 가정교사도 이렇게 있으니까요."

브룩 씨가 메그의 무릎에 책을 올려놓으며 미소로 청했다.

"너무 어려운 것 같아요."

메그는 고맙긴 했지만 아무래도 곁에 있는 세련된 아가씨가 신경 쓰이는지 수줍어하며 말했다.

"그럼 내가 먼저 격려 차원에서 조금 읽어 볼게요."

케이트 양은 책에서 가장 아름다운 구절을 정확한 발음으로, 하지만 아무런 감정도 없이 읽어 내려갔다.

브룩 씨는 이에 대해 아무런 평도 하지 않았다. 메그는 책을 건네받으며 순진하게 말했다.

"전 시라고 생각했는데요."

"시의 일부긴 하죠. 이 부분을 한번 읽어 보세요."

가련한 메리가 한탄하는 장면을 펼쳐 보여 주는 브룩 씨의 입가에 묘한 미소가 번졌다.

메그는 새로운 선생님이 긴 풀잎으로 가리키는 부분을 천천히, 조심조심 읽기 시작했다. 음악같이 부드러운 억양으로 딱딱한 독일어 시를 무의식적으로 읊고 있었다. 초록색 풀잎이 가리키는 대로 읽다 보니 이내 비장미에 빠져든 메그는 청중도 잊은 채 마치 혼자 있기라도 한 듯 불행한 왕비의 슬픈 한탄에 벅찬 감정을 실어 넣었다. 그 순간, 메그가 자신을 바라보는 갈색 눈과 마주쳤더라면 아마도 읽기는 거기서 끝나고 말았을 것이다. 하지만 그녀는 결코 고개를 들지 않았고, 자신의 수업을 충실히 마쳤다.

"정말 잘 읽었어요!"

메그가 읽기를 끝내자, 브룩 씨는 숱한 실수들은 아랑곳하지 않고 정말로 가르치길 좋아하는 사람처럼 이렇게 말했다.

안경을 끼고 앞에 놓인 그림을 요모조모 살펴보던 케이트 양은 스케치북을 덮더니 생색을 내는 듯한 태도로 말했다.

"억양이 좋군요. 조금만 더 하면 아주 잘 읽으시겠어요. 잘 배워 보도록 하세요. 교사라면 독일어 정도는 배워 둘 가치가 있으니까요. 난 그레이스를 보러 갈까 봐요. 워낙 천방지축이라서."

그러면서 이리저리 발걸음을 옮기던 케이트 양이 어깨를 으쓱하고는 혼자 중얼거렸다.

"젊고 예쁘긴 하지만 내가 가정교사 뒤치다꺼리나 하려고 여기 온 것은 아니잖아. 정말 이상한 미국인들이야. 같이 어울리다 로리까지 물드는 건 아닌가 몰라."

"영국 사람들이 우리하곤 다르게 여자 가정교사를 멸시한다는 사실을 깜박했네요."

멀어지는 케이트 양의 뒷모습을 눈으로 좇으며 메그가 불쾌한 내색을 했다.

"영국에선 남자 가정교사들도 힘들다고 알고 있어요. 우리 같은 사람들한테 미국만한 곳은 없죠."

즐거운 듯한 브룩 씨를 보며 메그는 신세를 한탄한 자신이 부끄럽게 느껴졌다.

"그럼 미국에 사는 걸 고맙게 여겨야겠네요. 제가 하는 일이 싫긴 하지만, 결과적으로 보면 일을 통해 많은 보람을 느끼는 것도 사실이니까 불평하지 말아야겠어요. 브룩 씨처럼 저도 가르치는 일을 좋아할 수 있으면 좋겠네요."

"로리 같은 제자만 있다면 그렇게 될 겁니다. 하지만 내년이면 로리와도 끝이라 생각하니 마음이 무척 아프군요."

"대학에 가나 보죠?"

메그의 입은 그렇게 물었지만, 눈은 '그럼 당신은 어떻게 되죠?'라고 질문하는 듯했다.

"네! 준비도 다 됐으니 갈 때가 됐죠. 로리가 떠나면 전 군에 입대할 생각입니다."

"정말 좋은 생각이에요!"

메그가 소리쳤다. 그러고는 슬픈 목소리로 이렇게 덧붙였다.

"남자라면 누구나 가고 싶어 하겠죠. 집에 남은 어머니와 누이들에겐 힘든 일이긴 하지만 말이에요."

"전 아무도 없어요. 제가 살든 죽든 신경 써 줄 친구도 없고요."

브룩 씨가 말라 버린 장미를 자기가 파놓은 구멍에 넣고 무덤처럼 흙을 덮으며 다소 씁쓸한 어조로 대꾸했다.

"로리와 로리 할아버지가 걱정하실 거예요. 그리고 우리 가족들도 브룩 씨에게 무슨 일이 생기면 무척 마음 아플 거고요."

메그가 진심으로 말했다.

"고맙습니다. 그 말을 들으니 기운이 나면서……."

다시 명랑해진 브룩 씨가 입을 열었지만 채 말을 끝맺기도 전에 네드가 늙은 말을 타고 나타났다. 그러고는 숙녀들 앞에서 말 타는 기술을 보여 준답시고 한바탕 소란을 피워 댔다.

"말 타는 거 좋아하니?"

네드를 따라 모두들 들판을 한 바퀴 돌고 난 뒤, 쉬는 틈에 그레이스가 에이미에게 물었다.

"정말 좋아해. 아빠가 부자였을 때 메그 언니가 자주 타긴 했지만, 지금은 말이 한 마리도 없어. 엘렌 트리만 빼고."

에이미가 웃으면서 말했다.

"엘렌 트리 얘기 좀 해 봐. 그거 당나귀니?"

그레이스가 궁금해하며 물었다.

"그게 말이야. 조 언니가 말을 무지무지 좋아하거든. 나도 그렇고. 하지만 우리는 오래된 안장만 있을 뿐 말이 없어. 우리 집 마당에 가면 가지가 멋지게 드리워진 사과나무가 하나 있는데, 조 언니가 거기다 안장을 얹고 위로 구부러진 가지에다 고삐까지 묶어 둔 거야. 그래서 말이 타고 싶을 때면 언제든지 엘렌 트리 위에 앉아서 신나게 달리곤 하지."

"정말 재미있겠다!"

그레이스가 깔깔거렸다.

"우리 집엔 조랑말이 한 마리 있는데, 프레드 오빠랑 케이트 언니랑 매일같이 공원에 나가 타곤 해. 친구들도 같이 가는데다, 로(Row, 런던 하이드 파크 공원의 가로수 길 : 옮긴이) 거리에서 멋진 신사숙녀도 구경할 수 있어서 정말 신나."

"야, 근사하겠다! 나도 언젠가는 외국 여행을 하고 싶어. 하지만 '로'보다는 로마에 더 가고 싶어."

에이미는 로가 어떤 곳인지 전혀 알지 못했지만, 그렇다고 절대 물어 보진 않았다.

소녀들의 뒤에 앉아 대화를 듣고 있던 프랭크는 활기차고 재미있게 뛰어노는 남자애들의 모습을 바라보다 참을 수 없다는 듯 목발을 밀쳐 버렸다. 흩어진 작가 카드를 정리 중이던 베스가 그를 올려다보며 수줍긴 해도 다정한 목소리로 말했다.

"피곤해 보이는데, 뭐 좀 도와 드릴까요?"

"얘기를 해 줘요. 혼자서 앉아만 있으려니 너무 따분해요."

집에서 귀염만 받고 자랐을 게 분명한 프랭크가 대답했다.

수줍음을 잘 타는 베스에게 이것은 라틴어로 연설해 달라는 말보다도 더 힘든 부탁이었다. 하지만 달리 도망칠 곳도 없었고, 몸을 숨길 조의 등도 없는 데다, 자신을 간절하게 바라보는 불쌍한 소년을 차마 외면할 수 없어 용기를 내 보기로 결심했다.

"무슨 얘기 좋아하는데요?"

카드를 주섬주섬 챙기다 반이나 떨어뜨리며 베스가 물었다.

"글쎄요. 크리켓이나 뱃놀이, 사냥 얘기가 듣고 싶어요."

제 또래 남자들이 누리는 오락거리를 아직 배워 보지 못한 프랭크가 대답했다.

'이런! 어떡하지, 그런 건 하나도 모르는데?'

베스는 정말 난감했다. 그리고 소년의 불행도 잊은 채 허둥거리며 그가 입을 열길 바라는 마음으로 이렇게 말했다.

"난 사냥하는 걸 한 번도 본 적이 없어요. 그런 거라면 나보다 더 잘 알고 있을 텐데요."

"한번 가보긴 했지만 이제 다시는 할 수 없어요. 빗장이 다섯 개나 쳐진 대문을 뛰어넘으려다 이렇게 다친 거거든요. 그 후로 말도 탈 수 없고 사냥도 못 하게 돼 버렸죠."

한숨을 내쉬며 프랭크가 말했고, 베스는 무심코 내뱉은 자신의 발언에 대해 자책했다.

"못생긴 미국 들소보다 영국 사슴이 훨씬 예뻐요."

베스가 화제를 얼른 초원으로 돌렸다. 그러면서 조가 즐기던 남자애들 책 중 하나를 읽어 두길 잘했다고 생각했다.

들소 이야기는 확실히 위로와 만족감을 가져다 주었다. 베스는 상대방을 기쁘게 해 주겠다는 생각에만 빠져 다른 건 눈에 들어오지도 않았다. 끔찍한 소년들로부터 자신을 보호해 달라던 베스가 그 끔찍한 소년들 중 하나와 얘기를 나누는 희한한 광경을 보면서 언니들이 놀라 기뻐하고 있다는 사실도 전혀 알지 못했다.

"마음이 어찌 저리 고울까! 프랭크가 안돼 보인다고 저렇게 애를 쓰다니."

크로케 경기장에 있던 조가 베스를 보며 중얼거렸다.

"베스는 작은 성인이라고 내가 늘 말했잖아."

의심의 여지가 없다는 듯 메그가 호응했다.

"프랭크 오빠가 저렇게 많이 웃는 거 정말 오랜만이야."

그레이스가 에이미에게 말했다. 두 사람은 인형 얘기를 하며 도토리깍정이로 찻잔을 만들던 중이었다.

"베스 언니는 마음만 먹으면 아주 '까다롭거든'."

자기 언니가 잘 해 나가는 모습에 기뻐하며 에이미가 말했다. 물론 에이미는 '매혹적(fascinating)'이라고 말하려던 거였지만, 그레이스는 둘 다 무슨 뜻인지 몰랐기 때문에, '까다로운(fastidious)'이라는 단어가 듣기도 좋고 멋지다고만 생각했다.

즉석 서커스, 여우와 거위 놀이, 친선 크로케 경기를 하는 동안에 오후가 저물어 갔다. 석양빛이 텐트를 비추자, 일행들은 물건을 바구니에 담고, 크로케 문을 치우고, 보트에 짐을 실은 다음, 강을 내려가며 목청껏 노래를 불렀다. 감상에 젖은 네드가 세레나데의 애수 어린 후렴구를 떨리는 목소리로 노래했다.

"나 홀로, 나 홀로, 아! 슬퍼라, 나 홀로."

가사는 이러했다.

"뜨거운 우리의 청춘, 불타는 우리의 마음 오, 어째서 우리는 이렇게 헤어져야만 하는 건가요?"

네드가 노래하면서 가식적인 표정으로 메그를 바라보았다. 그러자 메그는 그만 웃음을 터뜨려 버렸고, 노래도 엉망이 되고 말았다.

"저한테 어쩜 그렇게 잔인하신 겁니까?"

네드가 경쾌한 합창 소리를 틈타 나지막이 속삭였다.

"온종일 저 깐깐한 영국 여자하고만 붙어 있었잖아요. 게다가 지금은 이렇게 무안을 주질 않나."

"일부러 그런 건 아니었어요. 너무 웃겨서 나도 어쩔 수 없었다고요."

메그가 네드의 말을 눙치면서 대꾸했다. 모팻 씨 댁에서의 파티와 그 이후의 말들이 자꾸 떠올라 그를 피했던 것이 사실이었기 때문이다.

마음이 상한 네드가 위로를 받을 심산으로 샐리 쪽으로 몸을 돌리며 약간 화난 소리로 얘기했다.

"메그는 사람이 너무 꽉 막힌 것 같죠, 안 그래요?"

"그렇긴 하죠. 하지만 사랑스럽잖아요."

샐리가 친구의 단점을 인정하면서도 감싸 주며 말했다.

"어쨌든 간에 나긋나긋한 사슴(사랑스럽다는 영어 dear와 사슴이라는 deer의 발음이 같은 이유로 말장난을 하고 있음 : 옮긴이)은 아니죠."

네드가 보통 또래 젊은 남자들이 그러는 것처럼 재치 있어 보이는 말로 응수했다.

일행은 아침에 모였던 잔디밭에서 따뜻한 작별 인사를 나누고 헤어졌다. 본 씨 남매들은 캐나다로 떠날 예정이었다. 네 자매들도 정원을 가로질러 모두 집으로 돌아갔다. 그 모습을 바라보며 케이트 양이 전혀 비꼬지 않는 진지한 어조로 입을 열었다.

"좀 유난스럽긴 해도 미국 아가씨들도 알고 보면 참 좋은 사람들이군요."

"저도 전적으로 동감하는 바입니다."

브룩 씨가 대답했다.

13. 마음의 성

어느 더운 9월의 오후, 로리는 한가하게 해먹(나무에 달아 매어 침상으로 쓰는 그물 : 옮긴이)에 누운 채 빈둥대고 있었다. 이웃집 사람들이 어떻게 지내는지 궁금하면서도 가서 알아 보는 건 또 귀찮은 마음이 들었다. 기분이 울적했다. 시간을 되돌렸으면 하고 바랄 정도로 아무 보람도 없이 불만스럽기만 한 하루였기 때문이다. 더운 날씨 탓에 종일 늘어져서는 공부도 뒷전이었다. 때문에 브룩 선생님의 인내심도 극에 달했고, 오후 반나절을 피아노 앞에 앉아 있는 바람에 할아버지의 심기도 불편하게 만들었다. 키우는 개가 광견병에 걸렸다고 장난을 쳐서 하녀들의 정신을 쏙 빼놓는가 하면, 말을 잘 돌보지 않는다며 마부에게 언성을 높이기도 했다. 그러다가 해먹에 몸을 던지고는 따분한 세상에 대해 심통을 부려 댔다.

하지만 화창한 날의 고요한 평온이 이내 로리의 마음을 누그러뜨렸다. 마로니에 그늘 아래 누워 초록색 녹음을 감상하던 그는 온갖 꿈을 꾸었다. 그가 막 세계일주 항해를 출발하려는데, 여러 사람의 목소리가 순식간에 그를 다시 육지로 이끌었다. 해먹의 그물코 사이로 살짝 내다보니 마치 자매들이 어디 멀리 여행이라도 가는 듯한 차림으로 집을 나서고 있었다.

'도대체 지금 무얼 하려는 거지?'

이웃들의 모습이 왠지 이상하다는 생각이 든 로리는 더 자세히 살펴보기 위해 졸린 눈을 크게 떴다. 제각기 펄럭거리는 커다란 모자를 썼고, 한쪽 어깨엔 갈색 리넨 자루를 둘러멨으며, 긴 지팡이를 든 상태였다. 메그는 방석을, 조는 책을, 베스는 바구니를, 에이미는 화첩을 들고 있었다. 다들 조용히 정원을 지나 뒷문을 나서더니 집과 강 사이에 있는 언덕을 향해 오르기 시작했다.

"소풍을 가면서 나한텐 한마디 말도 안 하다니, 이거 너무한걸! 열쇠가 없으니까 보트는 탈 수 없을 텐데. 아마 잊어버렸나 보군. 내가 들고 가서 어쩌나 한번 두고 봐야지."

하지만 로리는 모자가 여섯 개나 있으면서도 금방 찾지를 못했다. 또한 열쇠를 찾는 데도 꽤나 애를 먹다가 결국 바지 주머니에서 찾아냈다. 그가 울타리를 뛰어넘어 쫓아갔을 때, 자매들의 모습은 이미 온데간데없이 사라지고 없었다. 그래서 그는 지름길을 통해 보트 창고에 도착한 다음 그들이 나타나기를 기다렸다. 하지만 아무도 오지 않자 무슨 일인가 살펴보기 위해 언덕으로 올라갔다. 언덕 위 한쪽으로 펼쳐진 소나무 숲, 그 초록 자리 가운데에서 청아한 소리가 흘러나오고 있었다. 그것은 바람에 살랑대는 소나무의 숨결보다도, 나른한 귀뚜라미의 노랫소리보다도 더 맑은 소리였다.

'와, 정말 멋진걸!'

덤불 사이로 자매들의 모습을 훔쳐보며 로리는 생각했다. 잠은 이미 달아난 지 오래였고, 심술이 나 있던 마음도 본래의 온화함을 되찾았다.

그것은 차라리 한 폭의 아름다운 그림이었다. 자매들은 햇살과 그림자가 어른거리는 나무 그늘에 앉아 향기로운 바람결에 머리카락을 나부끼며 뜨거운 뺨을 식히고 있었다. 숲속 작은 동물들도 그들이 이방인이 아니라 오랜 친구라도 되는 듯 겁내지 않고 하던 일을 계속 했다.

메그는 방석에 앉아 하얀 손으로 곱게 바느질을 하고 있었는데, 분홍 드레스를 입은 모습이 초록 물결 사이에 핀 장미처럼 싱그럽고 사랑스러워 보였다. 베스는 근처 소나무 아래에 잔뜩 쌓인 솔방울을 주워서는 예쁜 물건을 만들려 하고 있었다. 에이미는 양치식물 덤불을 그렸고, 조는 큰 소리로 책을 읽으며

뜨개질을 하고 있었다. 그 모습을 지켜보던 로리의 얼굴에 어두운 그림자가 지나갔다. 초대받지 않았으니 돌아가는 게 도리라는 생각이 들었기 때문이다. 하지만 집은 너무 쓸쓸하고, 이 조용한 숲 속 모임은 온종일 안절부절못하던 로리의 마음을 사로잡은 까닭에 발길을 쉬 돌리지 못했다. 로리가 그렇게 꼼짝을 못하고 서 있는 사이, 먹잇감을 모으느라 분주한 다람쥐 한 마리가 근처 소나무를 타고 내려오다가 로리를 발견하고는 갑자기 날카로운 비명을 지르며 쏜살같이 되올라갔다. 그 소리에 베스가 고개를 들었고, 자작나무 틈새로 부러움이 가득한 얼굴을 발견하고는 편안한 미소를 지으며 오라는 손짓을 했다.

"내가 껴도 될까요? 방해되는 건 아닌가요?"

천천히 다가서며 로리가 물었다.

메그가 눈썹을 치켜올리자, 조가 못마땅한 눈초리로 쏘아보면서 대답했다.

"물론 괜찮지. 같이 오자고 물어볼까 하다가, 네가 여자애들 하는 놀이는 좋아하지 않을 것 같아서……."

"난 마치 자매와 함께라면 무슨 놀이든 다 좋아. 하지만 큰언니께서 싫다고 하면 갈게."

"무슨 일이라도 한다면 나도 반대하지 않아. 여기서 게으른 건 용납 안 되니까."

메그가 엄하면서도 상냥한 목소리로 대꾸했다.

"정말 감사합니다. 잠시 함께 있게 해 준다면 뭐든 하겠어요. 저 아랜 사하라 사막처럼 따분하기 그지없거든요. 바느질, 독서, 솔방울 줍기, 그림, 아니면 전부 다 해 버릴까요? 말씀만 하십시오. 전 준비됐습니다."

로리가 절대복종의 뜻을 밝히며 다가와 자리에 앉았다.

"내가 구두 뒤축을 손보는 동안 이 책을 다 읽도록 해."

조가 책을 내밀며 말했다.

"네! 알겠습니다, 마님!"

로리가 순순히 대답하고는 '부지런한 꿀벌 모임'에 끼게 해 준 데 대한 감사의 표시로 열심히 책을 읽기 시작했다.

이야기는 그리 길지 않았다. 읽기를 마쳤을 즈음 로리는 자신의 열성에 대한 보답으로 용기를 내어 몇 가지 질문을 하기로 했다.

"저, 이렇게나 유익하고 멋진 모임이 새로 창설된 것인지 물어봐도 되겠습니까?"

"너희들이 말해 줄래?"

메그가 동생들을 보며 말했다.

"아마 웃을 텐데……."

에이미가 몸을 사리며 조의 눈치를 살폈다.

"뭐 어때서?"

조가 말했다.

"난 재미있어 할 것 같은데."

베스가 거들었다.

"물론 그럴 겁니다. 맹세코 절대 웃지 않을게요. 조, 염려 말고 얘기해 줘."

"누가 염려한다고 그래? 우리 자매들은 '순례자 놀이'를 하곤 했거든. 겨울과 여름 내내 그 놀이를 열심히 해 왔어."

"그건 나도 알아."

로리가 신중하게 고개를 끄덕였다.

"누가 얘기해 줬어?"

조가 물었다.

"유령이!"

"아냐, 내가 말했어. 어느 날 밤 언니들이 모두 나가고 로리 오빠가 울적해 하길래 즐겁게 해 주려고 내가 얘기했어. 로리 오빠도 좋아했으니까 나무라지 마, 언니."

베스가 고분고분 털어놓았다.

"비밀인데 지키지 않으면 어떡하니. 하지만 괜찮아. 말하기가 더 편해졌으니."

"계속 얘기해 봐."

약간 마음이 상한 듯한 조를 향해 로리가 말했다.

"베스가 우리의 새로운 계획에 대해서는 말하지 않았나 보구나. 그동안 우린 휴일을 흐지부지 보내지 않으려고 노력해 왔어. 각자 일을 열심히 했지. 이제 휴가도 거의 끝나가고, 해야 할 일들도 모두 마쳤어. 우리가 빈둥대지 않았다는 사실이 너무 기뻐."

"그래, 그럴 거야!"

이렇게 말하며 로리는 자신의 게으른 생활을 반성했다.

"엄만 우리가 되도록 밖에서 시간을 많이 보냈으면 하셔. 그래서 이곳으로 일감을 가져와서 좋은 시간을 보내게 됐어. 재미 삼아 자루 안에 물건을 집어넣고, 낡은 모자를 쓰고, 지팡이를 짚으면서 언덕을 올라 우리가 몇 년 전에 했던 '순례자 놀이'를 하는 거야. 우리는 이 언덕을 '즐거운 산'이라고 부르는데, 멀리 내려다볼 수도 있고, 언젠가 살아 보고 싶은 시골도 잘 보이기 때문이야."

로리는 허리를 펴고 조가 가리키는 곳을 보았다. 트인 숲 사이로 넓고 푸른 강이 흐르고, 맞은편으로는 드넓은 초원이, 멀리 도시 외곽 너머로는 초록색 언덕들이 하늘에 맞닿을 듯 솟아 있었다.

해가 이울면서 석양빛으로 물든 가을 하늘이 화려하게 빛나는 중이었다. 언덕 꼭대기마다 걸린 황금색과 자줏빛 구름이 천상의 도시에 있는 첨탑처럼 반짝였으며, 은백색 봉우리가 불그레한 빛을 뚫고 높이 솟아 있었다.

"정말 아름답다!"

아름다운 것을 보면 쉽게 감동하는 로리가 나지막이 감탄했다.

"종종 이렇게 멋진 장면을 볼 수 있어. 우리도 즐겨 보곤 하지. 볼 때마다 다른 모습이 정말 아름답거든."

언젠가는 그림으로 그려 보길 바라며 에이미가 말했다.

"아까 조 언니가 시골에서 살고 싶다고 그랬잖아. 돼지와 병아리, 건초 더미가 있는 진짜 시골 말이야. 정말 근사할 것 같아. 하지만 난 아름다운 나라가 실제로도 있어서 그곳에 다들 갈 수 있다면 좋겠어."

베스가 꿈꾸는 듯한 눈빛으로 얘기했다.

"우리가 나중에 훌륭한 사람이 되면 그보다 더 좋은 나라에 갈 수 있을 거야."

메그가 다정한 목소리를 보탰다.

"하지만 많이 기다려야 하고 힘도 많이 들잖아. 난 제비처럼 단번에 날아서 그 아름다운 문으로 들어가고 싶어."

"넌 곧 그럴 수 있을 테니 걱정하지 마, 베스. 나야말로 싸우고 부딪치고, 오르고 기다려야 하는 사람이라고. 어쩌면 끝내 못 들어갈지도 모르고 말이야."

조가 베스를 격려했다.

"위안이 된다면 내가 동행해 줄게. 물론 내가 천상의 문으로 들어가기 위해선 오랜 여행을 거쳐야 하겠지만 말이야. 혹시 늦게 도착하더라도 나무라지 않을 거지, 베스?"

소년의 얼굴에서 풍기는 무언가가 이 작은 소녀를 당황하게 했지만, 베스는 조용한 눈길로 시시각각 변하는 구름을 바라보며 명랑한 목소리를 말했다.

"사람들이 정말로 가길 원하고, 진정으로 노력한다면 분명히 들어갈 수 있을 거야. 왜냐면 그 문에는 자물쇠도, 지키는 사람도 없을 테니까. 난 그 순간이 늘 그림 같은 거라고 생각해. 눈부시게 빛나는 사람들이 손을 뻗어 강을 건너 온 불쌍한 기독교인을 환영하는 그런 그림 말이야."

"우리가 꿈꾸는 성이 정말 현실로 나타나서 거기서 우리가 살 수 있다면 재미있을 것 같지 않아?"

잠깐의 침묵을 깨고 조가 입을 열었다.

"난 성이 너무 많아서 고르기 힘들 것 같아."

로리가 엎드린 채 아까 자기를 들키게 한 다람쥐에게 솔방울을 던지며 대꾸했다.

"제일 좋아하는 걸 고르면 되잖아. 그게 뭐야?"

메그가 물었다.

"내가 말하면 메그도 말해 줄 거예요?"

"좋아, 얘들도 말한다면."

"우리도 얘기할게. 어서, 로리!"

"난 먼저 세상을 실컷 여행하고 난 다음, 독일에 정착해서 마음껏 음악을 하고 싶어. 유명한 음악가가 되어서 모든 사람들이 내 연주를 들으러 오게 할 거야. 돈이나 일에는 전혀 신경 쓰지 않고 내가 좋아하는 걸 즐기면서 사는 거지. 이게 내가 제일 좋아하는 성이야. 메그는 어때요?"

메그는 말하기가 좀 껄끄러운 듯한 표정을 짓더니 벌레라도 쫓듯 얼굴 앞에서 큰 잎사귀를 흔들며 천천히 입을 열었다.

"난 화려한 물건들이 가득한 아름다운 집에서 살고 싶어. 좋은 음식에 예쁜 옷, 멋진 가구에 유쾌한 사람들, 돈이 넘쳐나는 그런 집. 난 그 집의 안주인이 되어 수많은 하인들을 맘대로 부리는 거야. 손 하나 까딱할 필요 없는 거지. 얼마나 즐거울까! 하지만 그렇다고 빈둥대기만 하는 건 아니고, 선행을 베풀어서 누구나 다 날 사랑하게 만들길 바라."

"그 성에 남자 주인은 없나 보죠?"

로리가 짓궂게 물었다.

"내가 '유쾌한 사람들'이라고 말했잖아."

메그가 그렇게 말하면서 신발 끈을 고쳐 묶는 바람에 아무도 그녀의 표정을 보지 못했다.

"멋지고, 현명하고, 착한 남편과 천사 같은 아이들은 왜 빼놓는 거야? 완벽한 성이 되려면 그것도 필요하지 않아?"

책 속에서가 아니라면 그런 낭만적인 환상에 대해 거부감을 보이는 조가 퉁명스럽게 물었다.

"그래! 넌 말과 잉크와 소설만 있으면 다 되겠지."

메그가 화가 나서 쏘아붙이듯이 대꾸했다.

"좋지 않나? 난 아라비아산 말이 가득 찬 마구간과 책이 가득 쌓인 방을 갖고 싶어. 또 마법의 잉크로 글을 써서 내 작품들이 로리의 음악만큼이나 유명해졌으면 좋겠어. 성에 들어가기 전에 먼저 신나는 경험도 많이 하고, 죽을 때까지 잊을 수 없는 영웅적이고 멋진 일을 하고 싶어. 그게 뭔지는 잘 모르겠지만 항상 열심히 찾고 있으니까 언젠가 다들 깜짝 놀라게 될 거야. 난 책을 써서 돈도 벌고 유명해지고 싶어. 그게 나한테 제일 잘 맞는 일인 것도 같고, 내가 가장 바라는 꿈이기도 해."

"난 집에서 엄마 아빠랑 함께 편안하게 살면서 가족들 뒷바라지를 하는 게 꿈이야."

베스가 흡족한 미소를 지으며 말했다.

"다른 소원은 없어?"

로리가 물었다.

"작은 피아노가 생긴 이후로는 아쉬울 게 하나도 없어졌어. 난 그냥 모두가 건강하고 행복하게 함께 지냈으면 하는 바람밖에 없어."

"난 하고 싶은 일이 진짜 많지만, 그중에서도 화가가 제일 되

고 싶어. 로마에 가서 좋은 그림을 그리고 세상에서 가장 훌륭한 화가가 되는 게 소원이야."

에이미가 조심스럽게 소망을 피력했다.

"다들 야심이 만만찮은데. 안 그래? 베스를 빼면 다들 부자가 되고 유명해지고 멋지게 살고 싶어 하잖아. 과연 이 중에서 누가 그 꿈을 이룰 수 있을지 궁금한걸."

로리가 사색에 잠긴 채 송아지처럼 풀을 씹었다.

"난 내 성에 들어갈 열쇠를 벌써 가지고 있어. 하지만 그 열쇠로 문을 열 수 있을지는 아직 잘 모르겠어."

조가 알쏭달쏭한 소리를 했다.

"나도 열쇠는 가지고 있지만 아직 사용할 수는 없어. 그놈의 대학이 문제야!"

로리가 안타까운 한숨을 내쉬며 투덜거렸다.

"나도 가지고 있어!"

에이미가 연필을 흔들며 외쳤다.

"난 없는데."

메그가 풀이 죽어 말했다.

"아니에요. 메그도 가지고 있어요."

로리가 재빨리 수정해 주었다.

"어디에?"

"얼굴에요."

"말도 안 돼! 그게 무슨 소용이라고."

"소용이 되는지 안 되는지는 두고 보면 알겠지요."

소년은 자기가 아는 달콤한 비밀을 떠올리며 싱긋 미소를 지었다.

메그의 얼굴이 잎사귀 뒤에서 붉게 물들었지만, 브룩 씨가 기사 이야기를 할 때처럼 강 너머만 바라볼 뿐 더는 아무 말도 묻지 않았다.

"만약 우리가 10년 후에도 살아 있다면, 다시 만나서 누가 꿈을 이뤘는지, 지금보다 얼마만큼 꿈에 가까이 갔는지 보도록 하자."

언제나 계획 세우길 좋아하는 조가 제안했다.

"세상에나! 10년 뒤면 스물일곱 살이잖아!"

이제 막 열일곱이 됐는데도 벌써 어른이라고 생각하고 있던 메그가 소리쳤다.

"로리하고 난 스물여섯, 베스는 스물넷, 그리고 에이미는 스물둘이 되는 거네. 늙다리들 모임이 되겠구먼!"

"그때까진 뭔가 자랑할 만한 일을 해 놓아야 할 텐데. 난 너무 게을러서 빈둥대고 있지나 않을까 겁이 나, 조."

"엄마 말씀이 넌 동기가 필요하대. 동기만 생긴다면 무슨 일이든 멋지게 해 낼 거라고 말씀하셨어."

"정말? 기회만 주어진다면 반드시 잘해 내고 말 거야!"

갑자기 기운이 솟는지 로리가 벌떡 일어나 앉더니 소리쳤다.

"난 할아버지를 기쁘게 해 드려야 해. 그래서 노력은 하지만 나한텐 너무 안 맞는 일이라 진짜 힘들어. 할아버지가 원하시는 인도 무역상이 되느니 차라리 죽는 게 더 낫겠어. 차니 비단이니 향신료니 할아버지가 낡은 배에서 실어 오는 이런 허접한 물건들이 난 싫어. 내가 그 일을 맡으면 아마 배가 가라앉고 말 거야. 대학에 가는 것만이 길이야. 4년 동안은 그 일을 안 해도 되니 말이야. 하지만 할아버진 너무 완고하신 분이라 아버지처럼 도망치지 않는 한 할아버지 뜻에 따를 수밖에 없어. 할아버지 곁에 누가 있어 주기만 한다면 내일이라도 당장 떠날 텐데."

흥분해서 말하는 로리의 모습은 금방이라도 자신의 말을 실행에 옮길 것처럼 보였다. 게으른 성격에도 불구하고 그는 빠르게 성장하는 중이었고, 구속을 거부하는 젊은이의 반감과 홀로 세상에 맞서고 싶은 열망이 쉼 없이 꿈틀대고 있었다.

"난 네가 집에 있는 배 중에 아무 거나 잡아타고 떠나서, 하고 싶은 걸 다 해 볼 때까지 절대 돌아오지 말라고 얘기하고 싶어."

모험적인 이야기에 상상력이 불붙은데다, 일명 '로리의 비애'에 뜨거운 연민을 느낀 조가 이렇게 조언했다.

"그건 안 돼, 조. 그렇게 말하면 어떡하니. 로리도 조가 시키는 대로 하면 안 돼. 할아버지 말씀을 따르는 게 옳은 거야. 대학에 가서 열심히 공부도 하고 말이야. 할아버지도 자신을 기뻐게 하기 위해 노력하는 손자의 모습을 보신다면, 더는 부당하거나 심하게 대하지 않을 거야. 로리도 말했지만, 할아버지 곁에서 사랑해 줄 사람은 로리밖에 없잖아. 만약 허락 없이 집을 떠난다면 나중에 크게 후회하게 될 거야. 우울해하지도, 조바심 내지도 말고 자기 본분을 지키도록 해. 그러다 보면 언젠가 브룩 씨처럼 존경받고 사랑받는 날도 오고, 그만한 보상도 받게 될 테니까."

"브룩 선생님에 대해서 뭘 아는데요?"

로리가 물었다. 좋은 충고가 고맙긴 했지만, 설교는 사양하고 싶었다. 게다가 평소답지 않게 흥분한 모습도 보인 터라 화제를 돌리고 싶었던 차에 속으로 잘됐다 싶었다.

"할아버지가 말씀해 주신 게 다야. 어머니가 돌아가실 때까지 돌봐 주신 거며, 외국에 좋은 가정교사 자리가 났는데도 어머니 곁을 떠날 수 없어 포기한 일 같은 얘기. 그리고 지금은 어머니를 간호해 주시던 할머니에게 생활비를 보내고 있는데, 아무한테도 알리지 않고 있다며, 정말 너그럽고, 참을성 많고, 착하신 분이라고 말씀하셨어."

"정말 맞아요!"

이야기에 열을 올리다 얼굴이 붉어진 메그가 잠시 말을 멈춘 사이, 로리가 맞장구쳤다.

"당사자 모르게 선생님에 대해 모든 걸 알아 보시고, 다른 사람들에게 좋은 점을 얘기해서 선생님을 좋아하게 만들다니, 역시 할아버지다우세요. 브룩 선생님은 마치 부인께서 왜 그렇게 친절하게 대해 주는지, 초대하면 왜 그렇게 잘 대해 주시는지 모르세요. 선생님은 마치 부인이 흠잡을 데 없는 분이라면서 몇 날 며칠이고 그 얘길 하셨어요. 그러고 나서는 메그 얘기만 열이 나서 해 대는 거예요. 만약 내 소원을 이루고 나면 브룩 선생님을 위해 뭔가 해 드릴 거예요."

"선생님 괴롭히지 않는 일부터 시작해 보는 건 어때?"

메그가 쏘아붙였다.

"어떻게 알았어요?"

"집으로 돌아가시는 그분 얼굴을 보면 알 수 있어. 로리가 말을 잘 들었을 때는 표정도 만족스럽고 걸음도 씩씩하시지. 하지만 성가시게 굴었을 때는 심각한 얼굴로 천천히 걸어가신다고."

"그거, 재밌네요? 그러니까 메그는 브룩 선생님의 얼굴을 보고 내 점수를 매기고 있었군요. 그렇죠? 선생님이 메그 집 창문을 지날 때 웃으며 인사하시는 건 봤지만, 설마 그렇게 신호를 주고받는 줄은 몰랐네요."

"그런 적 없어. 화내지 마. 그리고 부탁이니 내가 그랬다고 그분한테 말하지 마! 그냥 네가 어떻게 하고 있는지 걱정도 되고, 여기서는 터놓고 말할 수 있으니까 그래서 얘기한 것뿐이라고.”

메그가 애원하는 듯한 표정을 지으며 사정했다.

14.
비밀

조가 다락에서 아주 바쁘게 움직이고 있었다. 10월이 되자, 날씨도 점점 추워지는데다 낮도 짧아지고 있었기 때문이다. 태양이 높은 창문에서 따뜻한 햇살을 비추는 두세 시간 동안, 조는 낡은 소파에 앉아 앞에 놓인 트렁크 위에 종이를 펼쳐 놓고 바쁘게 글을 썼다. 애완 쥐 스크래블은 제 수염에 대한 자부심이 대단한 장남을 대동하고 들보 위를 어슬렁거렸다. 마지막 장까지 정신없이 일에 빠져 글을 쓰던 조가 마침내 한껏 기교를 부려 서명을 한 뒤, 펜을 내던지며 소리쳤다.

"좋아. 난 최선을 다했다고! 이게 잘 안 되면 더 할 수 있을 때까지 기다리는 수밖에 없어."

소파 위에 드러누운 채 조는 원고를 조심스럽게 훑어보며 여

U.S. DECLAR
One Battleship Lo

기저기 줄을 그어 넣기도 하고, 작은 풍선 같은 느낌표도 집어 넣었다. 그리고 예쁜 빨간 리본으로 묶은 뒤에는 잠시 진지한 눈빛으로 생각에 잠겨 원고를 바라보았다. 글쓰기 작업에 바친 그녀의 정성이 고스란히 느껴지는 장면이었다.

조의 책상은 벽에 걸린 낡은 양철 조리대였다. 조는 거기에 종이와 몇 권의 책을 넣어 놓았는데, 그 이유는 스크래블에게서 멀리 떼어 놓기 위해서였다. 문학적 소질이 있는 건지, 녀석은 책장을 갉아먹고 여기저기 돌아다니며 이동도서관을 만들기 좋아했다. 조는 방금 써낸 원고와 양철통에서 끄집어낸 원고를 주머니에 집어넣고는 스크래블 일당이 펜을 물어뜯고 잉크를 맛보게 내버려 둔 채 조용히 계단을 내려왔다.

가능한 조용히 모자와 재킷을 걸친 조는 뒤쪽 창문으로 이동해 현관의 낮은 지붕을 타고 집을 빠져나왔다. 풀이 우거진 제방으로 풀썩 뛰어내린 후엔 빙 돌아 길로 들어섰다. 그곳에서 마음을 한번 추스린 그녀는 지나가는 합승 마차를 세워 타고는 영문 모를 즐거운 표정을 지으며 시내로 들어갔다. 누군가 그 모습을 보았다면 조금 이상한 여자애라고 생각했을 것이다.

조는 마차에서 내리자마자 성큼성큼 걸어서 복잡한 거리에 있는 어떤 건물 앞에 도착했다. 그리고 현관으로 들어가 더러운 계단을 올려다보았다. 하지만 잠시 그 자리에 붙박인 듯 서 있나 싶더니 갑자기 거리로 뛰쳐나와서는 왔을 때와 똑같은 속도로 재빨리 그곳을 벗어났다. 조는 이런 짓을 몇 번씩이나 되풀이했는데, 맞은편 건물에서 어슬렁대던 까만 눈의 젊은 신사는 이 광경을 재미있다는 듯 지켜보았다.

세 번째로 다시 제자리에 돌아온 조는 몸을 한 번 떨고는 눈까지 모자를 푹 눌러쓴 다음, 마치 이를 몽땅 뽑으러 온 사람 같은 표정으로 계단을 올라갔다.

건물 입구를 장식하고 있는 것 중에는 치과 간판도 있었다. 사람들의 시선을 집중시키기 위해 만들어 놓은, 멋진 치아로 된 인공 턱이 천천히 벌어졌다 닫혔다를 반복하고 있었다. 조를 지켜보던 젊은 신사는 외투와 모자를 걸치고 계단을 내려가 맞은편 건물 입구에 섰다. 그는 몸을 떨면서 웃음 띤 어조로 중얼거렸다.

"혼자 오다니 역시 그녀다워. 하지만 너무 힘들다면 집에까지 데려다 줄 사람이 필요할 거야."

10분 후, 조가 얼굴이 홍당무가 된 채 계단을 달려 내려왔다. 누가 봐도 방금 혹독한 시련을 겪고 난 사람의 모습이었다. 젊은 신사를 발견한 조는 그다지 반갑지 않은 듯 그에게 고개만 까닥하고는 지나가 버렸다. 신사가 뒤따라와서는 안됐다는 듯이 물었다.

"힘들었지?"

"뭐, 별로."

"빨리 끝났네."

"그래. 속이 후련해!"

"왜 혼자 왔어?"

"아무도 모르게 하고 싶었어."

"아무튼 넌 진짜 희한한 애야. 도대체 몇 개나 뽑은 거야?"

조가 이게 대체 무슨 소린가 하는 눈으로 친구를 빤히 바라보았다. 그러다 갑자기 재미있어 죽겠다는 듯 마구 웃어 대기 시작했다.

"내가 뽑고 싶은 건 두 갠데, 일주일 기다려야 한대."

"근데 왜 그렇게 웃어? 뭔가 있는 거지, 조?"

로리가 미심쩍은 표정으로 말했다.

"넌 안 그렇고? 그 당구장에서 대체 뭘 하고 계셨을까나?"

"미안하지만 아가씨, 그건 당구장이 아니라 체육관이고요, 전 펜싱 교습을 받고 있었답니다."

"다행이다."

"뭐가?"

"나한테 펜싱 좀 가르쳐 줘. 그러면 〈햄릿〉 공연을 할 때 네가 레어티스 역으로 출연해서 둘이 펜싱 한 판을 멋지게 벌이는 거야."

로리가 소년 특유의 쾌활한 웃음을 터뜨렸고, 그 소리에 지나가던 사람들까지 미소를 지었다.

"햄릿 공연하곤 상관없이 가르쳐 줄게. 재미도 있고 자세도 바르게 만들어 줄 거야. 하지만 다행이라고 말한 이유가 이것만은 아닌 것 같은데…… 내 말이 맞지?"

"아냐! 난 네가 당구장에 있었던 게 아니라고 하니 좋아서 그런 거야. 그런 데는 절대로 안 갔으면 좋겠거든. 너도 당구장 가니?"

"자주 가진 않아."

"난 아예 안 갔으면 좋겠어."

"그렇게 나쁜 곳 아냐, 조. 집에도 당구대가 있긴 한데, 좋은 상대가 없으면 재미가 없어. 난 당구를 좋아하니까, 이따금 네드 모팻이나 다른 친구들과 같이 게임을 하러 가곤 하는 거야."

"이런, 걱정된다. 너 그러다 점점 당구에 빠져서 시간도 돈도 다 날리고 끔찍한 사내애들처럼 되면 어쩌려고 그래. 난 네가 건실하고 친구들이 자랑스러워하는 그런 사람이 됐으면 좋겠어."

조가 고개를 흔들어 대며 말했다.

"나쁜 길로 빠지지 않고 가끔씩 친구들과 순수하게 노는 것도 안 되니?"

로리가 톡 쏘아붙였다.

"어디서 어떻게 노느냐에 따라 다르지. 난 네드나 그 패거리들이 싫어. 그리고 너도 같이 어울리지 않으면 좋겠어. 네드가 우리 집에 오고 싶어 해도 엄마가 반대하셔서 못 오는 거 몰라?

만약 너도 그 사람처럼 된다면, 엄만 우리가 지금처럼 놀게 내버려 두지 않을 거야."

"정말 그러실까?"

로리가 걱정스러운 듯 물었다.

"그럼, 우리 엄만 겉멋만 든 사람을 못 참아하시거든. 그런 사람들이랑 어울리게 하느니 차라리 우릴 좁은 상자에다 가둬 두는 쪽을 택하실 거야."

"아직은 그런 상자가 필요 없을 것 같네. 난 겉멋이 들지도 않았고, 그럴 생각도 없으니 말이야. 하지만 가끔씩 건전하게 노는 건 괜찮지, 그렇지?"

"그래, 그거야 누가 뭐라겠니. 그렇게 해. 하지만 정도가 지나치면 안 돼. 알겠지? 그랬다간 우리 좋은 시절도 끝장이라고."

"그럼 난 고결한 성자가 될 거야."

"성자는 사양할래. 그저 순진하고 정직하고 착실한 정도면 절대로 버림받는 일 없을 거야. 만약 네가 킹 씨의 아들처럼 행동하기라도 하면 나도 어떡해야 할지 모르겠어. 그 사람은 돈은 많지만 쓸 줄을 몰라서, 술에 절고 도박에 빠진데다가 가출까지 해서는 아버지 이름을 사칭하고 다닌다지 뭐야. 정말 끔찍해."

"그럼 나도 그렇게 될 거라 생각하는 거야? 고맙기도 하셔라."

"아냐. 그런 말이 아냐! 하지만 돈이 사람을 그런 유혹에 빠뜨린다고 하니까, 네가 차라리 가난했으면 싶을 때도 있긴 해. 그러면 걱정할 일은 없잖아."

"내가 걱정되니, 조?"

"조금은. 가끔 우울하거나 불만에 찬 네 표정을 볼 때면 그래. 워낙 고집이 세서 한번 잘못된 길에 발을 들여놓으면 널 붙잡지 못할 것만 같아서."

로리는 한동안 잠자코 걷기만 했다. 그의 모습을 바라보며 조는 괜한 말을 했다는 후회가 들었다. 충고를 받아들인 듯이 입은 웃고 있지만 눈은 화가 나 보였기 때문이다.

"집에 갈 때까지 잔소리할 거니?"

이윽고 로리가 입을 열었다.

"물론 아냐. 왜?"

"네가 계속 그럴 거면 마차 타고 가려고. 안 그러면 너랑 같이 걸으면서 아주 재미있는 얘기를 해 줄까 했지."

"더는 설교 안 할게. 얘기나 빨리 해 봐."

"좋아! 자, 이건 비밀인데 내가 말해 주면 너도 숨기지 않고 말해 줘야 해."

"난 비밀 같은 거 없어……."

조가 말하다 말고 갑자기 입을 다물었다. 자기도 비밀이 있다는 사실이 떠올랐기 때문이다.

"분명히 있어. 훤히 다 보인다고. 그러니 어서 털어놓으시지.

아니면 나도 말 안 한다."

로리가 으름장을 놓았다.

"큰 비밀이라도 되는 거야?"

"말이라고! 네가 아는 사람들에 관한 얘기인데다 정말 놀라운 소식이야! 넌 꼭 들어야 해. 얼마나 오랫동안 입이 근질근질했는지 몰라. 자, 너부터 시작해 봐."

"집에 가서 아무 말 안 하는 거다?"

"한 마디도."

"놀려 대기도 없기다?"

"맹세코."

"좋아, 약속했어. 넌 사람들한테서 원하는 건 뭐든 얻어 내지. 무슨 수를 쓰는 건진 모르겠지만, 아무튼 사람 구슬리는 재주는 타고났다니까."

"고마워. 어서 말해 봐."

"신문사에 단편소설 두 편을 주고 왔어. 결과는 다음 주에 알려 준다고 했고."

조가 친구의 귀에다 이렇게 속삭였다.

"야호! 미국의 유명한 여류작가 마치 양 만세!"

로리가 모자를 하늘 높이 집어던졌다 잡으며 크게 외쳤다. 그러자 오리 두 마리, 고양이 네 마리, 암탉 다섯 마리, 여섯 명의 아일랜드 꼬맹이들까지 함께 기뻐했다. 두 사람은 벌써 도시를 벗어나 있었던 것이다.

"쉿! 어쩜 떨어질 수도 있어. 그래도 가만히 있을 수만은 없었어. 혹시 결과가 좋지 않으면 다들 실망할까 봐 아무 말 하지 않았던 거야."

"그럴 일 없어. 조, 네가 쓴 글은 매일 쏟아져 나오는 시시한 책에 비한다면 셰익스피어 수준이라고. 네 글이 인쇄되어 나온 걸 보면 얼마나 멋질까. 다들 우리의 여류작가를 자랑스러워할 거야."

조의 눈이 밝게 빛났다. 누군가 자신을 믿어 준다는 것은 언제나 즐거운 일이었고, 신문사의 과대선전보다 친구의 칭찬 한마디가 훨씬 기분 좋은 법이기 때문이었다.

"네 비밀은 뭐야? 공평하게 하자고. 말 안 하면 앞으로 네가 하는 말 다시는 믿지 않을 테니까."

격려의 말 한마디에 활활 타오른 희망의 불꽃을 잠재우려 애쓰며 조가 말했다.

"괜히 말해서 일 만드는 건 아닌지 모르겠다. 하지만 말 안 한다고 약속한 것도 아니니 그냥 이야기할게. 사실 이런 좋은 소식을 너한테 안 알리고 혼자만 갖고 있느라고 나도 힘들었어. 나, 메그 장갑이 어디 있는지 알고 있어."

"그게 다야?"

조가 실망한 표정으로 물었다. 로리가 고개를 끄덕였고 뭔가 비밀을 숨긴 듯한 표정을 지었다.

"지금이야 별일 아닌 것 같겠지만, 그게 어디 있는지 알면 너도 내가 왜 이러는지 이해될걸."

"어디 있는데?"

로리가 허리를 굽혀 조의 귀에다 딱 세 마디를 속삭이자, 조가 이상한 반응을 보였다. 조는 그 자리에 서서 한동안 로리를 뚫어지게 쳐다보았다. 놀라면서도 불쾌한 기색이 역력했다. 다시 걸음을 옮긴 조가 날카로운 목소리로 물었다.

"네가 어떻게 알아?"

"직접 봤으니까."

"어디서?"

"주머니에서."

"항상 가지고 다닌다고?"

"응! 낭만적이지 않아?"

"아니, 끔찍해."

"넌 그런 거 싫어?"

"당연히 싫지. 말도 안 돼. 이래선 안 된다고. 정말 미치겠네! 메그 언니가 뭐라고 할까?"

"말하면 안 돼, 절대로."

"난 약속한 적 없어."

"그렇게 알아들었잖아. 그래서 난 널 믿은 거야."

"어쨌든 지금으로선 장담 못 해. 안 듣는 게 좋을 뻔했다. 이렇게 기분이 나쁘다니."

"기뻐할 거라 생각했는데."

"누가 언니를 뺏어 간다는데 기뻐하란 말이야? 말도 안 되는 소리!"

"언니가 아니라 널 데려가려 한다면 지금보다는 기분이 낫겠지?"

"누가 그러나 한번 보고 싶군."

조가 흥분해서 소리쳤다.

"그건 나도 그래!"

로리가 킬킬거렸다.

"난 비밀이랑은 안 맞나 봐. 그 말을 듣고 나니 기분이 엉망이야."

조가 약간 불쾌한 듯 말했다.

"나랑 언덕 아래까지 달리기 경주하자. 그럼 기분이 좋아질 거야."

로리가 제안했다.

보는 사람도 없었고 눈앞에 놓인 매끈한 비탈길의 유혹을 뿌리치기는 더욱 힘들었다. 조가 내달리기 시작하자 모자와 머리에 꽂은 빗과 핀이 떨어져 나갔다. 먼저 아래에 도착한 로리는 자신의 처방이 옳았음을 내심 기뻐하고 있었다. 조가 머리카락을 날리며 반짝이는 눈에 발그레한 뺨을 하고선 신나게 달려오고 있었기 때문이다. 그 어디에도 불쾌한 기색은 찾아볼 수 없었다.

"내가 말이라면 얼마나 좋을까. 그렇다면 이렇게 멋진 바람을 가르고 아무리 달린다 해도 숨차지 않을 텐데. 정말 신났어. 하지만 너 때문에 내 꼴이 어떻게 됐나 좀 보라고. 착한 천사처럼 가서 내 물건들 좀 주워다 줄래?"

조가 진홍색 잎이 폭신하게 쌓인 단풍나무 아래에 털썩 주저앉으며 말했다.

로리가 잃어버린 물건을 되찾으러 간 사이 조는 단장이 끝날 때까지 아무도 지나가지 않기만 바라면서 머리를 땋아올렸다. 하지만 누가 지나갔다. 그 사람은 다름 아닌 메그였다. 그날따라 방문할 곳이 많았던 까닭에 멋진 외출복 차림을 한 메그는 유난히 숙녀다워 보였다.

"너 도대체 여기서 뭐 하고 있는 거니?"

동생의 흐트러진 모습에 놀란 메그가 물었다.

"낙엽을 줍고 있어."

조가 한 움큼 긁어모은 빨간 단풍잎을 골라내며 얌전하게 대답했다.

"그리고 머리핀도요."

로리가 조의 무릎에 여섯 개의 머리핀을 던지며 말했다

"머리핀도 땅에서 자라거든요, 메그. 빗도, 갈색 밀짚모자도 자란다고요."

"너 달리기 했구나, 조. 어쩜 그러니? 언제쯤이면 그런 말괄량이 짓 그만둘래?"

메그가 커프스를 고정시키고, 바람에 제멋대로 흐트러진 머리를 매만져 주며 꾸짖듯 말했다.

"늙고 병들어 목발을 짚어야 할 때까지도 절대 그만두지 않을 거야. 미리부터 어른처럼 굴라고 하지 마, 언니. 언니가 갑작스레 변한 것만으로도 충분히 힘드니까. 난 될 수 있는 대로 오래 소녀로 남고 싶어."

조는 그렇게 말하며 입술이 떨리는 걸 감추기 위해 낙엽 쪽으로 몸을 숙였다. 그러지 않아도 요즘 부쩍 언니가 어른이 되어간다고 느끼고 있던 참에, 로리의 비밀 얘기까지 듣고 나니 언젠가 닥칠 이별이 더욱 가깝게만 느껴져 두려운 마음이 들었던 것이다. 괴로워하는 조의 얼굴을 본 로리가 메그의 주의를 딴 데로 돌리기 위해 재빨리 질문을 했다.

"그렇게 멋지게 차려입고 어디 갔다 오는 길이에요?"

"가디너 씨 댁에 갔었어. 샐리가 벨 모팻의 결혼식에 대해 자세하게 말해 주었는데 정말 굉장했대. 겨울을 보내려고 파리로 떠났다지 뭐야. 생각만 해도 너무 근사하지 않아?"

"그게 부러워요, 메그?"

로리가 물었다.

"그런 것 같아."

"그거 반가운 소리군."

모자 끈을 홱 잡아당겨 매면서 조가 중얼거렸다.

"어째서?"

메그가 놀란 표정으로 물었다.

"언니가 부자들한테만 그렇게 관심을 둔다면, 가난한 남자랑 결혼할 일은 절대 없을 테니까 말이야."

말조심하라는 듯 자신에게 무언의 경고를 보내는 로리를 향해 조가 인상을 쓰며 대답했다.

"난 아무한테도 시집가지 않을 거야."

메그가 품위 있게 걷기 시작했다. 그 뒤를 조와 로리가 웃고, 소곤대고, 물수제비를 뜨기도 하면서 따라갔다. 메그도 그렇게 예쁜 옷을 입지 않았다면, 두 사람처럼 행동하고 싶었을지도 모르지만, 그들이 '애들 같다.'는 생각에는 변함이 없었다.

그 후 1,2주 동안 조가 보인 이상한 행동들은 자매들을 몹시 당황하게 했다. 우체부가 초인종을 누르면 쏜살같이 현관으로 달려갔고, 브룩 씨한테는 만날 때마다 무례하게 굴었으며, 슬픔에 찬 얼굴로 메그를 보며 앉아 있다가 갑자기 벌떡 일어나 손을 잡고 키스를 퍼붓는 등 도무지 알 수 없는 행동을 했기 때문이다. 게다가 로리와 조가 늘 무언가 신호를 주고받으며 '날

개 펼친 독수리'에 대해 이야기를 나누곤 해서 결국 자매들은 두 사람이 제정신이 아니라는 결론을 내렸다.

조가 몰래 창문을 통해 집을 나간 이후 두 번째로 맞는 토요일. 창가에 앉아 바느질을 하던 메그는 로리가 조를 쫓아 온 정원을 휘젓다가 에이미의 정자에서 조를 붙잡는 모습을 보면서 그만 부아가 치밀었다. 둘이 무엇을 하는지는 보이지 않았지만, 새된 웃음소리가 흘러나오는가 싶더니, 무언가 속닥거리는 소리, 신문을 요란스레 넘기는 소리가 연이어 들려왔다.

"재를 어쩌면 좋지? 전혀 숙녀처럼 행동하려 들지 않네."

메그가 한숨을 내쉬며 걱정했다.

"난 조 언니가 그냥 지금 같으면 좋겠어. 얼마나 친근하고 재미있어."

베스가 조를 감쌌다. 자기 아닌 다른 사람과 비밀을 함께 나눈다는 사실이 조금 속상하긴 했지만, 그렇다고 섭섭한 내색을 비친 적은 한 번도 없었다.

"괴롭긴 하지만 우리가 요조숙녀로 만들 순 없잖아."

에이미가 새 주름을 만들다 말고 한마디 거들었다. 고수머리를 묶어서 올린 모습이 무척 잘 어울려 보였고, 보통 때와 달리 우아하고 숙녀 같은 느낌마저 들었다.

잠시 후 조가 뛰어 들어오더니 소파에 드러누워 신문을 읽는 척했다.

"뭐 재미있는 기사라도 있니?"

메그가 짐짓 상냥하게 물었다.

"소설인데, 뭐 그리 대단해 보이진 않아."

조가 신문에 실린 이름이 보이지 않게 조심하며 대답했다.

"큰 소리로 읽어 주는 게 좋겠다. 우리는 즐겁고, 언니는 장난을 안 쳐서 좋잖아."

에이미가 어른스러운 태도로 말했다.

"제목이 뭐야?"

조가 신문으로 얼굴을 가리고 있는 이유가 뭔지 궁금해하며 베스가 물었다.

"'화가와 맞수'라는 제목이야."

"재미있을 것 같은데. 읽어 봐."

메그가 말했다.

"에헴!" 하고 크게 헛기침을 하고 심호흡까지 한 조가 신문의 소설을 아주 빠르게 읽어 나가기 시작했다. 자매들은 흥미진진한 표정으로 귀를 기울였다. 이야기는 대체로 낭만적이었다. 대부분의 주인공들이 죽는 마지막 부분에 이르러서는 다소 애처로운 느낌마저 들었다.

"난 화려한 그림에 대해 묘사한 부분이 맘에 들어."

에이미가 만족스럽다는 평을 내렸다.

"나는 사랑을 나누는 장면이 좋아. 근데 비올라와 안젤로는 우리가 제일 좋아하는 이름인데, 좀 이상하지 않니?"

두 사람의 슬픈 사랑에 동요된 메그가 눈물을 훔치다 말고 물었다.

"그거 누가 쓴 거야?"

베스가 조의 얼굴을 흘끗 쳐다보며 물었다.

조가 갑자기 자리에서 벌떡 일어나 앉더니 신문을 집어던졌다. 그러고는 빨갛게 상기된 얼굴로 진지하면서도 흥분된 목소리로 크게 소리쳤다.

"너의 언니!"

"너?"

메그가 바느질감을 떨어뜨리며 외쳤다.

"아주 좋은 작품이야."

에이미가 비평가처럼 말했다.

"그럴 줄 알았어! 난 그럴 줄 알았다고! 오, 언니! 난 언니가 너무 자랑스러워!"

베스가 달려와 조를 껴안고 멋진 성공을 축하해 주었다.

다들 그렇게 기뻐할 수가 없었다. 메그는 신문에 선명하게 인쇄된 '조세핀 마치'라는 이름을 보고서야 그 사실을 믿었다. 또한 에이미는 이야기의 예술적 부분에 대해 평점을 높게 매기며, 속편을 써 보라고 제안했다. 하지만 불행히도 남녀 주인공들이 모두 죽은 바람에 실행에 옮기는 것은 불가능했다. 그리고 베스는 흥분한 나머지 깡충깡충 뛰어다니며 기쁨의 노래를 불렀다. 한나도 안으로 들어와 얘기를 듣고는 "살아서 이렇게 좋은 날은 없었다!"며 탄성을 질렀다. 소식을 들은 마치 부인은 무척 자랑스러워했고, 조는 눈물을 흘릴 정도로 웃어 대며, 잘난 척이라도 하고 다녀야겠다고 말했다. 그렇게 신문이 손에서 손으로 옮겨지는 동안, 마치 씨 댁 위로는 '날개 펼친 독수리'가 당당히 날갯짓을 하며 날아오르는 것 같았다.

"다 얘기해 봐."

"신문은 언제 왔어?"

"돈은 얼마나 준대?"

"아빠가 뭐라고 하실까?"

"로리가 웃진 않겠지?"

가족들이 조에게 모여들더니 일제히 질문을 퍼부어 댔다. 바보 같아 보여도 인정이 넘치는 이들은 가정의 작은 기쁨에도 온통 축제 분위기였다.

"그만 좀 재잘거려. 내가 다 얘기해 줄 테니까."

조는 신문사의 담당자인 버니 양이 〈화가와 맞수〉보다 〈이블리나〉가 제목으로 더 유리하다고 했던 기억을 떠올렸다. 그리고 버니 양이 자기 소설을 어떻게 처리했는지 말한 다음 이렇게 덧붙였다.

"결과를 알아보려고 신문사를 찾아갔더니 담당자가 두 소설이 다 마음에 든다는 거야. 하지만 신인에게는 원고료를 지급하지 않고 단지 신문에만 실어 줄 수 있다고 하면서 글에 대해 몇 마디 해 주더라고. 신인들도 실력이 나아지면 원고료를 받을 수 있다고 그 사람이 말했어. 그래서 두 편 다 맡기고 왔지. 그리고 오늘 이렇게 신문이 온 거야. 로리가 날 붙잡고는 하도 보여 달라 조르기에 보여 줬거든. 읽어 보더니 잘 썼대. 난 이제 앞으로 더 많이 쓸 생각이야. 아마 다음번엔 원고료도 받을 수 있을 거야. 난 정말 행복해. 그때가 되면 내 힘으로 생활할 수 있고, 식구들도 도울 수 있을 거야."

여기서 조가 숨을 내쉬더니 신문에 얼굴을 묻었다. 어느새 흘러나온 눈물이 조의 짧은 글을 적시고 있었다. 경제적 독립과 사랑하는 사람들로부터 칭찬을 받는 것이야말로 조가 간절히 바라던 소망이었고, 이로써 행복한 결말을 향한 첫걸음을 내디뎠다는 생각이 들었기 때문이다.

"1년 중에서 11월이 제일 싫어."

어느 흐린 오후, 창가에 서서 얼어붙은 정원을 바라보던 메그가 말했다.

"내가 11월에 태어난 이유가 다 있다니까."

조가 코에 잉크가 묻은 줄도 모른 채 생각에 잠긴 얼굴로 대꾸했다.

"지금이라도 뭔가 아주 재미난 일이 일어난다면, 11월도 멋진 달이라고 생각하게 될 거야."

무엇이든 낙관적으로 생각하는 조는 11월까지도 두둔하고 있었다.

"그렇긴 하겠지. 그래도 우리 집에서는 절대로 그런 일 따윈 일어나지 않을걸."

기분이 언짢아 있던 메그가 부정했다.

"아무런 변화도 없이 매일 뼈 빠지게 일만 하고, 재미라곤 눈곱만큼도 없으니……. 차라리 감옥이 더 낫겠다."

"이런! 다들 이렇게 우울해서야!"

조가 소리쳤다.

"언니 심정도 이해는 가. 다른 여자들은 다들 잘만 즐기며 사는데, 언니는 달이 가고 해가 바뀌어도 오직 일만 하니 말이야. 내 소설 속 여주인공들에게 하듯 언니를 위해서 내가 어떻게 해 볼 수 있다면 좋을 텐데! 언니는 예쁘고 착하니까 어느 날 갑자기 부자 친척이 언니에게 유산을 물려주게 할 거야. 상속인이 된 언니는 언니를 멸시했던 사람들을 비웃으며, 외국으로 여행을 떠났다가 최고로 화려하고 우아한 부인이 돼서는 집으로 다시 돌아오는 거지."

"요즘 사람들에겐 물려줄 만한 재산이 없어. 돈이 필요하면 남자는 일을 해야 하고, 여자는 결혼을 해야 한다고. 정말 불공

평한 세상이야."

메그가 씁쓸하게 말했다.

"조 언니하고 내가 언니를 위해 돈 많이 벌어다 줄게. 딱 10년만 기다려."

구석자리에 앉은 에이미가 약속했다. 한나가 '진흙 파이'라고 부르는, 그러니까 진흙으로 새나 과일, 여러 얼굴 모양을 만드는 작업을 하던 중이었다.

"난 그럴 수 없어. 고마운 말이긴 하지만 잉크나 진흙만 믿고 기다릴 순 없다고."

메그가 한숨을 내쉬며 얼어붙은 정원으로 다시 고개를 돌렸다. 조는 탁자 위에 팔꿈치를 기댄 채 낙담한 표정으로 고민에 쌓였고, 에이미는 힘차게 진흙을 내리쳤다. 그때 다른 쪽 창가에 앉아 있던 베스가 살며시 웃으며 소식을 전했다.

"기쁜 일 두 가지가 지금 일어나려고 하네. 엄마가 저만치서 집으로 오시는 중이고, 로리 오빠도 무슨 신나는 일이 있는지 정원을 가로질러 쿵쿵대며 오고 있어."

두 사람은 거의 동시에 집으로 들어왔다. 마치 부인은 여느 때처럼 자매들에게 물었다.

"아빠한테 편지 온 거 없니?"

"나랑 같이 마차 타고 산책 안 갈래? 수학 공부를 너무 했더니 머리가 멍해. 한 바퀴 돌면서 머리 좀 식힐까 하는데. 날은 흐려도 공기는 그리 나쁘지 않아. 브룩 선생님을 집까지 모셔다 드릴 거라 마차 안에 있어야 하겠지만 그래도 재미있을 거야. 조, 베

스, 같이 가지 않을래?"

로리는 특유의 호소력 있는 말투로 산책을 제안했다.

"물론 가야지."

"고맙지만 난 바빠서 안 되겠어."

메그가 바느질 바구니를 잡아당기며 말했다. 젊은 신사와 자주 돌아다니지 않는 것이 바람직하다는 어머니의 말씀에 동의했기 때문이다.

"뭐 도와드릴 일 없나요?"

로리가 마치 부인의 의자에 기대며 다정한 얼굴과 한결같은 목소리로 물었다.

"다른 일은 없고, 괜찮다면 우체국에 좀 다녀와 주면 고맙겠다. 편지가 오는 날인데 아직 우체부가 오지 않는구나. 아버지는 해처럼 정확한 분이신데, 아무래도 도중에서 늦어지고 있나 보다."

그때 날카로운 초인종 소리가 마치 부인의 말을 끊었고, 곧이어 한나가 편지를 들고 왔다.

"끔찍한 전보가 왔네요, 마님."

혹시 폭발이라도 해서 피해를 입히지나 않을까 두려워하며 한나가 전보를 건네주었다.

'전보'라는 말에 마치 부인은 얼른 받아 들었다. 그리고 그 안에 적힌 단 두 줄의 내용을 읽자마자 마치 그 종이가 심장을 향해 총을 쏘기라도 한 듯 하얗게 질린 얼굴로 의자에 털썩 주저앉았다. 로리가 물을 가지러 아래층으로 내려간 사이, 메그와 한나는 부인을 부축했고, 조는 잔뜩 겁에 질린 목소리로 전보를 크게 읽었다.

마치 부인께.

남편이 위독합니다. 바로 와 주시기 바랍니다.

– S. 헤일 워싱턴, 블랭크 병원

조가 편지를 읽는 동안 방 안은 쥐죽은 듯 고요했고, 사방은 이상할 정도로 캄캄해졌다. 갑자기 세상이 뒤바뀌기라도 한 것 같았다. 어머니 곁으로 모여든 자매들은 그들 삶의 행복과 버팀목이 무너져 버린 듯한 느낌에 사로잡혔다.

정신을 차린 마치 부인은 전보를 다시 읽어 본 다음, 딸들에게 팔을 뻗어 절대 잊을 수 없는 목소리로 이렇게 말했다.

“당장 가 봐야겠다. 하지만 어쩜 너무 늦었는지도 모르겠구나. 오, 얘들아. 엄마가 이 시련을 이겨 낼 수 있게 도와주렴!”

한동안 흐느끼는 소리만이 방 안을 가득 채웠다. 그 사이로 간간이 힘없는 위로의 말과 도와주겠다는 따뜻한 약속, 희망적인 속삭임이 섞이기도 했으나, 이내 눈물 속에 묻혀 버렸다. 한나가 가장 먼저 정신을 차리고는 몸에 밴 지혜로 모두에게 좋은 본보기가 되었다. 그녀에게서 일이란 고통을 치유하는 묘약이었던 것이다.

"하나님이 주인어른을 지켜 주실 거예요! 이렇게 눈물만 흘리고 있어선 안 돼요. 빨리 떠나실 채비를 해 드릴게요."

한나가 앞치마로 얼굴을 훔치며 진심어린 표정으로 위로했다. 그러고는 자신의 거친 손으로 여주인의 손을 따뜻이 잡아 주고 나서 세 사람분의 일을 할 것 같은 모습으로 자리를 떴다.

"한나 말이 맞다. 이렇게 울고 있을 시간이 없어, 애들아. 나도 생각을 좀 정리해 봐야겠다."

창백한 얼굴로 꼿꼿이 앉아 슬픔을 참으며 앞일을 생각하는 엄마를 보면서 자매들은 마음을 가라앉히려고 애썼다.

"로리는 어디 있니?"

이윽고 생각을 다 정리한 마치 부인이 입을 열었다.

"여기 있어요. 무슨 일이든 시키세요!"

마치 가족에게 닥친 슬픔이 너무 커서 아무리 친한 사이라 하더라도 함부로 끼어들면 안 되겠다는 생각에 옆방으로 물러나 있던 로리가 급하게 뛰어나오며 소리쳤다.

"내가 바로 간다고 전보 좀 쳐다오. 다음 기차가 아침 일찍 있으니 그걸 타고 간다고."

"다른 건요? 말이 준비되어 있어요. 어디든 갈 수 있으니까 말씀만 하세요."

지구 끝까지라도 날아갈 듯한 태세로 로리가 말했다.

"그럼 마치 할머니에게 편지 좀 전해 주렴. 조, 펜이랑 종이 좀 갖다 다오."

조는 새로 정리하던 노트의 빈 곳을 찢어서는 엄마 앞에 탁자를 끌어당겨 앉았다. 길고도 힘든 여행을 하기 위해서는 돈을 빌려야 한다는 걸 잘 알고 있었던 그녀는 아버지를 위해 조금이라도 도움이 될 수 있다면 뭐든 하고 싶은 마음이었다.

"자, 다 됐다. 너무 빨리 달리지 마라. 안 그래도 되니까."

마치 부인의 주의는 아무 소용이 없었다. 로리는 5분 후에 목숨이 달린 일이라도 있는 양 바람같이 말을 타고 창문을 지나갔다.

"조, 넌 부인회 모임 장소로 달려가서 킹 부인에게 내가 못 간다고 전하거라. 오는 길에는 이 물건들을 사오렴. 엄마가 적어 주마. 간호하는 데 필요할지 모르니 준비해 가야겠구나. 병원 물건들이 항상 좋은 건 아니니까 말이야. 베스, 로렌스 씨한테 가서 오래된 포도주 두 병만 부탁 드려라. 아버지를 위해서라면 자존심이 대수겠니. 아빠한텐 제일 좋은 것만 해 주고 싶구나. 에이미, 한나한테 까만 여행 가방 좀 내달라고 그래. 메그, 넌 이리 와서 물건 찾는 거 좀 도와주렴. 정신이 없어서 뭐가 뭔지 하나도 모르겠구나."

한꺼번에 편지도 쓰고, 생각도 정리하고, 이것저것 지시를 했으니 정신이 없는 것도 당연한 일이었다. 메그는 그런 엄마를 방에서 잠시 조용히 있게 한 뒤 동생들을 재촉했다. 모두들 한바탕 휘몰아친 바람을 맞은 잎처럼 각자 흩어져 제 할 일을 했다. 전보에 악마의 주문이라도 걸려 있었던 것인지, 조용하고 행복하던 가정이 순식간에 산산조각이 나버렸다.

로렌스 씨가 베스와 함께 급하게 달려왔다. 친절한 노신사는 병자에게 필요하다고 생각되는 것들을 챙겨 왔다. 또한 집을 비운 동안 자매들을 잘 돌봐 주겠다는 약속으로 마치 부인이 느낄 마음의 짐을 덜어주었다. 그리고 자신의 실내복 제공뿐 아니라 함께 동행해 주겠다는 제안까지 하는 등 무엇이든 도움을 주고 싶어 했다. 하지만 마지막 제안을 마치 부인은 받아들이지 않았다. 노신사가 긴 여행을 감당하기 힘들 거라고 판단했기 때문이다. 그래도 로렌스 씨가 그런 제안을 했을 때 마치 부인의 얼굴에는 안도의 빛이 떠올랐다. 그 모습을 본 노신사는 미간을 찌푸리며 손바닥을 비벼 대더니 갑자기 곧 돌아오겠다는 말을 남기고 밖으로 나갔다. 그러나 다들 바빠서 노신사를 생각하고 있을 겨를이 없었다. 한 손에 실내화 한 켤레와 또 한 손엔 찻잔을 든 메그가 현관으로 뛰어 들어오다 브룩 씨와 정면으로 마주쳤다.

"정말 상심이 크시겠습니다, 마치 양."

브룩 씨는 조용하면서도 친절한 목소리로 위로했다. 마음이

어지러운 메그에게 그 소리는 아주 따뜻하게 들렸다.

"제가 어머니와 동행하겠습니다. 로렌스 씨 지시로 워싱턴에 가게 됐는데, 어머니와 함께 갈 수 있다면 큰 기쁨이겠습니다."

메그는 너무도 고마운 마음에 손을 내밀려다가 하마터면 신발을 떨어뜨리고 찻잔까지 놓칠 뻔했다. 그저 시간을 내 주고 위안의 말을 건네는 것밖에 한 일이 없는데도 브룩 씨는 아주 대단한 희생을 한 듯한 느낌을 받았다.

"이렇게 친절하시다니! 어머니도 분명 응하실 거예요. 어머니를 돌봐 주실 분이 있다는 사실을 알면 모두들 마음이 놓일 거예요. 정말 감사합니다!"

진심으로 감사의 인사를 건넨 메그는 자신이 좀 전에 무슨 일을 하고 있었는지도 까맣게 잊었다. 자신을 바라보는 갈색 눈에 비친 어떤 기미를 느끼고서야 비로소 식어 가는 차를 들고 어머니에게 이 소식을 알리기 위해 황급히 거실로 앞장서 갔다.

로리가 마치 할머니의 편지를 들고 돌아왔을 때는 모든 준비가 끝난 상태였다. 필요한 돈과 함께 할머니가 전에도 종종 말씀하시던, 군대에 가는 것은 어리석은 짓이며 항상 나쁜 일만 생기게 되니 다음엔 자신의 충고를 따르라는 잔소리가 몇 줄 적혀 있었다. 마치 부인은 편지를 난로에 집어던지고 돈만 지갑에 챙겨 넣었다. 그러고는 입술을 꾹 다문 채 하던 준비를 마저 했다. 조가 그 자리에 있었다면 이런 엄마를 이해할 수 있었을 것이다.

짧은 오후가 지나갔다. 자신에게 주어진 일들을 마친 후, 메그와 마치 부인은 바느질을 하고 있었다. 베스와 에이미는 차를 만들었으며, 한나는 자신의 말대로 '한방에' 다림질을 끝낸 상태였다. 그러나 여전히 조는 오지 않았다.

식구들은 조가 걱정되기 시작했다. 로리가 찾으러 나섰지만 조를 만나지 못했다.

마침내 조가 복잡한 표정을 지으며 집 안으로 들어섰다. 어머니 앞에 돌돌 말린 지폐 뭉치를 내놓은 그녀는 약간 잠긴 목소리로 "아빠를 편안하게 해 드리고 집으로 모셔 오라고 제가 드리는 거예요."라며 가족들을 당황하게 만들었다.

"얘야, 이 돈 어디서 났니? 25달러나 되잖아! 조, 네가 경솔한 짓을 하지 않았길 바란다."

"아니에요. 이건 제가 정직하게 번 돈이에요. 구걸하지도, 빌리지도, 훔치지도 않았어요. 제가 가지고 있는 걸 팔았을 뿐이니까 나무라지 마세요."

이렇게 말하며 조가 보닛을 벗자 모두들 비명을 내질렀다. 그 숱 많던 머리카락이 짧게 잘려 있었기 때문이다.

"네 머리, 네 아름다운 머리가……."

"오, 조 언니! 왜 그랬어? 언니한텐 유일한 자랑거리였잖아."

"얘야, 이럴 것까진 없었는데……."

"조 언니가 아닌 것 같아. 하지만 이런 언니가 난 더 좋아!"

모두가 경악하고 있는 사이, 베스가 짧은 머리를 가만히 안아 주었다. 조는 아무렇지도 않은 척했지만, 누구도 그렇게 믿진 않았다. 조가 짧은 머리를 헝클어뜨리며 마음에 든다는 듯이 말했다.

"나라의 운명이 달린 일도 아닌데 그렇게 울지 마, 베스. 내 자만심을 버리게 돼서 차라리 잘됐어. 머리에도 좋은 것 같아. 아주 가볍고 시원한 느낌이거든. 이발사가 그러는데 조금만 있으면 머리가 곱슬곱슬해져서 소년같이 잘 어울리고 손질하기도 쉬워질 거래. 난 만족해. 그러니까 이 돈 받으시고, 어서 다 같이 저녁이나 먹어요."

"자세히 얘기해 봐라, 조. 네가 잘했다는 생각은 들지 않지만, 아빠를 위해 네 자만심을 기꺼이 희생한 거라고 하니 널 탓하지도 못하겠구나. 하지만 굳이 그럴 필요까지는 없었단다. 이 엄만 네가 나중에 후회하지나 않을지 그게 걱정이구나."

마치 부인이 딸을 염려했다.

"아뇨, 후회하지 않을 거예요!"

머리를 자른 행동이 완전히 잘못한 일만은 아니라는 확신을 얻어 크게 마음이 놓인 조가 힘차게 대답했다.

"무슨 생각으로 그런 거야?"

자신의 예쁜 머리를 자르느니 차라리 목을 자르는 게 낫겠다고 생각하며 에이미가 물었다.

"아빠를 위해 뭔가를 하고 싶었어."

모두가 식탁에 앉았을 때 조가 대답했다.

"나도 엄마만큼이나 돈 빌리는 게 싫어. 마치 할머니는 9펜스를 빌려 주면서도 잔소리 해댈 사람이라는 걸 알고 있었으니까. 그리고 메그 언니는 석 달치 월급을 집세로 내놓았는데, 난 내 옷만 사서 미안한 마음이 들었거든. 꼭 돈을 만들어야겠다고 결심했어. 할 수만 있다면 내 코라도 팔고 싶을 정도로."

"그렇게 자책할 필요 없단다, 조. 넌 겨울옷도 없는데다, 네가 열심히 번 돈으로 그 정도도 못하면 되겠니."

마치 부인의 다정한 말과 표정은 조의 마음을 따뜻이 어루만져 주었다.

"처음부터 머리카락을 팔 생각은 없었어. 하지만 내가 할 수 있는 일이 무엇일까 곰곰이 생각하며 길을 걷고 있자니, 큰 상점에 들어가서 나라도 팔고 싶은 심정이 드는 거야. 그러다 한 이발소 유리창에서 가격표가 붙어 있는 머리털을 보게 되었지. 나보다 숱도 적은 검은 머리가 40달러나 됐어. 갑자기 돈을 벌 방법이 생겼다는 생각에 나는 무작정 안으로 들어가, 머리털을 사겠는지, 산다면 얼마를 줄 수 있는지 물었어."

"언니는 어디서 그런 용기가 나는지 모르겠어."

베스가 대단하다는 듯 말했다.

"이발사는 평생 머리에 기름만 바르며 산 것 같은 작달막한 남자였어. 여자가 가게에 들어와 머리털을 사라고 하는 게 낯설었는지 처음엔 멀뚱멀뚱 쳐다보기만 하더라. 그러고는 내 머리가 그다지 마음에 들지도 않고 유행하는 색도 아니라며 많이 줄 수 없다고 그랬어. 다듬는 데 손이 많이 가니 어쩌니 하면서 말이야. 시간도 너무 늦었고, 지금 당장 하지 않으면 다시는 못할 것만 같은데다, 또 다들 알다시피 내가 한번 시작했다 하면 중간에 그만두지 못하는 성격이잖아. 그래서 내가 왜 이렇게 서두르는지를 설명하며 제발 사 달라고 애원했어. 바보 같아 보였을 거야. 하지만 덕분에 이발사가 마음을 바꾸게 되었지. 내가 흥분한 채 두서없이 이야기를 늘어놓는 걸 이발사 부인이 듣고는 상냥하게 이러는 거야. '젊은 아가씨의 부탁을 들어줘요, 토마스. 누가 사 주기만 한다면 나도 지미를 위해서 내 머리털을 팔았을 거예요.'"

"지미가 누구야?"

무엇이든 설명을 듣고 싶어 하는 에이미가 물었다.

"아줌마 아들인데 군대에 가 있대. 그런 우연이 모르는 사람도 얼마나 가깝게 만드는지 알지? 아줌마는 이발사가 머리를 자르는 내내 말을 시키면서 내 마음을 딴 데로 돌리게 해 주셨어."

"머리카락이 처음 잘려 나갈 때 끔찍하지 않던?"

메그가 몸을 떨며 물었다.

"이발사가 도구를 챙기는 동안 마지막으로 내 머리를 봤고 그게 다야. 난 그런 하찮은 일에 눈물 같은 거 흘리진 않잖아. 하지만 솔직히 탁자 위에 떨어진 머리카락을 봤을 땐 기분이 묘하더라고. 머리가 짧고 삐죽삐죽한 게 꼭 팔이나 다리가 잘려 나간 기분이더라니까. 여자가 그런 내 모습을 보고는 머리칼을 한 줌 집더니 가지고 있으라고 나한테 줬어. 이건 엄마에게 드릴게요. 지나간 영광으로 간직해 주세요. 머리가 짧으니 너무 편해. 앞으로도 다시는 머리를 기르지 않을 생각이야."

마치 부인은 구불거리는 밤색 머리칼을 고이 접어서 짧은 회색 머리칼과 함께 책상 서랍에 넣었다. 고맙다고 말은 했지만 어두워진 어머니의 표정을 본 자매들은 화제를 바꿔서, 브룩 씨가 친절하다느니, 내일 날씨가 좋겠다느니, 아빠가 완쾌되어 집에 오시면 행복하겠다느니 하며 최대한 명랑하게 이야기를 나누었다.

시계가 열 시를 알려도 누구 하나 잠자리로 가려 하지 않자, 마치 부인이 마지막 일을 끝낸 뒤 아이들을 불러 모았다. 피아노로 자리를 옮긴 베스는 아버지가 가장 좋아하는 찬송가를 연주했다. 모두들 씩씩하게 노래를 시작했지만 하나둘씩 목소리가 잦아들더니 결국 베스만 혼자 끝까지 노래를 불렀다. 베스에게서 음악은 이렇게 늘 마음의 위안이었던 것이다.

"이제 얘기 그만하고 자러 가야지. 내일은 일찍 일어나야 하니까 푹 자두어야 한단다. 잘 자거라, 얘들아."

찬송가가 끝났는데도 아무도 다른 노래를 부를 엄두를 내지 않자, 마치 부인이 말했다.

자매들은 엄마에게 입을 맞추고, 옆방에 편찮으신 아버지가 누워 계시기라도 하듯 조용히 잠자리에 들었다. 베스와 에이미는 이런 걱정거리에도 불구하고 곧 잠에 빠졌으나, 메그는 그녀의 짧은 인생에서 이보다 더 큰 시련은 없었다는 생각으로 쉬 잠을 이루지 못했다. 그러면서 조도 아무런 기척이 없기에 잠이 들었나 보다 생각했다. 그런데 터져 나오는 울음을 애써 누르는 듯한 소리에 놀라 손을 뻗어 보니 조의 뺨이 젖어 있었다.

"조, 왜 그래? 아버지가 걱정 돼서 우는 거니?"

"아니, 지금은 아냐."

"그럼 왜?"

"내…… 내 머리 때문에……."

가여운 조가 울음을 터뜨렸다. 베개에 얼굴을 묻고 감정을 억제하려고 애썼으나 허사였다.

메그는 조의 모습이 전혀 우스꽝스럽지 않았다. 그녀는 동생에게 입을 맞추고 상처받은 여장부를 다정히 어루만져 주었다.

"후회하는 건 아냐."

조가 목멘 소리로 말했다.

"할 수 있다면 내일이라도 또 그럴 수 있어. 이렇게 우는 건

내 속에 있는 바보 같은 자만심 때문이야. 이제 다 끝났으니까 아무한테도 말하지 마. 언니가 자는 줄로만 알았어. 그래서 내 유일한 아름다움이었던 머리를 위해 조금 슬퍼해 준 거였는데. 근데 언니는 왜 여태 안 잔 거야?"

"걱정이 돼서 잠들 수가 없어."

메그가 대답했다.

"즐거운 일을 생각해 봐. 그럼 곧 잠이 올 거야."

"벌써 해 봤어. 더 말똥말똥해지기만 하던걸."

"무슨 생각을 했는데?"

"잘생긴 얼굴들, 특히 눈에 대해서."

메그가 어둠 속에서 살짝 미소 지었다.

"무슨 색깔이 제일 좋은데?"

"가끔씩은 갈색도 좋지만, 그래도 역시 파란색이 제일 맘에 들어."

조가 웃었고, 메그는 이제 그만 얘기하라고 주의를 주었다. 그러고는 내일 머리를 다듬어 주겠노라 약속한 후, 상상 속의 성에서 사는 꿈을 꾸며 잠이 들었다.

시계가 자정을 알렸고, 집 안은 조용하기 그지없는데, 그림자 하나가 미끄러지듯 침대에서 침대로 조용히 움직이고 있었다. 침대보를 바로 해 주고, 베개를 바로 괴어 주고, 걸음을 멈춘 채 오랫동안 잠든 얼굴을 다정히 바라보거나, 말없는 축복을 담아 입을 맞추기도 하고, 사랑스런 네 자매와 남편을 위한 간절한 기도를 올리기도 했다. 그녀가 커튼을 젖히고 적막한 밤 풍경을 바라볼 때, 구름 뒤에 숨어 있다가 갑자기 모습을 드러낸 달이 환하고 온화한 빛을 비추었다. 달은 침묵 속에서 이렇게 속삭이는 것만 같았다.

"마음 놓으세요! 구름 뒤에는 항상 빛이 있는 법이니까요."

16.
편지

추운 잿빛 새벽, 자매들은 램프를 켜고 전에 없이 열렬한 마음으로 각자의 안내서를 읽었다. 실제로 시련의 그림자가 닥쳐온 지금, 이 작은 책은 커다란 용기와 위안을 안겨 주었다. 옷을 입으며 자매들은 밝고 희망적으로 작별 인사를 하자고 다짐했다. 걱정스런 여행길을 떠날 어머니를 자신들의 눈물과 불평으로 더 힘들게 해서는 안 된다는 생각에서였다.

아래층으로 내려오니 모든 것이 달라 보였다. 바깥은 어둡고 조용한데, 집 안은 너무 밝고 어수선하기만 했다. 이른 시간에 먹는 아침도 어색했고, 잠자리 모자를 쓴 채 부엌을 왔다 갔다 하는 한나의 친숙한 얼굴마저도 낯설어 보였다. 커다란 여행 가방이 복도에 세워져 있고, 엄마의 망토와 보닛이 소파 위에 놓여 있었다.

식탁에 앉아 음식을 먹으려고 애를 썼지만, 걱정으로 잠 못 이룬 탓에 창백하고 피곤해 보이는 엄마의 모습이 자매들의 굳은 결심을 여지없이 흔들어 놓았다. 메그의 눈에 절로 눈물이 가득 고였다. 그리고 조는 식기 운반대에 몇 번이나 얼굴을 숨겨야만 했다. 어린 동생들은 슬픔을 처음 경험하는 사람처럼 침울하고 괴로운 표정들이었다.

모두들 말을 아끼고 있었다. 그러다 떠날 시간이 가까이 다가오자 함께 모여 마차를 기다렸다. 마치 부인은 엄마를 위해 숄을 개고, 보닛의 끈을 바로 펴고, 덧신을 챙기고, 여행가방을 잠그느라 바쁜 아이들을 바라보며 당부의 말을 했다.

"얘들아, 한나와 로렌스 씨한테 너희들을 부탁해 놓았다. 한나야 워낙 믿을 만한 사람이고, 로렌스 씨도 너희들을 친자식처럼 보살펴 주실 거란다. 엄마는 그다지 걱정하지 않는다만, 너희들이 이 난관을 올바르게 극복해 낼 수 있을지 염려스럽구나. 내가 없더라도 슬퍼하거나 불안해하지 말고, 그냥 평소처럼 각자의 일을 열심히 하면 된단다. 일이 훌륭한 위안이 되어 줄 테니까. 희망을 가지고 바쁘게 생활하고, 무슨 일이 있어도 아버지를 잃는 일은 없을 거라는 걸 명심하렴."

"네, 엄마!"

"메그, 신중하게 행동하고 동생들을 잘 보살펴야 한다. 한나와 늘 상의하고, 힘든 일이 생기면 로렌스 씨를 찾도록 해. 참고 잘 견뎌야 한다, 조. 낙담하지 말고, 경솔한 행동도 삼가고, 엄마에게 편지도 자주 하고, 평소처럼 씩씩하게 식구들의 기를 북돋아 주렴. 베스, 음악 속에서 위안을 찾고, 집안일에 최선을 다해다오. 그리고 에이미, 너도 힘닿는 데까지 뭐든지 돕고, 언니들 말 잘 듣고, 집에서 얌전히 지내도록 해라."

"네, 엄마! 꼭 그럴게요!"

마차가 오는 소리가 들리자, 다들 화들짝 놀라며 귀를 기울였다. 힘든 순간이었지만 자매들은 잘 견뎌 냈다. 누구도 울지 않았고, 누구도 도망치지 않았다. 아버지에게 안부 인사를 전할 때는 혹시나 너무 늦은 인사가 될지도 모른다는 생각에 마음이 무거워지기도 했지만, 누구 하나 슬픈 내색을 하지 않았다.

이윽고 조용한 입맞춤과 다정한 포옹으로 작별인사를 한 자매들은 엄마를 향해 애써 밝은 표정으로 손을 흔들었다.

로리와 할아버지도 배웅하러 나와 있었다. 브룩 씨는 어찌나 든든하고 현명하고 친절한지 자매들이 그 자리에서 '그레이트하트 씨'(《천로역정》에서 주인공을 도와주는 인물 : 옮긴이)라는 별명까지 지어 줄 정도였다.

"잘 지내거라, 얘들아! 신의 가호가 있기를!"

마치 부인은 이렇게 속삭이며, 작은 얼굴 하나하나마다 입을 맞춰 준 다음 마차를 타고 떠났다.

출발과 동시에 태양이 고개를 내밀었고, 뒤돌아본 그곳엔 어떤 좋은 징조처럼 문간에 서 있는 사람들 위로 환한 햇살이 비추고 있었다. 그곳에 있던 사람들도 이제 막 떠오르는 태양을 보았는지 미소를 지으며 손을 흔들었다. 마치 부인이 모퉁이를 돌면서 마지막으로 본 것은 네 딸의 환한 얼굴과 그 뒤에 경호원처럼 서 있는 로렌스 씨와 든든한 한나, 그리고 헌신적인 로리의 모습이었다.

"다들 저희한테 얼마나 잘해 주시는지 모르겠어요!"

마치 부인이 이렇게 말하며 고개를 돌리자, 공손한 애정이 느껴지는 젊은이의 얼굴이 다시 한 번 그 사실을 확인시켜 주었다.

"무슨 도움이나 된다고요."

브룩 씨가 보는 사람도 기분이 좋아질 정도로 환하게 웃었고, 마치 부인의 얼굴에도 절로 미소가 번졌다. 이렇게 햇살과 미소와 유쾌한 대화로 시작된 여행길은 왠지 순탄하리라는 기대를 갖게 했다.

"지진이라도 일어났던 것 같아."

이웃들이 아침을 먹기 위해 집으로 돌아가고, 자기들만 남아 쉬게 되자, 조가 이렇게 입을 열었다.

"집이 텅 빈 것 같아."

메그가 쓸쓸하게 말했다.

베스는 무슨 말인가 하려고 입을 열었다가 겨우 엄마 탁자만 가리켜 보였다. 탁자 위엔 가지런히 수선된 양말이, 그렇게 마지막 순간까지도 아이들을 생각하고 일했던 어머니의 따스한 손길이 남아 있었다. 사소한 일이었지만, 자매들의 마음엔 감동으로 와 닿았다. 그 바람에 굳은 각오도 무색하게 다들 주저앉아 엉엉 울기 시작했다.

사려 깊은 한나는 자매들이 그렇게 슬픔을 달랠 수 있도록 내버려 두었다. 그러다 눈물의 홍수가 차츰 잦아들기 시작하자, 커피 주전자로 무장하고는 자매들을 구조하러 달려왔다.

"자, 아가씨들. 어머니가 속상해하지 말란 말씀 기억하시죠? 이리 와서 다 같이 커피 한잔 들고 나서 열심히 일하도록 해요. 가족의 명예를 지키시라고요."

커피 맛은 그야말로 일품이었고, 그날 한나의 작전은 성공을 거두었다. 아무도 한나의 설득력 있는 명령이나 커피 주전자에서 풍겨 나오는 향기의 유혹에 저항하지 못했다. 자매들은 식탁으로 가서 손수건을 냅킨으로 바꾸었으며, 십 분쯤 지나자 다시 예전 모습을 되찾았다.

"'희망을 가지고 바쁘게 움직인다.' 이게 우리 생활신조야. 누가 제일 잘 기억하나 이

제부터 확인해 보자고. 난 평소처럼 마치 할머니 댁에 갈 거야. 으아, 설교가 장난 아니겠는 걸!"

기운을 차린 조가 커피를 홀짝거리며 말했다.

"나도 집에서 일을 거들고 싶지만, 킹 씨 댁에 가야만 해."

울어서 눈이 빨개졌으면 어떡하나 걱정하며 메그가 말했다.

"괜찮아. 베스 언니와 내가 완벽하게 집 정리를 해 놓을 테니까."

잘난 척하며 에이미가 끼어들었다.

"한나가 뭘 할지 가르쳐 줄 거야. 언니들이 집에 올 때쯤엔 모든 게 정리돼 있을 거야."

베스가 지체 없이 자루걸레와 설거지통을 꺼내며 덧붙였다.

"걱정이라는 것도 참 재미있는 것 같아."

뭔가 생각하는 듯한 표정으로 에이미가 설탕을 먹으며 말했다.

그 말에 자매들은 도저히 웃지 않을 수가 없었다. 설탕 그릇에서 위안을 찾는 어린 동생을 보며 메그가 고개를 흔들긴 했지만, 그 덕분에 다들 기분이 많이 나아진 건 사실이었다.

파이를 보고 다시 냉정을 되찾은 조는 메그와 함께 일상의 의무를 다하기 위해 집을 나섰다. 그리고 어머니가 늘 손을 흔들어 주던 창문을 슬픈 눈길로 바라보았다. 어머니는 계시지 않았지만, 베스는 집안의 작은 의식을 기억하고 있었다. 볼이 발그레한 중국

인형 같은 모습으로 베스가 그들을 향해 고개를 끄덕이면서 그 자리에서 있었던 것이다.

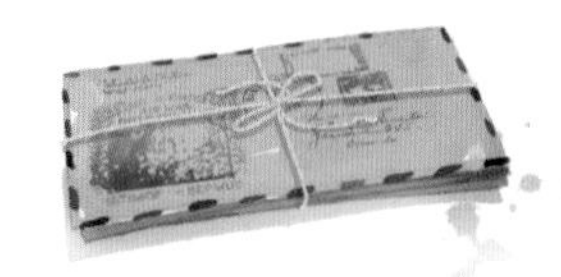

"역시 베스다워!"

고마움이 가득한 얼굴로 조가 모자를 흔들었다.

"잘 갔다 와, 언니. 오늘은 애들이 제발 말썽 안 피우길 바랄게. 아빠 걱정 너무 하지 말고. 알았지?"

메그와 헤어지며 조가 말했다.

"나도 마치 할머니가 잔소리 안 하길 빌게. 너 머리 잘 어울린다. 남자 같아 보이는 게 꽤 멋있어."

동생의 머리를 보고 웃지 않으려 애쓰며 메그가 말했다. 큰 키에 비해 너무 작은 얼굴 때문에 조의 짧은 머리는 우스꽝스러워 보였다.

"그게 내 유일한 위안이야."

조는 로리처럼 모자를 만지며 걸음을 재촉했다. 하지만 속으로는 자신이 추운 겨울, 털을 깎여 버린 양 같다는 생각을 했다.

그로부터 얼마 후, 아버지의 소식을 들은 자매들은 마음을 크게 놓았다. 아버지의 병이 위중하긴 하지만 극진한 간호 덕분에 지금은 많이 호전되었다는 것이다. 브룩 씨는 매일 속보를 보내 주었으며, 점점 더 좋은 소식을 전해 오는 우편물을 만이인 메그는 자기가 읽겠다고 우겼다.

모두들 편지를 쓰고 싶어 했다. 자매들은 두툼한 봉투를 조심스레 우체통에 밀어 넣곤 했는데, 그것들 안에는 저마다의 성격이 고스란히 드러나 있었다.

사랑하는 엄마에게

엄마가 보내신 편지를 받고 저희가 얼마나 행복해했는지 어떻게 말로 다 표현할 수 있을까요. 너무 반가워서 다들 웃다가 울다가 했어요.

브룩 씨는 얼마나 친절한지 몰라요. 로렌스 씨 사업 일로 그분이 오래 엄마 곁에 머물면서 엄마랑 아빠에게 도움을 주시니 정말 다행이에요. 동생들은 모두 착하고 얌전하게 잘 지내고 있어요. 조는 바느질을 도와주기도 하고, 어려운 일을 도맡아 하겠다고 고집을 피우기도 해요. 조의 '착실한 행동'이 오래 가지 않는다는 걸 아니까 그다지 걱정하진 않아요.

베스는 엄마가 하신 말씀을 기억하면서 시계처럼 규칙적으로 자기 일을 하고 있어요. 하지만 아빠 일로 마음 아파서인지 피아노를 칠 때를 제외하곤 늘 어두운 표정을 짓네요.

에이미는 제 말을 잘 들어요. 그래서 저도 더 잘 돌봐 주려고 해요. 이젠 머리도 혼자 손질할 줄 알고, 단춧구멍 만드는 방법이랑 양말 수선하는 법도 배우고 있어요. 아주 열심이에요. 돌아오셔서 에이미가 얼마나 나아졌는지 보시면 정말 기쁘실 거예요.

로렌스 씨는 조의 말대로, 늙은 어미 암탉처럼 우리를 돌봐 주셔요.

로리는 아주 친절하답니다. 우리가 가끔 우울해한다거나, 엄마가 너무 멀리 계셔서 고아처럼 느껴질 때면 로리와 조가 즐겁게 해 주곤 해요.

한나는 성녀 저리 가라예요. 한 번도 꾸짖는 법 없고, 절 항상 당연하다는 듯이 '마가렛 아가씨'라고 부르며 정중하게 대해 줘요.

우리는 모두 바쁘게 잘 지내고 있어요. 하지만 밤이나 낮이나 항상 엄마가 돌아오기만 기다리고 있답니다. 아빠께 제 사랑을 전해 주세요.

– 엄마의 메그

향수를 뿌린 종이에 예쁜 글씨로 쓴 이 편지는 커다랗고 얇은 외국산 종이에 드문드문 잉크 자국을 곁들인 채 글자마다 끝을 꼬부려 요란하게 쓴 다음의 편지와 극명한 대조를 보여 준다.

나의 소중한 엄마께

아빠 만세! 브룩 씨가 전보를 바로 쳐 주셔서 얼마나 마음이 든든한지 몰라요. 아빠가 나아지신 것도 바로 알았으니까요. 편지가 왔을 때 전 다락으로 달려 올라가 신에게 감사의 인사를 드리려고 했어요. 하지만 울면서 "다행이야! 정말 다행이야!" 하는 말밖에 할 수가 없었어요. 마음으론 수백 번 고마워했으니 이 정도면 기도하고 맞먹지 않을까요?

우린 재미있게 잘 지내고 있어요. 다들 어찌나 착한지 다정한 비둘기 집에 사는 것 같다니까요. 식탁 상석에 앉아서 엄마 흉내를 내려고 애쓰는 메그 언니를 보면 엄마도 웃으실 거예요.

언니는 하루하루 예뻐지고 있어서 어떨 땐 저도 사랑하고 싶어질 정도죠. 동생들은 그야말로 천사 같아요. 그리고 전, 전 여전하죠, 뭐.

참, 로리와 싸울 뻔했다는 얘길 해 드려야겠네요. 어떤 일에 대해 제 생각을 얘기했을 뿐인데 로리가 막 화를 냈어요. 제가 틀린 말을 한 건 아니었지만 말투가 문제였던 거죠. 내가 사과할 때까지 다시는 오지 않겠다며 그 길로 집으로 가 버리는 거 있죠. 저도 화가 나서 사과 안 한다고 쏘아붙였죠. 그러고 온종일 있자니 마음도 안 좋고 엄마가 너무 그리웠어요. 로리와 전 둘 다 고집이 세서 사과 같은 거 잘 못하잖아요.

그래도 옳은 쪽은 저니까 로리가 사과하러 오겠거니 생각했어요. 그런데 안 오는 거예요. 밤이 되자, 전 에이미가 강에 빠졌을 때 엄마가 하신 말씀을 떠올렸어요. 엄마가 주신 책도 읽었더니 기분이 한결 좋아졌고, 또 이렇게 화를 품고 하루를 넘겨서는 안 된다는 생각이 들었죠. 그래서 로리한테 미안하다고 말하러 막 달려가는데, 대문에서 로리와 딱 마주쳤지 뭐예요. 자기도 사과하러 오던 중이었대요. 우리는 웃음을 터뜨리며 서로 화해했고, 다시 예전 사이로 돌아갔지요.

제가 어제 한나를 도와 빨래를 하다가 시를 한 편 지었는데, 아빠가 제 글을 좋아하시니까 위안거리로 보내 드려요. 아빠에게 제 다정한 포옹과 사랑이 담긴 키스를 전해 주세요.

비누 거품의 노래

즐겁게 노래하는 나는야 물통의 여왕.
하얀 거품이 부풀어 오르면
힘차게 문질러, 헹구고, 눌러 짜
옷들을 말리지.
눈부신 햇살 아래서
시원한 바람에 자유롭게 흔들거리지.

우리의 마음과 영혼도 깨끗이 빨 수 있다면
일주일의 묵은 때를 날려 버릴 수 있다면
물과 공기 방울이 만들어 내는 마법으로
빨래처럼 우리도 깨끗해진다면
세상도 그렇게 맑아질 수 있겠지.
영광스러운 빨래의 날이여!
유익한 삶의 길을 따르면
마음의 평화가 꽃피리니.
마음이 바쁘면
슬픔도 근심도 우울함도 생각할 겨를 없어라.
과감하게 빗자루를 휘두를 때
걱정스런 마음도 쓸려 가리라.

일이 있으니 나는 기쁘네.

매일매일의 노동은

내게 건강과 힘, 희망을 가져다주노니

나 이제 즐겁게 말하려네.

"머리여, 생각하라! 마음이여, 느껴라!

그러나 손이여, 쉬지 말고 움직여라!"

– 왈가닥 조

어머니께

제가 해 드릴 수 있는 건 제 사랑과 함께 직접 키워 말린 팬지를 보내 드리는 것밖에 없네요. 아침마다 어머니가 주신 책을 읽으며 착해지려고 노력하고 있어요.

밤에는 아버지가 좋아하시는 노래를 부르며 잠을 청하곤 합니다. 요즘은 눈물이 나서 〈천국〉을 부를 수가 없어요. 다들 정말 친절하고, 엄마는 곁에 없지만 행복하게 잘 지내고 있어요. 에이미가 나머지는 자기가 쓰고 싶다고 해서 전 이만 써야겠어요. 그릇 뚜껑 덮기, 시계 태엽 감기, 매일 환기시키기, 모두 잊지 않고 잘 하고 있어요.

아버지께 저의 사랑의 키스를 전해 주세요. 하루 빨리 돌아오실 날을 기다릴게요.

– 다정한 베스

사랑하는 엄마에게

우리는 모두 잘 지내고 있어요. 전 공부도 열심히 하고 언니들 말에도 절대로 면박하지 않아요. 메그 언니가 이럴 땐 '반박'이라고 써야 한다는데, 둘 다 적을 테니 맞는 걸로 골라 읽으세요.

메그 언니는 저한테 참 잘해 줘요. 밤마다 차와 함께 젤리를 만들어 줘요. 조 언니는 그게 제 성격을 부드럽게 만들어 준대요. 로리 오빠는 저를 '꼬맹이'라고 부르면서 제대로 대우해 주지 않아요. 제가 "Merci(감사합니다.)" "Bon jour(안녕하세요.)" 하고 말하면 불어로 빠르게 뭐라 뭐라 그래서 기분을 망쳐 놓기 일쑤죠.

파란 드레스 소매가 다 해져서 메그 언니가 새로 달아 줬는데, 앞쪽이 너무 부풀어 오른데다가 색깔이 너무 파랗지 뭐예요. 속이 좀 상했지만 불평하지 않고 잘 참았어요.

하지만 한나가 제 앞치마에 풀을 더 먹여 주고 매일 메밀 팬 케이크를 해 주었으면 좋겠어요. 그래 줄까요? 저 물음표 잘 썼죠? 메그 언니가 제 구두법과 맞춤법이 엉망이라고 해서 화가 나긴 하지만 하고 싶은 얘기가 너무 많아서 멈출 수가 없어요. 아듀! 아빠한테 무진장 사랑한다고 전해 주세요.

– 엄마의 사랑스런 딸, 에이미 커티스 마치

마치 마님께

아주 잘 지내고 있다는 말씀을 드리려고 몇 자 적습니다. 따님들 모두

슬기롭고, 영리하게 일을 잘해 내고 있답니다. 메그 아가씬 현모양처의 기질이 다분합니다. 본인도 살림하는 걸 좋아할 뿐 아니라, 일을 어찌나 빨리 배우는지 놀랄 정도랍니다.

조는 무슨 일이든 생각 없이 무작정 덤벼들기부터 합니다. 마님은 짐작도 못하실 겁니다. 월요일엔 한 통 가득 빨래를 빨아 놨더니 물은 짜지도 않은 채 풀을 먹이고, 분홍색 옥양목 드레스를 파랗게 물들여 놓아서 얼마나 웃었는지 모릅니다.

베스는 단연 최고랍니다. 돈도 아껴 쓰고, 큰 도움과 의지가 되고 있지요. 뭐든지 배우려고 애쓰고, 그 나이에 벌써 장까지 본다니까요. 게다가 장부도 아주 잘 쓰지요. 다들 아끼면서 생활하려고 노력하지요. 당부하신 대로 커피는 일주일에 한 번만 마시고, 식탁도 검소하게 차립니다.

에이미 역시 아무 불평 없이, 예쁜 옷이나 맛있는 음식을 찾지도 않고 말을 잘 듣는답니다. 로리 씨는 여전히 장난이 심해서 집 안을 뒤집어 놓기 일쑤예요. 하지만 따님들의 기운을 북돋워 주니 그냥 내버려 둘 수밖에요. 로렌스 씨는 물건을 어찌나 많이 보내 주시는지 사실 좀 부담이 될 정도입니다. 빵이 다 부풀어서 이만 써야겠네요. 주인어른께 인사 말씀 전해 주십시오. 빨리 완쾌되시길 바란다고요.

– 존경을 담아, 한나 뮬렛

제2병동 수간호사께

레퍼해녹은 이상 없습니다. 군대도 건재하며, 병참부 역시 관리 상태양호합니다. 테디 대령 휘하 경비병들이 스물네 시간 경계 근무를 서며, 사령관 로렌스 장군께서도 날마다 열병을 하십니다. 병참 장교 뮬렛은 군대 내 기강 확립에 여념이 없으며, 라이언 소령 또한 야간 보초를 섭니다. 워싱턴에서 날아온 승전보를 축하하는 스물네 발의 예포를 발사했고, 본부에서는 드레스 행진이 펼쳐졌습니다. 사령관님의 충심어린 안부를 전합니다. 저의 마음도 함께 보냅니다.

– 테디 대령

친애하는 마치 부인

따님들은 모두 잘 지내고 있습니다. 베스와 로리가 매일 소식을 전해주지요. 한나는 더할 나위 없이 충실하며, 아리따운 메그도 동생들을 잘 챙깁니다. 연일 날씨가 쾌청하여 다행입니다. 브룩 선생이 도움이 되길 바라며, 혹시 경비가 더 들거든 언제든지 알려 주십시오. 부군께서 부족한 것이 없길 바랍니다. 호전되고 있다니 정말 다행입니다.

– 당신의 충실한 벗이자 하인, 제임스 로렌스

17.
작은 천사 베스

일주일 동안 이 낡은 집에서 일어난 아름다운 선행들은 이웃에게 나눠 줘도 좋을 만큼 넘쳐났다. 그것은 무척 놀라운 일이었다. 모두가 천사의 마음을 가진 듯했고, 모두가 절제하는 생활을 했다.

하지만 아버지에 대한 걱정이 어느 정도 사라지자, 꿋꿋이 지켜 오던 노력들이 서서히 힘을 잃으면서 모두들 예전의 생활로 돌아가기 시작했다. 자신들의 맹세를 잊은 건 아니었지만, 희망을 갖고 바쁘게 일하는 것이 점점 대수롭지 않게 여겨졌다. 또 그동안 놀랄 만큼 최선을 다해 왔던 터라 하루쯤의 휴식은 당연하다고들 생각했다. 문제는 그것이 정도를 넘어서 버렸다는 것이다.

짧은 머리를 잘 감싸고 다니지 않아 독감에 걸린 조는 완쾌될 때까지 집에 있으라는 명령을 받았다. 마치 할머니가 감기 걸린 목소리로 책 읽는 것을 싫어하셨기 때문이다. 조는 좋아라 하며 다락에서 지하실까지 신나게 누비고 다녔다. 그러고는 감기약과 책 몇 권을 찾아 몸조리를 한답시고 소파에 몸을 묻었다.

에이미는 집안일과 예술을 병행할 수 없다는 판단 하에 다시 진흙 파이 만드는 일을 시작했다. 메그는 매일 킹 씨 댁에 다녀온 다음 바느질을 하거나 해야 할 집안일에 대해 생각하긴 했지만, 대부분의 시간을 엄마에게 보낼 장문의 편지를 쓰거나 워싱턴에서 온 편지들을 다시 읽으며 보냈다.

베스만이 게으름과 슬픔에 아주 잠깐 젖을 때를 제외하고는 자신의 도리를 다 하고 있었다. 자질구레한 의무들을 날마다 충실히 지켰으며, 다른 자매들이 자신의 일을 잊어 버리는 탓에 그들의 일까지도 맡아 했다. 집은 마치 추가 달아난 시계처럼 느껴졌다.

베스는 엄마에 대한 그리움이나 아빠에 대한 걱정으로 마음이 무거울 때면 벽장 안에 들어가 낡은 잠옷에 얼굴을 묻고, 작은 신음소리를 내며 조용히 짧은 기도를 올렸다. 식구들 중 누구도 베스가 어떻게 기운을 다시 차리는지 알지 못했다. 하지만 베스가 얼마나 다정하고 도움이 되는 아이인지는 알았으므로 작은 문제라도 생기면 위로와 조언을 구하기 위해 베스를 찾곤 했다.

이 경험이 각자의 품성을 시험하는 기회라는 사실을 아는 사람은 아무도 없었다. 처음의 긴장이 사라지자, 자매들은 잘해냈다는 자부심과 함께 자만심까지 생겼다. 그들이 잘한 것은 사실이었지만, 노력을 그만둔 것은 분명 실수였다.

"메그 언니, 훔멜 씨 댁에 가 주면 안 될까? 엄마가 잊지 말고 챙겨 보라고 하셨잖아."

마치 부인이 떠난 지 열흘째 되던 날 베스가 말했다.

"오늘 오후엔 너무 피곤해서 가기 싫어."

흔들의자에 편안히 앉아 바느질을 하던 메그가 대꾸했다.

"조 언니는?"

베스가 물었다.

"감기 때문에 너무 추워서 싫어."

"거의 다 나은 줄 알았는데."

"로리랑 외출할 정도는 되지만, 훔멜 씨 댁에 갈 수 있는 정도는 아니야."

조는 자기가 생각해도 앞뒤가 맞지 않는 답이라 여겼는지 겸

연쩍게 웃으며 말했다.

"네가 가지 그러니?"

메그가 물었다.

"난 매일 갔었어. 근데 아기가 아파서 뭘 어떻게 해야 좋을지 모르겠어. 훔멜 부인은 일하러 나가서 로트헨이 돌보고는 있는데, 상태가 점점 나빠져. 언니나 한나가 가 보는 게 좋을 것 같아."

베스가 진지하게 말하자, 메그가 내일 가 보겠다고 약속했다.

"한나한테 부탁해서 맛있는 먹을거리라도 갖다 줘. 바깥 공기 쐬면 기분도 좋아질 거야."

조가 미안하다는 듯 거들었다.

"내가 가고 싶지만 이 글을 마저 끝내고 싶어서 말이야."

"오늘은 내가 머리도 아프고 피곤해서 언니들한테 부탁했던 건데."

베스가 말했다.

"에이미가 곧 올 거니까 에이미한테 가라고 하자."

메그가 제 생각을 말했다.

그래서 베스는 소파에 누웠다. 두 사람은 각자 하던 일로 돌아갔으며, 훔멜 씨네는 곧 잊어 버렸다. 한 시간이 지났다. 에이미는 아직 돌아오지 않았고, 메그는 새 옷을 입어 보러 제 방으로 갔다. 조는 글쓰기에 여념이 없었으며, 한나는 부엌 난롯

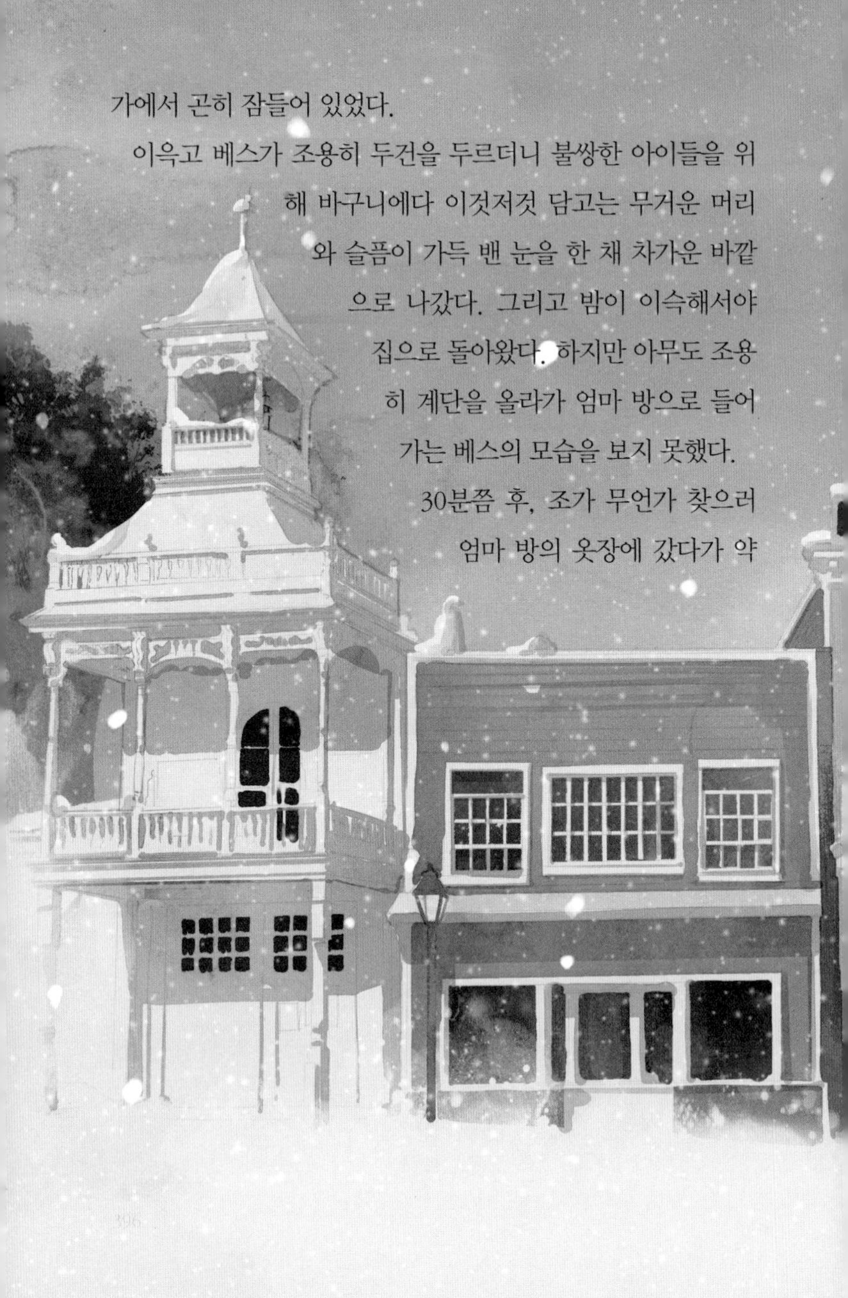

가에서 곤히 잠들어 있었다.

이윽고 베스가 조용히 두건을 두르더니 불쌍한 아이들을 위해 바구니에다 이것저것 담고는 무거운 머리와 슬픔이 가득 밴 눈을 한 채 차가운 바깥으로 나갔다. 그리고 밤이 이슥해서야 집으로 돌아왔다. 하지만 아무도 조용히 계단을 올라가 엄마 방으로 들어가는 베스의 모습을 보지 못했다.

30분쯤 후, 조가 무언가 찾으러 엄마 방의 옷장에 갔다가 약

상자 위에 앉아 있는 베스를 발견했다. 한 손엔 장뇌약이 든 병이 들려 있었고, 눈은 빨개진 채 얼굴엔 수심이 가득했다.

"맙소사! 무슨 일이야?"

조가 이렇게 소리치며 가까이 다가가자, 베스가 손을 내저으며 못 오게 하더니 재빨리 물었다.

"언니는 성홍열 앓은 적 있지? 그렇지?"

"몇 년 전에 메그 언니랑 같이 앓았지. 근데 왜?"

"그럼 말할게. 언니, 아기가 죽었어!"

"무슨 아기?"

"훔멜 부인 아기 말이야. 부인이 집에 오기 전에 내 무릎 위에서 그만 죽었어."

베스가 흐느끼며 소리쳤다.

"가엾은 것, 얼마나 무서웠을까! 아, 내가 갔어야 하는 건데."

조가 자책하는 얼굴로 엄마의 큰 의자에 앉아 동생을 두 팔로 감쌌다.

"무섭진 않았지만 너무 슬펐어, 언니! 아기 상태가 더 안 좋아진 건 알았는데, 로트헨 말이 엄마가 의사 선생님을 모시러 갔다고 하잖아. 그래서 내가 그 애 대신 아기를 보고 있었거든. 근데 잠이 들었나 했던 아기가 갑자기 조그만 소리로 몸을 떨며 울더니 꼼짝을 안 하는 거야. 내가 발을 따뜻하게 문지르고 로트헨이 우유를 주었는데도 미동조차 없었어. 그때서야 아기가 죽었다는 걸 알았어."

"울지 마, 베스. 그래서 넌 어떻게 했니?"

"훔멜 부인이 의사 선생님을 모셔올 때까지 그냥 자리에 앉은 채 가만히 아기를 안고 있었어. 의사는 아기가 죽었다면서 목이 아프다는 하인리히와 민나를 살펴보았어. 그러더니 '성홍열입니다, 부인. 진작 부르셨어야죠.' 하며 막 나무라는 거야. 훔멜 부인은 가난해서 혼자 힘으로 어떻게 해 보려고 했다고, 하지만 이미 늦었으니 다른 아이들만이라도 잘 돌봐 달라고, 비용은 자선단체에서 구해 보겠노라고 말했어. 그제야 의사가 웃음을 보이며 마음을 좀 누그러뜨리더라고. 난 너무 슬퍼 엉엉 울고 있었어. 그런데 갑자기 의사가 날 돌아보더니 집에 가서 당장 벨라도나를 먹으라는 거야. 아니면, 나도 병에 걸린다면서."

"아냐. 넌 절대 걸리지 않아!"

조가 겁에 질린 표정으로 베스를 꼭 끌어안으며 소리쳤다.

"베스, 네가 만약 병에 걸린다면 난 절대로 날 용서하지 못할 거야! 어떡하면 좋아?"

"너무 겁낼 거 없어. 그렇게 심할 것 같진 않거든. 내가 엄마 책에서 봤는데, 처음엔 나처럼 머리가 아프고 목이 쓰리고 몸이 무겁고 그렇대. 그래서 벨라도나를 먹었더니 한결 나아졌어."

베스가 차가운 손을 자신의 뜨거운 이마에 대며 애써 괜찮은 듯 말했다.

"엄마가 집에 계셨다면 좋았을 텐데!"

책을 꼭 붙잡고 소리치는 조에게 워싱턴은 너무도 멀게만 느껴졌다.

조가 베스의 이마에 손을 대보고 목 안을 살피기도 하다가 진지하게 입을 열었다.

"일주일도 넘게 매일 아기를 돌봐온데다 전염 가능성이 있는 다른 애들하고도 같이 있었으니, 아무래도 너도 성홍열에 걸린 것 같아. 한나를 불러와야겠어. 병에 대해선 모르는 게 없으니까.”

“에이미는 못 오게 해. 걘 아직 걸린 적이 없잖아. 에이미한테 옮기기 싫어. 언니랑 메그 언니는 또 걸리진 않겠지?”

“괜찮을 거야. 그리고 걸린다 해도 상관없어. 쓰레기 같은 글 쓴다고 널 보낸 나같이 이기적인 돼지는 입이 열 개라도 할 말 없어!”

조가 중얼거리며 한나에게 황급히 도움을 청하러 갔다.

착한 한나는 곧바로 정신을 차리더니 즉시 앞장을 섰다. 그러고는 성홍열은 누구나 한 번쯤 걸리는 병으로 잘만 치료하면 괜찮아지니 걱정하지 말라며 조를 안심시켰다. 한나의 말을 믿은 조는 마음이 크게 놓였고, 곧 메그를 부르러 갔다.

“이제부터 어떻게 해야 알지 알려 드릴게요.”

베스에게 이것저것 물어보며 살펴본 뒤에 한나가 말했다.

“먼저 빨리 손을 쓰기 위해 뱅스 박사님을 불러 진찰을 받도록 하세요. 그런 다음 에이미 아가씨를 잠시 마치 할머니 댁에 보낼 거예요. 그리고 두 사람 중 한 명은 집에 있으면서 하루나 이틀 정도 베스 아가씨를 돌봐 주세요.”

“제가 할게요.”

메그가 걱정과 자책으로 괴로워하며 말했다.

“내가 있을게. 베스가 아픈 건 다 내 탓이니까. 엄마한테 심부름은 내가 다 한다고 말하고선 지키지 않았잖아.”

조가 단호하게 말했다.

"베스 아가씬 누가 남으면 좋겠어요? 한 사람만 있으면 되거든요."

한나가 물었다.

"조 언니가 있어 주면 좋겠어."

베스가 만족스런 얼굴로 조에게 몸을 기댔고, 이로써 문제는 해결되었다.

"난 가서 에이미한테 얘기할게."

메그는 속이 약간 상하긴 했지만 조와 달리 간호를 좋아하는 편이 아니었기에 오히려 잘된 일이라고 생각했다.

에이미는 펄쩍 뛰면서 절대로 가지 않겠다고, 마치 할머니 댁에 가느니 차라리 병에 걸리는 게 낫겠다고 완강히 버텼다. 메그가 아무리 설득하고 애원하고 명령해도 소용이 없었다. 에이미가 끝내 고집을 꺾지 않자, 메그는 절망에 빠진 에이미를 버려 두고 한나에게 도움을 청하러 갔다.

메그가 돌아오기 전 로리가 거실에 들어섰고, 이내 소파 방석에 얼굴을 묻고 훌쩍거리는 에이미를 보았다. 에이미는 무슨 위로라도 받고 싶은 마음에 자초지종을 털어놓았지만, 로리는 손을 주머니에 찌른 채 나지막이 휘파람을 불며 방 안을 왔다 갔다 하기만 했다. 미간을 찌푸리고 깊은 생각에 잠긴 듯 보였다. 이윽고 그가 에이미 옆에 앉더니 구슬리듯 말했다.

"이 똑똑한 아가씨야, 언니들이 시키는 대로 해. 울지만 말고 내 멋진 계획을 들어봐. 네가 마치 할머니 댁에 가 있으면, 내가 매일매일 찾아가서 산책도 하고 마차도 태워 줄게. 우리 둘이서 재미있는 시간을 보내는 거야. 여기서 침울하게 지내는 것보다는 그 편이 낫지 않겠니?"

"난 귀찮은 짐짝처럼 보내지는 거 싫단 말이야."

에이미가 속상해하며 말했다.

"이런, 어린애같이. 그게 다 널 위해서잖아. 설마 아프고 싶은 건 아니겠지, 그렇지?"

"그건 물론 아니야. 하지만 항상 베스 언니랑 같이 있었으니까 이미 걸렸을지도 몰라."

"그러니까 지금 당장 할머니 댁에 가야 하는 거야. 병에서 달아나야 하거든. 기분 전환도 하고 조심만 하면 넌 좋아질 거야. 걸렸다 해도 조금 열이 나는 정도로 그칠 테고. 내 생각엔 될 수 있는 대로 빨리 떠나는 게 좋을 것 같다. 성홍열 그거 장난 아니거든요, 아가씨."

"하지만 할머니 집은 너무 따분한데다 또 얼마나 까다롭다고."

에이미가 약간 겁먹은 표정으로 말했다.

"내가 매일 찾아가서 베스 상태도 알려 주고, 같이 놀러 다니기도 하면 따분하지 않을 거야. 할머니는 날 좋아하시는데다 내가 살갑게 굴려고 노력하면 우리가 뭘 하든 잔소리하지 않을 거라고 봐."

"퍽이 모는 마차를 타고 놀러 나갈 거야?"

"신사의 명예를 걸고 약속할게."

"매일매일 올 거고?"

"두고 보시라니까요."

"베스 언니가 나으면 다시 데리러 올 거지?"

"곧바로 달려갈게."

"정말 극장에도 갈 거지?"

"열두 번이라도 갈 수 있어."

"음…… 그렇다면…… 갈게."

에이미가 못 이기는 척하며 말했다.

"옳지, 그래야지! 메그를 불러서 네가 항복했다고 말해 줘야겠다."

로리가 기특하다는 듯 에이미를 토닥거려 주었지만, 에이미는 '항복'이라는 말보다 이런 로리의 행동이 더 기분 나빴다.

메그와 조는 로리가 이루어 낸 기적을 두 눈으로 확인하기 위해 한달음에 달려 내려왔고, 에이미는 무슨 대단한 희생이라도 하듯 의사 선생님이 베스 언니가 병에 걸렸다고 하면 떠나겠다고 말했다.

"우리 착한 베스는 좀 어때?"

베스를 유달리 아끼는 로리가 물었다. 내색은 별로 안 해도 마음으로는 걱정이 이만저만 아니었다.

"엄마 침대에 누워 있는데 아까보다는 나아 보여. 아기가 죽은 게 충격이었나 봐. 아마 단순한 감기가 아닌가 싶어. 한나도 그런 것 같다고 말은 하는데, 걱정스런 얼굴을 보면 마음이 바짝바짝 타는 것 같아."

메그가 대답했다.

"사는 게 왜 이리 고달픈 거야?"

조가 짜증을 내며 제 머리칼을 헝클어뜨렸다.

"한 고비 넘어갔나 싶으면 또 이렇게 앞을 턱 가로막으니. 엄마가 안 계시니까 마음 의지할 데도 없고, 바다 한가운데 떠 있는 것처럼 막막하기만 해."

"고슴도치처럼 그게 뭐야. 조, 어울리지도 않게. 그 가발 좀 바로 하라고. 그리고 어머니께 전보 칠 생각이라면 나한테 말해. 아님 다른 일이라도 좋고."

친구의 유일한 아름다움이 사라진 사실을 로리는 도무지 받아들일 수가 없었다.

"바로 그게 문제라니까."

메그가 말했다.

"베스가 정말 아프다면 엄마에게 알려야 한다고 생각하는데, 한나는 그러면 안 된다는 거야. 엄마가 아빠 곁을 떠날 수 있는 상황도 아닌데 괜한 걱정만 하게 만든다면서 말이야. 베스가 그렇게 심한 것 같지도 않고…… 한나가 어떻게 해야 하는지도 잘 알고, 엄마도 한나 말을 잘 따르라 그러긴 했지만, 이번 일은 왠지 그래선 안 될 것 같거든."

"흠…… 그건 나도 뭐라 말을 못하겠네요. 의사 선생님이 다녀가신 뒤에 할아버지께 여쭤 보도록 하죠."

"그래, 그러는 게 좋겠다. 조, 가서 빨리 뱅스 박사님 좀 모셔 와."

메그가 일렀다.

"일단 그분이 오셔야 결정할 수 있을 테니까."

"넌 집에 있어, 조. 이 집 심부름은 내 담당이니까."

로리가 모자를 집어 들며 말했다.

"바쁘지 않아?"

메그가 물었다.

"네! 오늘 공부는 다 끝났거든요."

"방학인데도 공부하니?"

조가 물었다.

"이웃의 좋은 점을 본받고 있는 거지."

방을 빠져나가며 로리가 대답했다.

"저 친군 뭐가 돼도 될 거야."

울타리를 훌쩍 뛰어넘는 로리의 뒷모습을 흐뭇하게 바라보며 조가 말했다.

"남자애치고는 꽤 괜찮은 편이지."

메그가 별 관심 없다는 듯 약간 퉁명스럽게 대꾸했다.

처음엔 열이 있다고만 하던 뱅스 박사가 훔멜 씨네 이야기를 듣고는 정색을 하며 가벼운 성홍열이라고 진단을 내렸다. 안전을 위해 에이미를 즉시 다른 곳으로 보내라고 지시했다. 그리하여 에이미는 로리와 조의 호위를 받으며 위풍당당한 모습으로 할머니 댁을 향해 출발했다.

마치 할머니는 여느 때와 다름없이 쌀쌀맞게 그들을 맞았다.

"이번엔 용건이 뭐냐?"

마치 할머니가 안경 너머로 날카로운 시선을 던지며 물었다. 의자 뒤에 앉아 있던 앵무새가 대뜸 소리를 질렀다.

"꺼져 버려. 남자애는 안 돼."

로리가 창문 쪽으로 물러났고, 조가 자초지종을 설명했다.

"너희가 가난한 사람들 속에서 얼쩡거릴 때부터 내 진즉 이럴 줄 알았다. 에이미가 아프지 않다면 여기 남아 밥값을 해도 좋다. 지금 얼굴을 보아하니 아플 것 같진 않구나. 울지 마라, 얘야. 훌쩍대는 소리는 딱 질색이니까."

에이미가 울음을 터뜨리려는 순간, 로리가 앵무새의 꼬리를 슬쩍 잡아당겼고, 깜짝 놀란 폴리가 꺽꺽거리는 목소리로 "아이구, 깜짝이야!" 하고 소리치는 바람에 에이미는 웃음을 터뜨렸다.

"어머니는 어쩌고 계신다든?"

노부인이 무뚝뚝하게 물었다.

"아버지가 많이 나아지셨대요."

침착하려 애쓰며 조가 대답했다.

"오, 그래? 그럼 오래 걸리진 않겠구나. 마치 집안 사람들이 원래 끈기가 없어 놔서 말이야."

노부인이 기운찬 목소리로 말했다.

"하! 하! 죽는다고 하지 마. 코담배를 맡아 봐. 잘 가! 잘 가!"

횃대에서 끄덕끄덕 춤을 추던 앵무새 폴리를 로리가 뒤에서 꼬집자, 폴리가 노부인의 모자를 움켜잡으며 비명을 질렀다.

"입 다물어, 이런 망종 같으니! 조, 넌 어서 가 보거라. 머리가 텅 빈 남자애랑 늦게 나다니는 것도 보기 그러니……."

'견딜 수 있을 것 같진 않지만 노력해 봐야지.'

마치 할머니와 단둘이 남게 된 에이미는 이렇게 마음먹었다.

"꺼져, 이 괴물아!"

하지만 폴리가 내지른 이 무례한 말에 에이미는 그만 참고 있던 눈물을 왈칵 쏟아내고 말았다.

18.
어두운 나날들

베스는 열이 났고, 한나와 의사가 생각했던 것보다 상태가 좋지 않았다. 자매들은 병에 대해 아는 게 없었다. 그리고 로렌스 씨는 베스 곁에 가지 못하게 했기 때문에 한나가 혼자서 모든 것을 감당해야 했다. 뱅스 박사님도 시간을 쪼개어 베스를 돌보았지만, 병세는 쉽게 호전되지 않았다.

메그는 킹 씨네 아이들이 병에 옮을까 봐 집에 머무르면서 집안을 돌보았다. 엄마에게 베스의 병에 대해 아무런 언급도 하지 않은 편지를 쓸 때는 걱정과 죄책감을 느껴야 했다. 어머니를 속이는 게 나쁘다는 건 알지만, 한나의 말에 따르라는 어머니의 당부도 있었고, 한나가 그런 사소한 일로 마님을 걱정하게 하면 안 된다고 완강히 반대하는 바람에 어쩔 수가 없었다

조는 밤낮으로 곁에서 꼼짝 않고 베스를 보살폈지만, 그다지 힘든 일은 아니었다. 베스가 워낙 참을성이 많은데다 묵묵히 고통을 견뎠기 때문이다. 그러나 열에 들떠 있는 동안은 쉬고 갈라진 목소리로 말을 하거나, 침대보를 자기가 사랑하는 피아노라도 되는 양 연주하면서 소리도 나오지 않는 목으로 노래를 부르려 애썼다. 또 어떤 땐 가족들의 얼굴을 몰라보고 엉뚱한 이름을 부르기도 했으며, 엄마를 애타게 찾기도 했다. 조는 겁에 질렸고, 메그는 제발 엄마에게 사실대로 알릴 수 있게 해 달라고 애원했다. 그때마다 한나는 아직 위험한 단계는 아니지만 생각은 해 보겠노라고 말할 뿐이었다.

워싱턴에서 날아온 편지는 그들의 걱정을 더 보태 주었다. 마치 씨의 병세가 다시 나빠져 집에 돌아오는 시간이 더 지체된다는 내용이었기 때문이다.

행복했던 가정에 죽음의 그림자가 드리워지자, 하루하루가 암울한 날들의 연속이었다. 집 안엔 슬픔과 적막만이 감돌았으며, 일하고 기다리는 자매들의 마음 또한 무겁기 그지없었다.

메그는 혼자 앉아 일을 하다 말고 눈물을 흘렸다. 자신이 그동안 돈으로 살 수 있는 화려함보다 훨씬 소중한 사랑, 보호, 평화, 건강이라는 삶의 진정한 축복을 누리고 살아왔음을 깨달았기 때문이다.

조는 어두운 방에서 병마와 싸우는 동생의 애처로운 신음소리를 들으면서, 베스의 아름답고 다정한 성품과 마음속에 넘쳐 나는 깊고 부드러운 애정을 느꼈다. 다른 사람을 위해 살면서 자신의 작은 힘을 보태 행복한 가정을 만들겠다는 베스의 헌신적인 소망이 얼마나 가치 있는 것인지도 알게 되었다. 그 마음들은 재능이나 부나 외면의 아름다움보다 더 사랑받고 존중되어야 하는 것들이었다.

에이미는 유배지에서 어서 빨리 집으로 돌아가 베스를 위해 보탬이 될 수 있기를 간절히 바랐다. 이제는 무슨 일도 힘들거나 지루하게 느껴지지 않았다. 슬픔에 빠져 후회하며 뒤돌아보니, 자기가 등한시했던 일을 베스가 흔쾌히 대신해 준 적이 많았다는 사실을 깨달았다.

로리는 불안한 유령처럼 집을 들락날락거렸고, 로렌스 씨는 황혼 무렵 자신을 위해 기쁨을 선사하던 작은 이웃집 소녀에 대한 생각을 떨쳐 버릴 수 없어 아예 피아노를 잠가 버렸다.

모두가 베스를 그리워했다. 우유 배달부도, 빵집 주인도, 식품점 아저씨도, 푸줏간 주인도 베스의 안부를 물었다. 불쌍한 훔멜 부인 또한 생각이 짧았던 자신을 용서해 달라며 찾아와서는 끝내 죽어 버린 민나에게 입힐 수의를 얻어 갔다. 이웃들이 너 나 할 것 없이 위로와 안부 인사를 보내왔다. 베스를 가장 잘 아는 식구들조차 수줍음 많던 그녀에게 이렇게 많은 친구가 있었다는 사실에 적잖이 놀랐다.

그러는 동안 베스는 낡은 조애너와 함께 침대에 누워 있었다. 정신이 오락가락할 때마저도 이 불쌍한 인형만은 잊지 않고 꼭 챙겼다. 고양이들도 보고 싶어 했으나 병이 옮을까 봐 곁에 못 오게 했고, 안정을 찾을 때면 조에 대한 걱정에 사로잡혔다. 또 에이미에게 다정한 편지를 보내기도 했으며, 엄마에게도 곧 편지를 쓸 테니 안부를 전해 달라고 했다. 때로는 아버지가 섭섭해하시겠다며 연필과 종이를 달라고 할 때도 있었다.

그러나 곧 이런 의식 상태가 끝이 나면 몇 시간이고 엎치락뒤치락했다. 그러면서 이상한 소리를 내뱉거나 원기 회복에 도움도 안 되는 악몽과 같은 깊은 잠에 빠져들곤 했다. 뱅스 박사는 하루에 두 번 베스를 보러 왔다. 한나는 밤새 베스를 지켰으며, 메그는 여차하면 전보를 보낼 수 있게 책상 안에다 편지를 넣어 두었다. 조는 베스의 곁을 한시도 떠나지 않았다.

12월의 첫날은 정말이지 겨울답게 날씨가 매서웠다. 살을 에는 듯한 바람과 세찬 눈보라가 휘날리면서 마치 한 해가 자신의 죽음을 준비하는 것만 같이 을씨년스러웠다. 아침에 와서 베스를 오랫동안 살펴보던 뱅스 박사가 베스의 뜨거운 손을 잠시 잡고 있다 가만히 내려놓으며 한나에게 나지막이 말했다.

"마치 부인이 부군 곁을 떠날 수 있다면 빨리 오시라고 하는 게 좋겠습니다."

한나는 입술이 심하게 떨려 아무 말도 못하고 고개만 끄덕였다. 메그는 그 말에 힘을 다 뺏겨 버린 듯 의자에 털썩 주저앉았다. 조는 하얗게 질린 얼굴로 멍하니 서 있더니 갑자기 거실로 달려갔다. 그리고 전보를 찾아낸 다음, 급히 외투를 걸치고는 눈보라 치는 바깥으로 뛰어나갔다.

얼마 후 다시 돌아온 조가 조용히 외투를 벗는 사이, 로리가 마치 씨의 병세가 호전되었음을 알리는 기쁜 편지를 들고 왔다. 조는 고마운 마음으로 편지를 읽었지만 마음을 짓누르는 듯한 묵직한 느낌은 지울 수가 없었다. 수심에 잠긴 조의 얼굴을 본 로리가 재빨리 물었다.

"왜 그래? 베스가 더 안 좋아진 거야?"

"엄마한테 전보를 보냈어."

조가 비통한 얼굴로 부츠를 잡아당기며 말했다.

"잘 했어, 조! 너 혼자 생각이었니?"

손을 심하게 떠는 조를 의자에 앉힌 로리는 부츠를 대신 벗겨주면서 물었다.

"아니, 의사 선생님이 그러라고 했어."

"세상에! 설마 그렇게까지 심각한 건 아니겠지?"

로리가 깜짝 놀라며 소리쳤다.

"아니! 베스는 우릴 몰라 봐. 벽에 붙은 담쟁이덩굴을 보고도 이제 더는 초록색 비둘기 얘기를 안 해. 늘 그렇게 불렀는데. 꼭 베스가 아닌 것 같아. 우리를 도울 수 있는 사람이 아무도 없어. 엄마 아빠도 안 계시고, 하나님은 내가 찾을 수도 없는 먼 곳에 있는 것만 같으니."

눈물이 가여운 조의 뺨을 타고 흘러내렸다. 조가 어둠을 더듬듯 힘없이 손을 뻗자, 로리가 그 손을 잡고는 목멘 소리로 속삭였다.

"내가 있잖아. 나한테 기대, 조!"

조는 아무 말도 못하고 로리에게 몸을 기댔다. 친구의 따스한 손이 그녀의 아픈 마음을 어루만져 주자, 신의 품 안에 더 가까이 다가간 듯한 느낌이 들었다.

로리는 따뜻한 위로의 말을 하고 싶었지만, 적당한 말이 생각나지 않았다. 그래서 옛날에 어머니가 그러셨던 것처럼 고개 숙인 조의 머리를 천천히 쓰다듬어 주었다. 그것만이 그가 할 수 있는 최선이었다. 하지만 그것은 그럴듯한 백 마디 말보다도 뛰어난 효과를 발휘했다. 침묵 속에서도 사랑은 슬픔을 치유하는 달콤한 위안이 된다는 깨달음을 얻었기 때문이다.

곧 울음을 그치고 안정을 되찾은 조는 고마움이 가득 담긴 눈으로 로리를 올려다보았다.

"고마워, 로리. 이제 많이 나아졌어. 그렇게 절망적인 기분도 들지 않아. 앞으로는 어떤 고통이 닥쳐 와도 이겨 내도록 노력할게."

"희망을 잃지 않는 게 중요해, 조. 이제 곧 어머니께서 오실 거야. 그러면 모든 일이 다 잘 해결될 거야."

"아빠가 나아지셨다니 정말 다행이야. 엄마가 잠시 아빠 곁을 비워도 크게 걱정 안 해도 되니 말이야. 아! 시련은 한꺼번에 찾아오나 봐. 어깨가 너무 무거워."

조는 젖은 손수건을 말리기 위해 무릎 위에 펼쳐 놓으며 한숨을 내쉬었다.

" 메그도 같이 짐을 나눠야 하는 거 아냐?"

로리가 화가 난 듯 말했다.

"응! 언니도 노력하고 있어. 하지만 나만큼 베스를 사랑하지도 않고, 나만큼 그리워하지도 않을 거야. 베스는 내 양심이야. 난 절대로 포기할 수 없어. 절대로! 절대로!"

조가 고개를 숙여 젖은 손수건에 얼굴을 묻고는 절망적으로 소리쳤다. 지금까지 용감하게 버텨 오며 한 번도 눈물을 흘린 적이 없던 조였다. 로리도 눈가로 손을 가져갔다. 목까지 차오르는 감정을 억누르기 위해 입술을 꽉 깨물고 있느라 로리는 아무 말도 할 수가 없었다. 남자다운 행동은 아니었지만 그로서도 어쩔 도리가 없었다. 그 편이 더 인간적이지 않은가. 이윽고 조의 흐느낌이 잦아들자, 로리가 밝은 목소리로 말했다.

"베스는 죽지 않을 거야. 그렇게 착한데다 우리가 이렇게 사랑하는데 하나님이 벌써 데려가실 리가 없어."

"착하고 소중한 사람도 언젠가는 죽는 법이야."

조가 울먹이다 이내 울음을 그쳤다. 자신의 그런 의심과 두려움에도 불구하고 친구의 말이 희망을 안겨 주었기 때문이다.

"불쌍한 조, 넌 너무 지쳐 있어. 축 처져 있는 건 너답지 않아. 잠깐만 있어 봐. 내가 당장 기운 나게 해 줄게."

로리가 한꺼번에 계단을 두 개씩 뛰어 올라갔다. 조는 베스가 탁자 위에 놔둔 이후로 아무도 치울 생각을 못했던 작은 갈색 두건 위에 지친 머리를 얹었다. 그 순간, 두건이 무슨 마법이라도 부렸는지 두건 주인의 온화한 영혼이 고스란히 전해져 왔다. 조는 포도주 잔을 들고 뛰어온 로리를 향해 미소를 지으며 용감하게 말했다.

"베스의 건강을 위해 건배! 넌 정말 훌륭한 의사고 편안한 친구야, 로리. 이 신세를 어떻게 갚지?"

따스한 말이 복잡한 마음을 치유해 주었다면, 포도주는 조의 몸에 새로운 기운을 북돋워 주었다.

"내가 곧 청구서 보내 줄게. 이따가 밤에는 내가 이 포도주보다 더 기쁜 선물을 줄게."

로리가 뭔가 멋진 비밀을 감추고 있는 표정으로 환하게 웃으며 말했다.

"그게 뭔데?"

조는 궁금한 마음에 괴로움도 잠시 잊은 채 물었다.

"내가 어제 어머님께 전보를 쳤거든. 브룩 선생님이 어머님께서 곧 출발하신다는 답을 보내셨어. 오늘 밤 집에 도착할 거야. 그러면 모든 게 잘될 거라고. 나, 잘했지?"

빠르게 말을 쏟아 낸 로리는 흥분한 나머지 얼굴까지 빨개졌다. 그도 그럴 것이 자매들이나 베스가 혹시나 실망할까 봐 말도 못하고 혼자서만 끙끙 앓았기 때문이다. 로리의 말이 끝나기가 무섭게 조가 하얗게 변한 얼굴로 의자에서 몸을 벌떡 일으켰다. 그러더니 별안간 로리의 목을 와락 끌어안으며 기쁨의 탄성을 질렀다. 그 바람에 로리는 감전이라도 된 듯 깜짝 놀랐다.

"오, 로리! 오, 엄마! 야, 신난다!"

갑작스런 소식에 너무 놀란 탓인지 조는 이제 눈물 대신 미친 듯이 웃어 대며 친구에게 매달렸다.

로리도 갑작스럽게 돌변한 조의 태도에 놀란 게 분명했지만 침착하게 행동했다. 조의 등을 토닥거려 주었고, 조가 정신을 차리자 한두 번 수줍게 입을 맞췄다. 그 순간 정신이 바짝 든 조가 계단 난간을 잡은 채 그를 슬며시 밀어내고는 말했다.

"오, 이건 아니야! 이럴 생각이 아니었는데, 난 왜 이 모양이지? 하지만 한나의 반대에도 불구하고 네가 그런 일을 했다는 게 너무 고마워서 너한테 매달리지 않을 수 없었어. 자세히 얘기해 봐. 그리고 다시 포도주 줄 생각은 마. 이게 다 포도주 때문이니까."

"난 괜찮아."

로리가 넥타이를 바로잡으며 웃었다.

"사실 너무 속이 타더라고. 할아버지도 안절부절못하시고. 한나가 자신의 권한을 너무 지나치게 강요한다는 생각이 들었거든. 어머니가 당연히 아셔야 하는 일인데 말이야. 베스가 혹시라도…… 아니, 베스한테 무슨 일이라도 생기면 우릴 절대 용서하지 않으실 거라 생각했어. 그래서 내가 할아버지께 말씀드렸고, 할아버지도 더는 늦으면 안 되겠다고 하셔서 어제 우체국으로 달려갔던 거야. 의사 선생님 표정은 심상치 않으신데 한나한테 전보에 대해 말했다가 혼만 났거든. 난 한나의 그런 '군림'하려는 태도를 참을 수가 없었고, 그래서 그런 마음을 먹었던 거야. 어머님은 꼭 오실 거야. 마지막 기차가 새벽 두 시에 있어. 내가 마중 나갈 테니까 넌 모르는 척하고 희망의 천사가 당도할 때까지 베스나 잘 돌보고 있어."

"로리, 넌 천사야! 정말 어떻게 고마워해야 할지 모르겠어."

"다시 한 번 안겨 봐. 난 좋던데."

로리가 장난기 가득한 얼굴로 말했다.

"웃기지 마셔요. 할아버지가 오시면 대신 안아 드려야지. 이제 그만 놀려 먹고 집에 가서 쉬도록 해, 오늘 밤에는 잠도 못 잘 텐데. 고마워, 로리. 정말 고마워!"

뒷걸음치던 조는 말이 끝나기가 무섭게 쏜살같이 부엌으로 가서는 찬장 위에 걸터앉았다. 그리고 고양이들을 향해 "행복해! 와, 정말 행복해!"라고 외쳤다. 그사이 로리는 아주 잘한 일이라고 스스로 뿌듯해하며 집으로 돌아갔다.

"오지랖이 그리 넓은 사람은 처음 봤네, 정말. 하지만 용서해야지 어쩌겠어요. 마치 마님이나 무사히 오시길 바랄밖에요."

조가 그 소식을 전하자, 한나가 안심이 된다는 표정으로 이렇게 말했다.

메그는 조용히 기뻐하면서 편지를 읽고 또 읽었고, 조는 환자가 있는 방을 깨끗이 정돈했다. 한나는 '느닷없는 손님'을 맞이하기 위해 황급히 파이 두 개를 만들었다.

모든 것이 희망적으로 다가왔다. 베스의 새가 다시 노래하기 시작했으며, 창가에 있는 에이미의 화분에서도 반쯤 핀 장미가 눈에 띄었다. 난로도 오늘따라 유난히 활활 타올랐다. 자매들은 서로 마주칠 때마다 창백한 얼굴에 미소를 띠면서 서로 껴안고 격려하듯 이렇게 속삭이곤 했다.

"엄마가 와! 엄마가 오신대!"

베스를 제외하고 모두가 기쁨에 들떠 있었다. 하지만 베스는 심한 혼수상태에 빠진 채 희망도, 기쁨도, 의혹도, 위험도 전혀 알지 못하는 듯했다. 참으로 애처로운 모습이었다. 발그레하던 얼굴은 너무 변해서 공허한 느낌마저 들었고, 바지런하던 손은 힘없이 늘어져 있었다. 미소 짓던 입술은 굳게 닫혔으며, 곱고 단정하던 머리카락은 베개 위에서 흩어져 아무렇게나 엉켜 버렸다. 온종일 그렇게 누워 있다가 이따금 눈을 떠서는 바짝 말라 잘 놀리기도 힘든 입술로 "물!" 하고 간신히 중얼거리는 게 고작이었다.

조와 메그는 잠시도 베스 곁을 떠나지 않았다. 지켜보고, 기다리고, 희망을 품고, 하나님과 엄마를 믿었다. 온종일 눈이 내렸다. 매서운 바람이 거세게 휘몰아쳤으며, 시간은 느릿느릿 기어가는 듯했다. 그러나 어김없이 밤은 찾아왔고, 시계가 종을 칠 때마다 침대 양편에 마주 앉은 자매는 눈을 반짝이며 서로를 쳐다보곤 했다. 구원의 손길이 점점 가까워지고 있었기 때문이다. 의사가 들어와서는 자정을 전후로 좋든 나쁘든 어떤 변화가 있을 것 같으니 그때 다시 오겠다고 말했다.

완전히 녹초가 된 한나는 침대 발치에 놓인 소파에 누워 잠에 곯아떨어졌다. 로렌스 씨는 집으로 들어서는 마치 부인의 얼굴을 대면하느니 남부군 중대를 상대하는 게 낫겠다는 심정으로 거실을 왔다 갔다 했다. 로리는 러그 위에 누워서 쉬는 척했지만 생각에 잠긴 채 아름답게 빛나는 새까만 눈으로 말없이 난로를 응시하고 있었다.

자매는 그런 순간이면 어김없이 찾아드는 끔찍한 무력감에 사로잡혀 뜬눈으로 시계만 쳐다보던 그날 밤을 떠올렸다.

"하나님이 베스만 살려 주신다면 난 다시는 불평하지 않을 거야."

메그가 진심으로 속삭였다.

"하나님이 우리 베스만 살려 주신다면 난 평생 그분을 사랑하고 따르겠어."

조가 열의에 찬 목소리로 말했다.

"마음이란 게 차라리 없으면 좋겠어. 너무 아파서 미칠 것만 같아."

잠시 후 메그가 토로했다.

"삶이 종종 이렇게나 힘든 거라면, 우리가 어떻게 계속 그 고통을 이겨 내야 할지 정말 걱정이야."

조가 낙담하며 덧붙였다.

시계가 자정을 알리자, 두 사람은 베스를 지켜보느라 정신이 없었다. 베스의 파리한 얼굴에 어떤 변화가 생긴 것 같았기 때문이었다. 집은 무덤처럼 고요했고 구슬픈 바람 소리만이 깊은 침묵을 깨뜨릴 뿐이었다. 기진맥진한 한나는 여전히 자고 있는 상황에서 오직 조와 메그만이 작은 침대 위로 희미한 그림자가 드리워지는 광경을 보았다.

다시 한 시간이 흘렀다. 로리가 역으로 마중 나간 것 말고는 아무 일도 일어나지 않았다. 또 한 시간이 지났다. 하지만 여전히 아무도 오지 않았다. 폭풍 때문에 연착이 된 건지, 무슨 사고라도 난 건지, 아니면 최악의 경우, 워싱턴에 더 큰 일이 일어난 건 아닌지, 온갖 걱정들이 자매를 끊임없이 괴롭혔다.

두 시가 지났다. 조는 창가에 선 채 수의처럼 눈에 덮인 세상이 무척 음울하다고 생각했다. 그때 침대 옆에서 무슨 소리가 나서 재빨리 돌아보니, 메그가 엄마의 안락의자 앞에 무릎을 꿇고 앉아 두 손으로 얼굴을 가리고 있었다. 순간, 무시무시한 공포가 조의 몸을 차갑게 훑고 지나갔다. 조는 생각했다.

'베스가 죽었나 봐. 메그 언닌 나한테 말조차 꺼낼 수가 없는 거야.'

조가 황급히 제자리로 돌아갔다. 엄청난 변화라도 일어난 듯 두 눈이 흥분으로 떨렸다. 고열로 붉게 달아올랐던 얼굴도, 고통에 찬 모습도 사라지고 없었다. 사랑스런 작은 얼굴이 창백하긴 해도 휴식을 취하듯 평온해 보이는 바람에 조는 눈물을 흘리거나 슬퍼할 마음조차 들지 않았다. 그저 자신이 가장 사랑하는 동생 위로 몸을 숙여 축축이 젖은 이마에 진심어린 입맞춤을 하고는 나지막이 속삭였다.

"안녕, 우리 베스. 잘 가!"

그 기척에 잠을 깬 한나가 침대로 허겁지겁 달려왔다. 그녀는 베스의 손을 만져 보고 입술에 귀를 갖다 댔다. 그러더니 이내 앞치마를 벗어던지고는 비틀거리며 바닥에 털썩 주저앉아 작은 소리로 외쳤다.

"열이 내렸어요. 편안하게 자고 있다고요. 피부도 촉촉하고 호흡도 한결 부드러워요. 하나님, 감사합니다. 오, 세상에! 이렇게 고마울 데가!"

자매가 이 기쁜 소식에 반신반의하고 있는 사이, 의사가 와서 그 사실을 확인시켜 주었다. 의사가 원래 가정적인 남자이긴 했지만 자매들은 그가 아버지같이 웃으며 이렇게 말하자 거룩해 보이기까지 했다.

"그래, 얘들아. 너희 동생이 고비를 잘 넘긴 것 같구나. 푹 잘 수 있게 조용히 해야 한다. 그리고 깨어나거든 먹을 수 있게……."

자매는 의사의 말을 끝까지 듣지 못했다. 두 사람은 어두운 복도로 몰래 빠져나왔다. 그리고 기쁨으로 가슴이 벅차올라 아무 말도 하지 못한 상태에서 계단에 앉아 서로를 꼭 끌어안았다.

다시 방으로 돌아온 자매는 충실한 한나를 안고 함께 입을 맞춘 뒤, 잠든 베스의 모습을 바라보았다. 창백한 기운은 어느새 사라지고 평소처럼 볼 밑에 손을 받힌 채 지금 막 잠이 든 얼굴로 고른 숨을 내쉬고 있었다.

"이제 엄마만 오시면 되는데!"

조가 이울어 가는 겨울밤을 생각하며 이렇게 말했다.

"이것 봐."

메그가 반쯤 핀 하얀 장미를 가지고 올라왔다.

"만약 베스가 잘못되면 내일 이 장미를 베스 손에 쥐어 줄 수 없겠구나 생각했는데. 하지만 밤새 이렇게 피었으니 여기 꽃병에 꽂아 놓을 거야. 베스가 깨어나서 제일 처음 보는 게 이 작은 장미와 엄마 얼굴이면 좋겠다."

길고도 슬픈 불면의 밤이 지나가고 이른 아침 밖을 내다보는 메그와 조의 무거운 두 눈에는 태양이 그렇게 찬란해 보일 수가 없었다. 또한 세상이 그렇게 아름다워 보일 수가 없었다.

"마치 동화 속 세상 같아."

커튼 뒤에 서서 눈부신 광경을 바라보던 메그가 미소 지으며 말했다.

"들어 봐!"

조가 갑자기 몸을 일으키며 외쳤다.

그랬다. 아래층 현관문 벨이 울리는가 싶더니 곧이어 한나의 외침과 기쁨에 들뜬 로리의 목소리가 동시에 울려 퍼졌다.

"엄마가 오셨어! 엄마가 오셨다고!"

19.
에이미의 유언장

집에서 이런 일이 벌어지는 동안, 에이미는 마치 할머니 댁에서 힘든 시간을 보내고 있었다. 에이미는 난생처음으로 자신이 집에서 얼마나 많은 사랑과 귀여움을 받아 왔는지 깨달았다.

마치 할머니는 누구도 귀여워해 본 적이 없는 사람이었다. 그래서 에이미가 온 것이 못마땅하긴 했지만 그래도 친절하게 대해 주려고 애썼다. 예절 바른 어린 소녀가 자신을 무척 기쁘게 해 주었을 뿐 아니라, 사실 내색을 안 해서 그렇지 마음 한구석에는 조카의 아이들에 대한 애틋함이 있었던 것이다.

그녀는 에이미를 행복하게 해 주기 위해 나름대로 최선을 다했다. 물론 그 방법들이 꼭 옳은 것만은 아니었다. 주름과 흰머리에 상관없이 마음은 언제나 청춘인 노인들은 아이들과 함께

작은 걱정과 기쁨을 교감하기도 하고, 따스한 우정을 나누며, 지혜로운 교훈을 즐거운 놀이 속에 슬쩍 담아 전할 줄도 안다.

하지만 마치 할머니는 이런 재능을 타고나지 못한 사람이었다. 그녀는 규칙과 질서, 깐깐한 태도, 길고 지루한 설교로 에이미를 무척이나 괴롭혔다. 또한 에이미가 제 언니보다 더 순하고 더 붙임성 있는 아이임을 알게 되자, 자유로운 가정에서 응석받이로 자란 나쁜 성격을 가능한 고쳐 주는 것이 자신의 의무라고까지 느꼈다. 그래서 에이미를 옆에 끼고는 60년 전 자신이 배웠던 걸 그대로 가르쳤다. 이에 당황한 에이미는 어쩔 줄 몰라 했다. 마치 빠져나갈 틈이라곤 하나 없는 거미줄에 걸린 파리 신세라는 생각이 들었다.

매일 아침마다 컵을 씻고, 구식 숟가락과 불룩한 은제 찻주전자, 유리잔들을 윤이 나도록 닦아야 했다. 그러고 나면 방을 청소해야 했는데, 그것이 그렇게 고달플 수가 없었다. 할머니는 작은 티끌 하나 놓치는 법이 없었고, 가구들은 모두 다리 끝이 꼬부라져 있는데다, 조각 장식 또한 많아 마음에 들게 청소한다는 건 불가능했다.

청소 후에는 폴리에게 먹이를 주고, 애완용 개의 털을 빗겨주었다. 그리고 다리가 불편해 늘 큰 의자에 앉아서 생활하는 노부인을 위해 아래위층을 하루에 열두 번도 더 왔다 갔다 하며 심부름을 했다.

이렇게 지루한 노동이 끝나고 나면 공부를 해야 했는데, 그것은 에이미가 지닌 모든 미덕을 시험하는 매일의 고역이었다. 그런 다음 겨우 한 시간 정도 그림을 그리거나 놀 수 있는 시간이 생겼으니 에이미의 마음이 오죽했겠는가.

로리는 약속대로 날마다 찾아와 에이미와 외출할 수 있게 해 달라고 마치 할머니를 구슬려서는 산책도 하고 말도 타면서 즐거운 시간을 보내 주었다. 저녁을 먹고 나면 에이미는 큰 소리로 책을 읽어야 했다. 이 경우에 만약 첫 장을 넘기기도 전에 노부인이 잠든다면 깨어날 때까지 한 시간 정도를 꼼짝없이 앉아 있어야 했다.

그 다음으로 조각보나 뜨개질 거리가 등장하면 황혼녘이 되도록 바느질을 했다. 마음에는 불만이 가득했지만, 겉으로는 얌전한 척 마음을 숨겨야 했다. 그러고 나면 차 마시는 시간까지는 자유였다.

저녁 상황은 그야말로 최악이었다. 마치 할머니가 자신의 젊은 시절 이야기를 장황하게 늘어놓았기 때문이다. 그게 어찌나 따분하고 재미없는지 어서 빨리 잠자리에 들어 자신의 가혹한 운명을 한탄하고 싶은 마음뿐이었다. 그러나 막상 누우면 한두 방울 눈물이 나오기도 전에 잠에 빠져 버리곤 했다.

로리와 하녀 에스텔이 없었다면 에이미는 그 끔찍한 시간을 어떻게 견뎌 냈을까 싶었다. 앵무새 하나만으로도 그녀는 충분히 미칠 것 같았다. 자기를 싫어한다는 걸 곧바로 느낀 폴리가 끊임없이 장난을 치며 앙갚음을 했기 때문이다.

이 늙은 새는 기회가 닿는 족족 머리카락을 잡아당겼다. 그리고 새장을 깨끗이 갈아 놓으면 일부러 빵과 우유를 엎질렀다. 마담이 꾸벅꾸벅 졸 때에는 모프를 쪼아 대서 짖게 만들었고, 손님들 앞에서 마구 욕을 해 대는 등 하나에서 열까지 심술궂지 않은 구석이 없었다.

거기에다 뚱뚱하고 성미가 고약한 개, 모프까지 한몫 거들었다. 몸단장이라도 할라치면 으르렁거리고 짖어 대질 않나, 배가 고프면 멍청한 표정으로 바닥에 벌렁 드러누워 네 다리를 버둥거리는데, 이 꼴을 하루에도 열두 번씩 봐야 했다. 요리사는 괴팍하지, 늙은 마부는 귀머거리지, 이 속에서 에이미에게 호의를 베푸는 사람이라곤 오직 에스터뿐이었다.

에스터는 여러 해 전부터 노부인과 함께 사는 프랑스 여자로, 진짜 이름은 에스텔이었다. 마치 할머니가 바꾸라고 해서 종교에 대해 간섭하지 않는다는 조건하에 에스터로 바꾸었다고 하는데, 이젠 자신의 시중 없이는 살 수 없는 늙은 주인에게 다소 고압적으로 굴었다.

주인을 '마담'이라고 불렀던 에스터는 에이미에게 '마드무아젤'이라는 호칭을 안겼다. 그녀는 마담의 레이스를 손질할 때 에이미가 옆에 앉아 있기라도 하면, 프랑스에서 경험했던 기묘한 이야기를 들려 주어 마드무아젤의 마음을 즐겁게 했다. 또한 에이미가 넓은 집 안을 마음대로 돌아다니며 커다란 옷장이나 오래된 상자에 할머니가 꼼꼼히 모아둔, 신기하고 예쁜 물건들을 구경할 수 있게 해 주었다.

에이미는 인도산 장식장을 가장 좋아했는데, 괴상하게 생긴 서랍이 가득 달린데다, 작은 정리 칸, 갖가지 장식품과 귀한 물건, 호기심을 불러일으키는 골동품이 여기저기 비밀스런 곳에 보관되어 있었기 때문이다.

이런 물건들을 살펴보고 정리하는 것이 에이미에겐 큰 즐거움이었다. 보석 상자를 볼 때는 특히 더 했다. 그 안엔 40년 전, 마치 할머니가 미인이었던 시절 사용했던 장신구들이 벨벳 천 위에 고이 놓여 있었다. 할머니가 외출할 때 하셨던 석류석 세트, 결혼식 날 아버지가 선물해 준 진주, 연인이 준 다이아몬드, 유품으로 받은 흑옥 반지와 핀, 죽은 친구들의 초상화를 넣은 이상한 모양의 로켓(조그마한 사진, 머리카락, 기념물 등을 넣어 목걸이 등에 다는 금속제 곽 : 옮긴이), 그녀의 외동딸이 어렸을 때 차던 아기 팔찌, 아이들의 손을 많이 탄 마치 할아버지의 커다란 시계 등이었다. 그리고 따로 마련된 상자에는 지금은 뚱뚱해져 손가락에 들어가지도 않는 할머니의 결혼반지가 가장 값진 보석인 양 소중히 간직되어 있었다.

"만약 마님께서 주신다면 마드무아젤은 어떤 보석을 고르겠어요?”

항상 에이미 옆에 앉아 지켜보고 있다가 귀중품 상자를 잠그는 에스터가 물었다.

“난 다이아몬드가 제일 좋아요. 하지만 여기에 목걸이는 없네요. 난 목걸이가 좋거든요. 다이아몬드와 목걸이는 잘 어울리잖아요. 그래도 굳이 고른다면 이걸로 할래요.”

에이미가 금으로 만든 줄에 흑단 구슬을 꿰고, 같은 재료로 만든 묵직한 십자가를 매단 목걸이를 감탄 어린 눈길로 쳐다보며 말했다.

“저도 그게 맘에 들어요. 하지만 목걸이로 쓰고 싶진 않아요. 독실한 가톨릭 신자답게 묵주로 쓸 거예요.”

에스터가 탐나는 듯한 눈길로 바라보며 말했다.

“아주머니 거울에 걸린 향기 나는 나무 목걸이처럼 말이죠?”

“맞아요. 기도할 때 필요하지요. 가짜 보석 대신 이렇게 아름다운 묵주를 사용하면 성자들도 기뻐하실 거예요.”

“기도할 때 보면 에스터는 아주 편안한 것 같아요. 늘 차분하고 만족스런 얼굴이거든요. 나도 그렇다면 얼마나 좋을까요.”

“마드무아젤이 가톨릭 신자라면 진정한 위안을 얻을 수 있겠지만, 그럴 수 없다면 제가 전에 모시던 마담이 했던 것처럼 매일 혼자 명상하고 기도하는 시간을 가져 보세요. 그분은 집에 작은 예배실을 두고 있었는데, 힘든 일이 생길 때마다 거기서 위안을 얻곤 하셨죠."

"나도 그러면 좋아질까요?"

에이미가 물었다. 그녀는 혼자만의 외로움 속에서 도움의 손길을 절실히 원하고 있었다.

"그럼요. 큰 도움이 될 거예요. 원한다면 작은 옷방을 기꺼이 치워 드리겠어요. 마담한테 아무 말 마시고, 마담이 주무실 때 잠깐 가서 혼자 조용히 생각도 하고, 언니를 지켜 달라고 하나님께 기도도 드리세요."

신앙심이 깊은 에스터가 진지하게 조언했다. 워낙 정이 많은데다 자매들의 처지를 매우 딱하게 생각하고 있었기 때문이다. 에스터의 제안이 마음에 든 에이미는 자기도 좋아질 거라는 희망을 품고는, 에스터의 방 옆에 있는 작은 옷방을 치워 달라고 부탁했다.

"마치 할머니가 돌아가시고 나면 이 예쁜 물건들은 다 어디로 갈까요?"

반짝이는 묵주를 천천히 제자리에 갖다 놓고, 보석 상자를 하나씩 하나씩 닫으며 에이미가 물었다.

"아가씨와 아가씨 언니들에게 가겠죠. 마담이 그렇게 말씀하셨어요. 유언장을 본 적이 있는데 거기에도 그렇게 쓰여 있었어요."

에스터가 빙그레 웃으며 속삭였다.

"아이, 좋아라! 그래도 지금 주신다면 더 좋을 텐데. 미루는 건 나쁘잖아요."

다이아몬드에 마지막 시선을 던지며 에이미가 말했다.

"이것들을 하기엔 아가씨들이 아직 너무 어려요. 제일 먼저 약혼하는 사람에게는 진주를 주신댔어요. 제 생각엔 아가씨가 집으로 돌아가실 때 작은 터키석 반지를 선물로 받지 않을까 싶어요. 마담도 아가씨가 예의 바르고 착하다고 마음에 들어 하시거든요."

"정말 그렇게 생각하세요? 저 예쁜 반지를 가질 수만 있다면 시키는 대로 다 하겠어요! 키티 브라이언트 반지보다 훨씬 예뻐요. 나도 마치 할머니가 너무 좋아요!"

에이미는 기쁜 표정으로 푸른색 반지를 손가락에 끼어 보며 무슨 일이 있어도 꼭 손에 넣으리라 다짐했다.

그날부터 에이미는 순한 양이 되었고, 노부인은 자신의 훈련이 성공을 거둔 데 대해 무척 흡족해했다. 에스터는 옷방에다 작은 탁자와 함께 발판까지 마련해 주었다. 그리고 그 위에다 안 쓰는 방에서 가져온 그림을 걸어 놓았다. 그녀는 그림이 그렇게 대단하진 않아도 방 분위기에 잘 어울릴 거라 생각했다. 물론 마담은 그림을 옮긴 사실을 눈치채지 못할 게 뻔했다. 설령 눈치챈다 하더라도 신경 쓰지 않으리라는 걸 알고 있었다.

하지만 그것은 유명한 그림을 모사한 아주 대단한 작품이었다. 성모 마리아의 인자한 얼굴은 에이미의 지친 마음을 달래 주기에 충분했다.

탁자에는 작은 성서와 찬송가 책을 올려놓고 꽃병엔 로리가 가져다주는 아름다운 꽃들을 가득 꽂아 둔 채, 에이미는 날마다 이곳에 와서 혼자 앉아 좋은 생각을 하거나 하나님께 언니를 지켜 달라고 기도했다. 에스터가 검정 구슬에 은 십자가가 달린 묵주를 주긴 했지만, 걸어 놓기만 하고 사용하지는 않았다. 신교도에게는 왠지 맞지 않는다는 생각이 들었기 때문이다.

에이미는 이곳에서만큼은 진심을 다했다. 안전한 가정에서 혼자 떨어져 나온 탓에 자신을 잡아 줄 따스한 손길이 무척이나 그리웠다. 자식들을 꼭 보듬어 주는 아버지같이 부드럽고 강한 존재에 본능적으로 마음을 의지하게 되었던 것이다. 자신을 이해하고 이끌어 주는 어머니의 도움이 아쉬웠으나, 가야 할 곳이 어느 방향인지는 알고 있었다. 따라서 최선을 다해 길을 찾고 믿음을 가지고 앞으로 걸어 나아갔다.

그러나 에이미는 작은 순례자에 불과했으며, 지금 그녀가 짊어진 짐은 너무도 무거운 것이었다. 아무도 지켜보거나 칭찬하지 않았지만, 그녀는 자신을 버리고서 밝은 마음으로, 착하게 지내며 만족을 얻고자 노력했다.

그리하여 진짜 착한 사람이 되기 위한 첫 번째 시도로, 마치 할머니처럼 유언장을 만들기로 결심했다. 혹시 자신이 병에 걸려 죽게 될 경우 재산을 공평하고 관대하게 나누어 주기 위해서였다. 다만 제 눈에는 노부인의 보석만큼이나 귀한 것들이었기에 그 작은 보물들을 나누어 준다는 생각만으로도 에이미의 가슴은 찢어질 듯 아팠다.

놀이 시간에 에이미는 이 중요한 서류를 작성했다. 몇 가지 법률 용어는 에스터의 도움을 받았는데, 마음씨 좋은 그녀가 자신의 이름을 서명하자 비로소 마음을 놓았다. 그리고 두 번째 증인이 되기를 바라는 로리에게 보여 주기 전까지 유언장을 잘 간수했다.

그날은 비가 왔기 때문에 에이미는 위층으로 올라가 커다란 방에서 폴리와 함께 놀았다. 그 방에는 구식 옷들로 가득찬 옷장이 있었다. 에스터의 허락을 받아 놓은 터라, 에이미는 옷장에서 빛바랜 옷을 꺼내 입고는 기다란 거울 앞에서 왔다 갔다 하며 멋지게 인사를 하기도 하고, 사그락사그락 소리 나게 옷자락을 끌며 걸어 보기도 하는 등 자신이 가장 좋아하는 놀이를 했다.

이날, 에이미는 놀이에 흠뻑 빠진 나머지 로리가 초인종 누르는 소리도 듣지 못했다. 또 누가 자신을 몰래 쳐다보고 있다는 것도 눈치채지 못했다. 푸른색 드레스와 노란색 속치마 차림에다, 이것과 절묘한 대비를 이루는 분홍색 터번을 머리에 두르고서 고개를 빳빳이 치켜든 채 진지한 표정으로 부채를 살랑살랑 부치며 방 안을 누비고 있었기 때문이다.

에이미는 굽 높은 구두를 신은 탓에 조심조심 걸어 다녔는데, 로리가 나중에 조에게 전한 바에 따르면, 요란한 옷에 점잔을 빼며 걷는 에이미의 바로 뒤에서 폴리가 비스듬한 자세로 행동을 따라하다가 이따금 멈춰 서서 웃어 대거나, "우리 멋있지 않아요? 꺼져, 이 괴물아! 입 다물어! 키스해 줘요, 내 사랑! 하! 하!"라고 소리치는 광경은 그야말로 한 편의 희극이었다.

로리는 행여나 여왕 폐하의 심기를 건드릴까 조심하면서 터져 나오는 웃음을 꾹 참고 문을 두드렸다. 그리고 전후 사정을 모르는 에이미는 로리를 정중히 맞았다.

"이것들 치울 동안 앉아서 쉬고 있어. 로리 오빠랑 아주 중요한 문제를 상의해야 하거든."

에이미가 폴리를 구석으로 쫓아내며 말했다.

"저 새는 정말 내 인생의 장애물이라니까!"

머리에서 분홍색 터번을 걷어 내며 에이미가 말을 잇는 동안, 로리는 의자에 앉았다.

"어제 할머니가 잠이 드셔서 내가 쥐 죽은 듯이 조용히 하고 있었거든. 근데 폴리가 새장 안에서 비명을 지르고 퍼덕대면서 난리를 피우는 거야. 그래서 꺼내 주려고 가 봤더니 커다란 거미가 한 마리 있잖아. 내가 쿡 찌르니까 책장 밑으로 도망을 치더라고. 곧장 쫓아가서 몸을 굽혀 안을 들여다보던 폴리가 살

살 눈짓을 하며 웃긴 말투로 '이리 나와서 우리 산책해요, 내 사랑.' 이러는 거야. 순간, 나도 모르게 웃음이 튀어나왔지. 게다가 때마침 폴리가 욕을 해 대는 통에 할머니까지 깨셔서는 우리 둘 다 혼이 났지 뭐야."

"그 거미는 친구의 초대를 받아들이셨나?"

로리가 하품을 하며 물었다.

"응, 밖으로 나왔어. 근데 그걸 본 폴리가 잔뜩 겁에 질린 채 할머니 의자에 잽싸게 오르더니, 내가 거미를 쫓는 동안 '잡아! 잡아!' 하며 소리를 쳐 대는 거야."

"거짓말이야! 이런, 이런!"

폴리가 로리의 발끝을 쪼아 대며 외쳤다.

"네가 내 새라면 모가지를 비틀었을 테다, 이 늙은 골통아!"

로리가 폴리를 향해 주먹을 흔들어 보이자, 모가지가 부러진 척 한쪽으로 머리를 기울이던 폴리가 근엄한 소리로 꺽꺽댔다.

"알렐루야! 입 조심해!"

"자, 이제 준비됐어."

옷장 문을 닫은 에이미가 주머니에서 종이를 꺼내며 말했다.

"이걸 읽어 보고 제대로 법률에 맞게 썼는지 한번 봐줘. 삶이란 게 워낙 불확실하다 보니 이래야 한다는 생각이 들었어. 무덤 속에서까지 욕먹고 싶은 생각도 없고 말이야."

로리는 웃음을 참느라 입술을 깨물며 우수에 젖은 에이미에게서 살짝 몸을 돌렸다. 그러고는 놀랄 만큼 진지한 태도로 철자에 유심히 신경 써 가며 서류를 읽어 갔다.

나의 유언장

나, 에이미 커티스 마치는 정신이 온전한 상태에서 속세의 모든 재산을 아래 사람들에게 증여하고자 한다.

1. 아빠에게는 내가 그린 것 중 가장 잘 그린 그림과 스케치, 지도, 그 외의 여러 작품들을 액자와 함께 드립니다. 100달러도 함께 드리니 원하는 곳에 쓰시길 바랍니다.
2. 엄마에게는 주머니가 달린 푸른색 앞치마를 제외한 내 옷 전부를 드립니다. 또한 나의 초상화와 메달을 넘치는 사랑과 함께 드립니다.
3. 사랑하는 메그 언니에게는 터키석 반지(만약 받게 된다면)와 비둘기가 그려진 초록색 상자, 목에 두르는 진짜 레이스, 그리고 언니의 모습을 담은 스케치를 '귀여운 동생'에 대한 추억으로 남깁니다.
4. 조 언니에게는 밀랍으로 한 번 땜질한 적이 있는 브로치와 나의 청동 잉크 스탠드(뚜껑은 조 언니가 잃어 버렸음.), 그리고 언니의 원고를 태워 버린 데 대한 사과의 표시로 내가 가장 아끼는 석고 토끼를 함께 드립니다.

5. 베스 언니에게는(나보다 더 오래 산다면) 내 인형과 작은 화장대, 부채와 리넨 깃, 그리고 언니가 나았을 때 혹시 야위어져 신을 수 있다면, 나의 새 실내화를 드립니다. 이와 함께 조애너를 놀린 데 대한 심심한 사과의 말씀도 전합니다.
6. 나의 친구이자 이웃인 테오도르 로렌스에게는 종이 정리첩과 목이 없다고 놀려 대긴 했지만 진흙으로 만든 말을 드립니다. 또한 내가 힘들 때 베풀어 준 친절에 대한 보답으로 나의 예술작품들 중 하나를 그에게 드립니다. 참고로 노트르담이 최고라는 사실을 밝혀 둡니다.
7. 존경하는 우리의 은인 로렌스 씨께는 펜을 보관하기에 좋은, 뚜껑에 거울이 붙은 자주색 상자를 드립니다. 이 상자를 보면서 우리 가족에게, 특히 베스 언니에게 베풀어 준 은혜에 감사하는 죽은 소녀를 기억해 주시면 감사하겠습니다.
8. 내가 가장 좋아하는 단짝 키티 브라이언트에게는 키스와 함께 푸른색 비단 앞치마와 금반지를 남깁니다.
9. 한나에게는 갖고 싶어 했던 판지 상자와 조각보를 모두 드리니 그걸 볼 때마다 날 기억해 주기를 바랍니다.

이제 나의 가장 소중한 재산을 모두 처분했으니 모두 만족해하고, 죽은 이를 욕하지 말기 바랍니다. 나는 모든 사람을 용서하며, 나팔소리가 울려 퍼질 때 모두 한자리에서 만날 것을 믿습니다. 아멘.

이 유언장은 내가 직접 쓰고, 1861년 11월 20일에 봉인합니다.

에이미 커티스 마치

증인 : 에스텔 발노어, 테오도르 로렌스

마지막 이름은 연필로 적혀 있었는데, 에이미는 로리가 잉크로 다시 쓰고 봉해야 한다고 설명했다.

"무슨 생각으로 이런 거야? 누가 너한테 베스가 자기 물건을 나누어 준 얘기라도 한 거니?"

로리가 심각하게 물었다. 그동안 에이미는 빨간색 끈과 밀랍, 초, 잉크병을 로리 앞에 늘어놓고 있었다.

에이미가 이유를 설명하고 나더니 걱정스런 얼굴로 캐물었다.

"베스 언니가 왜? 무슨 일 있어?"

"괜히 말했나 보구나. 하지만 이왕 말이 나왔으니 말해 줄게. 전에 베스가 심하게 아픈 날이 있었거든. 그때 베스가 조한테 그랬대. 피아노는 메그에게, 고양이는 너한테, 낡고 불쌍한 조애너는 자기만큼 아껴 줄 조에게 주고 싶다고 말이야. 그러고는 줄 게 너무 없어서 미안하다며 나머지 사람들에게는 머리카락을, 할아버지에게는 가장 큰 사랑을 남기겠다고 말했어. 유언장 같은 건 생각도 하지 않았다고."

로리가 이렇게 대답하며 서명을 하고 밀봉을 하려는데, 종이 위로 커다란 눈물방울이 뚝 하고 떨어졌다. 고개를 들자 에이미

가 무척이나 당혹스런 표정으로 이렇게 물었다.

"사람들이 가끔 유언장에다 추신은 붙이지 않아?"

"물론 붙이기도 해. 그걸 '유언보충서'라고 부르지."

"그러면 내 유언장에도 넣어 줘. 내 곱슬머리를 모두 잘라서 친구들에게 나눠 주고 싶다고. 그걸 그만 빠뜨렸어. 내 꼴이 형편없이 망가지더라도 꼭 그렇게 하고 싶어."

로리가 에이미의 마지막 위대한 희생에 미소를 지으며 그 내용을 덧붙여 썼다. 그런 다음 로리는 한 시간 동안 이야기를 나누며 그녀가 겪고 있는 모든 시련에 적극적인 관심을 보여 주었다. 하지만 헤어져야 할 시간이 오자, 에이미는 로리를 못 가게 붙잡더니 입술을 떨며 나지막이 물었다.

"베스 언니가 그렇게 위험한 거야?"

"그런 것 같아. 하지만 희망을 버려선 안 돼. 그러니까 너도 울지 마, 에이미."

로리가 오빠처럼 팔로 에이미를 감싸며 다독거렸다.

로리가 돌아가자 에이미는 작은 예배실을 찾았다. 그리고 저녁 어스름 속에 앉아 베스를 위해 기도를 올렸다. 눈물이 쉬지 않고 볼을 타고 흘러내렸고 가슴은 미어지는 듯했다. 다정한 언니를 잃는다면 터키석 반지가 백만 개가 있다 해도 하나도 기쁠 것 같지 않았다.

20.
고백

어머니와 딸들의 만남을 무슨 말로 어떻게 표현해야 할지 모르겠다. 너무도 아름다운 시간이었으나 글로 묘사하기란 쉬운 일이 아니다. 하여 필자는 집 안이 온통 순수한 행복으로 가득 찬 데다, 메그의 애틋한 소망대로 오랜 잠에서 깨어났을 때 작은 장미꽃과 엄마의 얼굴을 보게 되었다는 소식만을 전하며 나머지는 독자들의 상상에 맡기도록 하겠다.

베스는 몸이 너무 쇠약해진 탓에 어떻게 된 상황인지도 깨닫지 못한 채 그저 미소 띤 얼굴로, 간절히 바라던 소망이 드디어 이루어졌다고 생각하며 사랑하는 엄마의 팔에 안겨 있었다. 그러다 곧 다시 잠에 빠졌지만 자면서도 엄마의 손을 그 야윈 손으로 잡고 놓지 않아 자매들이 엄마의 시중을 들어야 했다.

한나는 기쁜 마음으로 마치 부인을 위해 근사한 아침 식사를 준비했다. 메그와 조는 엄마한테서 아버지의 상태와 아버지를 돌보겠다고 한 브룩 씨의 약속, 폭풍 때문에 연착된 얘기, 피곤과 걱정과 추위에 녹초가 된 상태로 기차에서 내렸을 때 반겨주던 로리의 환한 얼굴을 보고 말할 수 없는 안도를 느꼈다는 얘기들을 들었다. 그러면서 엄마의 입에 음식을 넣어 드렸다.

이상하긴 했지만 즐거운 날이었다. 온 세상이 첫눈을 반기는 듯 찬란하고 눈부시게 빛났다. 한나가 문밖에서 꾸벅꾸벅 조는 동안, 모두들 자거나 베스를 지켜보느라 집 안은 고요하고 평화로웠으며 안식일의 평온함이 감돌았다.

메그와 조는 짐을 덜었다는 행복감에 피곤한 눈을 감았고, 폭풍에 이리저리 시달리다 조용한 항구에 안전하게 닻을 내린 배처럼 느긋하게 휴식을 취했다. 마치 부인은 베스의 곁을 떠나려 하지 않았다. 안락의자에 앉아 쉬면서도 가끔 눈을 뜨고는 잃어버린 보물을 찾은 구두쇠처럼 딸을 쳐다보기도 하고, 만져도 보고, 가만히 안아 보기도 했다.

한편, 에이미를 위로하기 위해 부랴부랴 할머니 댁으로 간 로리는 이야기를 어찌나 실감나게 잘했던지 마치 할머니까지 코를 '훌쩍거릴' 정도였다. 하지만 "내가 그럴 줄 알았어."라는 말은 한 번도 하지 않았다. 에이미는 의외로 침착한 모습을 보였는데, 작은 예배실에서 한 좋은 생각들이 결실을 맺기 시작한 게 아닌가 싶다.

재빨리 눈물을 거둔 에이미는 엄마를 보고 싶은 마음을 꾹 눌러 참았다. 로리가 자신을 '훌륭한 작은 아씨' 같다고 얘기하고, 노부인이 그 말에 진정으로 동의했을 때조차도 그녀는 터키석 반지 생각은 전혀 하지 않았다.

폴리도 감동을 받았는지 '착한 아가씨'라고 부르는가 하면 나긋나긋한 목소리로 "나가서 산책해요."라며 졸라 댔다. 에이미도 밖으로 나가 맑은 겨울 날씨를 즐기고 싶었지만, 로리가 잠이 오는 걸 애써 감추고 있는 모습을 보고는 그를 설득해서 소파에서 쉬게 했다. 그런 다음 자기는 그동안 엄마에게 편지를 썼다.

한참 있다 돌아와 보니 로리는 양팔을 머리 아래에 괸 채 길게 드러누워 깊은 잠에 빠져 있었다. 그리고 마치 할머니는 커튼을 치고 가만히 앉아 계셨는데, 이는 할머니에게서 좀처럼 볼 수 없는 자상한 배려였다.

에이미는 두 사람을 그대로 놔두면 밤이 되어도 로리가 깨지 않을 거라는 생각이 들었다. 아마 그랬을지도 모르겠다. 에이미가 엄마의 모습을 보고 기쁨의 탄성을 질러 대는 바람에 로리가 깨지 않았다면 말이다.

그날 도시 곳곳에는 행복한 하루를 보내는 소녀들이 많았을 테지만, 그래도 에이미만큼 행복한 아이는 없었을 것이다. 자신이 겪은 온갖 시련을 얘기하는 동안, 대견하다는 듯 미소 지으며 사랑이 담뿍 담긴 손으로 어루만져 주시는 엄마가 있어 세상 무엇과도 바꿀 수 없는 위로를 받았기 때문이다. 그들은 함께 예배실로 갔다. 방의 용도에 대해 설명을 듣고 난 마치 부인의 반응은 뜻밖에도 나쁘지 않았다.

"오히려 난 무척 마음에 드는구나."

마치 부인은 먼지가 쌓인 묵주에서부터 손때 묻은 작은 책, 상록수 화환으로 장식한 아름다운 그림을 둘러보며 말했다.

"괴롭거나 슬픈 일이 생겼을 때 조용히 머물 장소를 마련해 두는 건 아주 좋은 생각이야. 살다 보면 힘든 순간들을 숱하게 만나게 되지만, 우리가 올바른 방법으로 도움을 구하기만 한다면 극복하지 못할 게 없단다. 우리 막내가 그걸 배우고 있는 것 같구나."

"네! 엄마. 집에 돌아가면 큰 벽장 구석자리에 책들과 그동안 제가 모사했던 그림을 놓아 둘 생각이에요. 여인의 얼굴이 제가 그리기엔 너무나 아름다워 좀 이상해지긴 했지만 아기는 훨씬 비슷하게 그렸어요. 전 저 그림이 정말 좋아요. 그분도 어린 아이일 때가 있었다고 생각하면 왠지 가깝게 느껴지면서 힘이 나거든요."

에이미가 성모 마리아의 무릎에 안겨 웃고 있는 아기 예수를 가리키자, 마치 부인이 치켜든 딸의 손에서 무언가를 발견하고는 싱긋이 웃었다. 아무 말도 안 했지만 그 표정을 눈치 챈 에이미가 잠시 후 진지한 얼굴로 입을 열었다.

"엄마한테 말씀 드리려고 했는데 깜박했네요. 할머니께서 오늘 이 반지를 제게 주셨어요. 절 부르시더니 입을 맞추시며 손가락에 끼워 주시더라고요. 그동안 잘해 주었다며 앞으로도 항상 곁에 두고 싶다고 말씀하시면서요. 터키석 반지가 저한테 너무 커서 혹시 빠질까 봐 반지 위쪽에 끼는 저 우스꽝스러운 반지도 같이 주시지 뭐예요. 전 끼고 싶은데, 그래도 돼요, 엄마?"

"아주 예쁘구나. 하지만 엄마 생각엔 아직 그런 반지를 끼기엔 너무 빠르지 않나 싶은데."

마치 부인이 통통한 에이미의 집게손가락에 끼워진 하늘색 반지와 두 개의 작은 황금 손이 서로 깍지를 끼고 있는 희한하게 생긴 반지를 보며 말했다.

"뽐내고 다니지 않을게요. 단지 너무 예뻐서 갖고 싶다는 게 아니에요. 이야기 속의 소녀가 팔찌를 찼던 것처럼 나도 이 반지를 보며 무언가를 기억하고 싶어서 그래요."

"마치 할머니를 말하는 거니?"

어머니가 웃으며 물었다.

"아뇨. 이기적인 사람이 되지 않기 위해서요."

에이미의 표정이 너무 진지해 보여 마치 부인은 웃음을 그치고 막내딸이 들려 주는 기특한 결심에 귀를 기울였다.

"요즘 제가 가진 '못된 점'에 대해 생각이 많았어요. 그리고 그중에서 이기적인 성격이 가장 문제란 걸 알게 됐죠. 그래서 할 수 있다면 그 점을 고치기 위해 노력하기로 했어요. 사람들이 베스 언니를 사랑하고, 잃을까 봐 염려하는 것도 다 언니가 이기적이지 않기 때문이잖아요. 만약 제가 아프다면 그렇게 걱정하지 않았을 거예요. 전 그럴 자격이 없으니까요. 하지만 저도 많은 친구들한테 사랑받고 싶어요. 그래서 베스 언니처럼 되기 위해 열심히 노력하려고 해요. 다만 제가 워낙 결심을 잘 잊어버리니까, 항상 일깨워 줄 무언가가 있다면 훨씬 낫지 않을까 생각했어요. 그러면 안 될까요?"

"그래. 하지만 엄만 큰 벽장의 구석자리에 더 믿음이 가는구나. 반지를 끼고 최선을 다하려무나, 얘야. 넌 잘해 낼 거야. 착한 사람이 되겠다는 결심만으로도 이미 반은 이룬 셈이니까. 이제 베스한테 가 봐야겠다. 기운 내렴, 우리 막내. 조만간 다시 집으로 데려갈 테니."

그날 저녁, 메그가 아버지에게 엄마가 무사히 도착했다는 소식을 전하려 편지에 쓰고 있는 동안, 베스의 방으로 몰래 올라간 조는 베스 곁에 앉은 엄마를 보고 손가락으로 머리를 배배 꼬며 잠시 서 있었다. 머뭇머뭇하는 것이 무슨 걱정거리가 있는 듯한 얼굴이었다.

"왜 그러니, 얘야?"

마치 부인이 마음 놓고 얘기하라는 듯 손을 내밀며 말했다.

"말씀드릴 게 있어요, 엄마."

"메그 얘기니?"

"진짜 눈치 빠르시네요! 네, 언니에 관한 얘기예요. 별거 아닐 수도 있지만 자꾸 조바심이 나서요."

"베스가 잠들었으니 목소리 낮추고, 자세히 얘기해 보렴. 설마 모팻 씨 댁 아들이 찾아왔던 건 아니겠지?"

마치 부인이 약간 신경을 곤두세우며 물었다.

"아니에요. 그랬다면 제가 면전에서 문을 쾅 하고 닫아 버렸을걸요."

조가 마치 부인의 발치께에 앉으며 말했다.

"지난여름에 메그 언니가 로렌스 씨 댁에 장갑 한 켤레를 두고 왔다가 한 짝만 찾은 적이 있거든요. 한동안 그 일은 잊고 지냈는데 어느 날 로리가 그러는 거예요, 브룩 씨가 그 장갑을 가지고 있다고. 조끼 호주머니에 넣고 다니다 떨어뜨린 걸 로리가 발견하고 막 놀려 댔더니 메그 언니를 좋아한다고, 하지만 언니는 너무 어리고 자기는 너무 가난해서 마음을 보일 수가 없었다고 고백하더라지 뭐예요. 이 정도면 정말 끔찍한 상황 아니에요?"

"메그가 그 사람을 좋아한다고 생각하니?"

마치 부인이 걱정스런 얼굴로 물었다.

"말도 안 돼! 전 사랑이니 그런 말도 안 되는 것들은 하나도 모른다고요!"

조가 부끄러움과 경멸이 뒤섞인 묘한 표정으로 소리쳤다.

"소설에서는 여자들이 깜짝 놀라거나, 얼굴을 붉히거나, 기절하거나, 살이 빠지거나, 바보 같은 짓을 하긴 하더라고요. 하지만 메그 언닌 전혀 그렇지 않아요. 보통 사람처럼 먹고, 마시고, 잠도 잘 잔다고요. 내가 그 사람에 대해 얘기할 때도 시선을 피하거나 하지도 않고, 로리가 연인들에 대해 농담할 때 얼굴을 붉히는 정도가 다예요. 걔는 그러지 말라고 아무리 말해도 듣질 않는다니까요."

"그러면 넌 메그가 존한테 관심이 없다고 생각하는 거니?"

"누구요?"

조가 눈이 똥그래지며 되물었다.

"브룩 씨 말이다. 엄만 이제 그를 '존'이라고 부른단다. 병원에서 같이 지내면서 자연스럽게 그렇게 됐지. 그도 그편이 좋다고 하고."

"오, 세상에! 그럼 엄마도 그 사람 편을 들겠군요. 아버지한테 잘해 주는 사람을 엄마가 쫓아버릴 리도 없을 테고. 하지만 결혼은 언니가 원하지 않는 한 절대 안 돼요. 정말 야비해! 아빠를 돌봐 주고, 엄마를 도와주는 것도 모두 자기를 좋아하게 만들려는 수작인 거잖아요."

조가 잔뜩 화가 나서는 머리카락을 신경질적으로 잡아당겼다.

"얘야, 그렇게 화낼 것 없단다. 어떻게 된 사정인지 엄마가 다 말해 줄게. 존은 사실 로렌스 씨 부탁으로 와 있는데다, 아버지한테도 어찌나 잘하는지 좋아하지 않을 수가 없었어. 메그에 대해서도 아주 솔직하고 반듯한 생각을 가진 청년이었어. 우리한테 메그를 사랑한다고 고백하면서 안정된 직장을 얻기 전까지는 청혼하지 않겠다고 하더구나. 단지 메그를 사랑하고 그 애를 위해 일할 수 있게 허락해 달라고, 자신이 메그의 사랑을 얻을 수 있게 기회를 달라고 부탁했을 뿐이란다. 정말 훌륭한 청년이더구나. 엄마랑 아빠는 그의 청을 거절할 수가 없었어. 하지만 메그가 너무 어린 나이에 약혼하는 데는 엄마도 반대란다."

"물론 안 되죠. 그건 바보 같은 짓이에요! 왠지 예감이 안 좋더라니! 뭔가 냄새가 났다고요. 하지만 이건 생각보다 훨씬 최악이에요. 제가 메그 언니랑 결혼할 수 있다면 얼마나 좋을까요. 그러면 언닌 우리 가족들하고 편하게 지낼 수 있을 텐데."

조의 엉뚱한 상상에 빙그레 미소를 짓던 마치 부인이 자못 진지한 어조로 말했다.

"조, 엄만 널 믿는다. 메그한테는 아직 아무 말도 하지 말았으면 좋겠구나. 존이 돌아와서 둘이 함께 있는 모습을 보면 메그의 속마음을 더 잘 알 수 있을 거야."

"메그 언니는 언니가 늘 말하는 그 잘생긴 눈을 보게 되겠죠.

그러면 언니는 끝장이에요. 언니는 마음이 너무 여려서 누가 촉촉한 눈길로 쳐다보기만 해도 태양 아래 놓인 버터처럼 녹아버릴 거라고요. 엄마가 보낸 편지보다 그 사람이 보낸 짧은 글을 더 많이 읽었는걸요. 그걸 두고 내가 뭐라 그랬더니 꼬집기나 하고, 갈색 눈이 좋다느니, 그 촌스런 '존'이라는 이름도 괜찮다고 하는 걸 보면 이내 사랑에 빠지고 말 거예요. 그렇게 되면 우리의 평화롭고 즐거운 시간들도 끝이란 말이에요. 보나마나 뻔해요! 사랑에 푹 절은 두 사람이 집 안을 휘젓고 다니면 우린 자리를 피해 주겠죠. 메그 언니는 사랑에 눈이 멀어 나 같은 건 안중에도 없을 테고. 그 사람은 어쨌든 열심히 돈을 긁어모아서 언니를 데려가려 하겠죠. 언니가 가면 우리 가족에겐 구멍이 생기고 말 거예요. 제 마음은 찢어지고, 세상엔 아무런 낙이 없을 거라고요. 오, 맙소사! 왜 우리는 남자로 태어나지 못하고 이런 시련을 겪어야 하는 건가요?"

절망에 빠진 조는 턱을 무릎에 올려 놓은 채 괘씸하기 짝이 없는 존을 향해 주먹을 흔들어 댔다. 마치 부인이 한숨을 내쉬자, 그게 무슨 구원의 소리라도 되는 양 조가 고개를 들었다.

"엄마도 싫으신 거죠? 그렇죠? 다행이에요. 그 사람은 자기 일이나 하라 그러고, 메그 언니한테는 아무 말 하지 말아요. 그리고 평소처럼 함께 행복하게 살자고요."

"한숨을 쉰 건 엄마 실수였다, 조. 너희들이 때가 됐을 때 가정을 이루는 것은 자연스럽고 옳은 일이야. 그래도 엄만 되도록 너희들과 오래 살고 싶었는데, 그때가 이렇게 빨리 찾아오다니 아쉬운 마음이구나. 메그는 이제 겨우 열일곱 살이고, 존도 가정을 꾸리려면 몇 년 걸릴 거야. 너희 아버지와 난 언니가 스무 살이 되기 전에는 어떤 약속이나 결혼도 반대다. 메그와 존이 서로 사랑한다면 인내하고 기다리면서 서로의 사랑을 확인할 수 있을 거라고 생각해. 언니는 신중한 성격이니까 그에게 함부로 대하진 않을 거야. 우리 착하고 예쁜 딸! 부디 행복해야 할 텐데."

"엄만 언니를 부자랑 결혼시키고 싶지 않으세요?"

마지막 말에서 엄마의 목소리가 약간 떨리는 듯하자, 조가 물었다.

"돈이란 물론 있으면 좋고 유용하기도 하지. 엄만 내 딸들이 돈이 너무 없어 고생하는 것도, 그렇다고 돈에 너무 집착하는 것도 바라지 않아. 존이 좋은 직장을 얻어 확실히 자리를 잡는다면, 그래서 빚을 지지 않고 메그가 고생하지 않을 정도로 돈을 번다면 그걸로 족해. 엄청난 재산이나 높은 지위, 화려한 명성을 지닌 사람이 너희들 짝이 됐으면 하는 욕심은 없단다. 물론 지위와 돈, 거기다 사랑과 인격까지 갖추고 있다면 엄마도 기꺼운 마음으로 받아들이고 너희들의 행운을 축복해 주겠지. 하지만 일용할 양식을 벌기 위해 일하는 평범하고 작은 집에서도 얼마든지 진정한 행복을 누릴 수 있음을 엄만 경험으로 알고 있단다. 적당한 결핍이 오히려 자잘한 즐거움과 사랑을 더해 주기도 하는 법이거든. 나는 메그가 검소하게 시작하면 좋겠구나. 엄마 생각이 틀린 게 아니라면, 한 남자의 마음을 가진 것만으로도 충분히 부자인 데다 그건 어떤 재산보다도 값진 것이니까 말이야."

"무슨 말씀이신지 알겠어요, 엄마. 제 생각도 그래요. 하지만 메그 언니한테는 실망했어요. 전 나중에 로리랑 결혼시키려고 했단 말이에요. 그러면 호강하고 살 텐데. 그편이 좋지 않아요?"

조가 훨씬 환해진 얼굴로 엄마를 올려다보았다.

"그 애는 언니보다 어리잖니……."

마치 부인이 말을 마치기도 전에 조가 끼어들었다.

"그건 별거 아니에요. 로리는 나이에 비해 어른스럽고, 키도 크고, 마음만 먹으면 어른처럼 행동할 수도 있거든요. 게다가 부자고, 마음도 넓고, 착하고, 우리 식구들도 좋아하고. 그런데 이젠 제 계획이 다 틀어져서 속상해요."

"엄만 로리가 메그 짝으로는 여전히 어리지 않나 싶다. 누군가를 책임지기엔 변덕도 너무 심한 편이고 말이야. 조, 계획 같은 건 세우지 말고, 그저 시간과 두 사람의 마음에 맡겨 두자꾸나. 그런 문제는 우리가 섣불리 간섭할 게 못 된단다. 그리고 가정의 화목을 깨지 않으려면 네 말처럼 그 '시시껄렁한 사랑타령'에 대해서는 생각하지 않는 게 좋지 않겠니?"

"네, 그럴게요. 하지만 조금만 손보면 바로잡을 수 있는데도 그냥 놔둬서 일이 어긋나고 꼬이는 건 싫어요. 어른이 되지 못하게 다리미로 머리를 그냥 눌러 버렸으면 좋겠어요. 하지만 그래도 봉오리는 장미가 되고, 새끼고양이는 어미가 되겠죠. 이런 비극이 또 어디 있을까."

"다리미와 고양이가 어쨌다고?"

다 쓴 편지를 손에 들고 방으로 올라온 메그가 이렇게 물었다.

"그저 말도 안 되는 소릴 지껄인 것뿐이야. 나 자러 갈 건데 언니도 같이 가자."

조가 웅크리고 있던 몸을 펼치며 말했다.

"훌륭하게 잘 썼구나. 존에게 내가 안부 전한다는 말도 덧붙여 주렴."

"그 사람을 '존'이라고 부르세요?"

메그가 순진한 눈망울로 미소지으며 엄마를 바라보았다.

"그래, 우리한테 아들처럼 잘 대해 주는데다 우리도 아주 좋아한단다."

마치 부인이 딸의 표정을 유심히 살피며 대답했다.

"잘됐네요. 그분도 외로운 사람이잖아요. 안녕히 주무세요, 엄마. 엄마가 집에 계셔서 얼마나 마음이 놓이는지 몰라요."

메그가 다정하게 말했다.

마치 부인은 메그에게 사랑이 담긴 키스를 해 주었다. 그리고 메그가 방을 나가자 뿌듯함과 서운함이 뒤섞인 표정으로 이렇게 중얼거렸다.

"지금은 아니지만 저 애도 곧 존을 사랑하게 되겠지."

21.

로리의 장난과 조의 중재

다음 날 조의 얼굴은 연구 대상이었다. 비밀을 지켜야 한다는 부담감 때문에 이상야릇하고 뭔가 심상치 않은 분위기를 온몸으로 풍겨 댔기 때문이다.

메그도 눈치를 채긴 했지만 애써 물어보지는 않았다. 조의 입을 여는 가장 좋은 방법은 정반대의 행동이란 사실을 잘 알고 있는 터였다. 그러니까 아무것도 물어 보지 않으면 제 스스로 모든 걸 털어놓으리라고 기대했다.

하지만 그런데도 침묵이 깨지지 않자, 메그는 약간 놀랐다. 오만하게 시치미를 떼는 조의 행동에 화가 난 메그는 도도하게 입을 다문 채 어머니의 일만 열심히 도왔다.

마치 부인이 베스의 간호를 조 대신 떠맡고는, 오랫동안 갇혀

지냈으니 쉬면서 운동도 하고 재미있게 즐기라고 이른 까닭에 조는 그야말로 자유였다. 에이미도 집에 없고, 로리만이 유일한 피난처였다. 조는 로리와의 만남이 즐겁긴 했지만 약간 꺼려지기도 했다. 워낙에 구제불능 장난꾸러기인데다 자신을 살살 구슬려 비밀을 캐낼까 두려웠기 때문이다.

조의 생각은 적중했다. 장난기로 똘똘 뭉친 소년이 뭔가 감을 잡고는 비밀을 밝혀내기 위해 조를 못살게 굴었던 것이다. 감언이설, 뇌물 공세, 조롱, 협박, 호통 치기에서부터 무관심한 척하다 불시에 공격하기, 다 알고 있는 척 시침 떼기까지 온갖 방법을 동원하더니, 결국 불굴의 의지로 메그와 브룩 씨에 관한 일이라는 걸 알아내고서야 만족해했다.

자신의 가정교사가 속마음을 털어놓지 않았다는 데 크게 분개한 로리는 모욕에 대한 응분의 대가를 지불하기 위해 이리저리 머리를 굴려 댔다.

한편, 메그는 그 일은 완전히 잊어 버리고 아버지를 맞을 준비에 한창 빠져 있었다. 하지만 요즘 들어 그녀는 갑자기 무슨 일이라도 겪은 건지 하루이틀 사이 완전히 딴사람이 되어 버린 듯했다. 말을 걸면 깜짝깜짝 놀랐고, 쳐다보면 얼굴이 발개졌으며, 아무 말 없이 근심이라도 있는 듯한 얼굴로 바느질만 열심히 해 댔다. 어머니가 무슨 일이 있냐고 물어봐도 괜찮다고만 하고, 조의 질문에도 혼자 있게 해 달라며 두 번도 못 물어

보게 했다.

"언니는 지금 느끼고 있어요. 사랑, 그거 말이에요. 아주 빠르게 빠져들고 있어요. 증상이 똑같다니까요? 재잘거리다가도 막 짜증 내고, 먹지도 않고, 자지도 않고, 침울한 얼굴로 구석에 쿡 박혀 있곤 하잖아요. 전 그 사람이 준 노래를 언니가 부르는 것도 봤다고요. 한번은 엄마처럼 '존'이라고 불러보더니 양귀비처럼 얼굴을 빨갛게 붉히더라니까요. 이제 정말 어떻게 하면 좋아요?"

조가 폭력을 써서라도 막아야겠다는 표정으로 말했다.

"기다릴 수밖에 더 있니? 혼자 있게 내버려 둬라. 인내심을 가지고 다정하게 대해 주렴. 아버지가 오시면 모든 게 해결될 거야."

마치 부인이 대답했다.

"편지 왔어, 메그 언니. 근데 봉투를 꼭 붙여 놓았네. 이상하기도 하지! 로리는 나한테 그냥 보내는데 말이야."

다음 날 조가 작은 우체국에서 온 우편물을 나눠 주며 말했다.

마치 부인과 조는 각자의 일에 빠져 있다가 메그의 소리에 고개를 들었다. 메그가 놀란 얼굴로 편지를 뚫어져라 쳐다보고 있었다.

"얘야, 무슨 일이니?"

마치 부인이 메그에게 달려가며 외쳤고, 조는 문제의 편지를 뺏으려고 애썼다.

"전부 거짓이었어. 그 사람이 보낸 게 아니었다고. 오, 조! 네가 어떻게 이럴 수 있니?"

메그는 가슴이 찢어지는 듯 울음을 터뜨리며 손으로 얼굴을 감쌌다.

"내가 뭘? 난 아무 짓도 안 했어! 대체 무슨 소릴 하는 거야?"

조가 당황해서 소리쳤다.

메그의 순한 눈이 분노로 이글거리더니 주머니에서 꼬깃꼬깃해진 편지를 꺼내 조에게 집어던지고는 원망스럽게 말했다.

"네가 썼잖아. 그 나쁜 자식이 한몫 거들었을 테고 말이야. 우리한테 어쩜 그렇게 무례하고 비열하고 잔인할 수가 있는 거니?"

조는 마치 부인과 함께 독특한 필체로 쓰인 그 편지를 읽느라 메그의 말은 듣는 둥 마는 둥했다.

사랑하는 마가렛

저의 열정을 더는 누를 수가 없군요. 돌아가기 전에 제 운명을 알고 싶습니다. 아직 감히 부모님께는 말씀드리진 못하지만 우리가 서로 사랑하고 있다는 걸 아신다면 허락해 주시리라 믿습니다. 로렌스 씨께서 좋은 자리를 알아봐 주실 겁니다. 그러면 사랑하는 그대여, 당신은 절 행복하게 해 주시겠지요. 가족들에게는 아직 아무 말씀 마시고, 로리를 통해 희망적인 답변을 보내 주시길 간청합니다.

– 당신을 열렬히 사랑하는 존

"이런, 나쁜 놈! 내가 엄마랑 한 약속을 지키는 데 대한 복수로 이러는 거야. 가서 따끔하게 혼을 내 주고 이리 끌고 와서 싹싹 빌게 만들겠어."

조가 잔뜩 화가 난 목소리로 소리쳤다. 그런데 마치 부인이 조를 붙잡으며 이렇게 말했다.

"조, 잠깐만! 먼저 너부터 털어놓는 게 좋겠다. 지금까지 네가 장난을 한두 번 친 것도 아니고, 이번 일에도 연관되어 있을지 누가 알겠니?"

"맹세할 수 있어요, 엄마. 전 절대 안 했어요. 전 저 편지를 본 적도 없을뿐더러 아무것도 몰라요. 이건 제가 살아 있는 것만큼이나 틀림없는 사실이라고요."

조의 태도가 너무 진지했으므로 두 사람은 조의 말을 믿었다.

"만약 제가 이 일에 참여했다면 이것보다 훨씬 잘했을 거예요. 편지도 훨씬 멋지게 쓰고요. 설마 브룩 씨가 이렇게 시시한 글을 썼다고 생각하는 건 아니시겠죠?"

조가 종이를 집어던지며 경멸하는 어조로 말했다.

"하지만 그 사람 필체 같아 보이는걸."

메그가 손에 들고 있던 편지와 비교해 보며 중얼거렸다.

"오, 메그! 설마 답장을 쓴 건 아니겠지?"

마치 부인이 다급하게 물었다.

"아뇨, 썼어요!"

메그가 수치심에 어쩔 줄 몰라 하며 다시 얼굴을 가렸다.

"일 났군! 이 고약한 인간을 데리고 와서 무슨 변명이라도 듣고 혼찌검을 내게 해 주세요. 그 놈을 붙잡아 오기 전에는 진정할 수가 없다고요."

조가 다시 문으로 달려 나가려 했다.

"가만 있어 봐! 생각보다 상황이 안 좋은 것 같으니, 이 일은 엄마가 처리하는 게 좋겠구나. 메그, 하나도 빠짐없이 모두 얘기해 보렴."

마치 부인이 메그 옆에 앉으며 말했다. 그러면서 조가 뛰쳐나가지 못하게 꼭 붙잡고 있었다.

"처음엔 로리한테서 편지를 전해 받았어요. 로리는 아무것도 모르는 눈치였고요."

메그가 고개도 들지 않고 얘기를 시작했다.

"처음에는 걱정이 돼서 엄마한테 말씀드리려고 했어요. 하지만 엄마가 브룩 씨를 좋아하신다는 생각이 들자, 며칠 동안 이 작은 비밀을 저 혼자 간직하고 있어도 괜찮겠다 싶었죠. 아무도 모를 거라고 생각한 제가 바보였어요. 무슨 말을 할까 고민하는 동안, 전 책 속에 나오는 여자주인공이 된 기분이었어요.

용서하세요, 엄마. 지금 전 제 어리석음에 대한 대가를 치르고 있는 거예요. 전 이제 다시는 그 사람 얼굴을 똑바로 볼 수 없을 거예요."

"답장은 뭐라고 썼니?"

"그냥 이런 문제를 감당하기엔 제가 너무 어리다고, 다른 사람 모르게 비밀을 만들긴 싫으니까 아버지한테 말씀드리라고 했어요. 친절하게 대해 줘서 감사하고, 친구로는 좋지만 아직 그 이상은 싫다고요."

마치 부인이 아주 만족스럽다는 듯 미소를 지었다. 그리고 조는 손뼉을 치고 웃으며 탄성을 질렀다.

"신중함으로 소문난 캐롤라인 퍼시, 저리 가라잖아! 계속해 봐, 언니. 그러니까 그가 뭐라 그래?"

"처음 편지랑은 완전히 다른 투였어. 자기는 한 번도 연애편지를 보낸 적이 없으며 장난꾸러기 여동생, 조가 우리 이름을 가지고 논 데 대해서 심히 유감스럽다고 하더라고. 아주 친절하고 정중한 글이긴 했지만 한번 생각해 보라고, 내 기분이 얼마나 끔찍했을지!"

메그가 절망에 빠져 엄마에게 몸을 기댄 사이, 조는 로리의 이름을 부르며 방에서 쿵쾅거렸다. 그러다 갑자기 멈춰 서더니 편지 두 장을 꼼꼼히 비교해 보고는 확신에 차서 말했다.

"이 편지 둘 다 브룩 씨가 쓴 게 아닌 것 같아. 로리가 둘 다 쓴 다음, 나한테 우쭐대려고 언니 편지를 보관하고 있는 거야. 내가 비밀을 얘기 안 해 줬다고 이러는 거라고."

"비밀 같은 건 만들지 마, 조. 엄마한테 말씀드려. 나처럼 난처한 꼴 당하지 말고."

"나, 참! 엄마가 말해 준 거란 말이야."

"그만 됐다, 조. 메그는 내가 달랠 테니 넌 가서 로리나 데려오너라. 철저히 조사해서 다시는 이런 못된 장난 못하게 해야겠다."

조가 뛰어나가자, 마치 부인은 메그에게 브룩 씨의 진심을 들려 주었다.

"그래, 이제 네 생각을 들어 볼까? 그가 가정을 꾸릴 준비가 될 때까지 기다려 줄 만큼 그 사람을 사랑하니? 아니면, 당분간은 이대로 자유롭게 살고 싶니?"

"그동안 너무 마음 졸이고 걱정을 많이 해서 그런지 한동안은 사랑에 관한 일이라면 사양하고 싶어요. 어쩌면 영원히 그럴지도 모르고요."

메그가 샐쭉해서는 대답했다.

"혹시 존이 터무니없는 이 사건을 모르고 있다면 얘기하지 말아 주세요. 조와 로리한테도 입 다물고 있으라고 당부해 주시고요. 앞으로 다시는 바보처럼 속지도, 시달리지도, 웃음거리도 되지 않을 거예요. 정말 창피해 죽겠어요!"

평소 온화한 메그가 그렇게 화를 내고 이 못된 장난 때문에 자존심 상해하자, 마치 부인은 비밀을 지키겠다는 약속과 함께 앞으로 이 일의 결정권을 맡기겠다는 다짐으로 그녀를 달랬다.

잠시 후, 복도에서 나는 로리의 발자국 소리를 들은 메그는 서재로 도망쳐 버렸다. 그 때문에 마치 부인이 죄인을 혼자 맞았다.

조는 혹시 로리가 오지 않으려고 할까 봐 아무 내색도 하지 않았다. 하지만 로리는 마치 부인의 얼굴을 보는 순간, 이내 그 이유를 알아차렸다. 그리고 바로 죄를 인정한다는 듯 모자를 만지작거리며 우두커니 서 있었다.

나가 있으라는 명령을 받은 조는 죄수가 혹시라도 달아날까 봐 보초를 서듯 복도를 서성거렸다. 거실에서 두 사람의 목소리가 30분 동안 들리다 말다 하며 이어졌지만, 무슨 대화가 오고 갔는지는 자매들도 알 수 없었다.

부르는 소리에 들어가 보니 로리가 뉘우치는 얼굴로 마치 부인 곁에 서 있었다. 그 모습을 본 조는 그 자리에서 바로 로리를 용서했지만 그걸 내색하는 건 현명하지 않다는 생각이 들었다. 메그는 로리의 겸손한 사과를 받아들였고, 브룩 씨가 아무것도 모르고 있다는 사실을 확인하고는 크게 안도했다.

"죽는 날까지 비밀로 할게요. 야생마가 절 질질 끌고 다닌다 해도 말하지 않을 거예요. 그러니 용서해 주세요, 메그. 내가 얼마나 미안해하는지 보여 줄 수만 있다면 무슨 짓이라도 하겠어요."

부끄러워 어쩔 줄 몰라 하며 로리가 말했다.

"노력해 보긴 하겠지만, 그건 정말 비신사적인 행동이었어. 난 네가 그렇게 야비하고 고약한 짓을 하리라곤 상상도 못했어, 로리."

메그가 혼란스런 마음을 감추려 애쓰며 근엄한 태도로 말했다.

"정말 혐오스런 짓이었어요. 한 달 동안 절 상대해 주지 않아도 할 말 없어요. 하지만 정말 그러진 않겠죠, 메그?"

간청하듯 두 손을 맞잡은 로리가 도저히 거부할 수 없는 애절한 말투로 용서를 빌자, 그의 괘씸한 행동에도 불구하고 차마 눈살을 찌푸릴 수가 없었다.

메그는 그를 용서했다. 애써 냉정을 유지하려던 마치 부인도 상처 입은 처녀 앞에서 벌레처럼 자신을 깎아내리며 죄를 깊이 참회하는 로리의 모습을 보면서 엄한 얼굴을 누그러뜨릴 수밖에 없었다.

한편, 조도 멀찌감치 서서 냉담하게 대하려고 애는 썼지만, 불만에 가득한 표정을 짓는 게 다였다. 로리는 한두 번 조를 쳐다보다가 화가 누그러지는 기색이 전혀 보이지 않자, 상심한 채 그녀에게 등을 돌리고 있었다. 그러다 얘기가 끝났을 때는 가볍게 인사를 하고 말없이 나가 버렸다.

그가 나가자마자 조는 조금은 봐줄 걸 하는 생각이 들었다.

메그와 엄마가 위층으로 올라간 뒤, 그녀는 외로움과 함께 로리가 그리워졌다. 한동안 감정을 억누르던 조는 도저히 안 되겠는지 되돌려 줄 책을 집어 들고 이웃집으로 향했다.

"로렌스 씨 계세요?"

조가 아래층으로 내려오고 있는 하녀에게 물었다.

"네, 아가씨! 하지만 지금은 뵐 수 없을 것 같은데요."

"왜요? 어디 편찮으신가요?"

"아닙니다. 무슨 일인지 기분이 언짢은 도련님이 어르신하고 한바탕하시는 바람에 무서워서 그분 근처에도 못 가겠어요."

"로리는 어디 있어요?"

"자기 방에 틀어박혀서는 문을 두드려도 대답을 안 하세요. 저녁을 다 차려 놨는데, 어떻게 해야 좋을지 모르겠어요. 드실 분이 없으니."

"무슨 일인지 내가 가 볼게요. 난 겁나지 않으니까요."

위층으로 올라간 조는 로리의 서재 문을 세게 두드렸다.

"그만해! 안 그러면 나가서 혼을 내주고 말 테니까."

젊은 신사가 위협적으로 소리를 질렀다.

조는 곧바로 다시 문을 두드렸다. 이내 문이 벌컥 열렸고, 놀란 로리가 채 마음을 가라앉히기도 전에 조가 방으로 뛰어들어 갔다. 로리는 정말로 화가 잔뜩 나 있었다. 로리를 어떻게 다뤄야 할지 잘 아는 조는 일단 미안한 표정을 지은 다음, 연극배우처럼 무릎을 꿇고는 풀 죽은 소리로 말했다.

"내가 너무 지나치게 군 거 용서해 줘. 사과하러 왔어. 용서 안 해 주면 계속 이러고 있을 거야."

"됐어. 일어나, 조. 바보같이 굴지 말고."

"그래, 고마워. 근데 무슨 일인지 물어봐도 돼? 기분이 영 안 좋아 보이는데."

"날 붙잡고 흔들었어. 나도 이젠 더는 못 참아!"

로리가 분개하며 소리쳤다.

"누가?"

조가 물었다.

"할아버지지 누구겠어. 다른 사람이었다면 내가 정말……."

화가 난 청년은 오른팔을 휘둘러 보이는 것으로 말을 맺었다.

"난 또 뭐라고. 나도 종종 그러는데, 넌 끄떡도 않잖아."

조가 로리를 달랬다.

"쳇! 그야 넌 여자고 장난으로 그런 거잖아. 하지만 남자가 그러는 건 참을 수 없다고!"

"지금처럼 그렇게 인상 팍팍 쓰고 있으면 아무도 안 건드릴 것 같은데, 뭘. 무슨 일 때문에 그런 거야?"

"너희 엄마가 어떤 이유에서 날 불렀는지 말 안 했다고 그러시는 거야. 말 안 하겠다고 약속한 이상, 약속은 당연히 지켜야 하는 거잖아."

"다른 방법은 없었니?"

"없어. 할아버지는 단순히 이유가 아니라 모든 이야기를 알고 싶어하셨다고. 메그를 끌어들이지 않을 수만 있다면 내 잘못만이라도 어떻게든 말씀드리려고 했을 거야. 하지만 다른 수가 없으니 난 입을 꾹 다물 수밖에 없었고, 겨우겨우 잔소리를 견디고 있는데 할아버지가 내 목덜미를 잡고 마구 흔드는 거야. 그래서 나도 내가 무슨 짓을 저지를지 몰라 냅다 뛰쳐나와 버렸지."

"잘못하셨네. 하지만 할아버지도 지금은 후회하고 계실 거야. 그러니 내려가서 마음 풀자. 내가 도와줄게."

"차라리 목을 매달고 말지! 장난 좀 친 거 가지고 온 사람들한테 잔소리 듣고 야단맞고 싶은 생각 눈곱만큼도 없어. 메그한테는 내가 잘못했으니 남자답게 사과를 한 거지만, 잘못하지도 않았는데 또다시 그러고 싶진 않다고."

"할아버진 그걸 모르시잖아."

"내가 어린아이도 아니고, 믿어 주셔야 하잖아. 네가 그래 봐야 소용없어, 조. 할아버지도 이제 내가 따라다니며 챙겨 주지 않아도 제 앞가림 정도는 할 수 있다는 사실을 깨달으셔야 한다고."

"성미하고는!"

조가 한숨을 내쉬었다.

"그럼 어쩔 셈인데?"

"할아버지가 나한테 사과를 하셔야지. 말씀드리기 곤란하다고 하면 날 믿어 주셔야 하고."

"맙소사! 잘도 그러시겠다."

"안 그러면 난 내려가지 않을 거야."

"로리, 정신 좀 차려. 그냥 넘어가자. 내가 최대한 잘 설명해 볼게. 무슨 연극하는 것도 아니고, 여기 버티고 있어서 좋을 게 뭐 있니?"

"나도 여기 오래 있을 생각 없어. 몰래 빠져나가서 어디로든 떠나 버릴 거야. 내가 그리우면 마음을 돌리시겠지."

"그렇긴 하겠지. 하지만 그렇게 할아버지를 걱정시켜 드리면 안 돼, 로리."

"설교하지 마. 난 워싱턴으로 가서 브룩 선생님을 만날 거야. 거기서 마음껏 놀면서 지친 마음을 달랠 거라고."

"우와, 재미있겠다! 나도 같이 가면 얼마나 좋을까."

조는 워싱턴의 활기찬 군대 생활에 대한 상상에 빠져 조언자로서 자신의 본분도 잊은 채 이렇게 말했다.

"그럼 같이 가자! 못 갈 게 뭐 있니? 너는 가서 아빠를 놀래켜 드리고, 난 브룩 선생님을 놀라게 하는 거야. 정말 재미있겠다. 그렇게 하자, 조. 우리 걱정은 하지 말라는 편지를 남기고 당장 떠나는 거야. 나한테 돈도 좀 있어. 너한테는 좋은 일이지, 뭐.

아버지 보러 간다는 데 나쁠 게 뭐 있어?"

잠깐이나마 조는 로리의 말에 마음을 뺏긴 듯 보였다. 무모한 생각이긴 했지만 조의 마음에는 꼭 들었던 것이다. 사실 조는 집 안에만 갇혀 베스를 간호하느라 지쳐 있었던 터라 새로운 변화가 몹시 그리웠다. 아버지에 대한 생각과 더불어 병영과 병원생활이 새로운 매력으로 다가왔고, 자유롭고 즐거운 생각이 머리를 가득 메웠다.

하지만 동경으로 반짝이는 조의 눈이 창문을 향하는가 싶더니 맞은편 낡은 집에 시선이 다다르자, 슬픈 표정으로 고개를 가로저었다.

"내가 남자라면 함께 도망쳐서 멋진 시간을 보내겠지만, 난 불행히도 여자라서 집에 있어야만 해. 날 꼬드기지 마, 로리. 그건 미친 짓이야."

"그 말 농담이지?"

어떻게 해서든 벗어나고 싶어 고집을 부리며 로리가 말했다.

"입 다물어!"

조가 귀를 틀어막으며 외쳤다.

"점잔 빼며 얌전하게 살아야 하는 게 내 운명이야. 그렇게 마음먹는 편이 나아. 난 너한테 충고하러 여기 온 거지, 생각만으로도 좋아서 펄쩍 뛸 것 같은 얘기를 들으러 온 게 아니란 말이야."

"메그한테는 그런 소리 해 봤자 당연히 김만 새겠지만, 넌 무척 반길 거라 생각했는데."

로리가 넌지시 떠보듯 말했다.

"이 나쁜 놈, 조용히 해! 나까지 죄인 만들 생각하지 말고, 앉아서 네 죄나 생각하라고. 내가 할아버지 사과 받아 오면, 너 도망칠 계획 포기할 거니?"

조가 진지하게 물었다.

"그래. 하지만 만만치 않을걸."

로리도 화해를 하고 싶긴 했지만 그보다는 먼저 망가진 자존심을 되찾아야 한다는 생각에 이렇게 대답했다.

"손자도 다루는데 할아버지도 문제없겠지."

두 손으로 턱을 괸 채 철도 지도를 들여다보는 로리를 남겨두고, 조가 중얼거리며 방을 나갔다.

"들어와요!"

조가 문을 두드리자, 로렌스 씨의 걸걸한 목소리가 오늘따라 더 퉁명스럽게 들려왔다.

"저예요, 할아버지. 책을 돌려 드리려고 왔어요."

조가 방으로 들어서며 차분하게 말했다.

"더 읽고 싶으냐?"

화가 나서 잔뜩 굳은 표정을 애써 감추며 노신사가 물었다.

"네! 샘 할아버지가 좋아서 두 번째 권도 읽어 보고 싶어요."

조는 비위를 맞춰 볼까 하는 심산으로 언젠가 로렌스 씨가 훌륭한 작품이라고 추천해 주었던 보즈웰의 존슨 전기를 들먹였다.

찌푸리고 있던 텁수룩한 눈썹이 약간 펴지며, 노신사는 존슨의 작품이 있는 책장 쪽으로 사다리를 밀고 갔다. 사다리에 올라간 조는 꼭대기에 앉은 채 책을 찾는 척하긴 했지만, 속으로는 자신의 위험한 진짜 목적을 어떻게 하면 잘 설명할 수 있을까 고민했다.

로렌스 씨도 이런 조의 모습에서 뭔가 꿍꿍이가 있다는 걸 눈치챈 듯했다. 몇 번이나 방 안을 왔다 갔다 하던 노인이 조의 주변을 한 바퀴 돌더니 불쑥 이렇게 말했기 때문이다.

"그 녀석은 뭘 하고 있더냐? 싸고돌 생각은 마라. 집에 들어왔을 때 또 못된 장난을 쳤다는 걸 금방 알아봤지. 아무리 물어도 대답을 안 해서 사실대로 털어놓으라고 좀 심하게 다그쳤더니 위층으로 쪼르르 올라가 방 안에 처박혀 있지 뭐냐."

"로리가 잘못을 하긴 했어요. 하지만 우린 다 용서한걸요. 그리고 아무한테도 말 안 하겠다고 약속도 했고요."

조가 쭈뼛거리며 입을 열었다.

"그건 아니지. 마음 여린 너희들과 한 약속만으로 문제를 덮어 버려선 안 되는 거야. 잘못을 했다면 떳떳이 자백을 하고, 용서를 구한 다음 응분의 대가를 치러야지. 다 털어놓거라, 조.

모른 채로 지나갈 순 없다."

조는 로렌스 씨가 험악한 얼굴로 어찌나 무섭게 말을 하는지 할 수만 있다면 그냥 줄행랑을 치고 싶었다. 하지만 로렌스 씨가 길목을 지키는 사자처럼 사다리 아래에 떡 버티고 있는 바람에 내려오지도 못하고 그 자리에서 용감하게 대응할 수밖에 없었다.

"할아버지, 진짜로 말씀드릴 수 없어요. 엄마 명령이에요. 로리는 자백을 했고, 용서도 빌었고, 벌도 충분히 받았어요. 우리가 로리를 감싸기 위해 그러는 게 아니라요, 다른 사람 때문이라고요. 할아버지가 끼어드시면 일이 더 복잡해져요. 그냥 모른 척해 주세요. 이 일엔 제가 잘못한 부분도 있지만, 이제 다 괜찮아졌어요. 그러니 다 잊어 버리시고, 《램블러》(18세기 영국에서 주 2회 발행하던 간행물: 옮긴이) 같은 재미있는 얘기를 나누자고요."

"《램블러》가 대수냐! 어서 내려와서 이 경솔한 녀석이 배은망덕한 짓을 하지 않았다고 맹세하거라. 만에 하나 그랬다면, 네가 아무리 말려도 내 손으로 흠씬 두들겨 패 주고 말 테니."

로렌스 씨의 협박에도 조는 하나도 겁나지 않았다. 말만 그럴 뿐 노인이 손자에게 손가락 하나 대지 않으리라는 것을 잘 알고 있었기 때문이다. 고분고분 사다리를 내려온 조는 메그를 배신하지도, 진실을 은폐하지도 않는 범위 내에서 간단하게 자초지종을 설명했다.

"흠…… 입을 다물고 있던 이유가 고집 때문이 아니라 그런 약속 때문이었다면 내가 용서해야겠구나. 고집이 어찌나 센지 저 녀석은 다루기가 여간 힘든 게 아니라니까."

로렌스 씨가 머리를 문지르며 말했다. 하도 많이 문질러서 마치 돌풍 속을 빠져나온 사람 같았다. 이제야 마음이 놓이는지 찌푸렸던 미간도 부드럽게 펴졌다.

"저도 고집이 센걸요. 하지만 왕의 말과 하인들도 어쩌지 못하는 일을 친절한 말 한마디가 해 내기도 하죠."

한 가지 문제는 해결했지만 또 다른 문제에 빠져 있는 친구를 도우려 애쓰며 조가 말했다.

"그러니까 네 말은, 내가 걔한테 다정하지 않다 이 말이냐?"

신경을 곤두세우며 노인이 말했다.

"오, 아니에요. 어떤 땐 지나칠 정도로 다정하시죠. 하지만 로리가 할아버지 인내심을 시험하기라도 하면 조금도 못 참으시잖아요. 그런 것 같지 않으세요?"

막상 이렇게 대담하게 말해 놓고 조도 속으로 떨었다. 하지만 냉정을 되찾고는 이왕 말이 나온 김에 끝까지 밀어붙이기로 결심했다. 정말 놀랍고 다행스럽게도 노인은 그저 안경을 벗어 탁자 위로 던졌을 뿐이다. 그러고는 큰 소리로 솔직하게 말했다.

"네 말이 맞다, 얘야. 내가 좀 불 같긴 하지! 난 그 애를 사랑하지만, 내 인내심을 바닥나게 할 때가 많아. 이렇게 계속 가다간 나중에 무슨 일이 일어날지 나도 모르겠구나."

"그럼 제가 말씀 드릴게요. 로리는 도망가 버릴 거예요."

조는 그런 말을 하기가 죄송스러웠다. 하지만 로리가 억압을 더는 참지 못할 거라는 사실을 알려 주고 싶었다. 그리고 노인이 손자에게 좀 더 관대하게 대해 주기를 바라는 마음도 있었다.

로렌스 씨의 안색이 갑자기 변하더니 이내 의자에 앉아 탁자 위에 걸린 잘생긴 남자의 초상화를 괴로운 눈으로 쳐다보았다. 그 사람은 바로 젊은 나이에 집을 나간 후 강압적인 노인의 뜻을 거스르고 결혼을 했던 로리의 아버지였다. 노인이 과거를 회상하며 후회하고 있다고 여긴 조는 괜한 얘기를 꺼냈다는 생각이 들었다.

"하지만 웬만해서는 그러지 않을 거예요. 공부하기 싫거나 하면 가끔 그렇게 겁을 주곤 하거든요. 저도 종종 그런 생각을 하는걸요. 머리를 자르고 난 뒤부터는 특히나 더요. 그러니까 혹시라도 우리가 없어지면 소년 두 명을 찾는 광고를 내세요. 그러면 인도행 배에서 우릴 발견하게 될지도 모르니까요."

조가 그렇게 말하며 웃자, 그제야 로렌스 씨도 모든 걸 농담으로 받아들이고 마음을 놓은 듯 보였다.

"요 장난꾸러기, 할아버지를 갖고 놀아? 존경심은 어디로 가고, 지금까지 배운 예절은 모두 어쩐 거냐? 고얀 녀석들! 그래도 이런 골칫덩어리가 없으면 살 수가 없으니 그게 더 골치구먼."

노인이 조의 뺨을 기분 좋게 살짝 꼬집었다.

"가서 로리한테 저녁 먹으러 내려오라고 해라. 다 잘됐다고 얘기하고, 할아버지한테 보여 준답시고 비장한 척 그만 하라고 해라. 그건 못 참는다고."

"안 내려올 거예요. 말씀드릴 수 없다고 말했는데도 할아버지가 믿어 주시지 않는다고 화가 된통 났거든요. 아마 목덜미를 잡으신 게 화근인 것 같아요."

조가 애처로운 분위기를 잔뜩 잡으며 말했다. 하지만 로렌스 씨가 웃음을 터뜨리는 바람에 분위기는 보기 좋게 깨지고 말았다. 물론 그날의 승자는 단연 조였다.

"유감이구나. 날 잡고 흔들지 않은 걸 감사라도 해야겠는걸. 도대체 그 녀석이 바라는 게 뭐냐?"

노인이 자신의 조급한 성격을 다소 부끄러워하는 듯한 표정을 지었다.

"제가 할아버지라면 사과 편지를 쓰겠어요. 로리는 지금 사과를 받기 전에는 내려오지 않겠다면서 워싱턴이 어떻다는 둥 이상한 소리만 늘어놓고 있어요. 정식으로 사과하신다면 아마 로리도 자기가 얼마나 바보 같은 생각을 하고 있는지 깨닫고,

군말 없이 내려올 거예요. 한번 해 보세요. 로리는 재미있는 걸 좋아하니까, 말로 하는 것보다는 이편이 훨씬 나을 거예요. 제가 전해 주고, 따끔하게 한마디 할게요."

로렌스 씨가 조를 흘깃 쳐다보더니 안경을 쓰고는 천천히 말했다.

"잔꾀가 보통 아니구나, 조. 하지만 너나 베스에게라면 얼마든지 속아 줄 수 있지. 자, 종이나 주렴. 이 말도 안 되는 사건을 마무리 짓자꾸나."

편지는 한 신사가 다른 신사에게 심한 모욕을 안겨 주었을 때 쓰는 표현들로 꽉 차 있었다.

조는 로렌스 씨의 대머리에 키스를 한 후 뛰어 올라가서는 로리의 방문 아래로 편지를 밀어 넣었다. 그러고는 열쇠 구멍에다 대고 할아버지의 말씀을 들으라느니, 예의 바르게 행동하라느니, 그 외 무리해 보이는 몇 마디 충고까지 함께 밀어 넣었다.

문이 잠겨 있는 걸 다시 확인한 조는 편지가 효과를 발휘하기를 바라며 조용히 계단을 내려갔다. 그때 로리가 계단 난간을 타고 쌩하니 내려가더니 밑에서 존경한다는 표정으로 바라보며 말했다.

"넌 정말 좋은 친구야, 조! 혼나지는 않았니?"

"아니, 아주 부드럽게 대해 주셨어."

"아! 한시름 놨다. 너까지 날 버리고 가서 난 이제 끝장이라고 생각했거든."

로리가 변명하듯 말했다.

"그런 식으로 말하지 마. 마음을 고쳐먹고 새로 시작하면 되는 거야, 우리 착한 아들."

"나도 늘 새롭게 시작하려고는 해. 자꾸만 망쳐 놓으니까 그게 문제지. 어쩌면 시작만 줄창 하다가 끝은 하나도 맺지 못할지도 몰라."

로리가 서글프게 말했다.

"가서 저녁 먹어. 그럼 기분이 나아질 테니까. 남자들은 배가 고프면 항상 저렇게 징징대더라."

조가 현관 쪽으로 재빨리 걸어가며 말했다.

"그건 남성을 '목욕'하는 말이야."

로리가 에이미를 흉내 내며 말했다. 그러고는 자신의 책임을 다하기 위해 할아버지와 굴욕적인 식사를 하러 갔다. 그날 로렌스 씨는 정중한 태도로 로리를 대했다.

사람들은 이로써 이 사건이 완전히 끝났으며, 그로 인해 생긴 작은 먹구름도 사라졌다고만 생각했다. 하지만 그렇다고 일어난 사실이 없어지는 것은 아니었기에 다른 사람은 다 잊어도 메그만은 결코 잊을 수가 없었다.

누구에게도 속마음을 내비치진 않았지만, 메그는 존을 수없

이 생각하며, 전에 없이 많은 꿈을 꾸었다. 한번은 조가 우표를 찾는다고 언니의 책상을 뒤적거리다 '존 브룩 부인'이라고 낙서해 놓은 종이를 발견한 적도 있었다. 그걸 본 조는 말 못할 괴로움에 시달렸고, 로리의 장난이 끔찍한 날을 앞당겼다는 사실을 절감하며 난로 속에 종이를 던져 버렸다.

22.
기쁨의 초원

폭풍우 뒤에 환하게 비치는 햇살처럼 평화로운 시간이 몇 주 동안 이어졌다. 아버지와 베스의 건강은 빠르게 회복되었고, 마치 씨가 내년 초에 돌아올지도 모른다는 말까지 나왔다.

베스도 온종일 서재 소파에 기대어 누워 있을 정도로 상태가 좋아졌다. 처음에는 사랑하는 고양이들과 함께 노는 게 다였는데, 얼마 지나지 않자 그동안 안타깝게 미뤄둘 수밖에 없었던 인형 손질을 시작할 정도로 기운을 차렸다.

하지만 한때 부지런하게 움직이던 베스의 두 팔과 다리는 이제 너무 뻣뻣하고 쇠약해져 조가 날마다 베스를 튼튼한 팔로 부축해서 집 주변을 산책하며 바람을 쐬어 주지 않으면 안 되었다.

메그는 '귀염둥이'를 위해 맛있는 음식을 만들어 내느라 하얀 손이 불에 데어 시커멓게 되는 것도 마다하지 않았다. 그리고 반지의 맹세를 충실히 지키기로 한 에이미는 언니들에게 많은 보물을 나누어 줌으로써 자신의 귀가를 자축했다.

크리스마스가 가까워 옴에 따라 이맘때면 늘 그렇듯이 올해도 비밀스런 분위기가 집 안에 감돌기 시작했다. 조는 유난히 즐거운 이번 크리스마스를 기념하자며 전혀 실현 불가능하거나 엉뚱하기 짝이 없는 행사를 제안해서는 가족들을 자지러지게 만들었다.

말도 안 되는 생각은 로리 역시 마찬가지라, 제 마음대로 할 수만 있었다면 모닥불을 피우고, 불꽃을 터뜨리고, 개선문을 만든다며 난리를 피웠을지도 모른다.

무수한 실랑이와 타박이 있고 난 뒤, 두 야심가들은 완전히 마음을 접은 듯 시무룩한 얼굴을 하고 다녔다. 하지만 서로 만나기만 하면 웃음이 터져 나오는 걸로 봐선 꼭 그런 것만도 아닌 것 같았다.

때마침 전에 없이 따뜻한 날씨가 계속되면서 근사한 크리스마스에 대한 기대를 부추겼다. 한나는 뭔가 특별한 날이 되리라는 걸 '뼛속 깊이' 느꼈고, 그 예감은 적중했다. 작정이라도 한 듯 모든 일이 술술 풀렸던 것이다.

먼저 마치 씨가 곧 돌아온다는 편지를 보내왔다. 또 그날 아

침엔 베스도 기운을 많이 차려서 마치 부인이 선물해 준 진홍색 모직 실내복을 입고는 조와 로리의 선물을 보기 위해 창가까지 걸어가기도 했다. 구제불능의 두 사람은 그 이름값을 톡톡히 했다. 요정들처럼 밤새 작업을 해서는 모두에게 깜짝 웃음을 선사했기 때문이다.

집 밖 정원에는 소녀 눈사람이 당당히 서 있었다. 머리에는 호랑가시나무 화관을 쓰고, 한 손에는 과일과 꽃이 든 바구니를, 또 한 손에는 멋진 악보 뭉치를 들었으며, 차가운 어깨는

숄로 감싼 모습이었다. 그런 눈사람의 입술 사이로는 크리스마스 캐럴 가사가 적힌 분홍색 리본이 삐죽 나와 있었다.

융프라우가 베스에게

여왕 베스에게 신의 은총을!
아무런 걱정 없이
다만 건강과 평화와 행복만이
크리스마스에 가득하기를.

이 부지런한 꿀벌에게 맛있는 과일을
코끝에는 향기로운 꽃내음을
피아노에겐 아름다운 악보를
두 발엔 따뜻한 숄을 감싸리.
보라, 조애너의 초상화를.
라파엘 2세가
온 정성을 다 바쳐 그린
이토록 아름답고 진실한 그림을.
고양이 부인의 꼬리를 위해
부디 빨간 리본을 받아 주오.

사랑스런 페그(마가렛의 애칭 : 옮긴이)가 만든

양동이 속 몽블랑(알프스 산맥의 최고봉. 흰 산을 의미 : 옮긴이)도 받아 주오.

눈으로 된 내 가슴에 담긴

나를 만든 이들의 깊은 사랑을

받아 주오, 이 알프스의 소녀와 함께.

– 로리와 조로부터

베스가 그걸 보고 얼마나 웃었는지, 로리가 선물을 나르느라 얼마나 계단을 오르락내리락했는지, 조가 그 선물들을 전해 주며 얼마나 우스꽝스런 말을 했는지 모른다.

"정말 너무 행복해. 아빠만 계신다면 더는 바랄 게 없겠어."

베스가 만족스런 얼굴로 한숨을 쉬며 이렇게 말했다. 조는 베스가 흥분을 가라앉히고 쉴 수 있도록 서재로 다시 데려갔고, 거기에서 베스는 융프라우가 선물한 맛있는 포도를 먹으며 기력을 되찾았다.

"나도 그래."

조가 그렇게 대꾸하며 오랫동안 갖고 싶었던 《물의 요정과 신트람》이 든 주머니를 툭툭 쳤다.

"나도 그래."

엄마가 예쁜 액자에 넣어 선물한 판화 〈성모와 어린이〉를 들여다보던 에이미가 맞장구쳤다.

"나도 물론이야!"

메그가 생전 처음 가져 보는 비단 드레스를 부드럽게 만지며 소리쳤다. 그것은 로렌스 씨가 우격다짐으로 안겨 준 선물이었다.

"엄마라고 다른 마음이겠니?"

마치 부인이 남편의 편지와 베스의 웃는 얼굴을 번갈아 보며 기쁜 얼굴로 말했다. 그리고 손으로는 방금 전 자매들이 가슴에 달아 준 회색과 금색, 밤색과 진한 갈색 머리칼로 만든 브로치를 어루만졌다.

이 무미건조한 세상에서도 가끔씩은 행복한 동화 속 이야기 같은 일들이 일어나 사람들에게 큰 위안을 주기도 하는 법이다. 다들 행복한 기분에 젖어 딱 한 가지만 더 있으면 좋겠다고 얘기한 지 30분 후, 바로 그 한 가지가 채워졌다.

로리가 거실 문을 열고는 말 없이 머리를 불쑥 내밀었다. 얼굴은 터질 듯한 흥분을 누르는 기색이 역력했다. 목소리도 기쁨을 감추려 애쓰는 것이 차라리 공중제비를 돌거나 인디언 함성을 질러 줬으면 싶을 정도였다. 그가 뭔가 벼르는 듯한 분위기로 숨 가쁘게 "마치 가족을 위한 또 다른 크리스마스 선물입니다."라고 말하는 순간, 모두들 자리에서 벌떡 일어났다.

로리는 말이 채 끝나기도 전에 웬일인지 황급히 자리를 피했다. 대신 그곳엔 눈께까지 목도리를 감싼 키 큰 남자가 또 다른 키 큰 남자의 팔에 기댄 채 서 있었다. 목도리 남자는 무슨 말인가를 하려고 했으나 아무 말도 하지 못했다. 모두들 앞으로 우르르 달려 나간 건 말할 필요도 없었다. 그리고 너무도 믿기지 않는 일에 다들 할 말을 잃은 채 한동안 넋이 나간 듯했다.

마치 씨는 네 사람의 팔에 묻혀 보이지도 않았다. 망신스럽게도 거의 기절할 뻔했던 조는 도자기 찬장 옆에 서 있던 로리의 부축을 받아야 했다.

브룩 씨는 메그에게 자기도 모르게 키스를 하고는 말이 안 되는 변명을 둘러댔다. 늘 고상을 떨던 에이미는 의자에서 굴러 떨어지고서도 일어날 생각도 않고 감격에 휩싸인 채 아버지의 부츠를 안고 엉엉 울었다. 맨 먼저 정신을 차린 사람은 마치 부인이었다. 그녀는 손을 들더니 "쉬! 베스가 자고 있잖아."라며 주의를 주었다.

하지만 이미 때는 늦었다. 서재 문이 활짝 열리더니 문간에 빨간 실내복을 입은 베스가 모습을 드러냈던 것이다. 그녀는 너무 기뻐 팔다리에 갑자기 힘이라도 생겼는지 아버지의 품으로 곧장 뛰어들었다.

그 후 무슨 일이 일어났는지는 그리 중요하지 않다. 가슴은 기쁨으로 터질 듯했으며, 지난날의 쓰라린 기억이 모두 사라진 자리에는 선물의 달콤한 추억만이 남았기 때문이다.

전혀 낭만적이진 않지만 모두들 다시 정신을 차릴 만큼 웃기는 광경을 보게 되었다. 한나가 부엌에서 급히 달려 나오느라 불에서 칠면조를 내려놓는 것을 깜박한 채로 문 뒤에서 훌쩍거리고 있었던 것이다.

이윽고 웃음이 잦아들자, 마치 부인은 브룩 씨에게 남편을 잘 돌봐 준 데 대한 감사의 인사를 건넸다. 그러자 브룩 씨가 갑자기 생각난 듯 마치 씨는 지금 안정이 필요하다면서 마치 씨를 부축하고 황급히 자리를 떴다. 두 명의 환자에게 휴식을 취하라는 명령이 곧 떨어졌고, 두 사람은 커다란 의자에 함께 앉아 그동안 못 다한 이야기를 정신없이 나누었다.

마치 씨는 모두를 놀라게 해 주고 싶었으며, 날씨가 좋아져서 의사가 여행을 허락해 주었다고 했다. 아울러 브룩 씨가 얼마나 헌신적이었는지, 정말 훌륭하고 바른 청년이라는 말까지 덧붙였다.

그 대목에서 잠시 말을 멈춘 마치 씨가 난롯불을 거칠게 휘젓고 있는 메그에게 흘깃 눈길을 준 뒤 마치 부인에게 무언가를 묻는 듯 눈썹을 치켜올린 이유에 대해서는 여러분의 상상에 맡기도록 하겠다. 또한 마치 부인이 머리를 가만히 끄덕이고는 갑작스레 남편에게 배가 고프지 않냐고 물어본 이유에 대해서도 말하지 않겠다.

조는 두 사람이 무언의 대화를 나누는 걸 보자마자 이내 그 뜻을 알아차렸다. 그리고 잔뜩 일그러진 얼굴로 포도주와 쇠고기 수프를 가지러 간다며 방문을 쾅 닫고는 혼자 투덜거렸다.

"난 눈이 갈색인 훌륭하고 바른 청년은 딱 질색이야!"

여태껏 그날처럼 근사한 크리스마스 만찬은 없었다. 한나가 속을 채워 노릇노릇하게 굽고 멋지게 장식을 한 살찐 칠면조는 그야말로 환상이었다. 건포도 푸딩도 입에서 살살 녹았으며, 젤리는 또 어찌나 달고 맛있는지 에이미는 꿀통 속에 빠진 파리처럼 핥아댔다. 모든 게 다 순조로워서 한나는 이게 다 신의 은총이라고 말했다.

"어찌나 허둥댔는지, 이 정신에 칠면조랑 푸딩을 바꿔 굽지 않은 게 오히려 신기해요. 칠면조 속에다 건포도를 집어넣지 않은 것은 물론이고, 식탁보로 칠면조를 싸지 않은 것도 다 기적이라니까요."

로렌스 씨와 로리, 브룩 씨도 자리를 같이했다. 로리는 잔뜩 찡그린 채 브룩 씨를 노려보는 조를 흥미진진한 눈으로 바라보았다.

식탁 위쪽에 놓인 안락의자 두 개에 베스와 아버지가 나란히 앉아 닭고기와 과일을 조금씩 먹었다. 다들 건강을 위해 건배하고, 이야기를 나누고, 노래를 부르는 등 옛사람들의 말대로 '추억을 회상하며' 즐거운 시간을 보냈다.

원래 계획은 썰매를 타는 거였지만, 자매들이 아버지 곁을 떠나기 싫어했으므로 손님들은 일찍 자리를 떴다. 이윽고 땅거미가 내리자, 행복한 가족들이 모두 난로 주변에 모여 앉았다.

"1년 전만 해도 우린 크리스마스가 너무 우울하다고 불평했어. 기억나?"

조가 기나긴 대화가 끝나고 잠시 침묵하는 사이 이렇게 물었다.

"그래도 전체적으로는 즐거운 한 해였어!"

난롯가에 있던 메그가 브룩 씨 앞에서 품위 있게 행동한 자신이 대견스러운 듯 웃으며 말했다.

"나한테는 많이 힘든 한 해였어."

에이미가 반짝이는 반지를 보며 생각에 잠겼다.

"이제 끝이 나서 다행이야. 아빠도 이렇게 무사히 돌아오셨잖아."

베스가 아버지의 무릎에 앉은 채 작은 소리로 말했다.

"너희같이 어린 순례자들에게는 힘든 여행길이었을 게

다. 막바지에는 특히나 더 그랬을 거야. 하지만 너희들은 용감하게 이겨 냈고 짊어진 짐도 이제 곧 내려놓을 수 있을 것 같구나."

마치 씨가 빙 둘러앉은 네 딸의 얼굴을 대견스러운 듯 바라보았다.

"그걸 어떻게 아세요? 엄마가 말씀해 주셨어요?"

조가 물었다.

"꼭 그런 건 아니야. 지푸라기를 보면 바람이 부는 방향을 알 수 있는 법이거든. 게다가 오늘도 몇 가지를 발견했단다."

"오, 아빠. 그게 뭔지 말씀해 주세요!"

마치 씨의 옆에 앉아 있던 메그가 소리쳤다.

"여기 하나 있지."

마치 씨는 의자 팔걸이에 올려놓은 메그의 손을 잡고는 거칠거칠해진 집게손가락과 손등의 덴 자국, 그리고 여기저기 군살이 박힌 손바닥을 가리켜 보였다.

"아빤 이 손이 하얗고 보드랍던 때를 기억한단다. 네 최대 관심사도 이 손이었잖니. 그땐 아주 예뻤지. 하지만 아빠 눈엔 지금이 훨씬 더 예뻐 보인단다. 이 상처 속에서 작은 역사를 읽었기 때문이지. 불에 덴 자국은 허영심이 사라지고 남은 흉터이고, 이렇게 굳은 손바닥도 물집보다 더 귀한 무언가를 얻었다는 증거일 거야. 바늘에 손가락을 찔려 가며 네가 바느질한 것들은 아주 오래오래 갈 게 분명해. 한 땀 한 땀 너의 착한 마음과 정성이 스며 있으니까 말이야. 메그, 아빠는 하얀 손이나 화려한 재주보다도 행복한 가정을 꾸려 나가는 여자로서의 자질이 더 훌륭하다고 생각한단다. 이렇게 착하고 부지런한 손을 잡을 수 있다니 아빠 마음이 뿌듯하구나. 너무 빨리 이 손을 놓는 일이 없으면 좋으련만."

혹시라도 메그가 그동안의 힘든 노동의 대가를 원했다면 아버지의 애정 어린 손길과 대견해하는 미소만으로도 충분히 만족했을 것이다.

"조 언니는요? 조 언니한테도 한 말씀해 주세요. 얼마나 열심히 노력하고, 저한테도 얼마나 잘해 줬는데요."

베스가 마치 씨의 귀에 대고 속삭였다.

마치 씨가 웃으면서 평소와 달리 온화한 표정으로 맞은편에 앉아 있는 키 큰 딸을 바라보았다.

"머리를 저렇게 짧게 잘랐는데도 더 아름다워졌구나. '소년 조'의 모습은 사라졌는걸. 아빠 눈엔 그저 깃을 똑바로 고정하고 구두끈을 단정하게 묶은 채 휘파람도 불지 않고, 점잖지 못한 소리도 안 하는, 이젠 양탄자에 드러눕지도 않는 웬 젊은 아가씨만 보이는걸. 그동안 간호하고 마음 쓰느라 얼굴이 좀 야위고 창백해 보이긴 해도 아빤 그 모습이 맘에 드는구나. 태도도 점잖아지고, 큰 소리도 내지 않고, 마구 뛰어다니는 대신 조용히 다니고, 아픈 베스를 잘 돌보았다니 얼마나 기쁜지 모르겠다. 말괄량이 조가 그립긴 하지만, 강하고 인정 많고 마음씨 고운 여인이 그 자릴 대신한다면 아빤 그것도 대환영이란다. 털이 깎이는 바람에 우리 검은 양이 저렇게 얌전해졌는지는 모르겠지만, 워싱턴을 아무리 뒤져 봐도 우리 착한 딸이 아빠한테 보내 준 25달러로 살 수 있을 만큼 가치 있고 아름다운 것은 찾을 수가 없더구나."

조의 날카로운 눈이 잠시 흐릿해졌고, 아버지의 칭찬을 들으며 스스로도 어느 정도는 그만한 자격이 있다는 생각에 난로 불빛에 비친 야윈 얼굴이 발그레해졌다.

"이제 베스 언니 차례예요."

에이미가 참을성 있게 자기 차례를 기다리며 말했다.

"베스에겐 말을 아껴야 할 것 같구나. 너무 많이 얘기했다간 완전히 바스라져 없어져 버릴 것만 같으니 말이다. 하지만 옛날보다는 수줍음을 덜 타는 것 같구나."

마치 씨가 밝은 목소리로 말은 했지만 하마터면 딸을 잃을 수도 있었다는 생각에 베스를 꼭 끌어안고 볼을 비비며 다정하게 말했다.

"무사해서 정말 다행이다, 베스. 하나님께 맹세코 앞으로는 이 아빠가 널 지켜 주마."

잠깐의 침묵이 흐른 뒤, 마치 씨가 발치에 귀뚜라미처럼 앉아 있는 에이미를 내려다보았다. 그러고는 매끄러운 머리를 쓰다듬으며 이렇게 말했다.

"아빤 저녁식사 시간에 에이미가 칠면조 다리도 나르고, 오후 내내 엄마 심부름도 하고, 오늘 밤엔 메그에게 자리도 양보하고, 즐거운 얼굴로 인내하며 다른 사람의 시중을 드는 모습을 보았단다. 게다가 조바심도 내지 않고, 거울도 안 보고, 끼고 있는 예쁜 반지 자랑도 하지 않더구나. 그래서 아빠는 우리 딸이 자신보다 다른 사람들을 더 많이 생각하는 법을 배우고,

점토 인형을 만드는 것처럼 조심스럽게 자신의 성격도 고쳐 나가기로 결심했다는 걸 알게 되었지. 그래서 얼마나 기뻤는지 몰라. 아빤 에이미의 우아한 모습도 물론 자랑스럽지만, 자신과 다른 사람들의 삶까지 아름답게 만들 줄 아는 사랑스런 딸이 훨씬 더 자랑스럽단다."

"베스, 너 무슨 생각하니?"

에이미가 아빠에게 고맙다는 말을 하며 반지에 대한 얘기를 하는 동안 조가 물었다.

"오늘 《천로역정》에서 크리스천과 호프풀이 숱한 고난을 겪고나서 1년 내내 백합이 활짝 피어 있는 기쁨의 초원에 도착하는 장면을 읽었어. 두 사람은 그곳에서 지금 우리처럼 마지막 고지를 향해 길을 나서기 전에 달콤한 휴식을 즐기고 있었어."

베스가 아버지의 품에서 빠져나와 피아노 쪽으로 가며 말했다.

"이제 노래 부를 시간이에요. 전 제자리에 앉아서 순례자들이 들었던 양치기 소년의 노래를 부를게요. 아버지를 위해 이 곡을 만들었어요. 아버지가 좋아하는 가사거든요."

베스는 그토록 사랑하는 작은 피아노 앞에 앉아 부드럽게 건반을 누르며 다시는 들을 수 없을 것같이 아름다운 목소리로 자신의 반주에 맞춰 자신에게 꼭 맞는 옛 찬송가를 불렀다

낮은 곳에 있는 자
떨어질 염려 없고
교만하지 않다네.
겸허한 자는
신의 인도를 받을지니.

적으나 많으나
나 가진 것에 만족한다네.
허나 주여! 항상 구하노니
주님의 크신 은총

순례길 떠나는 자에게
짐은 충만함이니
이생은 고달프나 내생엔 축복이
자자손손 이어지리라!

23.
마치 할머니, 문제를 해결하다

다음 날, 마치 부인과 딸들은 여왕벌을 따라 모여드는 벌떼처럼 새로운 환자 주위를 맴돌며 이야기하랴 시중들랴 다른 일은 안중에도 없었다. 그리고 마치 씨는 이들의 친절함에 숨이 막힐 지경이었다.

그는 베스의 소파 옆에 놓인 커다란 의자에 기대어 앉아 세 딸들에게 둘러싸여 있었는데, 한나가 가끔씩 머리를 불쑥 내밀고는 '주인 어르신을 들여다보곤' 했다. 모든 게 너무 완벽해 이보다 더 행복할 순 없을 것 같았다.

하지만 가족 중 나이가 든 축에 속하는 이들은 다들 말은 안 해도 무언가 빠진 듯한 느낌을 지울 수 없었다. 마치 부부는 메그에게 시선을 떼지 못한 채 걱정스런 눈길을 주고받았다. 갑자기 진지해진 조는 브룩 씨가 복도에 두고 간 우산을 향해 주먹을 흔들어 댔다.

수줍음이 많아지고 말수가 적어진 메그는 넋이 나간 것처럼 멍해 있다가 초인종이 울리면 깜짝 놀라기도 하고, 존의 이름만 나와도 얼굴이 빨개지곤 했다. 에이미는 "아빠가 돌아오셨는데도 다들 이상하게 안절부절못하고 뭔가를 기다리는 것 같아."라고 말했다. 그리고 순진한 베스는 베스대로 이웃집 사람들이 왜 전처럼 집에 오지 않는지 궁금해했다.

오후에 집 앞을 지나가던 로리가 창가에 있는 메그를 보고는 갑자기 연극이라도 하듯 눈 위에서 한쪽 무릎을 꿇은 채 가슴을 치고 머리를 쥐어뜯더니 무언가를 간절히 바라는 것처럼 두 손을 모았다. 메그가 얌전하게 굴고 저리 가라고 하자, 이내 손수건에서 눈물을 짜는 시늉을 하더니 완전히 절망에 빠진 사람처럼 비틀거리며 모퉁이로 사라졌다.

"저 바보 같은 짓거린 도대체 뭐야?"

메그가 애써 태연한 척 웃으며 말했다.

"언니의 존이 앞으로 저렇게 된다는 걸 보여 주는 거지 뭐겠어! 어때, 감동적이지 않아?"

조가 빈정대며 말했다.

"나의 존이라고 하지 마. 무례하고 말도 안 되는 소리야."

메그는 그렇게 조를 나무라긴 했지만, 그 말이 듣기 싫은 건 아닌지 목소리에 애틋함이 묻어났다.

"나 좀 성가시게 하지 마, 조. 그 사람한테 별 관심도 없고, 더는 말할 것도 없다고 얘기했잖아. 우린 그냥 전처럼 앞으로도 쭉 친구일 뿐이라고."

"그렇겐 안 돼. 이미 물은 엎질러졌고, 로리의 장난이 언니를 엉망으로 만들어 버렸으니까. 그건 나도 알고, 엄마도 알아. 언니는 변했어. 나한테서도 멀어진 것 같아. 언니를 귀찮게 하고 싶은 생각도 없고, 남자처럼 잘 참을 수도 있어. 하지만 모든 게 제자리를 찾았으면 좋겠어. 난 기다리는 건 싫으니까 언니 마음이 그렇다면 서둘러 끝장을 내버리라고."

조가 발끈하며 말했다.

"그가 먼저 말을 꺼내기 전엔 나도 어쩔 수가 없어. 하지만 그 사람도 그러지 못할 거야. 아빠가 아직 내가 너무 어리다고 말씀하셨거든."

바느질감으로 몸을 굽히는 메그의 입가에 야릇한 미소가 스쳤다. 아버지의 말씀에 그다지 동의하지 않는다는 의미 같았다.

"그가 진짜 말을 한대도 언니는 무슨 말을 해야 할지 몰라 울어 버리거나 얼굴만 빨개져서는 단호하게 거절도 못하고 그 사람이 하자는 대로 질질 끌려가 버릴 게 뻔해."

"난 네가 생각하는 것처럼 그렇게 어리석거나 나약하지 않아. 정확하게 무슨 말을 해야 하는지도 속으로 다 생각해 놓았다고. 그러니까 그럴 일은 없어. 무슨 일이 일어날지는 모르지만 대비는 해 두고 싶었거든."

저도 모르게 으스대며 말하는 언니의 모습에 조는 절로 웃음이 나왔다. 예쁘게 물든 뺨이 언니와 무척 어울려 보였다.

"뭐라고 말할 건지 물어봐도 돼?"

조가 훨씬 다소곳한 태도로 물었다.

"당연하지. 너도 이제 열여섯이고 비밀 얘기를 나눠도 좋을 만큼 자랐으니까. 그리고 머지않아 혹시 네게도 이런 일이 생긴다면 내 이야기가 도움이 될 수도 있고 말이야."

"그런 얘기는 하지도 마. 다른 사람 연애 놀이야 옆에서 보면 재미있지만, 내가 그런다면 정말 바보가 된 기분일 거야."

생각만으로도 끔찍하다는 듯 조가 말했다.

"그렇지 않을걸. 네가 누군가를 좋아하고, 그 사람도 널 좋아한다면 말이야."

메그가 스스로에게 이야기하듯 중얼거리고는 골목길로 힐끗 시선을 던졌다. 여름날 황혼이 찾아들 때면 이따금 사랑하는 연인들이 함께 걷는 모습을 지켜보곤 했던 것이다.

"난 언니가 그 사람한테 다 얘기할 거라고 생각했는데."

언니의 상념을 불쑥 깨뜨리며 조가 말했다.

"그래, 아주 차분하고 단호하게 말할 거야. '브룩 선생님, 고맙습니다. 당신은 아주 친절하신 분이지만 아버지 말씀처럼 저는 너무 어려서 현재 어떤 약속도 할 수가 없답니다. 그러니 더는 아무 말 마시고 예전처럼 친구로 지내요.' 하고 말이지."

"흠, 제법 강단 있고 냉정해! 하지만 언니가 과연 그런 말을 할 수 있을까? 설령 언니가 그런대도 그 사람이 그냥 물러서진 않을걸. 행여나 그 사람이 책에서 나오는 실연당한 사람처럼 굴기라도 한다면, 언니는 그런 고통을 주느니 차라리 두 손 두 발 다 들어 버리고 말 거야."

"아냐, 안 그래. 이미 마음을 굳혔다고 말한 다음 당당하게 방을 나갈 거라고."

메그가 그렇게 말하고는 자리에서 일어나 당당하게 걸어 나가는 연습을 하려는데, 복도에서 발소리가 들려왔다. 순간, 메그는 쏜살같이 자리에 돌아와 앉더니 정해진 시간 안에 솔기를 다 꿰매는 데 목숨을 걸기라도 한 것처럼 바느질을 하기 시작했다.

조가 언니의 이런 갑작스런 행동에 웃음이 터져 나오는 걸 가까스로 참고 있는데, 조심스럽게 문 두드리는 소리가 났다. 뒤이어서 조가 결코 손님을 맞는 얼굴이라고 볼 수 없는 험악한 얼굴로 문을 열었다.

"안녕하세요. 우산을 가지러 왔습니다. 그러니까 아버님이 오늘 어떠신가 해서요."

왠지 상기된 듯한 두 사람의 표정에 브룩 씨가 약간 당황한 말투로 물었다.

"우산은 아주 건강하세요. 아빠는 선반에 계시고요. 제가 가지고 올게요. 우산에게 당신이 왔다고 전하겠어요."

조가 아버지와 우산을 뒤죽박죽 섞어 대답한 뒤, 언니에게 당당하게 자신의 뜻을 밝힐 시간을 주기 위해 방을 빠져나갔다. 하지만 메그는 조가 사라지자마자, 문쪽으로 슬금슬금 가며 중얼거렸다.

"엄마가 보고 싶어 하실 거예요. 제가 모셔 올 테니 앉아 계세요."

"가지 말아요. 내가 무서우세요, 마가렛?"

브룩 씨가 상처받은 표정을 짓자, 메그는 자신이 뭔가 아주 무례한 행동을 한 게 틀림없다고 생각했다. 그리고 지금까지 한 번도 마가렛이라고 불린 적이 없었던 까닭에 얼굴이 온통 새빨개졌다. 하지만 그 사람의 그 말이 어찌나 자연스럽고 달콤하게 들리던지 스스로도 놀랄 지경이었다. 메그는 친절하고 편안하게 보이려 애쓰며 신뢰의 표시로 손을 내밀고는 흔쾌히 말했다.

"아버지한테 그렇게 친절하게 대해 주신 분인데, 무서워하다니요? 어떻게든 고마움을 전하고 싶은 마음뿐이랍니다."

"어떻게 하면 될지 내가 말씀드릴까요?"

브룩 씨가 메그의 작은 손을 재빨리 붙잡고는 사랑이 가득 담긴 갈색 눈으로 메그를 바라보았다. 메그의 심장이 거침없이 뛰기 시작했고, 당장 그 자리를 도망치고 싶은 마음과 끝까지 그의 얘기를 듣고 싶은 마음이 한꺼번에 밀려들었다.

"오, 아뇨! 말씀하지 마세요. 듣지 않는 게 좋겠어요."

메그는 겁에 질린 얼굴로 손을 빼내려고 애썼다.

"당신을 괴롭히려는 게 아니에요. 그저 나를 좋아하는 마음이 조금이라도 있는지 알고 싶은 것뿐이에요. 메그, 난 당신을 사랑합니다."

브룩 씨가 부드럽게 말했다.

차분하고 예의 바르게 자신의 소신을 밝힐 순간이 드디어 찾아왔다. 하지만 메그는 아무 생각도 나지 않는지 그저 고개를 숙인 채 "전 잘 모르겠어요."라고만 조용히 대답할 뿐이었다. 소리가 어찌나 작은지 존은 그 바보 같은 대답을 듣기 위해 허리를 굽혀야 했다.

하지만 그는 그 말만으로도 만족스럽다는 듯 메그의 통통한 손을 잡은 손에 힘을 주며 빙그레 미소 지었고, 자신의 수고로움이 그만한 보상을 받았다고 생각하는 듯했다. 그러고는 애원하듯 이렇게 말했다.

"그럼 한번 생각해 보시겠습니까? 난 꼭 알고 싶어요. 내 마음이 보답받을 수 있을지 없을지 알기 전까진 도저히 일이 손에 잡힐 것 같지 않아요."

"전 너무 어려요."

메그가 머뭇거리며 대답했다. 왜 이렇게 가슴이 뛰는지, 그러면서 은근히 즐기는 듯한 이 기분은 또 뭔지 알 수가 없었다.

"기다릴게요. 그사이 나를 좋아하는 법을 배우게 될 겁니다. 그게 어려운 일일까요?"

"제가 배우려고만 한다면 그다지 어렵진 않겠지만, 그래도……."

"제발 한번 배워 봐요, 메그. 난 가르치는 게 좋아요. 그리고 이건 독일어보다도 더 쉽다고요."

존이 메그의 말을 자르며 나머지 한 손마저 잡는 바람에 그녀는 자신을 바라보는 그의 시선을 고스란히 받을 수밖에 없었다.

그의 목소리는 애원조였지만 메그가 살짝 훔쳐본 그의 눈은 부드럽고 유쾌해 보였고, 얼굴엔 자신의 성공을 믿어 의심치 않는 만족스런 미소가 떠올라 있었다. 그걸 보자 메그는 기분이 상했다. 이어서 애니 모팻이 가르쳐 준 바보 같은 교태들이 떠올랐다. 어린 아가씨들의 가슴속에 잠자고 있던 사랑에 대한 지배욕이 갑자기 깨어나 마음을 사로잡았던 것이다.

그녀는 야릇한 흥분을 느끼며 무얼 어떻게 하겠다는 생각도 없이 그저 변덕스러운 충동에 휩싸인 채 두 손을 잡아 빼며 화를 냈다.

"배우지 않겠어요. 혼자 있고 싶으니까 어서 나가 주세요!"

가련한 브룩 씨는 자신의 아름다운 공든 탑이 와르르 무너지는 소리라도 들은 듯한 표정이었다. 메그의 그런 태도는 난생 처음 보는 것이었기에 그는 적잖이 당황한 눈치였다.

"진심으로 하시는 말씀인가요?"

그가 걸음을 옮기는 그녀를 따라가며 걱정스럽게 물었다.

"네, 진심이에요. 그런 일로 신경 쓰고 싶지 않아요. 아빠도 그럴 필요 없다고 말씀하셨고 저한텐 너무 이른걸요. 그러지 않는 게 좋겠어요."

"언젠가 마음이 바뀔 수 있다고 기대해도 좋을까요? 마음의 준비가 될 때까지 아무 말 없이 기다리고 있겠습니다. 장난치지 말아요, 메그. 그런 사람 아니잖아요?"

"저에 대한 생각일랑 접어요. 그래 주면 좋겠어요."

메그는 연인의 인내심과 자신의 우위를 시험하면서 얄궂은 만족감을 느꼈다.

침울하고 창백한 표정으로 서 있는 그의 모습은 그녀가 찬탄해 마지 않는 소설 속 주인공의 모습 바로 그것이었다. 하지만 그는 소설에서처럼 이마를 세게 친다거나 방을 쿵쾅거리며 왔다 갔다 하지는 않았다. 그저 애처롭고 부드러운 눈길로 그녀를 쳐다만 보고 섰는데, 그 모습이 어찌나 짠하던지 메그의 마음은 어느새 풀어지고 있었다.

바로 이 흥미진진한 순간에 마치 할머니가 절뚝거리며 등장하지 않았다면 그 다음에 무슨 일이 일어났을지 아무도 장담할 수 없었을 것이다.

노부인은 산책을 나갔다 만난 로리에게서 마치 씨의 귀환 소식을 듣고는 보고 싶은 마음을 주체할 수 없어 한달음에 달려온 참이었다. 가족들이 집 뒤편에서 저마다의 일로 바빴기 때문에 집 안으로 몰래 들어와서 놀라게 해 줄 심산이었다. 작전은 대성공이었다. 메그는 귀신이라도 본 것처럼 깜짝 놀랐고, 브룩 씨는 아예 서재로 도망쳐 버렸다.

"세상에, 이게 무슨 짓이냐?"

노부인이 창백한 젊은 청년과 얼굴이 빨개진 젊은 아가씨를 힐끗 보며 지팡이를 탕탕 두들겨 댔다.

"아버지 친구 분이세요, 할머니. 연락도 없이 오셔서 정말 놀랐어요!"

메그가 이제 잔소리 좀 듣겠구나 생각하며 말을 더듬었다.

"그래, 그런 것 같구나. 그런데 아버지 친구가 대체 뭐라 그랬기에 네 얼굴이 모란꽃처럼 빨개진 게냐? 무슨 꿍꿍이가 있는 게 분명한데, 어서 사실대로 고하거라."

또다시 지팡이를 내리쳤다.

"그냥 얘기하고 있었어요. 브룩 씨는 우산을 가지러 온 거고요."

메그는 브룩 씨가 우산을 갖고 무사히 집을 빠져나갔길 바라며 대답했다.

"브룩? 그 녀석의 가정교사 말이냐? 오라! 이제 알겠군. 그 일이라면 나도 알고 있다. 조가 아버지의 편지를 읽어 주다 실수로 말을 흘린 적이 있는데 그때 알게 됐지. 설마 벌써 청혼을 받아들인 건 아니겠지, 얘야?"

"쉿! 그 사람 듣겠어요. 엄마 모시고 올까요?"

메그가 어쩔 줄 몰라 하며 말했다.

"좀 기다려 봐. 내가 너한테 할 말이 있었는데 지금 얘기하는 게 좋겠구나. 말해 봐라. 그 쿡인가 하는 남자와 결혼할 작정이냐? 만약 그런다면 난 너한테 한 푼도 줄 수 없다. 그러니 그 점 명심하고 현명하게 처신하도록 해."

노부인이 엄포를 놓았다.

정말이지 마치 할머니는 아무리 관대한 사람이라도 반발심을 치솟게 만드는 놀라운 재능을 지니신 분이셨다. 원래 아무리 착한 사람도 비뚤어진 구석은 있는 법이다. 특히 그가 어리거나 사랑에 빠진 경우라면 더욱더. 사실 마치 할머니가 브룩 씨의 청혼을 받아들이라고 했다면 메그도 그럴 생각이 없다고 딱 잘라 말했을지도 모른다.

하지만 노부인이 그를 좋아하지 말라고 단호하게 명령하자 그녀는 마음을 고쳐먹었다. 브룩 씨를 좋아하는 마음에다가 반항심까지 합쳐지니 결정은 그야말로 식은 죽 먹기였다. 결국 이미 잔뜩 흥분해 있던 메그는 노부인에게 평소와는 전혀 다른 태도로 반발심을 터뜨렸다.

"전 제가 좋아하는 사람과 결혼할 거예요. 할머니 돈은 할머니가 좋아하는 사람한테나 주세요."

메그가 단호하게 머리를 끄덕이며 말했다.

"별꼴을 다 보겠구나! 그게 할미 충고를 받아들이는 태도냐? 오두막에서 사랑타령만 하다 쫄딱 망하고 나서야 후회하겠다는 말이구나."

"큰 집에 살면서 실패한 인생을 사는 것보다는 훨씬 나을걸요."

메그가 반박했다.

마치 할머니가 안경을 끼고는 메그를 찬찬히 살펴보았다. 그녀에게 이런 면이 있으리라고는 전혀 생각하지 못했던 것이다. 메그 자신조차 알지 못했던 모습이었다. 그녀는 자신이 용감하고 강하다고 느꼈으며, 이렇게 존의 편을 들고, 자신이 원한다면 그를 사랑할 권리가 있다고 당당히 말할 수 있어서 무척 기뻤다.

마치 할머니는 이야기를 잘못 시작했다는 걸 깨닫고는 잠시 뜸을 들인 후 아주 부드러운 말투로 다시 시작했다.

"자, 메그. 분별 있게 내 충고를 따르려무나. 너를 생각해서 하는 소리야. 난 네가 처음부터 실수해서 인생 전체를 망치길 바라지 않는다. 넌 좋은 데 시집가서 가족들을 도와야 하지 않니? 부자와 결혼하는 건 네 의무라는 사실을 잊으면 안 돼."

"아빠와 엄만 그렇게 생각하지 않으세요. 그분들은 존이 가난해도 좋아하신다고요."

"너희 부모는 갓난아기보다도 세상물정을 모르는 사람들이야."

"그래서 좋아요."

메그가 완강하게 말했다.

마치 할머니는 짐짓 못 들은 척 설교를 계속해 나갔다.

"브룩인가 하는 사람은 가진 것도 없고, 부자 친척도 없지. 그렇지?"

"네. 하지만 좋은 친구들은 많아요."

"친구들만으로 살 순 없단다. 나중엔 나 몰라라 하게 마련이라고. 그 사람 변변한 직장도 없잖아. 그렇지?"

"아직은 없지만 로렌스 씨가 도와주실 거예요."

"그것도 오래 가지 못할 게다. 제임스 로렌스는 워낙에 괴팍스런 노인네라 믿을 수가 없어. 내 말대로만 하면 평생 편안하게 잘살 수 있는데 굳이 돈도, 지위도, 직장도 없는 남자와 결혼해서 지금보다 훨씬 고생하며 살겠다 이거냐? 메그, 난 네가 생각이 좀 있는 아인 줄 알았는데 영 아니었나 보구나."

"반평생을 기다린대도 존보다 좋은 남자는 만날 수 없을 거예요. 존은 착하고 현명한 사람이에요. 재능도 많은데다 일에 대한 열의도 강해서 분명히 성공할 거예요. 게다가 열정적이고 용감하죠. 사람들도 모두 그를 좋아하고 존경해요. 그런 분이 가난하고 어리고 어리석은 저를 좋아해 준다고 생각하면 가슴이 얼마나 벅찬지 몰라요."

진심을 다해 말하는 메그의 모습은 어느 때보다 아름다워 보였다.

"그는 너한테 부자 친척이 있는 걸 알아. 그게 너를 좋아하는 이유라고."

"마치 할머니, 어쩜 그렇게 심한 말을 하실 수 있어요? 존은 그렇게 비열한 사람이 아니라고요. 계속 그런 식으로 말씀하실 거면 저는 한마디도 듣지 않겠어요."

노부인의 부당한 의심에 발끈한 메그가 앞뒤 가리지 않고 소리쳤다.

"그이는 돈 보고 결혼하는 그런 사람이 아니에요. 저 이상으로 말이죠. 우린 열심히 일할 거고요, 참고 기다릴 거예요. 가난 따윈 두렵지 않아요. 지금까지도 행복하게 지내 왔는걸요. 그이와 함께라면 전 행복할 수 있어요. 왜냐하면 그이가 절 사랑하고, 또 제가……."

메그가 거기서 말을 뚝 그쳤다. 불현듯 아직 자신이 마음의 결정을 내리지 못했다는 사실과 함께, '그이'에게 돌아가라고 말했던 일, 그리고 혹시 그가 이 말도 안 되는 소리를 엿듣고 있지나 않을까 하는 생각에 더는 말을 이을 수 없었던 것이다.

예쁜 조카손녀딸에게 멋진 신랑감을 맺어 주리라 마음먹고 있던 마치 할머니는 노발대발했다. 게다가 행복해하는 소녀의 얼굴은 외롭고 늙은 부인의 마음을 더욱 고약하고 심술궂게 긁어놓았다.

"정 그렇다면 나도 이 일에서 완전히 손을 떼마. 고집이 여간 아니구나. 이 바보짓으로 네가 생각하는 이상으로 많은 걸 잃었다는 것만 알아 둬라. 아니, 또 있다. 너한테 정말 실망했다. 지금은 네 아비를 보고 싶은 맘도 없구나. 결혼할 때 나한테 한 푼도 기대하지 마라. 너의 그 존인가 하는 사람의 친구들이 잘 챙겨 주겠지. 이걸로 우리 관계는 끝난 거야."

메그의 눈앞에서 문이 쾅 하고 닫혔고, 마치 할머니는 화가 머리끝까지 난 채로 집으로 돌아가 버렸다. 노부인이 그녀의 용기까지 가져가 버린 것인지 혼자 남겨진 메그는 웃어야 할지 울어야 할지도 모른 채 자리에 우두커니 서 있었다. 그런데 그녀가 어떤 결정을 내리기도 전에 브룩 씨가 불쑥 들어오더니 단숨에 말을 쏟아 놓았다.

"본의 아니게 듣게 됐어요, 메그. 내 편을 들어줘서 고마워요. 당신이 나를 조금이라도 좋아한다는 사실을 알게 해 준 마치 할머니께도 감사드려야겠네요."

"할머니가 당신을 모욕하기 전까지는 저도 제 마음을 몰랐어요."

메그가 입을 열었다.

"그렇다면 이제 돌아갈 필요 없이 여기서 머물면서 행복해해도 되는 건가요, 네?"

딱 부러지게 거절하고 당당하게 나갈 좋은 기회가 이렇게 또 다시 찾아왔건만, 메그는 그 어느 것도 하지 않았다. 대신 다소곳이 "네, 존."이라고 대답하며 브룩 씨의 조끼에 얼굴을 묻음으로써 조의 영원한 놀림거리가 되기를 자초했다.

마치 할머니가 떠난 지 15분 후, 조가 조용히 아래층으로 내려오더니 거실 문앞에 멈춰 선 다음 잠시 귀를 기울였다. 안에서 아무 소리도 들려오지 않자 조는 만면에 미소를 띤 채 고개를 끄덕이며 혼자 중얼거렸다.

"계획대로 언니가 그 사람을 보내 버렸나 보네. 이 일도 이젠 끝인가. 자, 그럼 가서 재밌는 얘기나 듣고 한바탕 웃어 줘야지."

그러나 가엾은 조는 그렇게 웃지 못했다. 눈앞에 펼쳐진 광경에 너무 놀란 나머지 동그래진 눈만큼이나 입을 떡 벌린 채 입구에 얼어붙어 버렸기 때문이다. 전승을 축하하고, 성가신 연

인을 쫓아 버린 언니의 굳센 의지를 칭찬하기 위해 문을 열었다가 조가 발견한 모습은 뜻밖에도 소파에 태평스레 앉아 있는 적군과 바로 그 적군의 무릎 위에 비굴하고 순종적인 표정으로 앉아 있는 언니의 충격적인 모습이었다.

조는 갑자기 차가운 소나기를 맞은 듯 숨이 탁 막혔다. 너무도 예상치 못한 반전이라 숨조차 쉴 수가 없었다. 이윽고 이상한 소리에 고개를 돌린 연인이 그녀를 발견했다. 메그는 자랑스러우면서도 수줍은 표정으로 자리에서 벌떡 일어났고, 조가 '그 남자'라고 부르는 사람은 환하게 웃으며 멍해 있는 조에게 다가와 키스를 하고는 침착하게 이렇게 말했다.

"조 처제, 우릴 축하해 줘!"

그건 상처에 소금을 뿌리는 거나 마찬가지였다. 정말 해도해도 너무한 일이었다. 조는 미친 듯이 손을 내저으며 아무 말 없이 방을 나와 버렸다. 위층으로 뛰어 올라간 조는 방 안으로 뛰어들며 비참하게 소리를 질러 댔고, 그 바람에 환자들이 깜짝 놀랐다.

"아, 아무나 빨리 밑에 내려가 봐요! 존 브룩이 끔찍한 짓을 하는데, 메그 언니는 그게 좋은가 봐요!"

마치 부부가 급하게 방을 나갔고, 침대에 몸을 던진 조는 베스와 에이미에게 이 추악한 소식을 전하며 울고 욕을 하고 난리를 피워 댔다. 그러나 동생들이 오히려 당연하고 재미있다는 듯한 표정을 짓는 바람에 별 위안도 얻지 못한 채 자신의 피난처인 다락방으로 올라가서는 쥐들에게 자신의 고통을 하소연할 수밖에 없었다.

그날 오후, 거실에서 무슨 일이 있었는지 아무도 몰랐지만 많은 말이 오고 간 것은 분명했다. 평소 과묵한 브룩 씨는 호소력 있고 열정적인 언변으로 메그에 대한 사랑과 자신의 계획을 얘기함으로써 가족들을 놀라게 했다. 그는 가족들을 설득하여 자신이 원하는 바대로 이끌어 갔다.

메그를 위해 마련하겠다는 천국에 대한 이야기로 그가 한창 열을 올릴 때 차 마시는 시간을 알리는 종이 울렸고, 그는 당당하게 메그를 식당으로 안내했다. 두 사람의 모습이 어찌나 행복해 보이는지 조는 질투심도, 비참한 기분도 느껴지지 않았다.

에이미는 존의 헌신적인 마음과 메그의 품위 있는 태도에 깊은 감명을 받았고, 베스는 멀찍이 떨어진 채 두 사람을 보며 환하게 미소 지었다. 그리고 온화하고 흐뭇한 표정으로 이 젊은 연인을 바라보는 마치 부부의 모습은, 마치 할머니가 말했듯이 그야말로 '세상물정 모르는 갓난아기'라는 표현에 딱 걸맞은 것이었다. 누구도 많이 먹지 않았지만 모두들 행복해 보였다. 가족에게 찾아온 첫 번째 사랑으로 낡고 칙칙한 방 안이 놀라울 정도로 환해진 듯했다.

"지금 이 순간이 행복하지 않다고 말할 순 없겠지, 메그 언니?"

자신이 구상하고 있는 스케치 안에 두 연인을 어떻게 배치할까 고민하며 에이미가 말했다.

"그래, 말 못해. 내가 그렇게 말하고 난 뒤 얼마나 많은 일이 일어났는지 모르겠어! 아주 오래전 일인 것만 같아."

일상과는 거리가 먼, 행복한 환상에 빠져 있는 메그가 대답했다.

"이제 기쁨이 슬픔을 보상해 주는 때가 온 거란다. 벌써 변화가 시작됐다는 느낌이 드는걸."

마치 부인이 입을 열었다.

"어느 가정이든 유난히 사건이 많은 해가 있단다. 우리에겐 올해가 그런 해였지. 하지만 결국 이렇게 좋게 끝이 나는구나."

"내년엔 더 행복하게 끝났으면 좋겠어요."

이방인에게 푹 빠져 있는 언니의 모습을 눈앞에서 볼 수밖에 없는 현실에 무척 괴로워하며 조가 중얼거렸다. 조는 자신이 끔찍이 사랑하는 사람들의 사랑을 어떤 식으로든 잃게 된다거나 그 사랑이 퇴색되는 것을 두려워했다.

"3년 후에는 더 좋게 끝날 거라고 생각합니다. 제 계획대로만 해 나간다면 꼭 그렇게 될 겁니다."

브룩 씨가 지금 자기한테는 불가능이란 없다는 태도로 메그를 미소 띤 얼굴로 바라보며 말했다.

"너무 오래 걸리는 거 아닌가요?"

결혼식을 빨리 보고 싶은 마음에 에이미가 물었다.

"준비가 될 때까지 배워야 할 게 많아. 나한테는 그것도 짧게 느껴지는걸."

메그가 전에는 한 번도 본 적이 없는 우아하고 어른스런 표정으로 이렇게 대꾸했다.

"당신은 기다리기만 해요. 일은 내가 다 할 테니까."

존이 메그에게 냅킨을 집어 주는 것으로 자신의 일을 바로 시작하며 말했다. 그 말에 조는 머리를 설레설레 흔들었고, 현관문이 쾅 닫히는 소리가 나자 안도하며 혼자 중얼거렸다.

"로리가 왔네. 이제부터는 좀 정상적인 대화를 할 수 있겠지."

그러나 그건 조의 착각이었다. 로리가 '존 브룩 부인'이라고 쓴 신부 부케 같은 꽃다발을 들고 활기차게 방으로 뛰어들었던 것이다. 모든 일이 자신의 탁월한 수완 덕분이라는 착각에 빠져 있는 게 분명했다.

"전 브룩 선생님이 해 내실 줄 알았어요. 항상 그러시거든요. 마음만 먹었다 하면 하늘이 두 쪽이 나도 반드시 해 내시는 분이니까요."

로리가 축하의 말을 전하며 꽃다발을 건넸다.

"너무 칭찬하는 거 아니냐. 미래를 위한 덕담으로 받아들이겠다. 지금 이 자리에서 내 결혼식에 자네를 초대하지."

세상 사람 모두에게 관대해진 브룩 씨가 자신의 말썽쟁이 제자에게 아량을 베풀며 말했다.

"지구 끝에 있더라도 꼭 가겠습니다. 결혼식 때 조의 얼굴을 보는 것만으로도 오랜 여행을 감수한 보람이 있을 테니까요. 즐거운 얼굴이 아닌데, 아가씨. 무슨 일 있어?"

로렌스 씨를 맞이하기 위해 다들 자리를 옮기자 로리가 거실 구석자리까지 조를 따라가며 물었다.

"난 이 결혼이 마음에 들지 않아. 하지만 참기로 했으니 안 좋은 소리는 하지 않겠어."

조가 심각한 얼굴로 말했다.

"메그 언니를 잃는다는 게 얼마나 견디기 힘든 일인지 넌 모를 거야."

조의 목소리가 약간 떨리는 듯했다.

"넌 언니를 잃는 게 아냐. 반씩 나누는 거지."

로리가 위로하듯 말했다.

"다시 예전처럼 될 순 없을 거야. 난 가장 소중한 친구를 잃었어."

조가 탄식했다.

"그래도 너한텐 내가 있잖아. 그다지 도움 되는 친구는 아니더라도 난 항상 네 곁에 있을 거야, 조. 평생 말이야. 맹세해!"

로리가 진심으로 말했다.

"네가 그럴 거라는 거 나도 알아. 항상 고마워하고 있어. 넌 내게 언제나 커다란 위안이야, 로리."

조가 고맙다는 뜻으로 손을 내밀어 악수했다.

"자, 그럼 기분 풀어. 좋은 친구가 여기 있잖아. 다 잘될 거야. 메그가 저렇게 행복해하고, 브룩 선생님은 열심히 일해서 곧 자리 잡을 거고, 할아버지도 선생님을 돌봐 주실 텐데 뭘. 행복한 가정을 이룬 메그의 모습을 본다면 정말 기쁘지 않겠어? 메그가 결혼하고 나면 우리끼리 재미있게 지내자. 얼마 지나지 않아 나도 대학을 졸업할 테고, 그러면 외국으로 멋지게 여행을 떠나거나 어디로든 좋은 곳으로 떠나는 거야. 어때, 위로가 좀 되지 않아?"

"나도 그랬으면 좋겠어. 하지만 그 3년 동안 무슨 일이 일어날지 누가 알겠어?"

조가 생각에 잠겨 말했다.

"하긴 그래. 그때 우리가 어떤 모습으로 변해 있을지 내다볼 수 있다면 좋을 것 같지 않니? 난 궁금한데."

로리가 대꾸했다.

"난 싫어. 지금은 모두들 이렇게 행복해 보이지만 나중엔 슬픈 일이 생길지도 몰라. 이보다 더 행복한 순간은 다시 오지 않을 것 같아."

천천히 방을 둘러보던 조의 눈이 가족들의 행복한 모습에 이르자 환하게 밝아졌다.

아빠와 엄마는 함께 앉아 20여 년 전 자신들의 사랑이 꽃피던 그때를 조용히 회상하고 있었다. 에이미는 자신들만의 아름다운 세계에 빠져 있는 연인을 그리고 있었지만 그들의 얼굴에 어리는 숭고한 빛은 표현해 낼 길이 없었다.

베스는 소파에 기대어 누운 채 오랜 친구와 즐겁게 얘기를 나누고 있었다. 베스의 손을 잡은 노인은 마치 그녀가 자신을 안락한 평화 속으로 인도하는 듯한 느낌을 받았다.

조는 그녀에게 가장 잘 어울리는 진지하고 차분한 얼굴로 자신이 가장 좋아하는 낮은 의자에 앉아 여유를 부렸고, 로리는 조의 의자 뒤에 기대어 선 채 자신의 턱을 조의 곱슬머리 높이에 맞추고는 다정한 미소를 지으며 두 사람의 모습을 비추고 있는 기다란 거울 속의 조를 향해 고개를 끄덕였다.

메그, 조, 베스, 에이미의 이야기는 이로써 막을 내린다. 언제 다시 막이 오를지는 '작은 아씨들'이라는 이 가족 연극에 대한 여러분의 반응에 달려 있다.

KB191608